DROEMER

GORDON TYRIE

SCHOTTEN KOMPLOTT

EIN
HEBRIDEN
Krimi

DROEMER

Besuchen Sie uns im Internet:
www.droemer.de

Aus Verantwortung für die Umwelt hat sich die Verlagsgruppe Droemer Knaur zu einer nachhaltigen Buchproduktion verpflichtet. Der bewusste Umgang mit unseren Ressourcen, der Schutz unseres Klimas und der Natur gehören zu unseren obersten Unternehmenszielen. Gemeinsam mit unseren Partnern und Lieferanten setzen wir uns für eine klimaneutrale Buchproduktion ein, die den Erwerb von Klimazertifikaten zur Kompensation des CO_2-Ausstoßes einschließt. Weitere Informationen finden Sie unter: www.klimaneutralerverlag.de

FSC www.fsc.org
MIX
Papier | Fördert gute Waldnutzung
FSC® C083411

Originalausgabe Juli 2022
Droemer Taschenbuch

Ein Imprint der Verlagsgruppe
Droemer Knaur GmbH & Co. KG, München

Redaktion: Felicitas Igel
Covergestaltung: Sabine Schröder
Coverabbildung: Collage von Sabine Schröder unter Verwendung von Motiven von Getty Images, Adobe Stock Images und Shutterstock.com.
Karte im Innenteil von Peter Palm, Berlin
Satz: Adobe InDesign im Verlag
Druck und Bindung: CPI books GmbH, Leck
ISBN 978-3-426-30857-8

2 4 5 3 1

Colonsay
Glasgow
Belfast
Dublin
London
Balnahard
Beach
Carnan Eoin
Hynchs Haus
Kiloran Bay
Uragaig
Beinn an Sgoltaire
Colonsay House mit Gardens Café
Loch an
Sgoltaire
Kiloran
Eilean Olmsa
Loch Fada
Upper Kilchattan
Lower Kilchattan
Einsiedelei
nach Oban
The Shop
Colonsay Hotel
Fährstation
SCALASAIG
Golfplatz
Loch Staosnaig
Airport
COLONSAY
nach Islay
Turnigil
Beinn Eibhne
The Strand
Eilean
nan Uan
ORONSAY
Dubh Eilean
Eilean Ghaoideamal
Caolas Mor
Eilean
nan Ròn
0 1000 m

DIE HAUPTPERSONEN

Hynch / Howard	Profikiller im Ruhestand, beobachtet Vögel und gibt eine Kontaktanzeige auf
Thin Lizzy	zottelig, mag (fast) niemanden
Iago	störrisch, mag (fast) niemanden
Yeedith	fies, mag (fast) niemanden
Bruder Ptolemy	sucht nach »Spirits«, nimmt auch Kreditkarten
Helen, Graeme, Doug, Crissa und Rossalyn	bilden den »Pure Dead Brilliant Drama Club« (PDBDC), die erfolgloseste Theatergruppe Schottlands
Tomtom	weiß zu viel
Elsie	weiß zu wenig
Chloe, Jill, Frances	melden sich auf eine Kontaktanzeige

Recherche war alles. Die beste Killerin nördlich des Hadrianswalls fühlte sich in ihre Zielpersonen ein, stellte sich vor, wie sie dachten, handelten, lebten, wie sie reagierten. Und nicht nur das, sie übte, übte, übte – an diversen Waffen, mit Tarnungen, Verkleidungen, falschen Identitäten. Und mit wahrscheinlichen Verhaltensweisen. Um im Voraus zu wissen, was das Objekt tat und wie sie es am besten beseitigte.

Deshalb, und nur deshalb, las sie Kontaktanzeigen.

Bei ihrem aktuellen Auftrag sehnte sich das Objekt nach Liebe, da war Empathie gefragt, eine echte Herausforderung. Ihr Beruf machte einsam, und weil sie ohnehin zu sozialer Abschottung neigte und ihre eigenen Bedürfnisse in dieser Hinsicht minimal waren, hatte sie verlernt, wie sich die Paarungseinleitung idealerweise gestalten ließ. Zu diesem Zweck machte sie fünf Probedates mit Männern klar:

Er (47) sucht aktive oder angehende Astronautin für gemeinsamen Sonnenumlauf (Fernbeziehung möglich).

Gelehrter, 52 J., groß, schlank, gebildet, wünscht sich einfühlsame »Doktorandin« 20–64. Bin sehr kuschelig und zärtlich.

Sportlicher, durchaus vermögender Landarzt (58, 5ft 5“) freut sich auf ehrliche Gefühle. Du bist lebendig und unternehmungslustig, versteckst weder deine Intelligenz noch deine optischen Reize. Lass uns gemeinsam das Leben genießen. Vielleicht für immer?

Unser Senioren-Single-Gesprächskreis möchte die Herrenquote durch Ihre künftige Teilnahme senken. Einzelkontakte inkl. Intensivbetreuung nicht ausgeschlossen. Es ist nie zu spät!

Ansehnlicher Warmduscher, Mitte 50, NR, sucht Nixe zum Rückeneinseifen. Lust auf Wasserspiele?

Die Anzeigen stammten aus den Wochenendausgaben der Oban Times. *Sie entschied sich für diese Auswahl, weil sich die knappen Selbstcharakterisierungen mit dem Profil des umzubringenden Objekts überschnitten. Die Dates dienten auch ihrer Desensibilisierung. Sie musste auf alles gefasst sein für den Fall, dass sich das Objekt als kompletter Schwachkopf erwies. So ein Hit war kein Wunschkonzert.*

Derzeit konnte sich die beste Killerin nördlich des Hadrianswalls ihre Morde nicht nach Lust und Laune aussuchen, das Geschäft war zuletzt etwas flau gewesen. Doch eine ihrer Regeln besagte: Nimm auch mal einen lausigen Job an, dann wird's wieder besser.

Sie schrieb die Inserenten per Mail an. Alle sagten auf Anhieb zu. Also traf sie die fünf Probanden persönlich. Bei Schauspielern hieß das Method-Acting. Sie nannte es Method-Killing.

Der Hobbyastronaut verglühte schon in der Erdatmosphäre. Will heißen: Nach dem dritten Whisky Sour im Pub kotzte er über den Bartresen. Zu einem Rendezvous im All kam es erst gar nicht. Fazit: Teufel Alkohol!

Mit dem kuscheligen Gelehrten lief es hervorragend, bis er ein Stachelhalsband anlegte und seine Nagelklatschersammlung präsentierte. Als sie ihre Autobatterie mit Starthilfekabel und Polklemmen holen wollte, damit es prickelnder wurde, erklärte er die Zusammenkunft für beendet. Fazit: Nicht zu viel des Guten tun.

Dem unterwüchsigen Landarzt war sie zu groß, nach dem Espresso hatte er es eilig, nach Hause zu kommen. Fazit: Auf unveränderliche körperliche Eigenschaften achten, gegebenenfalls Korrekturmaßnahmen ergreifen (flache Schuhe etc.). Und nicht der Versu-

chung nachgeben, den Kerl aus gekränkter Eitelkeit ins Jenseits zu befördern, etwa indem sie ihr Starthilfekabel doch noch einer sinnvollen Verwendung zuführte.

Zum Senioren-Single-Gesprächskreis erschien sie in Minirock und durchsichtiger Bluse – woraufhin mehrere Defibrillatoren zum Einsatz kamen und die Pfleger jeglichen Einzelkontakt unterbanden. Fazit: Den Gesundheitszustand der Zielperson berücksichtigen, mit geschönter Selbstbeschreibung rechnen, aufreizendes Äußeres vermeiden.

Mit dem Warmduscher gelangte sie zumindest bis ins Badezimmer. Doch das Wasser konnte gar nicht heiß genug sein, um irgendwelche Spiele in Gang zu bringen, da half auch kein Einseifen. Ungeduscht zog sie von dannen. Fazit: Intime Wünsche realistisch einschätzen.

Ein bisschen erbärmlich das alles, fand die beste Killerin nördlich des Hadrianswalls. Aber sie musste so ein armes Würstchen umnieten, das war nun mal ihr Auftrag, die Miete bezahlte sich nicht von allein. Sie wusste sogar schon, welches arme Würstchen. Einen 59-jährigen, »gut situierten Robinson im Vorruhestand, ehemaliger Insolvenzberater«. Nun ja, besser Vorruhestand als »Unruhestand«, gegen die immer gleichen, verzweifelt witzigen Floskeln in Kontaktanzeigen wurde sie langsam allergisch. Zum Kennenlernen schlug der Robinson Strandspaziergänge vor, auf einer Hebrideninsel. Kein Problem, sie brachte den Tod überallhin.

Als echten Pluspunkt verbuchte sie, dass die Zielperson nicht auf einem Datingportal oder mithilfe einer Online-Partnervermittlung ihr Glück versuchte. Eine Zeitungsannonce war oldschool, auch das eine wichtige Information. Und es ersparte ihr, für den Hit zu tindern. Alles hatte seine Grenzen. Das anbahnende Geschreibsel mit den fünf Probedates hatte ihr schon gereicht. Aber was tat man nicht alles für seinen Traumberuf?

Ein Beruf, den sie mit der Zielperson teilte. »Armes Würstchen« stimmte nämlich nicht so ganz. Laut ihrem Dossier war der Mann, der bald seinen letzten Atemzug tun würde, weder arm noch ein

Würstchen. Nur weil er in der Zeitung inseriert hatte und das ein grober Schnitzer von ihm gewesen war, durfte sie ihn nicht unterschätzen. Zu seinen besten Zeiten hatte er Leute mit einer Leichtigkeit ausgeknipst wie die Noppen einer Luftpolsterfolie.

Da wollte sie noch hin. Aber auf ihre Art.

Es war also ein besonderer Auftragsmord. Auftragsmord plus, gewissermaßen. Die beste Killerin nördlich des Hadrianswalls checkte schon mal die Fährzeiten.

1

Fass mich noch einmal an, und du bist tot.

Graeme legte Lizzy seine Hand auf den Rücken und tätschelte ihren riesigen Schädel. »Keine Schwierigkeiten auf den letzten Metern, verstanden?«

Lizzy erstarrte. Das war's, dachte sie. Du bist tot. Bald. Ich mach dich fertig. Ich schlitz dich auf. Ich ramm dich ungespitzt in den Boden und trample auf dir rum, bis nur noch Matsch von dir übrig ist. Und dann werd ich tanzen auf deinem Grab.

»Der Pier ist schon in Sicht. Dauert nur noch ein paar Minuten, dann sind wir da. Es wird dir gefallen auf Colonsay. Die Insel ist ein bisschen größer als Gigha, aber nicht sehr viel. Hügelig an manchen Stellen, hervorragendes Gras, knusprige Sträucher, ideal für Hochlandrinder. Wir haben sogar einige Lochs.«

Hab ich nach deiner Meinung gefragt, Graeme? Ich brauch keinen scheiß Fremdenführer. Sie versuchte, ihm einen gemeinen Tritt zu verpassen, einen Knochenbrecher gegen die Leiste. Doch das ging nicht.

»Hab noch ein wenig Geduld. Bald wirst du dich wie zu Hause fühlen. Ich geh mal besser ans Steuer.«

Graeme drückte sich an ihr vorbei und gab ihr noch einen Klaps aufs Hinterteil.

Dort hatte sie kaum Zottelfell, eine ihrer empfindlichen Stellen. Lizzys Flanken bebten, an ihrem Maul bildete sich Schaum. Sie holte tief Luft und muhte, beinahe das Einzige, wozu sie momentan in der Lage war. Es klang wie ein sehr lautes, störrisches, zunehmend ausrastendes Nebelhorn.

Graeme hatte sie für den Transport nach Colonsay auf seinem Kutter fixiert, mit allerlei Leinen und Spanngurten und was gerade so greifbar gewesen war. Sie konnte sich kaum bewegen, nur ihre langen Hörner schwenken. Lizzy stand ganz und gar nicht auf Fesselspiele. Und gefesselt auf einem schwankenden Deck, bei ordentlich Wellengang, das war beileibe kein Vergnügen. Der Kutter hieß *Bluebell* und pflügte gerade durch eine überkommende Welle, Salzwasser peitschte ihr in die Nüstern. Sie schnaubte und war noch eine Ecke schlechter drauf.

»Nicol hat gesagt, du bist eine besondere Kuh«, rief Graeme vom Steuerhaus. »Was er damit wohl gemeint hat?«

Falsches Stichwort: Nicol. Dieser treulose Verräter! Lizzy produzierte einen extragroßen Fladen, um ihren Gefühlen bildhaft Ausdruck zu verleihen.

Graeme stöhnte auf. »Och, nö! Musste das jetzt sein, so kurz vor dem Ziel?«

Ja, musste es! Auf Nicol war Lizzy gar nicht gut zu sprechen. Er hatte sie verkauft wie ein x-beliebiges Stück Vieh.

Verdrossen starrte sie auf die Küste von Colonsay. Woge um Woge verkürzte sich die Distanz.

Erinnerungen kamen hoch. Bis vor Kurzem hatte Lizzy noch auf Gigha gelebt, einer Hebrideninsel etwas weiter im Süden. Frei und ungebunden war sie dort durch die Natur gestreift, hatte regelmäßig Kulturveranstaltungen in der Village Hall besucht und war zufrieden mit sich und der Welt gewesen. Nur ab und zu hatte sie die Leute vom Festland veralbert, kleines Steckenpferd von ihr. Dann war sie mit einer englischen Touristin aneinandergeraten – in Rammbockmanier. Die Touristin verstand keinen Spaß und beschwerte sich bei Lizzys Besitzer, dem dümmsten Bauern der Hebriden, der seine attraktivste, intelligenteste und eigenwilligste Kuh daraufhin zu Steaks verarbeiten wollte. Weideschlachtung. Doch nicht mit Nicol! Ihr Retter kam Lizzy in letzter Sekunde zu Hilfe. Nicol fing die tödliche Kugel heldenhaft ab, wurde dabei verletzt und nahm das Hochlandrind schließlich bei sich auf. Nicol und Lizzy, zwei Eigenbrötler, vom Schicksal füreinander bestimmt – ein wundervolles Paar!

Leider hatten sie keinen guten Start. Schon an ihrem ersten Tag demontierte Lizzy Nicols Boot. Das Boot war sein Heiligtum, halb fertig, Marke Eigenbau. Es befand sich in einem Schuppen, Lizzy brauchte nur Minuten, um es in seine mühevoll zusammengezimmerten Einzelteile zu zerlegen, mehr oder weniger versehentlich. Danach hatte sich das Paar irgendwie auseinandergelebt.

Und jetzt war Lizzy unterwegs nach Colonsay, um noch mal neu anzufangen. Sie hatte keine Ahnung, was auf sie zukam.

Es war ein schottischer Frühlingstag wie aus dem Bilderbuch – einem Bilderbuch für Pluviophile, für Freunde des Regens. Während der Überfahrt hatte es mit *Fret* begonnen, kühlen, dunstigen Schwaden, die von der See hereinzogen und einem so heftig in die Glieder fuhren, als würde man in Eiswasser springen. Dann hatte es plötzlich wie aus Eimern geschüttet, *Pish-oot* nannten das die Leute. Der Schauer war zu *Smirr* übergegangen, einer alles durchdringenden, aus zahllosen feinsten Tröpfchen bestehenden Nässe. Und jetzt herrschte *Dreich,* das übliche miserable Schmuddelwetter. In Schottland kannte man viele Wörter für Regen.

Lizzy war ein großer Fan von Wörtern, ständig erweiterte sie ihr Vokabular. Graeme einfach nur als »Arsch« zu titulieren war zum Beispiel unter ihrer Würde. Für sie war der Kerl eine dämliche Fischbirne, ein Angstpisser, Sohn einer Seegurke.

Ein weichherziger, schwer zugänglicher Teil ihres Gehirns sagte ihr zwar, dass Graeme es vermutlich nur gut mir ihr meinte. No way! Diese verdammten Leinen! Wenn die nur ein kleines bisschen lockerer wären …

Lizzys Muskeln arbeiteten unaufhörlich. Sie machten sich bereit, alles zu zermalmen, was es wagte, ihr vor die Hörner zu kommen. Bei der ersten Gelegenheit würde sie Tod und Verderben bringen!

Graeme drosselte den Motor. Er warf Fender über Bord, damit die *Bluebell* beim Anlegen keinen Schaden nahm. Als erfahrener Fischer manövrierte er den Schiffsrumpf perfekt in Position. Gemächlich drifteten sie auf den Rand des Piers zu.

»Schau mal!«, rief er Lizzy zu. »Da steht schon dein neuer Boss. Der freut sich bestimmt, dich wohlbehalten in Empfang zu nehmen. Bisher ist alles gut gegangen. Benimm dich gefälligst, wenn du von Bord gehst!«

Tatsächlich, am Pier stand eine Gruppe von Leuten. Interessiert beobachteten sie den ungewöhnlichen Tiertransport. Es kam sicher nicht alle Tage vor, dass ein Hochlandrind auf Colonsay angelandet wurde.

Doch Lizzy konnte die Menschen nicht so recht voneinander unterscheiden. Ein blutunterlaufener Schleier der Tobsucht hatte sich über ihre Augen gelegt. Zum Einstand würde sie das Begrüßungskomitee plattmachen, das war mal klar. Sie musste diesen Gaffern gleich zeigen, wo der Hammer hing.

Graeme machte den Kutter sorgfältig fest. Dann brachte er längsseits eine Art Gangway aus, einen soliden, mit Querstreben verstärkten Steg. Lizzy konnte darauf bequem von Bord gehen, sobald sie ihre Fesseln los war.

Es war wie beim Stapellauf eines Ozeandampfers in früherer Zeit, nur in entgegengesetzter Richtung. Irgendwelche armen Wichte mussten damals die Halterungen des Schiffsrumpfes entfernen und sich möglichst schnell in Sicherheit bringen, um nicht von dem ins Wasser rutschenden Monstrum zerquetscht zu werden. Jetzt war es andersherum: Das Monstrum ging an Land.

Graeme war nicht blöd. Er hatte Lizzy seemannsgerecht verschnürt. In rascher Folge löste er Leinen und Gurte, ohne seiner Fracht allzu nahe zu kommen. Er wich den gefährlichen Hörnern aus, die bereits Löcher in die Luft bohrten. Als er fertig war, flüchtete er ins Steuerhaus.

Für einen Moment hielt Lizzy inne. Sie wurde misstrauisch. Kein mieser Scherz? War sie wirklich wieder frei?

Sie machte einen Schritt.

Noch einen.

Also dann! Sie stürmte los. Über die Gangway auf den Pier. Weiter mit gesenkten Hörnern. Direkt auf diese lebensmüden Komiker zu, die meinten, die neue Attraktion auf Colonsay beäugen zu müssen.

Kurz vor dem Zusammenprall schärfte sich ihr Blick – wie immer vor einem unmittelbar bevorstehenden Kontakt. Wie eine Lenkwaffe, die ihre Zieloptik automatisch justierte.

Die Gruppe bestand aus vier Männern, überwiegend Farmer, nach ihren sadistischen Mienen zu urteilen. Sie hatten Stricke und lange Stöcke dabei. Offenbar sollte das Zeug dazu dienen, Lizzy einzufangen und zur Räson zu bringen.

Träumt weiter, ihr Narren!

Doch ein Typ stach heraus. Er trug eine weiße Kutte. Und einen ungewöhnlichen Stock, eher einen Stab, ebenfalls weiß, mit einem durchsichtigen Stein an der Spitze, der das Schummerlicht des Atlantiks effektvoll einfing. Sein langes, wallendes, pechschwarzes Haar bildete einen hübschen Kontrast zur restlichen Klamottur, ebenso der üppige schwarze Bart. Irgendwie sah er wie ein Priester aus. Oder wie ein Zauberer?

Lizzy kam das von den Filmabenden in der Village Hall auf Gigha bekannt vor. Als geborene Kriegerin hatte sie alles an Fantasy geschaut, was dort einmal die Woche gezeigt wurde. Da war zwar viel Müll dabei gewesen, aber sie liebte Schlachtgetümmel: das Donnern der Hufe beim Angriff, das Plattmachen der gegnerischen Phalanx, umhergeschleuderte Körper, mit und ohne Gliedmaßen. Dieser Kuttentyp war noch ziemlich jung. Zu jung zum Sterben. Eigentlich.

Dies alles erfasste Lizzy in Sekundenbruchteilen. Okay, Planänderung. Sie korrigierte ihre Annäherungsparameter und nahm diesen seltsamen Heiligen aufs Korn. Wie weiß würde sein Outfit wohl noch sein, wenn sie einmal darübergewalzt war?

Nur noch wenige Meter trennten sie von ihm. Die drei Farmer mit den Stricken hechteten zur Seite. Der Kuttentyp blieb unbeirrt stehen und breitete die Arme aus.

»Da ist ja meine Kuschelkuh!«, rief er.

Worte der Macht. Sie fuhren Lizzy in Muskeln und Nervenbahnen, durchs Fell und durch mühsam angefressene Fettpolster. Und sie fanden einen Weg auf den Grund ihrer von zurückgewiesener Liebe versehrten Seele.

Das letzte Wort war am besten: Kuschelkuh. Und diese Stimme! Zum Niederknien! Lizzy legte eine Vollbremsung hin. Das war gar nicht so einfach auf dem glitschigen Pier. Aber sie schaffte es, einigermaßen zum Halten zu kommen. Dabei knickte sie mit den Beinen ein. Da sie noch jede Menge Schwung draufhatte, rutschte sie dem Mann quasi vor die Füße.

Der Spinner trug Sandalen! In Schottland! Er beugte sich über Lizzy, seine Hand berührte sie genau zwischen den Hörnern und verharrte dort eine Weile. Das kribbelte angenehm, als würde sie einen Stromschlag von einem Elektrozaun bekommen.

»Willkommen auf Colonsay, Thin Lizzy! Ich bin Bruder Ptolemy.« Er schob die Zotteln ihres Ponys behutsam beiseite und blickte ihr direkt in die Augen. »Du wirst sehnlichst erwartet.«

Lizzys Augen waren an Empfindsamkeit und Sanftmut kaum zu überbieten. Das hatte schon viele unvorsichtige Wanderer getäuscht, und sie war sich dieses taktischen Vorteils bewusst. Aber die Augen des Kuttentypen stellten eine Klasse für sich dar. Sie wirkten ähnlich betörend wie seine Stimme. Zwei tiefblaue Gebirgsseen, in denen alles versank, Lizzys Zweifel, ihre Vorbehalte und Zukunftsängste, der Stress von der Überfahrt und ihr Blutdurst aufgrund der Fesselung. Alles war auf einen Schlag weg. In diesen unergründlichen Augen löste sich ihr Frust auf. Sie gab eine Art Blubbern von sich wie ein betrunkener Wal.

»Ich glaube, zwischen uns besteht schon jetzt ein ganz besonderes Band«, sagte Bruder Ptolemy. »Dein Spirit gefällt mir.« Er kraulte Lizzy hinter den Ohren.

Das mochte sie gern. Sie rappelte sich hoch.

Einer der Farmer, die stiften gegangen waren, kam mit einem Strick zurück. »Leg ihr den um den Hals! Dann kannst du das Mistvieh zumindest an der Leine führen. Falls es nicht wieder Amok läuft.«

»Das brauchen wir nicht. Meine neue Mitarbeiterin hier begleitet mich ganz friedlich zur Einsiedelei. Nicht wahr, Lizzy?« Bruder Ptolemy legte ihr einen Arm auf die Schultern und begann, gemeinsam mit ihr loszumarschieren.

Und Lizzy kam mit, einfach so, die Stimme ihres neuen Gebieters war unwiderstehlich. Er schien ein richtiger Kuhflüsterer zu sein. »Einsiedelei« klang gut. Zu viele Menschen auf einmal machten sie unwirsch. Kaum ging sie mal unter Leute, bereute sie es schon, sie war nicht so die Teamworkerin. Einträchtig trottete sie neben Bruder Ptolemy her, als sei sie das zahmste Hochlandrind der Welt.

Doch vollkommen friedlich verhielt sie sich nicht. Irgendwie gelang es ihr, dem Farmer mit dem Strick im Vorbeigehen gegen die Kniescheibe zu treten. Er jaulte auf und hüpfte auf einem Bein umher.

Bruder Ptolemy zuckte entschuldigend mit den Achseln. Von den Schaulustigen, die sich inzwischen versammelt hatten, wurde der Tritt mit Gelächter und anerkennenden Bemerkungen quittiert. »Gute Technik!« – »Der kam aus dem Nichts!«. Prima, dachte Lizzy, die Leute auf Colonsay besaßen Sachverstand.

Sie erreichten das Ende des Piers. Dort lag das Terminal der Fährgesellschaft. Vor dem Stationsgebäude verfolgte noch mehr Publikum das Geschehen. Endlich mal was los auf der Insel! Ansonsten schien hier nicht besonders viel zu passieren.

Lizzy fiel ein hochgewachsener Mann mit Augenklappe auf. Na, wenn das nicht der Vogelbeobachter vom Palm Tree Beach war! Sie nickte ihm zu. Wie schön, gleich einen alten Bekannten zu treffen. Auf Gigha war sie dem Sonderling gelegentlich bei ihren Streifzügen über die Insel begegnet. Er war ein passionierter Naturfreund, wortkarg, gut in Form, immer mit einem Fernrohr unterwegs – und geheimnisumwittert.

Das war Lizzy auch.

2

Hynch zwinkerte Lizzy zu wie unter Kollegen. »Du auch hier?« Sie zwinkerte zurück. »Wir sehen uns noch, Kumpel« sollte das wohl heißen.

Vor dieser Kuh besaß Hynch gehörigen Respekt, Lizzy hatte sich auf Gigha einen gewissen Ruf erworben. Als Profikiller im Ruhestand wusste er, wie schwer es war, die Vergangenheit hinter sich zu lassen und einen Neubeginn im Nirgendwo zu wagen. Die Ungewissheit bei der Ankunft, all die neuen Eindrücke, das machte dünnhäutig. Gemessen daran war Lizzys Ankunft fast reibungslos verlaufen.

Für einen Moment hatte er geglaubt, Zeuge eines Massakers zu werden. Mit Massakern kannte er sich aus. Er hatte selbst schon das eine oder andere angerichtet, da gab es keine halben Sachen.

Jetzt sah er Lizzy lammfromm mit Bruder Ptolemy Richtung »Einsiedelei« davonzockeln. Die Einsiedelei war gar nicht so einsiedlerisch, wie sie sich anhörte. Das hatte Hynch, als er einem prächtigen Wachtelkönig durch die Wildnis gefolgt war, bereits herausgefunden. »The Hermitage« bestand ursprünglich nur aus ein paar verfallenen Häusern, den Überresten eines verlassenen Dorfes an der Ostseite der Insel. Aber dank eines professionellen Internetauftritts und einer raffinierten Vermarktungsstrategie hatte sich dieser Haufen toter Steine zu einer wahren Goldgrube entwickelt. Und dank Bruder Ptolemy. Der Knabe konnte aus Schafkacke Gold machen. Ziemlich geschäftstüchtig, sagten die einen, bestimmt ein bisschen kriminell, meinten andere. In der Einsiedelei wurden sogenannte Spirit-Seeker-Kurse abgehalten, mit Teilnehmern aus aller Welt. Ganz Colonsay zerriss sich das Maul darüber, was genau in diesen merkwürdigen Kursen wohl vor sich ging. Und niemand wusste, welchem Kloster oder Orden Bruder Ptolemy überhaupt angehörte.

Doch momentan war das nicht Hynchs Problem. Nun hatte es also auch Lizzy nach Colonsay verschlagen. Ein netter Zufall und gar nicht ungewöhnlich. Die Hebriden bildeten eine weitverzweigte und dennoch nachbarschaftliche Gemeinschaft. Zwischen den Inseln fand ein reger Austausch statt. Inzwischen half man einander, stattete sich Besuche ab – und schlug sich nicht gegenseitig die Köpfe ein wie früher, als noch eine Sammlung liebevoll aufgespießter Schädel den Vorgarten jedes Clanhäuptlings zierte. Mull lag im Norden, Islay und Jura im Süden waren auch nicht weit entfernt. Nach Oban, der nächsten größeren Stadt an der Westküste des schottischen Festlands, brauchte man nur ein paar Stunden mit der Fähre.

Dennoch war Colonsay noch ein wenig abgelegener als abgelegen. Westlich davon kam auf 2500 Kilometern nur Wasser bis Kanada. 130 Einwohner lebten hier. Es gab viel Natur und noch mehr Wind, dafür wenig Ablenkung und vor allem keine mysteriösen Todesfälle wie zuletzt auf Gigha. Gewissermaßen stellte die Insel Hynchs letzten Versuch dar, seinen Frieden zu finden. Er hatte für eine überschaubare Summe ein Haus über der Kiloran Bay gekauft. Die Immobilienpreise auf weiter draußen gelegenen, schwer erreichbaren Inseln hielten sich in Grenzen.

Die ersten Monate war er damit beschäftigt gewesen, die Vogel population zu beobachten. Das hieß, sich mit einem leistungsstarken Fernrohr auf die Lauer zu legen, jeden Piepmatz ausführlich zu betrachten und alles genau zu dokumentieren: Zeit, Ort, welcher Piepmatz, in welchem Zustand und so weiter. Jede Sichtung stellte einen kleinen Erfolg dar im Kampf gegen das Artensterben, auch wenn es nur eine Bestandsaufnahme dessen war, was vielleicht für immer verloren ging. Genau festzuhalten, welche Tierarten künftig auszusterben drohten, war irgendwie tragisch. Dennoch musste es gemacht werden. Am Ende übermittelte er die

Daten an den Scottish Ornithologists' Club, vielleicht die erste wirklich sinnvolle Betätigung seines Lebens.

Seit Jahrzehnten kam er allein klar, das hatte schon sein Beruf mit sich gebracht. Wer alle möglichen Leute im Auftrag eines Glasgower Mobsters abknallte, wurde zwangsläufig zum Einzelgänger. Und wer den Job nach einem blutigen Bandenkrieg an den Nagel gehängt hatte, war nicht gerade erpicht auf Gesellschaft.

Deshalb die Hebriden. Deshalb Colonsay. »Howard Currie« nannte Hynch sich jetzt. Er wechselte öfter mal den Namen. Unter »Hynch« kannten ihn nur noch wenige Menschen. Sehr wenige.

Während seiner aktiven Zeit war er keiner von den Guten gewesen, das wäre bei einem Killer auch etwas viel verlangt. Doch zu den Bösen rechnete er sich ebenfalls nicht. Bei seinen Aufträgen hatte es stets schlimme Finger erwischt, Typen, die es nicht besser verdient hatten, Halsabschneider, Allesabschneider, Verbrecher, die anderen Leuten nicht nur das Leben schwer machten, sondern auch noch den Tod. Das war die einzige Bedingung gewesen, die er seinem Boss stets gestellt hatte. Er konnte mit Fug und Recht behaupten, nie den Kopf eines Unschuldigen in eine Masse aus Gewebefragmenten, Hirnglibber und Knochensplittern verwandelt zu haben.

Hynch war irgendwas zwischen Gut und Böse, fand er. Ein Guter, der irgendwann die falsche Abzweigung genommen hatte? Oder ein Böser, der seine Taten herunterspielte? Der sich in die eigene Tasche log? Wer wollte das entscheiden?

Sein Handwerk hatte er jedenfalls beherrscht. Dadurch konnte er jetzt einigermaßen sorgenfrei leben. Zur Not war er immer noch imstande, sich gegen einen Störenfried aus früheren Tagen zu verteidigen. Das dafür erforderliche Waffenarsenal bewahrte er in einem Schrankversteck auf, es nahm einen Teil seiner Wohnzimmerwand ein. Doch Hynch bezweifelte, dass seine Totmacherkollektion auf Colonsay je zum Einsatz kommen würde. Er hatte sämtliche Spuren, die zu ihm führten, gründlich verwischt. Für die Welt da draußen in den Städten war er unsichtbar. Auf Colonsay gab es nicht mal Polizei. Deshalb mochte er Inseln. Kleine Inseln. Ein paar Touristen im Sommer, ansonsten Isolation.

Es hätte also alles in Butter sein können.

Wenn Hynch die Isolation nicht sattgehabt hätte. Die Einsamkeit.

»Kommst du, Howard? Lass es uns versuchen.«

Das war Crissa, sie arbeitete für die Fährgesellschaft. Heute würde keine Fähre mehr kommen, weder aus Islay noch aus Oban. Das hieß, sie beide hatten das Ferry Terminal mit dem Ticketschalter und dem Warteraum ganz für sich allein.

Besonders gemütlich war es nicht in dem kahlen Raum. Aber für Crissas und seine Zwecke würde es schon taugen. Auf den Hebriden zählte vor allem Funktionalität. Wer eher auf Romantik stand, konnte eine der zahlreichen, über die Insel verteilten Ruinen aufsuchen und sich unter dem Sternenzelt verlustieren, bei eher knackigen Temperaturen und dem üblichen Dauerregen. Open Air, das hatte ja was.

Crissa warf noch einen Blick auf ihre 650er Honda. Dann schloss sie hinter Hynch ab, verschmitzt grinsend. Sie war die Chefin in ihrem kleinen Reich und trug die Uniform der Fährgesellschaft, eine weiße Bluse mit einem Tuch um den Hals, dazu eine schwarze Anzugweste und schwarze Hosen. Ihre ebenfalls schwarzen, unendlich langen Haare hatte sie zu einem kunstvollen Rapunzelzopf gebunden, der wie ein zusätzlicher Körperteil wirkte und ein Eigenleben zu besitzen schien. Sie war nur ein wenig kleiner als der hagere, knapp eins neunzig messende Hynch, dafür doppelt so breit und erst 27 Jahre alt. Crissa mochte es, den Ton anzugeben. Hynch hatte absolutes Vertrauen zu ihr. Er konnte gut mit Frauen, die wussten, wo's langging.

»Okay«, fing sie an, »ich glaub, du hast Hemmungen, weil ich meine offiziellen Sachen trage.« Sie zog die Bluse aus. Darunter kam ein weißes Tanktop zum Vorschein. »Wie gefällt dir das, Howard?«

Das Tanktop hatte sichtlich Mühe, Crissas Vorzüge im Zaum zu halten. Ihre Anatomie zeichnete sich aufs Eindrücklichste ab. Außerdem wurden zahllose Tattoos sichtbar, die ihren Oberkörper und die Arme komplett bedeckten.

»Du bist … sehr attraktiv«, versuchte es Hynch und bekam unwillkürlich Stielaugen.

»Das hört man immer gern. Kleiner Tipp: Manche Frauen mögen es nicht, wenn man ihnen gleich auf die Brüste starrt. Ich find das ja total in Ordnung, aber such dir lieber einen Punkt im Gesicht, die Augen oder die Nase. Das ist neutraler.«

»Gut, ich werde daran denken.« Er betrachtete den Bodenbelag. Darauf waren hochinteressante Ketchupflecken und Abriebspuren zahlloser Turnschuhsohlen zu erkennen.

»Du musst cool bleiben, verstehst du? Ein winziger Tittenblick genügt. Bewunderung, ein Hauch Geilheit, mehr nicht.«

»Ich versuche mein Bestes.«

Crissa dirigierte ihn zu einem kleinen Tisch im Warteraum. Sie nahmen beide Platz, saßen sich gegenüber.

Grundposition.

»Ist es so recht?« Sie holte ihr Handy heraus. »Kann's losgehen?«

3

Hynch nestelte an seinem Tweedjackett herum und straffte den Rücken. Seine Nervosität nahm zu. »Bereit.«

Crissa befestigte das Handy an einem kleinen Stativ und stellte die Vorrichtung so auf, dass sich beide im Fokus der Kamera befanden. Eine Weile probierte sie herum, bis sie zufrieden war. Dann startete sie die Aufnahme.

Sie beugte sich nach vorn und ging zu einem formellen Tonfall über, als würde sie Hynch gerade erst kennenlernen. »Ist es nicht ein herrlicher Tag, Mister Currie?«

Crissa hatte ihre Oberweite quasi auf der Tischplatte abgelegt, das brachte sie noch besser zur Geltung. Warum sie dazu neigte, es immer ein wenig zu übertreiben, wusste sie wohl selbst nicht so genau.

»W-wunderbare A-Aussichten«, stotterte Hynch.

Sie murmelte ein »Sorry« und verschränkte die Arme vor der Brust, das war bedeutend besser.

»Was machen Sie denn beruflich? Bestimmt sind Sie ein vielbeschäftigter Mann. Dass Sie überhaupt Zeit für eine Verabredung finden …«

»Ach, ich hab keine wichtigen Termine. Der Ruhestand, wissen Sie … Da geht ein Tag in den anderen über.«

»So? Das freut mich! Dann könnten wir ja umso mehr Zeit miteinander verbringen – natürlich nur, wenn Ihnen danach ist. Ich sehne mich nach einem intelligenten, einfühlsamen Gesprächspartner.«

»Ich mich auch.«

»Nach einem lebendigen, reflektierten Mann mit Herz und Hirn.«

»Lebendig ist besser als tot.«

»Nach einem Seelenverwandten.« Crissa schenkte ihm ein warmherziges Lächeln.

»Hab nur noch keinen Seelenverwandten getroffen in den letzten dreißig Jahren.«

»Wie schade! Besuchen Sie Kunstausstellungen? Konzerte?«

»Eigentlich nicht.«

»Tanzen Sie? Ich liebe Salsa!«

»Ist das ein Gewürz?« Hynch kratzte sich am Kopf.

»Wo liegen Ihre Interessen?«

»Da fällt mir momentan kaum etwas ein. Ich latsche viel in der Gegend herum. Allein, wenn's geht, da muss ich auf niemanden Rücksicht nehmen.«

»Ja, manchmal möchte man für sich sein …« Crissa machte eine Pause und atmete angestrengt aus. Dann nahm sie sich zusammen und setzte eine verständnisvolle Miene auf. »Kann es sein, dass Sie eine große Enttäuschung erlebt haben? Sich dann wieder zu öffnen fällt wahrscheinlich furchtbar schwer.«

»Ich hab so allerlei erlebt.«

»Und?«

»Und nichts.«

»Was haben Sie denn erlebt?«

»Dies und das.«

»Ach, wirklich?«, fragte sie.

»Ja.« Er schaute zu Crissas Handy. Es nahm alles auf, was er sagte, und filmte ihn dabei. Das Gespräch kam ihm wie eine Videovernehmung bei den Bullen vor.

»Wo kommen Sie her? Sie sind doch nicht aus Colonsay, oder?«

»Ich war … hier und da.«

»Verstehe, Sie wollen nicht darüber reden.«

»Muss nicht sein.«

Crissa drehte die Augen zur Decke. »Okay, Sie leben einzig und allein in der Gegenwart. Das ist buddhistisch irgendwie, mag ich sehr. Vergangenes soll man ziehen lassen.«

»Genau.«

»Aber jetzt, Howard, jetzt gibt es nur Sie und mich. Was könnten wir beide denn tun, um diesem trüben Nachmittag noch … Schwung zu verleihen?« Sie rekelte sich auf ihrem Stuhl hin und her und streckte dabei die Arme. Crissas Arme waren kompakt, ihre Hände klodeckelgroß. Das kam, weil sie gelegentlich bei ihren Verwandten in der Brauerei aushalf und Bierfässer von A nach B wuchtete.

Hynch deckte sich bei der Brauerei regelmäßig mit Bier ein, das machte seine stillen Abende an der Kiloran Bay erträglicher. Arme und Hände anderer Leute hatte er immer danach beurteilt, ob sie eine Waffe hielten und sich bereitmachten, sie abzufeuern. Mit ihren Bierfässerhänden konnte Crissa einem vielleicht die Luft abdrücken und den Kehlkopf zerquetschen. Aber im Augenblick stellten sie keine Bedrohung dar.

Er überlegte, was er auf die Frage antworten sollte. Wie konnten sie beide diesem Nachmittag Schwung verleihen?

»Trinken wir einen?«, kam es ihm in den Sinn. Er holte einen Flachmann hervor. »Whisky?«

Crissa klatschte in die Hände wie ein übermütiger Teenager. »Aber ja! Wär ich ein schottisches Mädel, wenn ich *keinen* Whisky mögen würde? Sie sind ein Kenner, oder? Was haben Sie denn da für ein Stöffchen? Wie alt ist der?«

»Nur der übliche Fusel aus dem Laden.« Er schraubte die Kapsel ab und nahm einen Schluck. »Schmeckt!«

»Krieg ich auch was ab?«

»Ach so, tut mir leid. Gewohnheit! Viel ist nicht mehr drin.« Hynch reichte ihr den Flachmann.

»Für mich? Danke!« Crissa setzte die stählerne Flasche an und trank alles aus. Das dauerte eine Weile, die Öffnung des Flachmanns war schmal und ließ nur wenig Flüssigkeit durch.

»Du hast ja einen ganz schönen Zug drauf«, staunte Hynch. »Entschuldigung«, korrigierte er sich, »*Sie* trinken wie ein Dockarbeiter. Aber bei *Ihnen* passt ja auch einiges rein.«

Irgendwie hatte er das Gefühl, dass seine letzte Bemerkung ein wenig unglücklich gewesen war. Dieses ungewohnte Rollenspiel brachte ihn ganz durcheinander.

»Den hab ich jetzt gebraucht!« Sie leerte den Flachmann, knallte ihn auf die Tischplatte und schaute ihn streng an. »Da passt noch viel mehr rein«, sagte sie mit tiefer, verruchter Stimme und spitzte die Lippen.

»So war das nicht gemeint …«

»Wie war's denn gemeint?«

»Nun ja … durchaus wertschätzend.«

»Wertschätzend …« Crissa schüttelte den Kopf. »Wo hast du denn das aufgeschnappt, Howard? Aus einem Ratgeber für den vermoderten Gentleman?«

»Vermodert? Wer ist hier vermodert?«

»Na du!« Sie beendete die Handyaufnahme und sprang auf. »Schluss jetzt! Ich kann nicht mehr! Das war ein Fail auf der ganzen Linie!«

»Warum denn das?«, fragte er kleinlaut.

»Also, ich hab mir echt Mühe gegeben, bin voll auf dich eingegangen! Was ist mit dir los? Du verhältst dich wie ein kompletter Vollidiot. Sonst bist du doch viel charmanter. Wortgewandt, witzig …«

»Ja und?«

»Bei einem richtigen Date hätte es dich sofort aus der Kurve getragen.«

Hynch rutschte auf seinem Stuhl umher wie ein Schüler, der eine Standpauke bekommt. »Ich bin nicht gut in Small Talk.«

»Das ist kein Small Talk, Honey! Es geht darum, den anderen abzuchecken, und zwar im Schnelldurchlauf. Verdichtete Information! Alles zählt, alles, was du sagt – und was du *nicht* sagst! Die Blicke, auch die Gesten, die Mimik. Das ist alles superwichtig. Die Uhr tickt. Irgendwas musst du schon rauslassen, damit du ein wenig sympathisch rüberkommst.«

Sie ging um ihn herum, prüfend, kritisch. »Die Augenklappe

geht übrigens gar nicht! Bei einem jüngeren Typen wirkt das vielleicht noch verwegen, aber ab 60 schaut's voll behindert aus.«

»Ich bin 59.«

»Verzeih! Dann bist du ja noch in den besten Jahren. Wie wär's mit 'nem Glasauge?«

»Zu Hause hab ich eins.«

»Dort erfüllt es garantiert seinen Zweck.« Crissa bremste ihre Ironie. »Jedenfalls kommen wir so nicht weiter. Haken wir die Probe unter ›lehrreiche Erfahrung‹ ab.«

»Helen und Rossalyn haben das Gleiche gesagt.« Hynch versank schier im Boden. »Ich sei ein hoffnungsloser Fall. Aber du bist doch spezialisiert auf hoffnungslose Fälle, sagten sie.«

»So, sagten sie das? Die beiden Tratschtanten können sich auf was gefasst machen!« Crissas Augen funkelten. »Du hast noch einen weiten Weg vor dir«, fügte sie etwas diplomatischer hinzu.

»Viel Zeit bleibt nicht mehr«, gab Hynch zu bedenken. »Nummer eins kommt morgen mit der Fähre an.«

»Morgen schon?«, stieß sie hervor. »Dann bist du am Arsch!«

»Das hilft mir jetzt auch nicht weiter.«

Widerstrebend begab sich Crissa wieder auf ihren Stuhl. »Na komm, fangen wir noch mal an. Gibt's noch Whisky?«

»Nee, der ist alle.«

»Zum Glück hab ich was dabei.«

4

Helen sperrte das Schulhaus zu und schwang sich auf ihr Fahrrad. Die Kids hatten ihr heute wieder alles abverlangt. Sie fummelte ein paar feuchtklebrige Papierkugeln aus ihren Haaren, Resultat der Zielübungen, wenn sie sich umdrehte und etwas an die Tafel schrieb. Warum machte sie diesen Job eigentlich noch?

Weil sie die kleinen Scheißer liebte. Jeden einzelnen von ihren sieben Grundschülern, mehr waren es nicht. Im Sommer plante sie einen »Shakespeare-Tag«, vielleicht etwas zum *Sommernachtstraum,* ein Mann mit einem Eselskopf, das würde für die Kinder bestimmt unvergesslich werden. Oder es würde wieder scheitern wie alle anderen Versuche, ihren Schülern ein bisschen Kultur nahezubringen. Colonsay war eben nicht Glasgow oder Edinburgh.

Sie trat in die Pedale, die Teatime mit dem PDBDC fing bald an. Als Vorsitzende ihrer ambitionierten Vereinigung trug Helen natürlich eine besondere Verantwortung. Vor allem jetzt, da ein neues Mitglied auf der Warteliste stand! Nun ja, die Warteliste war leider nur sehr kurz. Im Grunde gab es sie gar nicht. Aber der schweigsame Mister Currie zog tatsächlich in Erwägung, in den erlauchten Kreis des »Pure Dead Brilliant Drama Club« aufgenommen zu werden! Was für eine Freude, der PDBDC bekam Zuwachs! Howard Currie war sein Name. Ein Schauspielername, absolut! Leicht zu merken, griffig, öffentlichkeitswirksam. Würde sich hervorragend auf den Plakaten machen. Unter Helens Namen natürlich und denen der anderen.

Sie war nicht leicht in Begeisterung zu versetzen, oh nein! Viele fühlten sich berufen, doch wenige waren auserwählt, so lautete Helens Devise. Howard allerdings konnte sie sich durchaus in einer Nebenrolle vorstellen. Als Banquo vielleicht? Oder Macduff?

Duncan, der alte König? So vieles rückte plötzlich in greifbare Nähe.

Ein Schauer lief ihr über den gebeugten Lehrerinnenrücken, während sie die Uferstraße entlangradelte. Wenn sie ehrlich war, hatte sie es schon aufgegeben, *Macbeth* je auf die Bühne zu bringen mit ihrer traurigen kleinen Truppe. Der PDBDC hatte gerade einmal fünf Mitglieder, das war entschieden zu wenig, selbst mit Doppel- und Dreifachbesetzungen. Schon vom Ablauf her kaum machbar. Doch seit der talentierte Mister Currie Interesse zeigte, das Ensemble zu verstärken, hatte sich alles geändert.

Howard hatte nur ein kleines Problem. Er suchte eine Partnerin. Und darin war er völlig untalentiert, obwohl er sonst vollendete Umgangsformen an den Tag legte. Bei einem Rendezvous befolgte er nicht einmal die simpelsten Regeln, um eine Kandidatin von sich einzunehmen, so ergebnisoffen – oder verzweifelt – sich die Kandidatin auch zeigte. Es war ein Jammer.

Helen strampelte mit dem Rad eine Anhöhe hoch, die sich zwischen dem nördlichen und dem südlichen Teil der Insel erhob. Inzwischen hatte es unvermittelt aufgerissen. Ein paar Sonnenstrahlen bahnten sich entschlossen einen Weg durch die Wolkenbänke. Colonsays Küste zeigte sich von ihrer besten Seite. Sattgrünes Gras, ewiggraue Felsen, silbrig schimmerndes Meer unter einem schier endlos erscheinenden Himmel. Alles erglühte plötzlich, als besäße die Natur eine verborgene Leuchtkraft, die sich durch den Regen erneuerte, um sich frisch und zugleich uralt darzubieten. Die Magie der Hebriden.

In einer Haltebucht stieg Helen vom Rad und verschnaufte. Ihr Blick wanderte nach Scalasaig, dem Hauptort auf Colonsay, und zur Fährstation unten am Port an Obain. Auf den Salzwiesen davor weideten Schafe.

Wie wohl die Probe mit Crissa lief? Crissa war das Küken im PDBDC, die Jüngste im Bunde. Hoffentlich fasste sie den armen Howard nicht zu hart an, sie verströmte etwas Einschüchterndes. Aber sie war erfrischend unkonventionell und hatte immerhin ein

Jahr in St. Andrews studiert, Jura, das war fast dasselbe wie Theater. Vielleicht gelang ihr es ja, den alten Junggesellen aus der Reserve zu locken?

Helen hatte es bereits versucht. Ein Kennenlerngespräch, gegenseitiges Abtasten, belangloses Geplauder. Vergeblich. Was auch an ihrer Neigung zu Monologen liegen mochte. Wenn sie nachts nicht schlafen konnte, rezitierte sie Lady Macbeths großen Auftritt. Den hatte sie auch dem verdutzten Mister Currie zum Besten gegeben, um ihre Leidenschaft für Shakespeare zu vermitteln: *Kommt, ihr Geister, die ihr auf Mordgedanken lauscht! Entweiht mich, füllt mich vom Wirbel bis zur Zeh, randvoll, mit wilder Grausamkeit!* Howard hatte sich durchaus beeindruckt gezeigt. Aber als Helen bei der Stelle angelangt war *Kommt an die Weibesbrust, trinkt Galle statt der Milch, ihr Morddämonen!*, hatte er sich in Gedanken verabschiedet, das war nicht zu übersehen gewesen. Nun ja, solch finstere Rede war ja nicht jedermanns Sache, Helen hatte Howard wohl überfordert. Allein das Wort »Mord« ließ ihn zusammenzucken. Künftig musste sie sensibler vorgehen. Die Männer, sogar die älteren, waren heutzutage zartbesaitet.

Nach ihr war Rossalyn an der Reihe gewesen, auch sie ein verdientes Mitglied des PDBDC, hauptberuflich Angestellte im einzigen Hotel auf der Insel und recht lebenslustig, etwa bei den spontanen Folkkonzerten, die in der dortigen Bar stattfanden. Rossalyn hatte Howard ganz direkt gefragt, welche partnerschaftlichen Erfahrungen er vorzuweisen habe und wie er sich seine Zukünftige denn so vorstelle. Sie hatte ihre Rolle herzlich-zupackend angelegt, dafür musste sie sich kaum verstellen, und war sogleich auf Tuchfühlung gegangen – gewissermaßen im Kontrast zu Helens eher intellektuellem Ansatz.

Doch nichts verfing beim beratungsresistenten, wie vernagelt wirkenden Mister Currie. Er blieb ein Eisberg, wenn eine Frau ihn in romantischer Absicht ansprach und etwas erfahren wollte, was über seine Personalien auf der ID-Card hinausging.

Frustrierend. Denn die Zeit drängte. Der vorschnelle Mister

Currie hatte nämlich schon vor Wochen eine Kontaktanzeige in der *Oban Times* aufgegeben. Nach einer Reihe von Zuschriften hatte er drei Kandidatinnen ausgewählt.

Drei.

Für ein Treffen auf Colonsay.

Nacheinander, jeweils am Wochenende.

Bei der letzten Teatime, zu der Howard als Gast erschienen war, hatte er dem versammelten PDBDC seinen Plan enthüllt. Er wollte seinen drei Kandidatinnen jeweils zwei Übernachtungen im Colonsay Hotel spendieren. Am Tag der Anreise war ein Abend zum Aufwärmen vorgesehen. Drinks an der Bar, erstes Beschnuppern in lockerem Rahmen, alles ganz harmlos. Samstags standen gemeinsame Unternehmungen auf dem Programm, Picknick am Strand, Wanderung, Fahrradtour oder Bootsausflug. Den Höhepunkt sollte ein Candle-Light-Dinner im Hotelrestaurant bilden, aus dem bei Bedarf durchaus mehr werden konnte. Abreise dann am Sonntag.

Kein schlechter Plan, fanden alle PDBDCler, zumindest in der Theorie. Aber Howard erwies sich als sträflich unvorbereitet, wie die Proben mit Helen und Rossalyn gezeigt hatten. Und das Treffen mit Kandidatin Nummer eins sollte schon am nächsten Tag über die Bühne gehen.

Crissa stellte also die letzte Hoffnung des Drama Club dar, Howard halbwegs datefähig zu machen, bevor es ernst wurde. Theaterleute halfen einander, Ehrensache. Howards Erfolg würde der ihre sein.

Eine Nachricht kam auf Helens Handy herein. Sie holte es aus ihrer Regenjacke und schaute aufs Display. »Howard hat einen an der Klatsche, der findet nie jemanden! Sehen uns später im Café.« Von Crissa.

Also ein weiterer Misserfolg. Tja, Übung war das halbe Leben, und Helen war ganz gewiss keine Frau, die schnell aufgab. Sonst hätte sie die Stelle in der Kilchattan Primary School nicht angetreten. Sie durfte nicht verzagen, musste eben einen neuen Anlauf nehmen. Wenn der steife Mister Currie erst einmal an den Proben des PDBDC teilnahm, würde er rasch Fortschritte machen, auch im privaten Bereich, da war sie sicher. *Doppelt plagt euch, mengt und mischt! Kessel brodelt, Feuer zischt.* Die Hexen im *Macbeth* hatten es Helen angetan. Ein wunderbar archaisches Element!

Archaisch kam ihr auch das Hochlandrind vor, das ihr auf der Anhöhe an der Seite von Bruder Ptolemy entgegenstapfte. Highlands jagten Helen Angst ein, obwohl sie als hochintelligente, durchaus zutrauliche Tiere galten.

Dieses Tier wirkte abgekämpft. Ziemlich am Ende. Kein Wunder, die Steigung hatte es in sich.

»Gleich haben wir's geschafft, Lizzy!« Bruder Ptolemy klopfte der Kuh aufmunternd auf den Rücken. »Wenn wir oben sind, geht's nur noch seitwärts weiter, auf einem Trampelpfad. Da tust du dir leichter als auf dem harten Asphalt.«

»Heja!«, sagte Helen zur Begrüßung.

»Frau Lehrerin«, gab Bruder Ptolemy zurück. »Wie geht's?«

»Immer gut – wenn ich *Sie* sehe.«

»Gleichfalls. Bringen Sie Ihren Schülern schön bei, dass Tiere die gleichen Rechte haben wie Menschen? Und dass sie Teil unserer Seele sind?« Er wies auf das Hochlandrind.

»Natürlich. Das erzähle ich meinen kleinen Lieblingen jeden Tag. Respekt vor dem Mitgeschöpf!« Helen versuchte, ernst zu bleiben, konnte ihr zwanghaftes Lächeln aber nicht ausschalten. Bruder Ptolemy sah wieder einmal blendend aus. Und seine Augen! Umwerfend war maßlos untertrieben. Sie suchte nach Worten, nach einem passenden Vergleich. Dann fiel es ihr ein: tiefblaue Gebirgsseen! Beim Film war so etwas sehr gefragt, in Nahaufnahme. Mit einem derartigen Blick konnte man in Hollywood Karriere machen.

»Ihre Schüler sind zu beneiden«, sagte Bruder Ptolemy.

»So? Warum das denn?«

»Wie man hört, sind Sie mit vollem Einsatz dabei.«

»Danke«, sagte Helen. »Wie man hört, halten Sie ebenfalls Kurse ab.«

»Ja, aber das ist kein richtiger Unterricht, überhaupt nicht zu vergleichen mit einer verantwortungsvollen pädagogischen Tätigkeit wie der Ihren. Ich gebe höchstens Anstöße, inspiriere ein bisschen, im Rahmen meiner Möglichkeiten.«

»Sie sind sehr bescheiden.«

»Das ist doch nicht der Rede wert, Helen.«

»Ihre Kurse scheinen sich größter Beliebtheit zu erfreuen. Von überallher kommen deshalb Leute auf die Insel, sogar aus dem Ausland.«

»Ja, die Buchungen haben zugenommen, das ist Ansporn und Verpflichtung zugleich. Hauptsache, die Leute fühlen sich nach einem Aufenthalt in der Einsiedelei besser und reisen mit neuen Impulsen für ihr Leben von Colonsay ab.«

»Und was lernt man so bei Ihnen?«, wollte sie wissen.

»Selbstliebe. Unter anderem.«

»Klingt verlockend.«

»Mögen *Sie* sich etwa nicht?«, fragte er. »Sie hätten doch allen Grund dazu.«

Bruder Ptolemy ließ das so stehen, ohne weitere Erklärungen. O Mann, der Typ hatte den Bogen raus!

Helen hatte schon vor langer Zeit beschlossen, sich eher asexuell auszurichten, das ersparte ihr viele Probleme. Und wenn nicht asexuell, dann zumindest demisexuell, was so viel hieß, dass sie nur gelegentlich Lust auf etwas oder jemanden außerhalb ihrer Komfortzone hatte, nur wenn wirklich alles gerade einmal zufälligerweise passte. Das kam selten vor.

Doch bei Bruder Ptolemy konnte sie schwach werden. Auch wenn sie mit 42 schon ein paar Jahre mehr auf dem Tacho hatte als diese junge Sahneschnitte. Sein Angesicht war *wie ein Buch, wo wunderbare Dinge geschrieben stehen*. Lady Macbeth verstand es wirklich zu schmeicheln.

Helen war froh, dass sie ihre eng anliegende Jacke und die

schwarzen Leggings trug, das betonte die Figur. Für ihren schicken Kurzhaarschnitt fuhr sie immer nach Oban. Sie war früh ergraut und ließ aus Prinzip nicht färben. »Aus Prinzip«, das war die Headline ihres Lebens. Sie war mit Leib und Seele Lehrerin, völlig egal, wie schlecht der Job bezahlt war, auf Colonsay brauchte man eh wenig Geld. Nur ihrer einzigen Leidenschaft konnte sie auf der Insel nicht frönen: Ein total abgefahrener Schauspielkurs an der Uni hatte sie einst fürs Theater begeistert. Gelegentlich fuhr sie nach Glasgow oder Edinburgh, um eine vernünftige Inszenierung zu sehen.

Sie setzte sich wieder auf ihr Fahrrad. »Wir sehen uns, mein Lieber!«, flötete sie.

»Wird mir eine Freude sein.«

5

Lizzy rang nach Atem. Sie keuchte, was das Zeug hielt. Diese verfluchte Steigung! Ihre Kondition war auch nicht mehr das, was sie einmal gewesen war. Nur mit halbem Ohr verfolgte sie, was Bruder Ptolemy mit der Fahrradfrau redete. Vermutlich den üblichen Scheiß.

Seit der Fährstation hielt ihr neuer Chef alle naselang an, um mit verschiedenen Leuten ein paar Worte zu wechseln. Er hatte eine einnehmende Mischung drauf: seine Kuhflüsterer-Rhetorik, Bodenständigkeit und individuelle Ansprache. Für jede und jeden fand er ein paar persönliche Worte, erkundigte sich, wie es auf der Arbeit lief oder zu Hause in der Familie. Das kam gut an, zumal er auf der Insel noch ein Neuling zu sein schien. Auffallend viele Frauen hielten einen kleinen Plausch mit ihm. Und auffallend häufig ging es dabei um die Kurse, die er anbot. Das schien seine Gesprächspartnerinnen brennend zu interessieren.

Endlich fuhr die Radlerin weiter.

»Komm schon, Lizzy, das letzte Stück schaffen wir auch noch«, sagte er. »Ab jetzt keine Unterbrechungen mehr, versprochen. Du bist doch bestimmt schon gespannt auf dein neues Zuhause, oder nicht?« Er verwuschelte ihre Nackenzotteln.

Lizzy setzte sich wieder in Bewegung. Sie wurde das Gefühl nicht los, dass Bruder Ptolemy einer der durchtriebensten Schlawiner war, den die Hebriden je gesehen hatten. Sie mochte das. Nichts war verkehrt daran, andere Leute auszutricksen, wenn sich eine Gelegenheit dazu bot.

Nachdem sie die Steigung überwunden hatten, öffnete sich der Blick zum Inselinneren. Ein paar Lochs lagen da wie gemalt, stille Seen, in denen sich der sich stetig verändernde Himmel spiegelte, umgeben von Moorlandschaft.

Vermutlich fischreiche Gewässer. Lizzy fand das recht vielversprechend. Obwohl sie im Grunde Veganerin war, hatte sie gegen eine fangfrische Forelle nichts einzuwenden. Sie fraß so ziemlich alles, was nicht niet- und nagelfest war, auch Ginster, Disteln und holziges Heidekraut. Als Highland Cow stopfte sie sich in den Wanst, was zu kriegen war. Auf saftigen grünen Weiden grasten vielleicht ihre verweichlichten Artgenossen aus den Lowlands, Angusrinder, Jerseys, Herefords, Friesians. Doch sie war Selbstversorgerin, eine raue Gesellin, daran gewöhnt, sich allein durchzuschlagen.

Momentan schob sie ziemlichen Kohldampf. Diese verdammte Überfahrt, seit Stunden nichts zu beißen!

Sie bogen in den Trampelpfad ein. Ein handgeschriebenes Schild zeigte an, dass »The Hermitage« noch eine Meile entfernt war. Oje! Bis dahin wäre sie bis auf die Knochen abgemagert und träfe als wandelndes Skelett in der Einsiedelei ein. Wenn das so weiterging, würde sie noch Bruder Ptolemys Kutte verspeisen. Lizzy kannte Ziegen, die sogar vor Unterhosen und Schlüpfern auf der Wäscheleine nicht haltmachten.

Er hatte zumindest nicht zu viel versprochen. Der Weg war wirklich viel angenehmer für eine Kuh, weicher Untergrund mit ein paar Steinen durchsetzt. Überall blühten Wildblumen. Sie war eine geübte Pflanzenkundlerin.

Meerfenchel bedeckte die Felsen in ausladenden, lindgrünen Dolden.

Lizzy senkte ihr Maul tief hinein.

Kuckucks-Lichtnelken säumten den Pfad als lieblich violettes Band. Lizzy inhalierte das Zeug in Rekordgeschwindigkeit.

Sumpf-Stendelwurz zeigte sich hier und da, der war ziemlich selten. Lizzy rupfte ihn büschelweise ab. Bisschen bitter, aber egal.

So fräste sie sich durch die Botanik.

»Geht's wieder?«, fragte Bruder Ptolemy, nachdem der schlimmste Hunger gestillt war.

Sie brummte etwas Unverständliches und trabte genüsslich mampfend weiter. Wenn ihre Mägen etwas zu tun bekamen, lief es sich gleich leichter.

Er setzte eine Sandale vor die andere. Mit seinem Stab prüfte er hin und wieder, ob der Boden vor ihm fest genug war, damit er nicht unversehens im Morast versank. Eine in Schottland durchaus ratsame Vorgehensweise.

»Dann erkläre ich dir mal, welche Aufgaben in der Einsiedelei auf dich zukommen«, begann er und setzte eine gewichtige Miene auf. »Ich bin ein ›Spirit Seeker‹. Das bedeutet, ich suche den Lebensgeist, die Seele, das wahre Wesen eines Geschöpfes, ob Mensch oder Tier. Hört sich kompliziert an, ist aber ganz simpel, wenn man sich mal drauf einlässt. Doch nicht nur ich suche nach dem Lebensgeist, wir alle sind Spirit Seeker, auf die eine oder andere Weise, unentwegt, meistens unbewusst. In der Regel ist dieser Lebensgeist gut versteckt. Manchmal ist er verschüttet oder eingeschlossen, man kommt nicht so einfach an ihn heran. Ich helfe dabei, den Spirit aufzuspüren und mit ihm in Kontakt zu treten, sein Freund zu werden. Das war's auch schon, darum geht es im Kern.«

Lizzy drehte ihm den Kopf zu und muhte. Es war ein skeptisches Muhen und sollte so viel heißen wie: »Aber sonst bist du noch ganz sauber?«

»Du pflichtest mir bei? Das freut mich, leider können nicht alle Leute etwas mit meiner Philosophie anfangen.« Bruder Ptolemy hob bedauernd die Arme. »Bestimmt fragst du dich jetzt, wie das in der Praxis so abläuft. Wie kommt man dem Lebensgeist auf die Spur, dem eigenen oder dem anderer? Zunächst einmal gilt es, Umwelteinflüsse zu reduzieren, unsere Sorgen und Bedürfnisse loszulassen. Auf Colonsay und vor allem bei uns in der Einsiedelei ist das ganz hervorragend möglich, je ursprünglicher, desto besser. Alle Spirit Seeker sind in den Häusern eines verfallenen Dorfes untergebracht. Außer einer mit Stroh gefüllten Matratze gibt es in den Ruinen keine störenden Annehmlichkeiten, nur die Natur mit Meerblick – paradiesisch geradezu und für nur 150 Pfund am Tag ein echtes Schnäppchen. Jeder bringt seinen eigenen Schlafsack mit. Wir haben sogar Plumpsklos. Ich nenne es ›Comeback-Living‹.«

Lizzy war mit Kauen fertig und hielt an, um sich einer Ansammlung gelber Butterblumen zu widmen.

»In einem Gemeinschaftsturm treffen wir uns mehrmals am Tag zum Essen, für die Kurse, Besprechungen und so weiter. Dort haben wir es recht komfortabel, der Umbau wurde noch mit EU-Fördergeldern finanziert. Jeder Spirit Seeker kocht abwechselnd für die anderen, wir haben ausreichend Vorräte. Bohnen sind sehr beliebt, die lassen sich leicht zubereiten, und günstig in der Anschaffung sind sie auch. Oben im Dachgeschoss wohne ich, einer muss ja den Überblick behalten, sowohl körperlich als auch geistig. Nachher zeige ich dir alles. Den Turm kannst du von hier aus schon sehen.«

Lizzy war mit ihrem Snack fertig und blickte in die Richtung, in die Bruder Ptolemy mit ausgestrecktem Arm wies. In der Ferne sah sie die Spitze eines alten Wachturms – auf den Hebriden ein gewohnter Anblick. Seit der ersten Besiedlung vor Tausenden Jahren hatten die Insulaner häufig nach willkommenen und häufiger noch nach unwillkommenen Gästen Ausschau gehalten. Für derlei Zwecke bot sich ein Turm an. Falls bei der vorherrschenden schottischen Nebel- und Regensuppe überhaupt etwas zu erkennen war. In der Village Hall von Gigha hatte Lizzy vielen Fachvorträgen gelauscht, durch ein eigens für sie geöffnetes Fenster. Sie war eine umfassend gebildete Kuh.

»Warum heißt du eigentlich Thin Lizzy?«, wollte Bruder Ptolemy wissen. »Wegen der irischen Rockband? ›Whiskey in the Jar‹ ist ein toller Song. Hast du irische Wurzeln?«

Geht's noch? Sie blökte wie ein unterbelichtetes Schaf, von denen gab es auf Irland dem Vernehmen nach mehr als genug. Lizzy dagegen war so schottisch wie ein Haggis! Und der wurde bekanntlich aus Schafsinnereien und Schlimmerem hergestellt. Warum sie Thin Lizzy genannt wurde, war ihr schleierhaft. Da sie als Kalb ziemlich moppelig gewesen war, schrieb sie es der Ironie des Rinderzüchters zu.

»Vielleicht bist du ja in Irland geboren? Das könnte noch nützlich sein. Iren haben ein besonderes Verhältnis zur Anderswelt, sie sind geborene Spirit Seeker, könnte man sagen, wegen ihrer keltischen Vergangenheit. Auf den Hebriden ist ja auch viel davon zu spüren. Ich habe mir gleich gedacht, dass du einen Draht zu Bereichen hast, die über die Grenzen des reinen Verstandes weit hinausgehen, die das Leben durchweben, durchdringen … Das ist eine Gabe, ein Geschenk des Universums, dem darfst du dich nicht verschließen. Um es kurz zu machen: Du bist hier wegen Tiertherapie.«

Aha. Endlich erfuhr Lizzy, was es mit ihrem neuen Job auf sich hatte.

»Keine Angst«, fuhr Bruder Ptolemy fort. »Es ist nicht so schlimm, wie sich's anhört. Sei einfach du selbst – eine Kuschelkuh! Lass dich streicheln, kraulen, in den Arm nehmen. Die Kursteilnehmer stehen auf unmittelbaren Kontakt mit der Natur – oder was sie dafür halten. Natur, das bist du, Lizzy! Ein bisschen wild, das hilft zusätzlich, den Spirit zu finden, die innere Stimme, die Essenz des Ichs. Und keine Angst, du bist nicht allein. Wir haben unter anderem Schafe, drei Lamas, Alpakas, eine Krähe. Alles deine Kollegen! Die Last verteilt sich auf viele Schultern, wir sind ein ideales Kollektiv, Menschen und Tiere in Eintracht. Alle haben die gleichen Rechte und Pflichten. Momentan fahren wir Gleitzeit, du kannst kommen und gehen, wann du willst. Na, was meinst du?«

Lizzy dachte scharf nach und verleibte sich dabei alles an Blumen vom Wegesrand ein, was sich in Reichweite befand. Wenn sie Bruder Ptolemys Geschäftsmodell richtig verstanden hatte, bot er eine Art alternative Selbstoptimierung an, Biohacking auf dem Plumpsklo, »back to the roots«, garniert mit einer reichlich nebulösen Esoterik vom »Spirit Seeking«. Hinzu kamen Colonsay als grandiose Naturkulisse und der jungenhafte Charme ihres neuen Chefs. Und sein Streichelzoo. Den sollte Lizzy anscheinend verstärken.

Alles in allem gar nicht so schlecht, oder?

Sie schnaubte zufrieden und gab ihm einen freundschaftlichen Stups mit dem Maul.

Damit hatte er nicht gerechnet, er kippte hintüber. Der Boden sah auf den ersten Blick nur ein bisschen matschig aus, erwies sich jedoch als netter kleiner Moortümpel. Bruder Ptolemy verschwand bis zur Brust in der Brühe und konnte sich mit seinem Stab gerade noch abstützen, sodass er nicht tiefer einsank. Mühsam rappelte er sich wieder hoch. Erst zog er den linken, dann den rechten Fuß aus der torfigen Umklammerung. Mit einem Schmatzen gab der Morast seine weiße Kutte frei.

Der Eremit hatte eine bräunliche Färbung angenommen. Er sah aus wie ein gebrauchter Kaffeefilter. Die Sandalen waren weg.

»Ich nehme es als Zeichen der Zustimmung«, sagte er und ging barfuß weiter. »Danke, dass du mir gezeigt hast, wo meine Grenzen liegen. Ich war wohl ein wenig selbstgefällig.« Er wies auf den Tümpel. »Die Sandalen sind übrigens biologisch abbaubar und tierleidfrei. Ich verliere andauernd welche, ist nicht so schlimm.«

Lizzy nickte. Ein guter Anfang.

6

»Poch, poch, poch – wer da, in Teufels Namen?«

Helen betrat das Café der Colonsay House Gardens. »Gut gemacht!«, lobte sie Doug, der ihr die Tür aufhielt. Dann zog sie ihre Regenjacke aus und setzte sich zu den anderen an den bevorzugten Tisch des PDBDC.

Doug sollte in *Macbeth* unter anderem einen Pförtner spielen. Doch außer der mehrfach vorkommenden Wendung »Poch, poch, poch – wer da, in Teufels Namen?« konnte sich der betagte Fahrradverleiher kaum eine Zeile Text merken. Er vergaß so gut wie alles, und zwar rasend schnell. Angesichts seiner 77 Jahre nahmen alle anderen Rücksicht, aber Proben mit Doug wurden regelmäßig zu einem Martyrium.

Rossalyn und Graeme waren auch schon da. Fehlte nur noch Crissa, dann war die Teatime des »Pure Dead Brilliant Drama Club« komplett. Sie trafen sich einmal die Woche, immer am Donnerstag, immer um 16 Uhr. Die Umgebung hätte kaum angenehmer sein können. Das Café war Teil von Colonsay House, einem georgianischen Landsitz des fünften Baron Strathcona and Mount Royal. Als besonders sehenswert galten die öffentlich zugänglichen Gärten. Dort gediehen eine der schönsten Rhododendronsammlungen Schottlands sowie eine mächtige, dreißig Meter hohe Monterey-Zypresse, an der gerade ein paar Kinder emporkletterten.

»Auf der Terrasse waren keine Plätze mehr frei«, sagte Rossalyn und schenkte Tee aus einer medizinballgroßen Kanne ein.

»Kein Problem«, gab Helen zurück. »Wie ihr wisst, haben wir heute Dinge zu besprechen, die nicht für jedermanns Ohren bestimmt sind. Da brauchen wir keine fremden Zuhörer, unser

Stammplatz hier ist dafür genau richtig. Sollen sich die Touristen draußen tummeln.«

Sie schaute sich in dem Raum um. Nur ein weiterer Tisch war besetzt von einem jungen Pärchen, das sich angelegentlich unterhielt.

Graeme, seines Zeichens Bootsführer, Austernzüchter und Schriftführer des PDBDC, wirkte gestresst. Er berichtete kurz von der abenteuerlichen Überführung eines Hochlandrinds von Gigha nach Colonsay, das habe ihn jede Menge Nerven gekostet.

Helen verschwieg, dass sie diesem Rind erst vor Kurzem auf der Straße begegnet war, sonst würde Graeme noch ewig weiterreden. Er war der größte Schwachpunkt ihrer an Schwachpunkten reichen Truppe.

Sein Handicap bestand darin, dass er maßlos übertrieb. Im Alltag war er völlig normal, doch sobald er in seiner Rolle als Banquo dran war, einer ohnehin redseligen Figur, plapperte er wild drauflos. Er wich einfach vom Text ab und schmückte ihn nach Gutdünken aus. Das allein war schon schlimm genug, denn seine Mitspieler warteten stets auf das Stichwort, nach dem es weiter im Text ging, auf einen Satz, an den sie anschließen konnten. Doch Graeme kapierte das Stichwortprinzip nicht so richtig. Darüber hinaus zog er Grimassen, gestikulierte dramatisch, hob beschwörend die Hände – seine Auffassung von großem Theater. Vielleicht lag es daran, dass seine Austern zur Einsilbigkeit neigten und sich etwas reaktionsarm zeigten, wenn er mit ihnen sprach. Graeme überkompensierte.

Aber da sonst keiner den Schriftführer machen wollte, war er dennoch ein wertvolles Mitglied ihrer Gemeinschaft.

Helen übernahm als Vorsitzende die Leitung des Treffens. »Kommen wir zum ersten und einzigen Punkt der Tagesordnung: Neuaufnahmen.«

Graeme zückte seinen Kugelschreiber. »Will heißen: Howard Currie?«

»Genau. Habt ihr Crissas Nachricht aufs Handy bekommen?«

Zustimmendes Gemurmel.

»Es sieht wirklich übel aus«, fuhr Helen fort. »Ich selbst und auch Rossalyn haben uns bereits in den Dienst der guten Sache gestellt. Aber der PDBDC gibt nicht auf! Ich bin fest davon überzeugt, dass wir Howard auf die eine oder andere Weise zu seinem Glück verhelfen können.«

»Und wenn Howard die Hauptrolle übernimmt?«, probierte es Rossalyn. »Vielleicht gibt ihm das einen Schub. Beim Dating stellt er sich zwar wie der letzte Mensch an, aber ansonsten ist er eine ziemlich coole Socke.«

»Die Hauptrolle?«, widersprach Doug. »Aber *ich* spiele doch den Macbeth!«

Helen, Graeme und Rossalyn stöhnten auf und rollten mit den Augen.

»Wann lernst du es endlich, Doug?«, fragte Helen. »Sprich niemals den Namen der Titelfigur laut aus, das bringt Unglück!«

»Macbeth?«

»Jaaa!«, rief Helen. »Alter Theateraberglaube. Auf dem ›schottischen Stück‹ lastet ein Fluch, das weiß doch jeder. Geh sofort vor die Tür! Dann drehst du dich dreimal im Kreis. Und dabei schimpfst du wie ein Rohrspatz.«

»Stimmt, jetzt fällt es mir wieder ein«, meinte Doug.

»Hast du alles verstanden? Dreimal im Kreis! Kannst es auch sechsmal machen, viel hilft viel.«

»Klar, ich bin doch nicht senil.«

»Na, dann los, raus mit dir!«

»Ich geh ja schon.«

Sie hörten Doug vor der Tür Unflätigkeiten ausstoßen, die selbst Rossalyn die Schamröte ins Gesicht trieben. Woher er die hatte, wusste niemand. Doug war immer die Freundlichkeit in Person, ein liebenswürdiger alter Herr. Nach einer langjährigen Tätigkeit als Obergärtner von Colonsay House hatte er einen Fahrradverleih eröffnet, der Laden florierte.

Auf der Terrasse verrenkten sich die Leute die Köpfe nach dem unzüchtigen Greis, Eltern hielten ihren Kindern die Ohren zu. Aber so waren eben die Gepflogenheiten beim Theater, dachte Helen. Auf dem Tisch stand eine Box mit kleinen Portionsbeuteln aus Papier, die Salz, Pfeffer und Zucker enthielten. Sie nahm einen Salzbeutel und warf ihn über die linke Schulter. Graeme und Rossalyn taten es ihr gleich, das trieb böse Geister aus.

In der langen Geschichte der *Macbeth*-Aufführungen war so viel Merkwürdiges, Absurdes und Tragisches passiert, dass der PDBDC lieber auf Nummer sicher ging. Requisitendolche waren mit echten verwechselt worden und hatten zu überaus realistischen Sterbeszenen geführt. Lady-Macbeth-Darstellerinnen waren über die Bühnenkante geschlafwandelt und in die Tiefe gestürzt. Vom Schnürboden herabfallende Gewichte, Selbstmorde vor, während und nach der Premiere, plötzliche Krankheiten – die Liste der seltsamen Begebenheiten reichte vom 17. Jahrhundert bis in die Gegenwart. Bei *Macbeth* herrschte erhöhte Unfallgefahr.

»Stellen wir die Frage nach der Besetzung der Hauptrolle bis zur nächsten Teatime zurück«, fuhr Helen fort, als Doug sich wieder zu ihnen gesellte. »Reden wir jetzt über den vereinsamten Mister Currie. Am besten, wir nehmen uns noch einmal seine Annonce vor. Angeblich hat er sie selbst geschrieben.«

Sie holte eine zusammengefaltete Zeitungsseite aus ihrer Jacke und las:

HOWARD, 59 J., 6ft 2", gut situierter Robinson im Vorruhestand, sportl., naturverb., sturmerprobter Realist mit Hang zur Poesie, sucht ein freies Herz und ehrliche Gefühle. Als ehem. Insolvenzberater bin ich mit Abschlüssen leider allzu vertraut und bereit für einen neuen Anfang. Darf ich Dich auf meine Insel im Atlantik einladen? Lass uns gemeinsam am Strand sitzen und Vögel beobachten, wir haben keinen Tag des Glücks zu verschenken. Zuschr. Chiffre 2400508 an Oban Times, PO Box 11, Oban, Argyll, PA34 4HB

7

Nicht gerade prickelnd«, sagte Rossalyn und strich sich die glatten, kastanienbraunen Haare aus dem Gesicht. Auf die war sie stolz. Auf ihren Hang, sich immer mit den falschen Männern einzulassen, die ihre selbstlose, unbekümmerte Art ausnutzten, war sie allerdings weniger stolz. »Quirlig und unternehmungslustig« hätte sie über sich selbst in einer Kontaktanzeige geschrieben. Trotz ihres zierlichen Körperbaus konnte sie für zwei arbeiten, ein Energiebündel. »Ich meine, am Strand sitzen und Vögel beobachten … Das ist doch stinklangweilig.«

»Für dich vielleicht, Ro«, wandte Graeme ein. »Aber manche Frauen fühlen sich bestimmt davon angezogen. Solche, die es ein bisschen ruhiger angehen, die gibt es doch auch. Du bist erst Mitte 30 – wohl kaum seine Zielgruppe.«

»Weiß man's?«

»Sonst hätte er doch geschrieben, dass er was deutlich Jüngeres sucht. Ich find das super formuliert, Robinson … könnte glatt von mir sein.«

»Spielt das Alter bei so was überhaupt eine Rolle?«, fragte Rossalyn.

»Und ob!«, sagte Helen. »Das wird dir noch früh genug klar werden.«

»Keinen Tag zu verschenken, verdammte Hühnerscheiße!« Doug war noch im Fluchmodus.

»Vielleicht rückt er bei einem Date nicht mit der Sprache heraus, weil er früher Insolvenzberater war«, mutmaßte Rossalyn. »Da hält man sich wohl lieber bedeckt, zeigt keine Emotionen und so. Diese Finanzheinis dürfen sich nicht in die Karten schauen lassen.«

»Das ist, ehrlich gesagt, auch meine Vermutung. Danke für diesen wertvollen Hinweis.« Helen hatte sich bereits eine Liste gemacht, und sie war fest entschlossen, sie Punkt für Punkt durchzugehen. »Wir sind keine Psychoanalytiker, aber ein wenig Menschenkenntnis traue ich uns schon zu. Außerdem sollten wir als Schauspieler in der Lage sein, uns in andere Gemütslagen einzufühlen, findet ihr nicht auch? Man muss ja kein Sigmund Freud sein, um zu sehen, dass Howard aus irgendwelchen Gründen gehemmt ist, sobald er etwas von sich selbst preisgeben soll.« Sie wies auf den Anzeigentext. »Sturmerprobt, steht da. Mit Abschlüssen vertraut. Das deutet auf gescheiterte Beziehungen hin, auf Trennungen, die vermutlich eher schmerzvoll abgelaufen sind.«

»Also, ich könnte meinen letzten Typen umbringen, wenn ich ihn bloß sehe!«, entfuhr es Rossalyn. »Was für ein gemeiner Mistkerl! Hab ihn kürzlich abgeschossen.«

Graeme nickte. »Meine Ex versucht immer noch, es mir heimzuzahlen. Neulich hat sie mir eine Ansichtskarte aus Fuerteventura geschickt. Dabei war es doch sie, die Schluss gemacht hat. Ist zu ihrem Lover auf die Kanaren gezogen, von heute auf morgen!«

Doug schoss eine *Macbeth*-Szene durch den Kopf, das musste er ausnutzen. »Ist dies ein Dolch, was vor mir ich erblicke, der Griff mir zugekehrt? Komm, lass dich packen!«

»Sehr gut!«, freute sich Helen, ausnahmsweise war der PDBDC schnell von Begriff. »Gewiss hat Howard etwas in dieser Art erlebt, einen Rosenkrieg, Verletzungen auf beiden Seiten, ein Komplott. Möglicherweise stand sogar seine Existenz auf dem Spiel, deswegen ging er in den vorzeitigen Ruhestand. Und jetzt sucht er ein freies Herz und ehrliche Gefühle. Das heißt doch, dass er früher einmal aufs Übelste hintergangen wurde. Jemand hat ihn nach Strich und Faden betrogen.«

»Kann gut sein«, meinte Rossalyn. »Jedenfalls wirkt er verunsichert. Das ist kein Verhör, hab ich bei der Probe zu ihm gesagt, mach dich geschmeidig! Keine Chance. Er hat das Thema gewechselt und an seiner dämlichen Augenklappe rumgefummelt. Möchte mal wissen, was es damit auf sich hat.«

»Ich glaube, er war früher Soldat. Ganz früher.« Graeme schenkte sich Tee nach. »Zumindest verhält er sich so. Diese steife, kontrollierte Art, die kenne ich von einem Freund bei den Marines, der ist genauso.«

Doug war inzwischen so weit, etwas Vernünftiges beizutragen. »Aufgrund seines Alters könnte er bei den Falklands dabei gewesen sein. Das war kein Zuckerschlecken damals, die Argies haben uns ganz schön eingeheizt!«

»Da kommt ja einiges zusammen«, sagte Helen. »Unsere Teatime ist heute überaus konstruktiv, ihr seid in Bestform. Ich frage mich nur, wo Crissa bleibt.«

»Wissen wir etwas über die drei Kandidatinnen, die Howard nach Colonsay eingeladen hat?«, fragte Graeme. »Das würde uns doch weiterhelfen.«

»Leider nein«, gab Helen zurück, »darüber hüllt er sich in Schweigen. Ist ja auch sein gutes Recht. Aber der PDBDC wird die Ankunft von Nummer eins genauestens dokumentieren. Ich habe bereits einen Plan ausgearbeitet. Die Fähre aus Oban legt morgen um 18.35 Uhr an, dann beginnt unsere Observation. Uns darf nicht das Geringste entgehen, haben wir uns verstanden? Das sind wir unserem baldigen Neuzugang schuldig.«

Sie zückte ihr Handy und schickte den Plan an die WhatsApp-Gruppe des Drama Club.

Langsam war es an der Zeit, zu Kuchen und Gebäck überzugehen. Das Gardens Café verfügte über eine reichhaltige Auswahl an Gingerbread, Dundee Cake, Victoria Sponge, Lemon Meringue Pie, veganem Karottenkuchen und glutenfreien Scones, alles hausgemacht und zum Sterben lecker. Es gab sogar einen von Rossalyn zubereiteten Sticky Toffee Pudding, den auch der wählerische Mister Currie durchaus zu schätzen wusste.

Etwas rumpelte gegen die Tür.

»Poch, poch, poch – wer da, in Teufels Namen?«, rief Doug.

Crissa kam hereingestolpert. »Heja zusammen!« Sie hängte ihren Motorradhelm an die Garderobe. Es dauerte ein bisschen, weil sie den Haken nicht auf Anhieb traf. Sie schaute sich um. Als ihr Blick an ihren Freunden vom PDBDC hängen blieb, verengten sich ihre Augen. »Da seid ihr ja!« Breites Lächeln. Dann bemerkte sie die auf dem Boden verstreuten Salzbeutel und fing an, irre zu kichern. »Hat Doug es wieder getan?«

Wortlos-verzweifelte Bestätigung.

»Was meinst du damit?«, wunderte sich Doug. »Was hab ich schon wieder getan?«

Abwehrende Gesten. Bittend. Händeringend.

Crissa schwankte und hielt sich am Türstock fest. »Vielleicht sollte *ich* diesen … MacSowieso spielen? Das wär's doch.« Sie wandte sich dem Kuchenbüfett zu, zahlreiche Stücke fehlten bereits. »Weil das Schicksal *mich* will als König!«, herrschte sie einen Blaubeermuffin an. Ihr Atem war deutlich mit Whisky angereichert.

Helen beeilte sich einzuschreiten. »Setz dich, wie ist es gelaufen?«

Crissa krachte auf einen Stuhl und ließ die Arme herabhängen wie ein flügellahmer Saurier. »Glorios! Einfach glorios!«

»Wirklich? Hast du Howard etwas Neues entlocken können? Ist er doch noch aus sich herausgegangen? Wir haben alle deine Nachricht erhalten. Das klang ja eher enttäuschend.«

»War es auch. Der Typ wird niemals was Gescheites an Land ziehen, ein hoffnungsloser Fall. Aber darauf bin ich ja spezialisiert, oder, Mädels? Auf hoffnungslose Fälle.«

Helen und Rossalyn schauten sich betreten an.

»Selber hoffnungslos!«, sagte Crissa. »Zumindest bin ich weiter gekommen als ihr.«

»Weiter?« Helen platzte schier vor Ungeduld. »Na los, raus damit!«

»Wir haben noch ein bisschen was getrunken.« Wieder das irre Kichern. »In meiner Thermoskanne hatte ich einen ganz speziellen Whisky. Bei Bruichladdich füllen sie ja nichts ab unter 50 Prozent. Gute Menschen sind das, gute Menschen! Die wissen, was sie tun.«

»Und?«, fragte Rossalyn.

»Und nix. Der Bruichladdich ist alle.«

»Hast du noch was aus Howard rausgekriegt?«

Crissa schloss die Augen – und schlief ein. An Ort und Stelle, im Sitzen, spontan. Auch darauf war sie spezialisiert. Doch ihre Lippen bewegten sich weiter und formten zwischen den Schnarchern stumme Worte.

Die anderen kannten das schon. Graeme versuchte, Crissa ein paar Schlucke Tee einzuflößen. Keine Reaktion, alles ging daneben. Er probierte es weiter, ohne Erfolg. Schließlich holte er einen doppelten Espresso und hielt ihn Crissa unter die Nase.

Sie schnüffelte, dazu war sie noch imstande. Dann setzte sie sich auf und stürzte das starke Gebräu in einem Schluck hinunter. »Danke, das tut gut!« Schlagartig war sie wieder hellwach. Ein starker Kaffee wirkte bei ihr Wunder.

Alle Blicke richteten sich auf sie.

»Howard hadert mit seiner Vergangenheit«, sagte Crissa. »Deshalb schweigt er sich darüber aus. Ihn plagen Schuldgefühle. Genaues weiß ich leider auch nicht, er hat nur Andeutungen gemacht. Aber es muss etwas mit seinem früheren Beruf zu tun haben.«

»Als Insolvenzberater?«, fragte Rossalyn.

»Vielleicht war's eine Insolvenz zu viel? Da hängen ja immer persönliche Schicksale dran, bei einem Konkurs geht's manchmal um Leben und Tod. Es gibt Leute, die springen aus dem Fenster, wenn sie keinen Ausweg mehr sehen. Wie bei der Finanzkrise 2008, damals sind unschöne Sachen passiert. Keine Ahnung, ob Howard Mist gebaut hat und ob jemand darunter besonders leiden musste. Ob er trotz seiner Erfahrung gelinkt wurde …«

»… oder ob seine eigene Beziehung darüber in die Brüche ging«, ergänzte Helen. »Oder alles zugleich.«

Crissa schaute in ihre leere Espressotasse. »Jedenfalls ist er jetzt

›bereit für einen neuen Anfang‹, so steht das doch in seinem Inserat, oder? Höchste Zeit, dass wir das akzeptieren und nicht weiter nachbohren. Wenn Howard so weit ist, wird er's schon erzählen. Die Vergangenheit ist nur ein Prolog, oder?«

»Eigentlich find ich Howard total nett«, sagte Rossalyn. »Er kann so knuffig sein, an der Oberfläche, mein ich. Aber man spürt, dass da einiges darunterliegt, verschiedene Schichten, wie Teller auf dem Arm eines Kellners. Ich glaube, er hat Angst vor sich selbst. Angst, dass ihm die Teller verrutschen und runterfallen. Und dass dann alles in Scherben geht.«

Ein anschaulicher Vergleich, fanden alle Anwesenden und stellten sich vor, wie das war, wenn einem die Ich-Schichten verrutschten. Der PDBDC mochte zwar die erfolgloseste Theatergruppe Schottlands sein, doch bei ihren Treffen drangen sie hin und wieder zu Gedanken vor, die sie innehalten ließen und ihnen bewusst machten, warum sie sich mit Shakespeare, der Literatur und der Schauspielerei beschäftigten, auch wenn ihre erste Premiere noch in weiter Ferne lag.

Die Sekunden verstrichen.

»Howard gefällt sich selbst zurzeit überhaupt nicht«, fügte Rossalyn hinzu. »Irgendwie ist er mit sich uneins.«

Helen überlegte. »Vielleicht sollte er lernen, sich wieder selbst zu mögen.«

»Leichter gesagt als getan«, meinte Crissa.

»Ein Kurs bei Bruder Ptolemy wäre möglicherweise genau das Richtige für ihn«, schlug Helen vor. »Erst vorhin habe ich mich mit unserem leutseligen Eremiten unterhalten. Ich denke, er kann Howard helfen. Wir kommen bei ihm ja leider nicht weiter. Wo die Pferde versagen, schaffen es die Esel.«

Die anderen stimmten ihr zu – und wunderten sich, dass es dafür Kurse gab: sich selbst zu mögen. Konnte man so was wirklich lernen?

»Schön, dann fädele ich etwas ein. Bestimmt kann ich Bruder Ptolemy überreden, Howard kurzfristig in das Programm der Einsiedelei aufzunehmen. Wir gehen das Ganze von der Wurzel her an.«

»Ist es dafür nicht ein bisschen spät?«, fragte Graeme.

»Es ist nie zu spät, an sich zu arbeiten«, widersprach Helen. »Das gilt ja auch für die Schauspielerei. Falls Howard morgen das erste Date vermasselt, hat er ja noch zwei weitere Versuche. Vielleicht gelingt es Bruder Ptolemy, bei ihm das Eis zu brechen. Der PDBDC lässt jedenfalls nicht locker, wir schöpfen alle Möglichkeiten aus.«

»Find ich toll, wie du dich für Howard ins Zeug legst«, sagte Rossalyn.

»Sieh, ihres Herzens Dank kommt dir entgegen!«, fügte Doug macbethgetreu hinzu.

Helen lächelte breit in die Runde. Dann tänzelte sie zum Kuchenbüfett. Als Lohn für ihren genialen Einfall gönnte sie sich einen Lemon Meringue Pie. Gut möglich, dass sie ebenfalls einen Kurs bei Bruder Ptolemy besuchen würde.

8

Hynch beugte sich über das Waschbecken und trank literweise Wasser. Dann wankte er ins Wohnzimmer und sank auf die Couch.

Seine Knie waren immer noch weich. Crissa hatte ihn auf ihrem Motorrad heimgebracht. Nicht direkt zu seinem Haus, sonst wäre sie vermutlich immer noch da und würde die Barbestände dezimieren, sondern nur bis zur Kiloran Bay. Den Rest der Strecke nach Uragaig war er zu Fuß gegangen. Dabei hatte er den Göttern gedankt, dass er die Fahrt überlebt und, soweit dies festzustellen war, unbeschadet überstanden hatte. Crissa war eine Wahnsinnsfrau, auch in angetrunkenem Zustand. Und ihr Whiskygeschmack war wirklich erlesen. Aber auf ihrer Honda wurde sie zur Berserkerin. Fast hätte sie einen kleinen Esel überfahren, der über die schmale Straße gezockelt war. Zum Glück gab es auf Colonsay keine Polizeikontrollen.

Hynch dachte über das Gespräch im Ferry Terminal nach. Hoffentlich hatte er Crissa nicht zu viel über sich erzählt. Doch außer den üblichen Unverbindlichkeiten waren ihm keine Geheimnisse entschlüpft. Er fand es rührend, wie viel Mühe sich die drei Frauen vom Drama Club mit ihm gaben. Die Proben für sein erstes Date seit mehr als dreißig Jahren hatten ihm gezeigt, dass er an diese Sache genauso professionell herangehen musste wie früher an seine Aufträge. Übung war enorm wichtig, dafür war er Helen, Rossalyn und der Honda-Walküre wirklich dankbar. Wie oft hatte er mit seinen Präzisionsgewehren trainiert, als es noch galt, irgendwelche Konkurrenten seines Mobster-Bosses oder korrupte Bullen abzumurksen? Was war nicht alles zu berücksichtigen gewesen! Die exakte Distanz von der Feuerstellung bis zum Zielpunkt, Windrichtung und -geschwindigkeit, Lichtverhältnisse, Luftfeuchtigkeit. Sogar die Erddrehung spielte bei extrem weiten Schüssen eine Rolle.

Er stand auf, öffnete die gläserne Schiebetür zur Terrasse und schaute auf die Bucht hinunter. Dort war vor einiger Zeit ein Buckelwal gestrandet. Seither war der Kadaver zur Touristenattraktion geworden. Noch immer konnte man die Rippen des Tieres erkennen, säuberlich abgenagt und von der Sonne gebleicht. Die Entfernung betrug 796 Meter. Hynch hatte es mit einem speziellen Gerät, wie es auch für die Jagd verwendet wurde, ausgemessen. Manchmal verspürte er Lust, seine Barrett M82 aus dem Schrankversteck zu holen und den Couchtisch als Auflage zu benutzen; das Zielfernrohr einzustellen, eine Walrippe anzuvisieren und das Ding in Knochenstaub zu verwandeln.

Nur ein einziges Mal hatte er danebengeschossen, bei seinem allerletzten Auftrag.[1] Na ja, genauer gesagt war es der zweite Anlauf gewesen. Die prominente Zielperson hatte sich bereits im Fadenkreuz befunden. Doch dann war Hynch unvermittelt durch einen gegnerischen Schützen abgelenkt worden. Den Schützen hatte er gerade noch rechtzeitig erledigt, Selbstverteidigung, ihm war keine Wahl geblieben. Aber die eigentliche Zielperson hatte er daraufhin nicht mehr ausschalten können. Er war zu einem schnellen, unsauberen Schuss gezwungen gewesen – und hatte nur den Hut von Sir Geoffrey Mallard erwischt, einen albernen, mokkafarbenen Borsalino, den der rassistische Idiot auf seinen Kundgebungen getragen hatte, als Markenzeichen. Sofort hatten sich Bodyguards schützend vor Mallard geworfen. Die Chance war vertan gewesen, kein zweiter Schuss möglich.

Hynch hatte es als Wink des Schicksals aufgefasst und seine Karriere beendet. Ursprünglich wollte er sich auf sein Altenteil auf Rodrigues zurückziehen, einer abgelegenen und ziemlich unbekannten Insel bei Mauritius im Indischen Ozean. Aber schließlich

1 Gordon Tyrie: Todesströmung

hatte er sich für die Hebriden entschieden. So richtig war er nie aus Schottland herausgekommen. Dann konnte er dort auch den Rest seines Lebens verbringen, fand er. Die Hebriden waren bestens dazu geeignet, seinen gewohnten Lebensstil beizubehalten und als Howard Currie unerkannt zu bleiben.

Er trat vor seine Bücherwand. Die meisten Titel hatte er sogar gelesen, unter anderem das Gesamtwerk von David Hume, einem schottischen Philosophen aus dem 18. Jahrhundert. Hume hatte Hynch gelehrt, trotz seines dunklen Werdegangs eine Art Ethos zu bewahren, um sich noch im Spiegel betrachten zu können, ohne sich jeden Morgen übergeben zu müssen. Es gab kein Richtig oder Falsch, sondern bestenfalls Annäherungswerte, fand er. Und sogar fürs Zwischenmenschliche hatte Hume eine Weisheit parat gehabt: »Verstand und Genie rufen Achtung und Hochschätzung hervor, Witz und Humor dagegen erwecken Liebe und Zuneigung.«

Das leuchtete Hynch ein, niemand mochte Klugscheißer. Auch deswegen hatte er sich bei den Gesprächen mit den PDBDC-Frauen zurückgehalten, ein Fehler, das war ihm jetzt klar. Er zog Band 1 und 2 von Humes *Gesammelten Werken* halb heraus. Das Schrankversteck öffnete sich, ein Teil der Regalwand glitt zur Seite und gab den Blick auf die Waffen frei.

Hin und wieder tat es ihm gut, seine Rückversicherungen still zu betrachten. Den Schiebemechanismus hatte er nicht selbst eingebaut, als Handwerker war er gnadenlos unbegabt. Aber der Vorbesitzer des Hauses hatte auf ganz spezielle Kopulationspraktiken gestanden und seine Quäl- und Ankettungsutensilien in dem Kabinett hinter dem Bücherregal aufbewahrt. Hynch hatte nur noch ein aufblasbares Schaf vorgefunden, wohl ein Scherzartikel, hatte er angenommen, bis er aufgrund der Halterungen für Handschellen, Peitschen und Teppichklopfer zu anderen Schlüssen gelangt war. Außerdem besaß das Schaf dicke rote Kusslippen. Auf den Hebriden gab es eben nicht nur sittsame Durchschnittsbürger. Armes Plastiktier!

Hynch hatte alles desinfiziert und das Schrankversteck mit seinen eigenen Schätzen bestückt. Es war eine ansehnliche Sammlung: Maschinenpistolen, Sturmgewehre und Karabiner, falls auf Colonsay ein kleiner Krieg ausbrechen sollte; zwei Shotguns, die waren auf dem Lande immer zu gebrauchen; Revolver mit hoher Durchschlagskraft, leichte Pistolen aus Keramik und ein paar handliche Spielzeuge für die Jackentasche. Alles regelmäßig zerlegt, mit Waffenöl behandelt und wieder zusammengesetzt. Diverse Explosivstoffe durften ebenfalls nicht fehlen.

Und ein Scharfschützengewehr, aus Nostalgiegründen. Er nahm die Barrett heraus und wog sie in der Hand, so wie andere Leute ihre nicht ganz ungefährliche Katze auf den Arm nahmen. Dann legte er auf das Walgerippe an. Einige Leute waren in der Kiloran Bay unterwegs, umherschlendernde Paare, auch Familien mit Kindern. In Gedanken zog er den Abzug.

Er musste etwas erfinden, das war ihm klar. Um die Lücken in seinem Lebenslauf zu füllen. Dummerweise bestand sein Lebenslauf seit dem Abschied von der Armee nach dem Falklandkrieg aus einer einzigen Lücke. Es war zwar ziemlich einfach, an gefälschte Ausweise auf den Namen Howard Currie zu kommen, wenn man die richtigen Leute kannte. Aber wer fälschte ihm den ganzen Rest? Anstelle der drei Jahrzehnte am Scharfschützengewehr in den Diensten von Black Eyed Bruce? Für die Annonce in der *Oban Times* hatte er in der Hoffnung, keine seiner Kandidatinnen wüsste viel damit anzufangen, auf »Insolvenzberater« zurückgegriffen. So war er früher gelegentlich genannt worden. Ein Insiderwitz, denn nachdem Hynch einen Mandanten »beraten« hatte, etwa mithilfe eines Phosphorgeschosses, war der Kerl definitiv nicht mehr zahlungsfähig gewesen.

Das Handy klingelte.

Es machte »Kliep, kliep!« wie ein Austernfischer – der Signalton für eingehende Anrufe. Hynch hatte das extra so eingestellt, eine seiner Marotten. Bei WhatsApp-Nachrichten ertönte das Quaken von Eiderenten.

Er stutzte, legte das Gewehr auf die Couch. Wer zum Teufel

konnte das sein? Normalerweise wurde er nie auf dem Handy angerufen, kaum jemand kannte seine Nummer.

»Kliep, kliep!«

Außer vielleicht Helen, von ihr hatte er sich breitschlagen lassen von wegen »hoffnungsvoller Anwärter auf den PDBDC«. Sie war ganz schön hartnäckig.

Hynch ging ran. »Hallo?«

»Leg nicht auf«, kam es zurück. »Wir haben was Wichtiges zu besprechen.«

Eine dunkle Männerstimme. Der Akzent klang nach Glasgow.

Nicht gut.

9

»Zuerst mal: Ich hab nichts gegen dich. In gewisser Weise bin ich sogar dein Freund. Im Gegensatz zu Mallard. Der kann dich nicht besonders leiden. Aber das weißt du ja.«

Hynch schwieg.

»Na? Mallard war doch der Letzte auf deiner Liste, das ist allgemein bekannt. Pech, dass du ihn nicht mehr erwischt hast, bevor du von der Bildfläche verschwunden bist. So was holt einen irgendwann ein.« Der Anrufer wartete kurz auf eine Erwiderung, die ausblieb, und sprach dann weiter. »Obwohl es dir ja gar nicht ähnlich sieht, eine Rechnung offenzulassen. Deshalb dachten auch alle, du wärst abgenippelt, aus Altersschwäche oder so, kommt ja vor. Vermutlich war das beabsichtigt, nicht wahr? Hynch verschont niemanden, nur über seine Leiche, so hieß es doch immer. Wenn Hynch einen Auftrag nicht ausführt, muss dem alten Knaben was passiert sein. Clever gespielt!«

»Hm«, brummte Hynch, ließ sich aber nicht zu einer Antwort provozieren.

»Du brauchst nichts zu sagen. Das Reden übernehme ich, gar kein Problem. Vielleicht hältst du mich für einen Bullen, der dich aufs Glatteis führen will. Aber wenn ich einer wäre, dann stünde längst eine SEK-Truppe vor deiner Tür in … wie heißt das Kaff noch mal? Uragaig, richtig! Auf Colonsay. Google Earth liefert mir gerade ganz tolle Bilder. Gute Wahl! Auf so einer Insel ist das Leben bestimmt sicherer als im bösen alten Glasgow. Mit netten Nachbarn, nehme ich an, keinen, die dich tot sehen wollen, das ist schon mal ein Vorteil. Und Howard Currie ist ein cooler Name, klingt wie ein Schauspieler. Woher ich das alles weiß? Man hat so seine Quellen …«

Das waren schlechte Nachrichten. Dieser Typ wusste erschreckend viel. Viel zu viel. Instinktiv schaute Hynch aus dem Fenster und suchte die Gegend ab. Er hatte den Eindruck, unter Beobachtung zu stehen, fühlte sich exponiert, bloßgestellt. Rasch ging er vom Fenster weg, stellte sein Handy laut und legte es auf den Couchtisch.

»Was willst du?«, wagte er sich vor.

»Oh, ein Lebenszeichen!«

»Mach es kurz. Märchenstunden sind nicht mein Fall, da schlafe ich immer ganz schnell ein.« Er gähnte demonstrativ.

»Schade! Ich dachte, wir plaudern ein wenig über deine Zeiten als … Insolvenzberater. Wie originell! Quasi selbsterklärend. Und so hilfreich, wenn man deine Vergangenheit kennt. Na, wieder wach?«

Hellwach, leider. Hynch nahm das Gewehr und lud es durch – was hoffentlich deutlich zu hören war. Er widerstand dem Drang, zum Schrankversteck zu gehen und sich zusätzlich mit einer Pistole zu bewaffnen.

»Ich hab ja keine Ahnung, wer heute noch Zeitung liest und warum«, fuhr der Anrufer fort. »Aber manchmal lohnt es sich doch. Hab mir sogar die Mühe gemacht, die Provinzblätter zu durchstöbern, nicht nur online, auch die Printausgaben. Und rate mal, worauf ich gestoßen bin! Deine Anzeige ist echt niedlich. Gut situierter Robinson … mit Hang zur Poesie … Verführerisch! Fast hätte ich mich selbst gemeldet! Du hast es ja genderneutral formuliert, bist für alles offen, wie? Das erhöht die Chancen, rein rechnerisch. Mit 59 muss man flexibel sein.« Ein dämliches Lachen. »Lädst du mich auch auf deine Insel im Atlantik ein?«

»Aber sicher«, gab Hynch ungerührt zurück. »Wir sollten uns unbedingt persönlich kennenlernen.«

»Na, ich weiß nicht. Bin mehr so der Telefonsex-Typ. Der Reiz des Verborgenen, aus der Distanz – wenn du verstehst, was ich meine.«

»Könnte ja auch sein, dass du ganz in der Nähe bist …«

»Auf Schussweite meinst du wohl? Da muss ich dich leider enttäuschen. Ich bin nicht lebensmüde.«

»Was machst du denn beruflich? Ich tippe auf Privatermittler. Schnüffler.«

»Profiler bitte! Bestens vernetzt.«

»Freelancer oder fest angestellt?«, fragte Hynch.

»Frei wie ein Vögelchen, da kann ich dich beruhigen. Die Bullen haben dich nicht mehr auf dem Radar. Was sich natürlich im Handumdrehen ändern ließe … Dann verbringst du deinen Ruhestand im Knast und kannst von dort aus Partnerschaftsanzeigen schreiben. Manche Frauen stehen auf so was, Helfersyndrom, mit Dates zu den Besuchszeiten.«

»Ist das eine Drohung?«

»Nur ein Wink mit dem Zaunpfahl. Ich möchte keinen Zweifel daran lassen, wer in unserer Beziehung den dominanten Part innehat.«

»Wie darf ich dich nennen?«

»Sag Tomtom zu mir. Veraltetes Navi trifft veralteten Auftragsmörder, das ist doch ein Match. Wir sollten uns blendend verstehen.«

»Von mir aus.«

»Also dann: Nachdem ich deine Spur aufgenommen hatte, war es ein Kinderspiel, die Datenbank der *Oban Times* zu hacken. Wir können also aufhören, uns was vorzumachen. Ich nehme unser wundervolles Gespräch als Bestätigung meiner Recherche. Erwartest du demnächst Damenbesuch? Wer hat sich denn gemeldet? Irgendjemand unter 70?«

»Das heißt dann wohl, ich bin aufgeflogen«, stellte Hynch fest. »Du hast deine Informationen an Mallard verkauft.«

»Na klar! Mallard hat nichts vergessen, gar nichts, der will dir an den Kragen, dem einzigen Überlebenden des Blutbads auf der Isle of Jura. Dem, der es fertiggebracht hat, seinen alten Kumpel Preston abzuräumen – immerhin Vizepräsident der Police Scotland. Mit Prestons Hilfe hätte es Mallard bis nach ganz oben geschafft, an die Spitze der Macht, davon ist er immer noch überzeugt. Aber du hast dafür gesorgt, dass sich seine Pläne in Luft aufgelöst haben. So ist das.«

»Und was soll dann dieser Anruf?«

»Vielleicht möchtest du erfahren, *wie* dir Mallard an den Kragen will? Gegen eine Aufwandsentschädigung von 15000 Pfund erfährst du seinen Plan. Information ist mein Geschäft.«

Endlich begriff Hynch. Dieser sogenannte Profiler wollte doppelt abkassieren, bei Mallard und bei ihm. Aber 15000? Ein vergleichsweise niedriger Betrag, der war gerade noch zu verkraften. »Was hat dir Mallard für deine Recherchen bezahlt?«

»15000«, sagte Tomtom.

»Hört sich fair an.«

»Mehr war nicht rauszuschlagen.«

»Die Preise scheinen ja ziemlich gesunken zu sein«, wunderte sich Hynch. »Ich bezahl das zwar nicht aus der Portokasse, aber …«

»Wären dir 20000 lieber?«

»Das wollte ich jetzt nicht sagen …«

»Ich arbeite gerne im unteren fünfstelligen Bereich, das hält das Risiko für Leib und Leben in Grenzen, dafür wird man nicht gleich ausgeknipst. Und da Mallard und du nicht mehr die Hotshots im Business seid … Na ja, der Markt regelt die Preise.«

»Dass Mallard ziemlich abgebaut hat, hab ich schon gehört«, meinte Hynch. »Seine politischen Ambitionen scheinen sich zerschlagen zu haben.«

»Ja, aufgrund eines Spendenskandals – zu dessen Aufdeckung du den Anstoß gegeben hast, wenn du dich erinnerst. Danach hat sich seine neue Rechtsauslegerbewegung in Flügelkämpfen aufgerieben. Diese Nazis sind jetzt weg vom Fenster. Die Ölindustrie ist ebenfalls auf dem absteigenden Ast, und in der Immobilienbranche macht er auch keinen Stich mehr.«

»Schaut schlecht aus für Sir Geoffrey …«

»Der will nur noch hinter sich aufräumen und schauen, dass er seinen Ruf als cleverer Investor rettet.«

»Das soll er ruhig probieren.«

»Aber du stellst die einzige noch bestehende Verbindung zu seiner kriminellen Vergangenheit dar. Falls irgendwann Gras über die Sache gewachsen ist, hofft er, in der Politik einen neuen Versuch zu starten und doch noch Abgeordneter des schottischen Parlaments zu werden – jetzt aber für die Tories, die sind ja mittlerweile immer nationalistischer drauf.«

Hynch prustete los. »Und wovon träumt er sonst noch?«

»Von deiner Leiche. Du hast versucht, ihn umzunieten. Jetzt will er's dir heimzahlen.«

»Und wie will er das bewerkstelligen?«

»Diese Information gibt es nur für 17000 Pfund.«

»17000? Vorhin waren es noch 15000!«

»Ich bin nur ein Knecht des Kapitalismus.«

Hynch überlegte. »Na gut, wie wird Mallard wohl vorgehen? Er schickt mir ein paar Schläger und einen mit einer großen Wumme. Soll er! Das hat schon auf Jura nicht geklappt. Die puste ich alle mit links weg.«

»Vergiss es, Mallard schickt keine Todesschwadron, der hat was anderes vor.«

»Was denn?«

»Wir stehen bei 17000.«

Hynch fiel ein, dass er seine Zelte auf Colonsay sofort abbrechen könnte. »Was hindert mich daran, noch heute ins Ausland zu verschwinden? Ein Mann wie ich sitzt immer auf gepackten Koffern.«

»Wenn das alles vorbei ist, wirst du die Insel sicherlich verlassen und dir eine neue Tarnung zulegen.«

»Warum nicht gleich? Sagen wir, ich chartere ein Boot ... Dann bin ich hier in ein oder zwei Stunden weg, das geht ganz schnell.«

»Möglich wär's, du bist ja ein Profi«, räumte Tomtom ein. Er machte eine Pause. Anschließend spielte er seine Trumpfkarte aus: »Aber Mallard hat vor, persönlich nach Colonsay zu kommen, sobald du erledigt bist. Er möchte sich vor Ort von deinem Ableben überzeugen. Es gibt doch einen kleinen Flugplatz auf der Insel.

Wahrscheinlich schaut er mit einer Sportmaschine vorbei. Ist das nicht ein Anreiz für dich, noch eine Weile zu bleiben? Dann könnt ihr euer Wiedersehen feiern.«

»Wie soll denn das funktionieren?«

»Viel Fantasie hast du ja nicht … Liegt wohl daran, dass du früher bei den Marines warst. Also, ich erklär's dir, in drei Schritten, schön übersichtlich.«

»Ich bitte darum.«

»Als Erstes muss es dir gelingen, nicht umgebracht zu werden. Das kriegst du hin, sofern wir uns auf einen Deal einigen und ich dir Mallards Plan verrate.«

»Und woher kennst du Mallards Plan?«

»Berufsgeheimnis, ich recherchiere in viele Richtungen.«

»Weiter!«, forderte Hynch ihn auf.

»Zweitens muss der Killer, der auf dich angesetzt ist, Vollzug melden und das entsprechend belegen, mit einem Foto oder besser mit einem Video. Nur dann kommt Mallard nach Colonsay, um deine Leiche zu besichtigen. Alles klar so weit?«

Ein Killer. Nur einer. Wichtiger Hinweis, fand Hynch. »Und Punkt drei?«

»Hängt mit Punkt zwei zusammen. Du musst deinen Tod glaubwürdig vortäuschen, und zwar so, dass der Killer denkt, er hätte dich erledigt.«

»Okay …«

»Entscheidend ist nur, dass Mallard vom Handy des Killers den Beweis erhält: Hynch hat die Grätsche gemacht. Schaffst du das?«

»Hört sich interessant an.«

»Das wäre *deine* Gelegenheit, mit Mallard ein für alle Mal reinen Tisch zu machen. Lass dir was einfallen! Wir sind jetzt bei 20000. Aufgrund der Zusatzinformationen.«

»Du reizt es echt aus!«, protestierte Hynch.

»Dafür vergesse ich auch alles, was ich über dich herausgefunden habe. Das ist doch fair! Du solltest zugreifen!«

»Und warum sollte ich dir vertrauen?«

»Weil du keine andere Wahl hast. Darauf läuft es immer hinaus.«

Das stimmte, überlegte Hynch. Ihm blieb keine Wahl. Dieser Profiler hatte alles so geschickt eingefädelt, dass er dieses Angebot gar nicht ablehnen konnte. Einfach abzuhauen widerstrebte ihm. Würde er Tomtom dadurch wirklich loswerden, jetzt, wo er bereits so dicht an ihm dran war? Manchmal war es am besten, solche Spürhunde einfach auszuzahlen. Dann hakten sie die Sache ab und wandten sich ihrem nächsten Opfer zu.

Es ging noch eine Weile hin und her. Zum Schein sträubte sich Hynch, lenkte dann aber ein. Schließlich übermittelte Tomtom seine Bankdaten von einer Investment Group auf der Isle of Guernsey. Hynch seinerseits hatte ein Konto auf der Isle of Jersey. Beides waren Kanalinseln und Steueroasen. Das Geld wechselte online den Besitzer, völlig legal – und ohne dass irgendeine Behörde darauf aufmerksam wurde. Mit Kleinbeträgen gab sich die Finanzaufsicht in der Regel nicht ab.

»Verbindlichsten Dank!«, vermeldete Tomtom. »Die zwanzig Riesen sind gerade eingetrudelt.«

»Gib nicht alles auf einmal aus.« Hynch fand, dass er nun am Drücker war. »Und jetzt raus mit der Sprache! Wie will mich Mallard abservieren? Wofür habe ich gerade bezahlt?«

Stille in der Leitung.

»Bist du noch dran?«

»Sorry, musste nur meine Unterlagen ordnen.«

»Du machst es aber spannend. Nun sag schon, wer wurde auf mich angesetzt?«

»Es hängt mit deiner Kontaktanzeige zusammen. Mallard schickt dir eine Killerin, einen Todesengel.«

Hynch dachte sofort an die drei Kandidatinnen, die ihr Kommen angekündigt hatten und mit denen er sich an den nächsten Wochenenden zu treffen beabsichtigte. Chloe, Jill und Frances, so hießen sie. »Meinst du, Mallard legt mir ein faules Ei in den Korb?«

»Ich weiß nur, dass er mit einer Frau handelseinig geworden

ist – der besten Killerin nördlich des Hadrianswalls. Niemand kennt ihren Namen, natürlich operiert sie inkognito.«

»Ist das alles? Zu diesem Preis?«

Im Hintergrund war ein Geräusch zu hören. Hynch meinte das Wort »Daddy« zu vernehmen, geflüstert, drängend.

»Ja, das war's.«

»Wenn du mir Bullshit erzählt hast … Eines Tages finde ich dich. Ich finde jeden. Und für dich lasse ich mir was ganz Besonderes einfallen, darauf kannst du dich verlassen.«

Tomtom beendete die Verbindung.

Hynch schaltete das Handy ab und nahm den Akku heraus. Dann entfernte er die SIM-Card und zerstörte sie mit dem Gewehrkolben – und dem Gefühl, gerade sehr viele kleine und einen riesengroßen Fehler begangen zu haben.

Die beste Killerin nördlich des Hadrianswalls klemmte sich ein Schaf zwischen die Beine, um zu sehen, ob sie es noch draufhatte.

Sie hatte schon einmal als Schäferin gearbeitet. Um einem Landvermesser auf die Pelle zu rücken. Der hatte ihren Auftraggeber übers Ohr gehauen und auch noch dessen minderjährige Tochter geschwängert. Wochenlang zog sie mit einer Herde durch die sanften Hügel der Borders, half den Auen beim Lammen, befreite verirrte Tiere aus Stacheldrahtverhauen und Dornengestrüpp, trank Wasser aus torfigen Bächen und wechselte nie ihre Klamotten. Die Herde vertraute ihr blind, sogar die alten Böcke akzeptierten sie murrend, eine rundum beglückende Erfahrung.

Als sie dem Landvermesser dann auf einer einsamen Sommerweide in den Southern Uplands begegnet war, hatte sie ihm keine Zeit mehr gelassen, sich darüber zu wundern, dass sich ein gebogener Schäferstock um seinen Hals legte und er plötzlich keine Luft mehr bekam.

Die Wolle ging problemlos ab, ohne dass das Tier verletzt wurde. Die beste Killerin nördlich des Hadrianswalls schaltete die Schermaschine aus. Sie hatte nichts verlernt.

Mit verschiedenen Identitäten zu experimentieren war beim Method-Killing unabdingbar. Sie schlüpfte in andere Rollen wie in maßgefertigte Handschuhe. 50000 Pfund Kopfgeld stellten eine zusätzliche Motivation dar.

Für diesen Job konnte sie sich zwar einfach nur als Touristin tarnen, doch Partnerschaftskandidatin der Zielperson oder zumindest Interessentin, die einer Affäre nicht abgeneigt war, passte viel besser, eröffnete mehr Möglichkeiten. Das allein reichte natürlich nicht. Sie brauchte auch einen richtigen Beruf, im Grunde sogar eine komplet-

te Lebensgeschichte, um ihre wahre Biografie glaubhaft zu verschleiern.

An die ziemlich abgelegen wohnende Zielperson war nicht so einfach heranzukommen. Deshalb konnte etwas Hebridentypisches von Nutzen sein.

Als Nächstes belegte sie ein Seminar für keltische Volkstänze, bediente aushilfsweise in einem Café, trainierte wie verrückt mit dem Mountainbike, öffnete fünfzig Austern am Stück, besuchte eine Vogelmesse – und nahm jedes Mal eine andere Persönlichkeit an. Aufgekratztes Feierbiest, verbissene Sportlerin, introvertierte Naturliebhaberin, sie hatte alles in petto. Es war wie Malen nach Zahlen. Für welche Rolle auch immer sie sich entschied – sie brannte bereits darauf, sie voll und ganz auszufüllen.

Erneut erwies sich ihre bipolare Störung mit schizophrenen Tendenzen als hilfreich, auch die psychotischen Schübe. Ihre letzte Einweisung in die klinische Psychiatrie mit Zwangsjacke und Elektroschocks lag schon eine Weile zurück. Die – zu Unrecht geschmähten – Elektroschocks vermisste sie, die holten sie stets ein bisschen runter und dämpften die vielen geschwätzigen Stimmen in ihrem Kopf zu einem gleichmäßigen, diffusen Hintergrundrauschen, ein bisschen wie Fahrstuhlmusik.

Jedenfalls war es schön, bei jedem Mord was dazuzulernen! Ihre Zielperson hielt es sicher genauso. Einmal Auftragskiller, immer Auftragskiller. Der »Insolvenzberater« suchte sich auch stets etwas Neues, um nicht geistig zu veröden und in Form zu bleiben. Legte sich harmlose Hobbys zu wie die Vogelbeobachtung. Übte mit seinem Scharfschützengewehr, um das Gefühl für die Entfernungen und für den Druckpunkt nicht zu verlieren. Sonst wäre er in seiner aktiven Zeit nicht so extrem erfolgreich gewesen. Eine 99-prozentige Check-out-Quote konnte sich sehen lassen.

Doch sie hatte ihm etwas voraus: Sie war extrem durchgeknallt. Und ihre Quote belief sich auf makellose 100 Prozent.

10

Die Einsiedelei war schon von Weitem zu hören. Das passte nicht ganz zum Namen, fand Thin Lizzy. Sie hatte Menschen in stiller Einkehr erwartet, Schweigekreise und dergleichen. Was man halt so machte, wenn man über sein verpfuschtes Leben nachdachte und versuchte, mit seinem inneren Schweinehund in Kontakt zu treten.

Stattdessen ertönten aus allen Richtungen seltsame Laute.

»Oooaaauuuaaauuuaaauuuh!«

»Mbrrrmbrrrbrrrrrr!«

»Aahiiiahäääaaiii!«

»Höddöhöddöhöddöhöddöhöhhh!«

»Pffffützfüschpffffüüüüpützfüsch!«

Jeder Spirit Seeker saß im Schneidersitz auf einem Stein, ließ entspannt die Arme herabhängen und produzierte Geräusche, wie sie auch bei einem Gälisch-Sprachkurs für Anfänger hervorgebracht werden mochten. Die Speichelabsonderung war enorm. Manche fixierten einen Punkt in der Ferne, andere starrten eher abwesend vor sich hin. Doch alle blickten auf den fischbauchfarbenen Widerschein des Meeres hinaus. Ein milchiger Dunst lag über dem Wasser und ließ die Konturen der Wellen verschwimmen.

Lizzy schaute fragend zu Bruder Ptolemy.

»Das ist unsere Nachmittagsaufgabe«, erklärte er. »Freie Meditation ohne ein bestimmtes Thema. Beim Ausatmen geht es darum, zu ›tönen‹, also zu seufzen, zu stöhnen oder zu brummen, egal, wie es eben herauskommt. Wir haben das heute Morgen geübt. Die ewig kreisenden Gedanken sollen in den Hintergrund treten, damit der Körper übernehmen kann. Den Kopf ausschalten – ein wichtiger Schritt, um zum Spirit vorzudringen.«

Lizzy lag es fern, sich über Meditation lustig zu machen. Auch sie schaltete ganz gern ihren Kopf aus und horchte in sich hinein, wenn ihre vier Mägen ein Kammerkonzert anstimmten. Es war immer beruhigend, den Körperfunktionen zu lauschen.

Bruder Ptolemy stellte ihr die einzelnen Kursteilnehmer vor. Auf die Schnelle konnte sich Lizzy die Namen nicht merken, es waren ein gutes Dutzend Personen, vorwiegend weiblich, aus unterschiedlichen Ländern. Allen gab der Chef Tipps: gleichmäßig atmen, Schultern zurücknehmen, aufrecht sitzen. Keiner reagierte auf das Hochlandrind. Alle waren vollauf mit Tönen beschäftigt.

»Ich wechsle jetzt meine Kutte und besorge mir neue Sandalen. Wir haben hier eine kleine Manufaktur, dort stellen wir die Sachen her. Man muss die Leute ja beschäftigen. Im Onlineshop sind vor allem die Sandalen ein Renner. Wir verwenden alternative Materialien wie Kork, ökologische Mikrofasern und Ananasblätter. Vielleicht wirkt hier alles etwas improvisiert, aber ökologisch sind wir ganz weit vorn. Schau dich nach Belieben um. Mit den Tieren kannst du dich ja selbst bekannt machen.«

Bruder Ptolemy verschwand in dem Gemeinschaftsturm. Das Gebäude war durchaus beeindruckend, ein Blickfang, professionell restauriert und doch jede Menge Geschichte ausströmend. Vermutlich handelte es sich um die Überreste einer alten Wehranlage. Lizzy musste an Merlin denken, den großen Zauberer, der Legende nach Lehrmeister von König Artus. Der mochte in einem ähnlichen Turm residiert haben. Ob Merlin jedoch einen schwunghaften Handel mit tierleidfreien Sandalen betrieben hatte, wagte sie zu bezweifeln.

Sie begab sich auf einen kleinen Rundgang. In unmittelbarer Umgebung standen die verfallenen Häuser, von denen Bruder Ptolemy geredet hatte und die den Spirit Seekern als Unterkünfte dienten. Ihr Zustand war wirklich erbärmlich: Alle Dächer fehlten, die Ruinen waren von Farnkraut und Fingerhut überwuchert, Türen gab es nicht, die waren im Laufe der Jahre weggefault. Aber alles sehr romantisch. Einigermaßen intakt waren nur ein paar

Kamine und Feuerstellen, Spuren eines einfachen und wahrscheinlich gar nicht so unglücklichen Lebens am Rand der Welt. Für diese Ruinen 150 Pfund am Tag zu verlangen, als wären es die Zimmer eines gehobenen Hotels, fand Lizzy ziemlich gerissen.

»Heja«, sagte sie zu den Schafen, die zwischen den Häusern weideten. »Alles klar bei euch?«

Die Schafe blökten. »Mööh!«, »mööh!« und »möö-ööh!«.

Es hörte sich niedlich an. Doch jedes »Mööh!« stand für »Schöne Scheiße!«. Und da eine ganze Reihe von Schafen Lizzy auf diese Weise zublökten, hörte sie andauernd nur »Schöne Scheiße!«. Und »Möö-ööh!« bedeutete: »Na super, noch ein zusätzlicher Fresser in der Einsiedelei!«

Lizzy hätte es wissen müssen. Schafe waren pessimistische Schisser – Ausnahmen natürlich immer möglich.

Bei den Lamas wurde es nicht besser.

»Was bist'n du für eine?« – »Hat uns gerade noch gefehlt.« – »Die ist ja viel zotteliger als wir.« – »Der Chef steht drauf. Jetzt sind wir abgemeldet.«

Lizzy fühlte sich förmlich angespuckt. Diese Lamas sollten mal ihre Vorteile überdenken! Aber was war von Herdentieren schon zu erwarten? Einst hatte sie auch einer Herde angehört, Highlands waren sehr sozial veranlagt. Lizzy nicht. Seit ihr Ex-Bauer auf Gigha das einzige Kalb, das sie geboren hatte, aufs Festland verscherbelt hatte, sonderte sie sich ab. Sie trauerte immer noch um Bowie, so hatte sie ihren kleinen Darling damals genannt, als sie ihn nach dem Kalben trocken geschleckt hatte. Wo mochte er jetzt sein?

Sie stapfte zurück zum Turm. War ja klar, dass sie bei der Belegschaft erst mal auf Ablehnung stieß. Mit der Zeit würde sie sich mit den verschiedenen Fraktionen schon anfreunden. Oder auch nicht.

»Du bist die neue Bitch, oder?«

»Hä? Wer spricht da?«

»Ich stelle hier die Fragen, kapiert?«

Auf einer vorspringenden Mauer neben dem Turmportal saß eine ziemlich große Krähe. Wie ein Wachposten lauerte sie dort und drehte den Kopf unablässig in alle Richtungen. Sie hatte einen langen, zangenförmigen Schnabel, und ihre Stimme klang auf eine Weise nölend und zänkisch, dass Lizzy sich unwillkürlich fragte, was sie jetzt schon wieder falsch gemacht hatte.

Es war Abneigung auf den ersten Blick. Mit Vögeln konnte Lizzy ohnehin nicht viel anfangen, die nervten irgendwie. Nicht die kleinen, Spatzen, Kleiber und so, die waren süß und hielten Abstand. Auch Raubvögel waren okay, die hatten Respekt und blieben unter sich. Aber alles, was sich einfach auf Lizzys Rücken setzte und ungefragt in ihr Fell kackte, war indiskutabel. Mit Krähen hatte sie diesbezüglich schlechte Erfahrungen gemacht. Manche von denen legten es direkt darauf an, ihr in die Quere zu kommen.

»Sag Yeedith zu mir«, krähte die Krähe im Befehlston, als sei sie ein Habicht.

»Wenn's dich glücklich macht. Ich bin Thin Lizzy.«

»Wie die irische Band?«

»Nein, wie die Queen, als sie noch dünner war«, scherzte Lizzy, doch der Gag kam nicht an.

»Keine Ahnung, wovon du redest. Bilde dir bloß nichts ein!«

»Ich doch nicht!«

»Eine Queen ist das Letzte, was wir hier brauchen. Wenn du denkst, du wärst was Besonderes, nur weil Bruder Ptolemy dich persönlich am Pier aufgelesen hat, dann hast du dich geschnitten. In der Einsiedelei kommen die Tiere und gehen. Wer seinen Zweck nicht erfüllt, wird ausgesondert. Es gibt eine klare Hierarchie …«

»Lass mich raten«, unterbrach Lizzy. »Du sagst, wo's langgeht, und der Rest hat zu spuren.«

»Blitzmerker.«

»Hochlandrinder sind eben von der schnellen Truppe.«

»Das wird sich noch zeigen. Kommen wir zu den Regeln«, begann Yeedith. Jetzt hörte sie sich an wie ein herrischer Waldkauz.

»Regeln?«

»In der Nähe des Turms treibst du dich schon mal nicht rum, verstanden? Dein Platz ist im äußeren Bereich. Siehst du das letzte der alten Bauernhäuser da unten in der Senke? Wo das Moor anfängt?«

»Da sind Wolken von Stechfliegen. Midges.«

»Gut beobachtet. Dein neues Reich! Fühl dich wie zu Hause!«

Lizzy glaubte, sich verhört zu haben. »Nicht dein Ernst, oder?«

Midges waren eine der großen Plagen der Menschheit und Tierwelt und mit Abstand das Schlimmste, was Schottland zu bieten hatte. Die winzigen Blutsauger traten bevorzugt in Schwärmen auf. Wenn Midges einen stachen, juckte das wie die Hölle. Sofort schwoll die Haut an und entzündete sich, was immer mehr Midges auf den Plan rief. Es hatte keinen Sinn, nach ihnen zu schnappen oder sie mit der Zunge ins Maul zu befördern, es waren einfach zu viele. Außerdem schmeckten sie wie abgetretene Fußmatte. Die einzige Möglichkeit, Midges zu entrinnen, war Geschwindigkeit. Die Mistviecher waren total lahm, im Flug brachten sie es auf maximal drei Meilen pro Stunde. Eine Highland Cow war schneller – wenn sie galoppierte.

»Zecken hat's da unten auch im hohen Gras«, fuhr Yeedith fort. »Aber als Hochlandrind kannst du das doch locker ab. Du schaust so … robust aus.« Sie kullerte wie ein Birkhahn. Offenbar hatte sie eine ganze Bandbreite von Vogelstimmen drauf.

Zecken? Lizzy erstarrte. Midges waren lästige kleine Wichser, aber Zecken rangierten auf der Arschlochskala ganz weit oben, die übertrugen fiese Krankheiten. Lizzy hatte Rinder jämmerlich eingehen sehen aufgrund von Zeckenbefall, auch Hirsche und Rehe. Da hatte der Spaß ein Loch.

»Also gut, Krähe, eigentlich bin ich harmoniebedürftig. Aber deine Machtspielchen mache ich nicht mit. Steck dir deine Regeln sonst wohin.«

»Du weigerst dich?«

»Sagen wir mal so: Du bist nicht für mich zuständig, wir kommen bestens ohneeinander aus. Du machst dein Ding, und ich meins.«

»Vielleicht hätte ich nicht mit den Regeln anfangen sollen, sondern mit den Bestrafungen«, sagte Yeedith unheilvoll.

»Erzähl's den Schafen oder den Lamas.« Lizzy beschloss, ihren Rundgang fortzusetzen. Sie trabte ein paar Schritte, dann drehte sie sich um. »Was mich noch interessieren würde: Welchen Zweck erfüllst *du* hier eigentlich? Außer einen auf dicke Hose machen?«

Die Krähe richtete sich auf und breitete die Schwingen aus, weit größere Schwingen, als es den Anschein gehabt hatte. Sie flatterte ein paar Meter hoch, um dann unvermittelt im Sturzflug niederzustoßen. Der erste Hieb mit dem Schnabel traf das weiche Kuhmaul.

Lizzy röhrte auf vor Schmerz.

Yeedith krallte sich auf dem Zottelschädel des Hochlandrinds fest. Bei jedem Satz hackte sie mit dem Schnabel nach Lizzys Gesicht.

»Ich war als Erste hier.«

Hack!

»Ich habe Bruder Ptolemy diesen Ort gezeigt.«

Hack!

»Ich bin sein Seelentier, wir sind untrennbar miteinander verbunden!«

Hack!

Lizzy sprang wie verrückt umher und schwenkte wütend ihre Hörner, konnte Yeedith aber nicht abschütteln. Die Krähe saß genau zwischen den Hörnern und wusste ihren Vorteil zu nutzen.

»Gib auf!«, krächzte sie. »Sonst nehm ich mir deine Augen vor.«

Lizzys Maul blutete, es tat verdammt weh. Noch jedem Angreifer hatte sie in ihrem bewegten Leben Paroli geboten, stets kämpfte sie bis zuletzt. Doch gegen diese Psychokrähe kam sie momentan nicht an. Sie senkte den Schädel und legte sich hin, vergrub ihr Maul zwischen den Vorderbeinen. Verteidigungsposition.

»Füge dich!«, kreischte Yeedith in dem Bewusstsein, dass sie gewonnen hatte.

»Fick dich!«, wollte Lizzy entgegnen, aber es kam nur ein röchelndes »Fggggrrchhhh« heraus. Wenn sie jetzt nachgab, war's das mit ihrer Unabhängigkeit, Yeedith hätte sie kleingekriegt. Wo war überhaupt Bruder Ptolemy? Hielt der sich fein raus und beobachtete, wer diese Kraftprobe für sich entschied?

»Du hast es nicht anders gewollt …« Die Krähe holte mit dem Schnabel aus und zielte auf Lizzys linkes Auge.

Lizzy brauchte ein Wunder. Warum war sie allein? Warum war Bowie nicht mehr bei ihr? Inzwischen musste er zu einem jungen Stier herangewachsen sein. Zu zweit würden sie Yeedith heimleuchten …

Allein war manchmal echt bitter.

»Wo kommst du jetzt plötzlich her?«, fragte die Krähe, leicht abgelenkt. »Was willst du?« Zugleich grub sie ihre Krallen fester in Lizzys Haut. »Hier gibt's nichts zu sehen. Außerdem hast du gar keine Freigabe für den Turmbereich! Was machst du hier?«

»Iiiiiaaaaa!«

Lizzy schaute hoch. Der Huf einer zähnefletschenden Bestie sauste durch die Luft.

Es war wie beim Golf. Der Huf war der Schläger, und Yeedith war der Ball. Die Krähe wurde jäh beschleunigt und verschwand in einem Gewölk schwarzer Federn.

11

Mühsam richtete sich Lizzy auf.

Vor ihr stand ein kleiner Esel. Er hatte glattes, hellgraues Fell und eine kurze Mähne, struppig wie eine Wurzelbürste. Sein weiß abgesetztes Maul war bedeckt von Narben und Kratzern, offenbar hatte auch er schon unter Yeedith leiden müssen. Am auffälligsten waren seine unendlich langen Ohren.

»Puuh, das war Rettung in letzter Sekunde, danke!«, begann Lizzy. »Du hast ja hübsche Lauscherchen. Wie weit kann man damit hören?«

»Venga!«, sagte der Esel. »Wir verduften!«

»Hey, du hast diese Dreckskrähe gerade ausgeknockt. Willst du das nicht auskosten? Schöner Schwung übrigens! Damit kannst du bei den British Open in St. Andrews antreten.«

»Yeedith ist ein 'arter Brocken. Bestimmt ist die bald wieder fit. Komm in die 'ufe!«

Tatsächlich saß die Krähe schon wieder auf dem Mauervorsprung am Portal des Turms. Sie wirkte ziemlich mitgenommen, putzte ihr Gefieder und funkelte das Eselchen dabei hasserfüllt an.

Also folgte Lizzy ihrem jungen Retter. Sie trabten zwischen den verfallenen Häusern und ein paar grauslich tönenden Spirit Seekern auf ihren Sitzsteinen hindurch, die hatten den Kampf der Giganten völlig ignoriert. Nach einer Weile gelangten sie zu einer niedrigen Steinhütte, die eher wie ein rundlicher Steinhaufen aussah und aus Trockenmauern bestand. Die Mauern gingen Lizzy gerade mal bis zu den Schultern und waren mit einer Art Rasendach bedeckt. Durch die Zwischenräume der Steine pfiff der Wind.

»Mich laust der Affe! Das ist ein Cleit!«

»Meine Cabaña, está bien!«

»Auf Gälisch heißt das Cleit. Ein praktischer Unterschlupf. Falls man reinpasst.« Lizzy probierte es gar nicht erst. Aber durch die quadratische Öffnung konnte sich ihr Begleiter vermutlich gerade so hindurchzwängen. Sie mit ihren Hörnern und einem weitaus größeren Körperumfang hatte keine Chance.

»Entspann dich«, sagte das Eselchen. »Yeedith 'ält sich von diesem Ort fern. Vor langer Zeit wurden in der Cabaña massenweise tote Vögel gelagert, das mag sie nicht. Sie ist abergläubisch.«

»Ich glaub, hier gefällt's mir.« Lizzy schickte sich an, vom Grasdach des Cleit ein paar Happen zu nehmen. Aber als sie ihr Maul vorwölbte, tat das höllisch weh.

»Du bist verletzt. Das macht sie zur Begrüßung mit jedem Neuling.«

»Wer hätte gedacht, dass so eine aufgescheuchte Trulla über mich herfällt? Yeedith hat mich kalt erwischt. Noch mal passiert mir das nicht.«

»So groß und so dumm!« Er begann, Lizzys Maul abzuschlecken, um den Schmerz zu lindern. »Immer wachsam bleiben, comprende? Dann kommst du am besten klar.«

»Du hast einen süßen Akzent.«

»Ich bin aus Galicia. Das liegt in España.«

»Hab ich mir schon gedacht. Und wie heißt du?«

Das Eselchen unterbrach die Schleckerei und warf sich in die Brust. »Mein Name ist Santiago del molino que ningún puerco necesita!«

»Beeindruckend. Ich bin Thin Lizzy.«

»Nenn mich Iago, der Rest ist egal. Ich bin ein Fariñeiro, ein Mehlschlepper.«

»Ein bisschen Spanisch kann ich ja …«

»Echt jetzt?«

»Eine Touri-Familie aus Valencia hat auf dem Bauernhof Urlaub gemacht, wo ich früher gearbeitet hab. Da hab ich ein bisschen was aufgeschnappt. Molino heißt Mühle, oder?«

»Stimmt. Meine Eltern 'aben noch Säcke von der Mühle zum Laden im Dorf getragen.«

»Wo sind deine Eltern denn?«, fragte Lizzy.

Iago senkte traurig den Kopf. Ein Zittern lief über seine Flanken, als würde ihn frösteln. »Weiß nicht. Auf einer anderen Insel, glaub ich. In diesem Land gibt es so viele davon.«

»Das kannst du laut sagen! Aber es ist ein geiles Land, eines der besten!«

»Weiß nicht«, wiederholte er.

»Wenigstens hast du von hier aus eine tolle Aussicht«, versuchte Lizzy ihn aufzumuntern. »Schau mal, da unten im Süden liegt die Isle of Jura. Die Berge dort heißen ›Paps‹. Und Islay kann man auch erkennen. Das Meer sieht wundervoll aus, es schimmert wie dein Fell. Möchte man gleich reinspringen und drin baden.«

»Ich mach jetzt Siesta.«

Mit diesen Worten kraxelte Iago in die Steinhütte. Er quetschte sich irgendwie durch die schmale Öffnung des Cleit und verschwand im Inneren.

Unschlüssig blieb Lizzy stehen. Ihr lag noch viel auf der Zunge, sie hatte Redebedarf. »Machst du oft Siesta?«

»Was soll ich denn sonst machen?«, kam es unwillig zurück. Man hörte Stroh rascheln.

»Seit wann bist du auf Colonsay?«

Keine Antwort.

»Hast du hier schon Freunde gefunden? Du kannst unsere Sprache wirklich gut.«

Schweigen. Iago war nicht mehr zu sehen.

»Vorhin hast du mir echt aus der Patsche geholfen, das war großes Kino!« Lizzy machte eine Pause. »Werd ich dir nicht vergessen. Diese Krähe spielt sich auf, als wär sie der Oberboss. Gut, dass du ihr Bescheid gestoßen hast! Machst du das öfter?«

Sekunden verstrichen.

»Nö«, murmelte das tapfere Eselchen kaum hörbar.

Lizzy begriff. Iago wollte in Ruhe gelassen werden. Er hatte den

Blues. Anscheinend war er von seinen Eltern getrennt worden, und die Erinnerung daran kam durch ihre Fragerei wieder hoch. Sie hörte auf, ihn zu löchern.

In dem Cleit war Iago wenigstens vor einem weiteren Sturzflug von Yeedith sicher. Lizzy ging einmal um den Steinhaufen herum. Das Ding wirkte urzeitlich und zugleich märchenhaft, überhaupt nicht wie ein von Menschenhand errichtetes Gebäude, eher wie das Werk von Gnomen oder Feen. Teilweise fügte es sich in das wellige, zum Meer abfallende Gelände ein. Das Rasendach bestand aus einer mit Gras bewachsenen Steinplatte, die an einer Seite etwas überstand. Darunter lag eine Kuhle, im Windschatten. Dort hinein kauerte sich Lizzy und presste ihren Rücken gegen die von der Witterung abgeschliffenen Natursteine. Wenn sie wollte, konnte sie sich einrollen wie eine Katze.

Die Kuhle bot zwar nur unzureichend Schutz vor einem Angriff aus der Luft, aber es war besser als nichts.

»Bleibst du noch?«, fragte Iago plötzlich aus dem Inneren des Cleit. Er war deutlich zu hören, sein Kopf musste sich dicht neben dem von Lizzy befinden, dazwischen die Steine des Cleit.

»Na klar, ich bleibe.«

»Geh nicht weg.«

»Auf keinen Fall.«

Iago gab einen Eselsseufzer von sich. Wie ein leises Stöhnen der Erleichterung hörte es sich an aus der Tiefe seines Körpers.

Lizzy beschloss, dass sie ihren Platz auf Colonsay gefunden hatte. Er war genau hier. Sie schloss die Augen und sammelte neue Kräfte.

12

Die Abendsonne blitzte ein letztes Mal durch regenschwere Wolken hindurch und gab es auf: Das war's, Leute, ich bin dann mal woanders.

Helen stieg ab und lehnte ihr Fahrrad an den alten Turm. Was sie bislang von der Einsiedelei gesehen hatte, fand sie absolut überwältigend. *Der Atem des Himmels roch hier umwerfend.* Diese verwunschenen Ruinen, überwuchert von der Vegetation, verbunden durch Trampelpfade, allerlei friedlich weidende Tiere … Es wirkte wie ein Freilichtmuseum, eine Art mittelalterlicher Themenpark, größtenteils naturbelassen. Vor dem alten Wehrturm war eine fast kreisrunde, gestampfte Fläche entstanden. Wahrscheinlich scharte Bruder Ptolemy dort seine Jünger und Jüngerinnen um sich zu irgendwelchen spirituellen Runden. Perfekt für eine Open-Air-Aufführung von *Macbeth!* Da schlug das Herz jedes Theatermenschen höher. *Schön ist wüst, und wüst ist schön. Wirbelt durch Nebel und Wolkenhöhn!*

Unschlüssig stand Helen vor dem Turmportal, es war geschlossen. Trotz aller Nähe zur Natur wäre irgendein Hinweis auf Publikumsverkehr und Öffnungszeiten ganz hilfreich gewesen, fand sie. Von drinnen hörte sie Stimmen. Sollte sie anklopfen?

Auf einem Mauervorsprung saß eine Krähe.

»Na du?«, sagte Helen. »Weißt du, wie ich zu Bruder Ptolemy komme? Ich möchte mich für einen Kurs anmelden.«

Die Krähe gab ein zustimmend-genervtes Krächzen von sich und erhob sich in die Lüfte. Etwas umständlich flatterte sie zu einem Turmfenster hoch und verschwand darin.

Kurz darauf öffnete sich das Portal. Bruder Ptolemy erschien in einer frisch gewaschenen Kutte und mit funkelnagelneuen Sandalen. Seine Gebirgsseenaugen strahlten wie immer. Auf seiner Schulter saß die Krähe. »Hallo, Helen. Wie geht's?«

»Ist dieser Vogel so was wie Ihre Privatsekretärin?«

»Yeedith versteht jedes Wort, sie ist meine wertvollste Mitarbeiterin.«

»Alle Achtung, Sie können wirklich gut mit Tieren.«

Bruder Ptolemy murmelte etwas Unverständliches, woraufhin die Krähe von seiner Schulter hüpfte und sich wieder auf dem Mauervorsprung niederließ. »Was bleibt uns sonst noch auf dieser Welt, als unsere Mitgeschöpfe vor dem Verschwinden zu bewahren? Wir müssen uns bemühen, sie so gut zu verstehen, wie es eben geht.«

»Da ist was dran.«

»Wir sind gerade beim Dinner. Es gibt Bohneneintopf, dieses Mal ist er besonders gut gelungen. Wollen Sie uns Gesellschaft leisten?«

»Och, danke, eigentlich muss ich gleich weiter.«

»Schade, wir freuen uns über jeden Gast. Aber es ist schön, dass Sie hergefunden haben. Wie kann ich helfen?«

»Sind in einem Ihrer Kurse vielleicht noch zwei Plätzchen frei?«, fragte Helen.

»Haben Sie sich etwa entschlossen, teilzunehmen?« Die Augen erhöhten ihre Strahlkraft und wurden zu Halogenscheinwerfern.

»Ich weiß, es kommt etwas kurzfristig …«

»Das stimmt, wir sind komplett ausgebucht. Aber das Leben macht andauernd Ausnahmen, oder nicht? Es ist alles ein Kommen und Gehen.«

»Ich frage eigentlich für einen guten Bekannten aus meiner Theatergruppe. Sie sagten doch, dass man bei Ihnen Selbstliebe lernen kann. So etwas wäre bei Howard dringend nötig, er ist ein bisschen spröde, unsicher. Ich würde mich dem Kurs dann anschließen, um ihm die Schwellenangst zu nehmen.«

»Howard kann sich glücklich schätzen, solch eine treu sorgende Bekannte zu haben. Sie kümmern sich gern um andere, ist das so?«

»Mag schon sein«, erwiderte Helen geschmeichelt. »Als Leiterin unseres kleinen Ensembles versuche ich, den Laden zusammenzuhalten.«

»Ich glaube, darin sind Sie richtig gut!« Bruder Prolemy holte ein Tablet aus den Falten seiner Kutte und wischte darauf herum. »Wollen mal sehen … Ja, ich denke, zwei weitere Teilnehmer sind zu verkraften. Im Grunde haben wir hier einen einzigen großen Kurs, an den man jederzeit andocken kann. Jeden Tag stelle ich andere Aufgaben. Heute haben wir uns zum Beispiel mit einer bestimmten Form der Meditation beschäftigt. Zum Thema Selbstakzeptanz kommen wir noch.«

»Also dürften Howard und ich noch einsteigen? Am besten gleich morgen?«

»Lebt Howard auch auf Colonsay?«

»Ja, oben in Uragaig.«

»Dann wären Sie beide also externe Teilnehmer. Das macht einen Unterschied, weil die anderen Spirit Seeker in der Einsiedelei ja rund um die Uhr beisammen sind, das erzeugt eine gewisse Verbundenheit. Aber bestimmt hat niemand etwas dagegen.«

»Wir sind total pflegeleicht und versuchen, niemanden zu stören.«

»Kommen Sie morgen einfach dazu.«

»Toll, da wird sich Howard freuen«, sagte Helen. »Was soll der Spaß denn kosten?«

»Das legen wir am besten fest, wenn Sie sich entschlossen haben, dabeizubleiben. Für Einheimische mache ich einen Schnupperpreis. Hundert Pfund pro Tag. Sie können auch mit Kreditkarte bezahlen.«

»Hundert Pfund? Einen ganzen Tag? Eigentlich habe ich nur an ein paar Stunden gedacht.«

»Ach …«

»Außerdem fällt mir ein, dass ich morgen ja Schule habe. Und Howard hat abends eine wichtige Verabredung …«

»Dann vielleicht ein andermal?«

Helen überlegte. So ein Mist! Da war sie wohl zu schnell vorgeprescht. Andererseits konnte Howard vor seinem ersten Date sicher ein wenig Ablenkung vertragen. »Wie wäre es mit einer Art Einführung?«, schlug sie vor. »Sagen wir um zwei am Nachmittag? Sie führen uns kurz herum und zeigen uns alles.«

»Ganz wie Sie möchten.« Bruder Ptolemy steckte sein Tablet wieder weg, seine Geduld schien grenzenlos zu sein. Nur die Krähe gab ein abfälliges »Grääk!« von sich.

»Was steht denn morgen auf dem Programm?«

»Jedem Spirit Seeker wird ein Tier zugeteilt, mit dem er oder sie sich anfreunden soll. Dafür muss man achtsam sein und sich öffnen. Es geht darum, das persönliche Seelentier zu finden, einen Wegbegleiter, der hilft, unser Innerstes zu erkennen und im Einklang mit uns selbst zu leben.«

»Wie bei Ihnen und der Krähe?«

»Genau. Yeedith hier unterstützt mich dabei, das Wesentliche im Blick zu behalten. Manchmal kann sie schwierig sein und sogar unleidlich, aber das nehme ich ihr nicht krumm. Es ist nur ein Widerhall meiner Unzulänglichkeiten, die ich mich zu überwinden bemühe. Sie ist eine Mittlerin zwischen der irdischen und der geistigen Welt, zwischen Verstand und Herz, zwischen Natur und unseren kulturellen Prägungen, zwischen der Vergangenheit, die nur aus Erinnerungen besteht, und der Zukunft, die sich nur in unseren Vorstellungen zeigt.«

»Das klingt ja überaus interessant! Wissen Sie, Howard hat großen Beratungsbedarf, was Vergangenheit und Zukunft betrifft. Er müsste sich da unbedingt lockerer machen.«

»Sprechen wir von einer möglichen Liebesbeziehung zwischen Howard und Ihnen?«, wollte Bruder Ptolemy wissen.

»Sie sind aber direkt!«

»In der Einsiedelei nehmen wir kein Blatt vor den Mund. Das verstellt nur den Zugang zum Spirit.«

»Natürlich, tut mir leid.« Helen fühlte sich trotzdem missverstanden. »Howard ist nur ein guter Bekannter aus meiner Theatergruppe«, stellte sie klar. »Aber Sie haben schon recht, er hält nach einer ernsthaften Partnerschaft Ausschau. Leider ist er etwas eingerostet. Er weiß nicht, wie er sich bei einem Date verhalten soll, kriegt den Mund nicht auf.«

»Und Sie glauben, das ließe sich hier ändern?«

»Äh … ja.«

»In der Einsiedelei kann sich alles ändern, da liegen Sie völlig richtig. Howard ist bei uns gut aufgehoben. Ich weiß auch schon, welches Tier für ihn infrage kommt. Unser Neuzugang, Thin Lizzy.«

»Das Hochlandrind, mit dem Sie heute unterwegs waren?«

»Ein ganz außergewöhnlicher Charakter. Eigenwillig, unbeirrbar. Auch impulsiv, das habe ich schon am eigenen Leibe zu spüren bekommen. Diese Hochlandkuh macht keine Kompromisse. Aber unter ihrer harten Schale ist sie sehr verletzlich.«

»Sind wir das nicht alle?«, versuchte es Helen.

»Dann bis morgen! Ich muss wieder zu meinen Spirit Seekern. Finanziell werden wir uns schon einigen, keine Sorge. Hat mich gefreut!«

»Mich auch.«

Bruder Ptolemy ging zurück in den Turm, und Helen begab sich zu ihrem Fahrrad. Das war ja ganz gut gelaufen, fand sie. Am besten rief sie Howard gleich auf dem Handy an, um ihm die gute Nachricht zu überbringen.

Leider meldete sich nur die Mailbox. Vielleicht hatte er den Apparat abgeschaltet? Nach Uragaig war es nicht weit, nur ein paar Kilometer. Bevor Helen zu ihrem Cottage nach Scalasaig zurückfuhr, konnte sie Howard also ruhig noch einen Besuch abstatten.

Beschwingt trat sie in die Pedale. *Wär's abgetan, so wie's getan ist, dann wär's gut, man tät es eilig.* In ihrem Rücken war ein lautes »Ra-haah!« zu vernehmen. Das war die Krähe.

Es hörte sich wie Gelächter an.

13

Überall im Wohnzimmer lagen Waffen herum, jede auf einem eigenen Silikontuch. Hynch überholte sein Arsenal. Ein bisschen war es wie Silber polieren vor einer Familienfeier. Er machte Inventur und dachte darüber nach, was als Nächstes zu tun war. Gerade säuberte er den Lauf einer Repetierflinte. Das war schon etwas anderes als das Scharfschützengewehr, kein Skalpell von der Anwendung her, eher Kettensäge. Ein ungebetener Gast vor der Tür ließ sich mit der Mossberg Maverick 88 angemessen begrüßen. Dieses Biest konnte so gut wie alles in ein einziges großes Loch verwandeln.

Sir Mallard hatte eine Killerin in Marsch gesetzt, noch dazu die beste nördlich des Hadrianswalls. Und dieser Tomtom wusste so ziemlich alles über Hynchs neue Identität: wo genau er wohnte, wie er sich nannte, die Sache mit den Kontaktanzeigen. Höchst unerfreulich – und Grund genug, die Zelte auf Colonsay sofort abzubrechen. Am besten wäre es, er würde seine Waffensammlung im Meer versenken, das Nötigste zusammenpacken, eine neue SIM-Card ins Handy einlegen, Graeme anrufen und sich von ihm noch in der Nacht an der Kiloran Bay abholen und nach Oban bringen lassen. Um irgendwo neu anzufangen, auf einer anderen Insel, gar nicht mal zwingend im Ausland. Vielleicht auf den Orkneys oder den Shetlands, die lagen Hunderte von Meilen entfernt.

Ein Profi würde es wohl so machen.

Aber Hynch wollte nicht schon wieder den Wohnsitz wechseln. Es gefiel ihm auf Colonsay, verdammt noch mal! Sein Haus gefiel ihm. Die Bucht, über der es stand, gefiel ihm. Die ganze herrliche Insel mit ihren seltenen Vögeln gefiel ihm. Kürzlich hatte er am

Loch Fada ein Zwergtaucherpaar entdeckt, da wollte er dranbleiben. Und die Leute vom PDBDC gefielen ihm erst recht. Sie waren dabei, ihn regelrecht zu adoptieren: die streng-fürsorgliche Helen, Crissa mit den Bierfässerhänden, Rossalyn, die alles auf die leichte Schulter nahm, Graeme-ständig-scheiternd und Doug, der Gedächtnisschwache. Er mochte sie alle. Zum ersten Mal hatte Hynch das Gefühl, kein Außenseiter zu sein, sondern irgendwie dazuzugehören. Und ganz ehrlich: Diese drei Dates, die er so mühsam angebahnt hatte, die reizten ihn auch. Was, wenn die Frau seines Lebens dabei war?

Er wollte sich nicht vertreiben lassen. Nicht auf den Anruf eines Schnüfflers hin, der ihn zufällig enttarnt und mit einer wilden Geschichte wahrscheinlich nur über den Tisch gezogen hatte. Konnte gut sein, dass Tomtom davon lebte, sich mit solch clever ausgedachten Storys an Typen wie Hynch heranzumachen, an brave Bürger, die ein paar Leichen im Keller hatten. An denen herrschte in Schottland kein Mangel. Erpresser hatten also leichtes Spiel, ein seit jeher florierender Berufszweig im Land des Whiskys und des schlechten Gewissens.

Leider war Tomtoms Geschichte einfach zu plausibel, Hynch durfte sie nicht als Mumpitz abtun.

Okay, was sprach dafür, zu bleiben?

Die Aussicht, Mallard ein für alle Mal loszuwerden, falls Hynch seinen eigenen Tod vortäuschen und den Kerl nach Colonsay locken konnte. So sah es aus. Für diese Information hatte Hynch bezahlt. Falls sie stimmte.

Das war eine echte Herausforderung.

Hynch liebte Herausforderungen. Und er hasste es, ihnen aus dem Weg zu gehen. Es ging dabei auch um seinen Stolz, war eine Frage der Ehre. Zum alten Eisen gehörte er noch lange nicht, auch als Insolvenzberater im Ruhestand. Er fand, er musste seinen guten Ruf verteidigen. Wenigstens vor sich selbst.

Und neugierig war er obendrein. Wie würde es die beste Killerin nördlich des Hadrianswalls wohl anstellen, ihm den Garaus zu machen? Von der hatte er noch nie etwas gehört, sie musste neu im Geschäft sein. Was war das überhaupt für eine Frau? Seine drei Kandidatinnen wirkten im Mailverkehr völlig unverdächtig. Er weigerte sich, zu glauben, dass eine ihm nur etwas vorgaukelte.

Seine Erfahrung belehrte ihn natürlich eines Besseren. Wahrscheinlich handelte es sich genau bei der Kandidatin, die sich am harmlosesten zeigte, um die Killerin. Chloe hieß sie, angeblich Heilpraktikerin. Am nächsten Abend würde sie auf Colonsay eintreffen, um 18.35 Uhr. Durchaus möglich, dass der ganze Zauber also schon sehr bald vorbei war, mit welchem Ende auch immer. Wenn es brenzlig wurde, konnte er es sich ja immer noch anders überlegen und die Biege machen.

Hynch hatte die Mossberg zu seiner Zufriedenheit gereinigt. Er erhob sich von der Couch und schob sechs Flintenpatronen in die Kammer. Jede dieser Patronen enthielt neun 9-mm-Kugeln, das war jede Menge Feuerkraft. Gleich fühlte er sich besser.

Draußen setzte die Dämmerung ein. Bleischwer und wie versteinert hing der Himmel über der Bucht. Der weiße Brandungsstreifen leckte am Strand. Es war ziemlich düster.

Die Außenbeleuchtung ging an.

Jemand klopfte an.

Die Haustür bestand aus Kunststoff und einem Glaseinsatz. Eine Gestalt zeichnete sich dahinter ab. Genau in Hynchs Blickachse.

Durchladen und abdrücken!, befahl ihm das Adrenalin. Diese Killerin kommt einfach einen Tag früher mit der Fähre an, das ist der älteste Trick der Welt! Du bist unvorbereitet, denkst, ein Nachbar schaut vorbei und fragt, ob du noch Mehl oder Eier hast. Aber in Wahrheit pocht der Tod an deine Pforte. Du machst die Tür auf und schaust in die Mündung eines Pistolenschalldämpfers. Es macht »plopp-plopp«, du bekommst zwei saubere Löcher ins Stirnbein, und dein Gehirn verteilt sich explosionsartig auf dem Parkettboden. Willst du das?

Nein, will ich nicht, antwortete Hynchs Verstand. Außerdem habe ich zurzeit gar keine Nachbarn. Uragaig besteht nur aus ein paar Häusern, und die sind in der Vorsaison nicht vermietet. Besuch kriege ich quasi nie.

Und das heißt?

Du könntest recht haben …

Correctamundo, ich hab so was von recht!, fuhr das Adrenalin fort. Dann tu es, verdammt noch mal! Pfeif auf die Tür, die lässt sich ersetzen! Du schickst jetzt ein paar Wolken Schmerz und Vernichtung nach da draußen, hast du verstanden? Pump das ganze Magazin leer! Das befreit ungemein, wirst es sehen! Erst schießen, dann fragen.

Hynchs Finger krümmte sich um den Abzug, sein Verstand verstummte. Er richtete die Mossberg aus. Alles ging plötzlich ganz leicht …

Es klopfte erneut. »Ich bin's, Helen. Hast du eine Minute?«

14

Hynch senkte die Flinte. Das Adrenalin hatte ihm einen Streich gespielt. Jetzt schwieg es beleidigt. Er atmete ein paarmal durch. Dann war er wieder ein wenig klarer im Kopf.

Sein Blick fiel auf die überall verstreuten Waffen. So konnte er Helen unmöglich hereinlassen.

»Ich komme!«, rief er trotzdem. »Dauert ein bisschen!«

»Kein Problem, Howard!«, antwortete sie.

Er legte die Mossberg auf die Couch. Zur Sicherheit steckte er einen kurzen, stets geladenen .38er Revolver hinten in den Hosenbund und zog seinen Pullover darüber. An der Rückseite des Hauses befand sich die aus Lärchenholz gezimmerte Terrasse. Die betrat er jetzt und ging um das Haus herum. Zur Sicherheit spähte er um die Ecke. Helen war allein. Ihr Fahrrad lehnte an dem Mäuerchen, das sein Grundstück zur Straße hin begrenzte.

»Guten Abend!«, rief er und winkte zur Begrüßung.

Helen erschrak. »Huch! Wo kommst du denn auf einmal her?«

»Drinnen mache ich gerade sauber, den Anblick kann ich dir nicht zumuten. Was gibt's?«

»Tut mir furchtbar leid, dass ich störe …«

Plötzlich kam ihm *Macbeth* in den Sinn. »Die Eule war's, die schrie, der traur'ge Wächter, der grässlich gute Nacht wünscht.«

Helen stutzte. »Das ist doch … aus dem schottischen Stück?«

»Ich kenne den Spielplan des PDBDC, ich bereite mich gewissenhaft vor.« Hynch hielt inne und blickte sich um. In den anderen Häusern brannte kein Licht. Sie waren die Einzigen weit und breit, auf der Straße war niemand sonst unterwegs. Offenbar hatte sein Adrenalin tatsächlich falschen Alarm gegeben. Alles gut. Sein Verstand hatte wieder übernommen – und brütete eine Idee aus.

Das Shakespeare-Zitat schien bei Helen etwas angestoßen zu haben. Sie strahlte über beide Ohren. »Heißt das, du würdest bei uns mitmachen?«, fragte sie.

»Mit dem größten Vergnügen. Ich hab es mir eine Weile durch den Kopf gehen lassen. Schauspielern kann ich leider überhaupt nicht, das dürfte inzwischen hinreichend klar geworden sein.«

»Schade, dass es mit Crissa heute nicht so gut lief …«

»Eigentlich war es ganz spaßig. Ich hab wieder eine Menge dazugelernt, nicht nur in Bezug aufs Dating, sondern ganz allgemein. Worauf es in einem Dialog ankommt und wie sich darauf Einfluss nehmen lässt.«

»Schön zu hören«, freute sich Helen.

»Jetzt muss ich es nur noch umsetzen. Ich denke, ein bisschen Text kann ich mir schon merken, wenn euch damit gedient ist. Für alles andere garantiere ich nicht.«

Sie lachte und klatschte in die Hände. »Oh, ich weiß gar nicht, was ich sagen soll! Damit habe ich heute nicht mehr gerechnet. Das ist ja fantastisch, Howard! Willkommen im ›Pure Dead Brilliant Drama Club‹! Die anderen werden Augen machen.«

Hynch nickte bescheiden. Er wollte wirklich etwas dazulernen – und er brauchte jetzt dringend Verbündete. Sein Plan sah wie folgt aus: Falls es wirklich so weit kam, dass er seinen eigenen Tod vortäuschen musste, dann konnten sich die Leute vom PDBDC als überaus nützlich erweisen. In *Macbeth* wurde ausgiebig gestorben, auf der Bühne zwar nur, aber das musste fürs Publikum einigermaßen echt aussehen, zumal auf Colonsay, da ließ sich niemand für blöd verkaufen. Und so wie er Helen kannte, legte sie größten Wert auf eine gewisse Authentizität. Auf die Schauspielkünste ihrer Truppe konnte sie sich ja nur bedingt verlassen.

»Sag mal …«, begann er. »Wie schaut es eigentlich mit den Sterbeszenen bei Shakespeare aus? Hast du davon schon eine Vorstellung?«

»Wie kommst du denn darauf?«

»Na ja, mich stört das immer, wenn die BBC Theateraufführungen überträgt. Das wirkt so gekünstelt, wenn jemand stirbt.«

»Denkst du etwa, nur weil wir ein kleines Provinzensemble sind, können wir keine Special Effects?« Helen grinste wissend. »Das ist unser geringstes Problem. Dafür haben wir den erfindungsreichen Doug.«

»Doug?«

»Keine Ahnung, was der früher gemacht hat, bevor er Gärtner in Colonsay House geworden ist. Er kennt sich jedenfalls bestens aus.«

»Gut zu wissen.«

»Gut für uns! Mir ist schon klar, dass keiner von uns den Oscar gewinnen wird. Aber in puncto Action sind wir ganz vorn mit dabei. Soll ich mal aufzählen?«

»Nur zu.«

»Gehen wir das Stück der Reihe nach durch. Der Than von Cawdor wird wegen Verrats gehängt. König Duncan wird von Du-weißt-schon-wem erdolcht. Eine Reihe von Wachleuten wird auf unterschiedliche Weise gemeuchelt, ebenso Banquo und MacDuffs Familie. Die Lady, das bin ich, stirbt unter ungeklärten Umständen, vermutlich Selbstmord. Dafür haben wir uns was ganz Besonderes einfallen lassen. Der junge Siward wird erstochen. Und … die titelgebende Figur wird am Ende geköpft.«

»Eine echte Splatter-Orgie, nichts fürs Vorabendprogramm.«

»Das kannst du laut sagen. Aber wir wollen das Mittelalter in all seiner schonungslosen Brutalität zeigen – übertragbar auf die Machtintrigen der Gegenwart.«

»Geschichtsbewusst und zugleich am Puls der Zeit? Gefällt mir.«

»Auftragsmorde passieren ja auch heute.«

»Hab so was läuten hören.«

Freundschaftlich legte sie Hynch eine Hand auf die Schulter. »Ich sehe schon, wir verstehen uns. Keine Sorge, bei unserer Aufführung wird Theaterblut in Strömen fließen. Das Publikum steht drauf.«

Eigentlich sollte er Helen doch noch ins Haus bitten, das gebot die Höflichkeit. Seine Ausrede mit dem Saubermachen war ziemlich lahm. Aber im Wohnzimmer lagen überall Knarren herum, ganz offen. Händeringend stand er da, der .38er drückte auf sein Steißbein. Sollte er einen Spaziergang am Strand vorschlagen? Oder wäre das leichtsinnig, falls sich die beste Killerin nördlich des Hadrianswalls tatsächlich schon auf der Insel befand und nur auf eine Gelegenheit wartete, zuzuschlagen? Es machte ihn ganz schön nervös, dass zum ersten Mal in seiner langen Laufbahn ein Todesengel auf ihn angesetzt war – und nicht umgekehrt.

»Alles in Ordnung?«, fragte Helen.

»Tut mir leid, ich war gerade woanders. Beim Theaterblut.«

»Da wäre noch was …«

»Ja?«

»Hast du vielleicht Lust auf eine andere Art der Fortbildung? Bei Bruder Ptolemy in der Einsiedelei?«

»Was meinst du damit?«

»Es geht um die Stärkung des Selbstbewusstseins mithilfe von Tiertherapie. Das wäre doch etwas für dich.«

Als sie Hynchs skeptische Miene sah, fuhr sie rasch fort: »Keine Angst, ich komme mit. Erst mal will uns Bruder Ptolemy alles zeigen, er ist äußerst verständnisvoll.«

»So schaut er auch aus.«

»Hoffentlich bist du jetzt nicht eingeschnappt. Aber ich habe mich gefragt, was ich noch tun kann, um dir zu helfen. Damit der Knoten platzt bei deinen künftigen Verabredungen. Die Proben mit Rossalyn, Crissa und mir waren ja leider nicht zielführend.«

»Und du glaubst, mit einem Schaf würde ich mich besser verstehen?«

»Nicht doch, aber es spricht nichts dagegen, etwas Neues auszuprobieren, wenn sich uns quasi vor der Haustür eine Möglichkeit bietet. Tiertherapie kann bei Depressionen oder Traumatisierungen recht wirkungsvoll sein, motivierend in jeder Beziehung. Wenn man mit, sagen wir, einem Lama kommunizieren kann, dann fällt es einem auch bei Menschen leichter.«

Hynch konnte es nicht fassen. Er hatte momentan Besseres zu tun, als irgendwelche Viecher zu streicheln, um sich danach nicht mehr ganz so mies zu fühlen. Außerdem fühlte er sich gar nicht mies. Nur angespannt, bedroht, fast schon in die Enge getrieben. Das war der Nachteil an kleinen Inseln wie Colonsay: Sie konnten im Handumdrehen zu einem Gefängnis werden.

»Wenn du dich darauf einlässt, würdest du mir damit einen großen Gefallen tun«, versuchte es Helen weiter. »Wahrscheinlich bist du schrecklich aufgeregt wegen deines ersten Dates morgen Abend.«

»Geht so.«

»Natürlich bist du das! Du musst nicht den starken Mann spielen, ich spüre doch deine Unruhe. Und deshalb gehen wir morgen Nachmittag zur Einsiedelei, gemeinsam. Du brauchst Ablenkung.«

»Aber es gibt noch viel zu erledigen!«

»Du setzt dich unnötig unter Druck. Dieses Wochenende wird gewiss nicht einfach für dich, das ist mir schon klar. Aber Schauspieler sollten am Tag der Aufführung nicht noch tausend Vorbereitungen treffen oder bis kurz vor knapp an ihrer Darbietung feilen, das bringt gar nichts. So wie ich dich kenne, schaut es in deinem Haus blitzsauber und sehr einladend aus. Mach dich nicht verrückt, lass die Dinge auf dich zukommen! Und im Zweifelsfall hältst du bei dem Date einfach die Klappe. Besser nichts als was Falsches sagen.«

»Du rätst mir zu Passivität?«

»Unergründliche Schweiger erzielen mehr Wirkung als Quasselstrippen.«

»Also gut.«

»Und vorher baust du Stress ab, in der Einsiedelei. Morgen Nachmittag um zwei treffen wir uns dort.«

Hynch wagte nicht mehr zu widersprechen. Er beschloss, sich Helens bestimmender Art zu beugen. Was sollte er auch sonst tun? Sein Haus zur Festung machen, sich verbarrikadieren und darauf warten, dass der Todesengel ihn einkreiste und durchs Klofenster beim Pinkeln erledigte? Nein, er durfte jetzt nicht paranoid werden. Am besten war es, sein Hauptaugenmerk auf die drei Kandidatinnen zu richten und seinen Instinkten zu vertrauen.

»Verstanden«, sagte er. »Bin dabei.«

»So ist es richtig, Howard! Mag alles so geschehn, dass wir nicht sagen: bequemer war der alte Rock zu tragen!« Helen hatte noch ein *Macbeth*-Zitat angebracht, das verlieh ihr Flügel. Sie ging zu ihrem Fahrrad. »Bruder Ptolemy hat dir übrigens für morgen ein Hochlandrind für die Tiertherapie zugeteilt. Das wird ein Vergnügen!«

15

Ein Traum konnte schon was Tolles sein. Lizzy träumte oft in Endlosschleife. Von fettem Gras. Von Schlüsselblumen, Butterkohl, von unendlichen Kleefeldern. Und von Bowie, ihrem Kalb. Wie sie ihm die besten Weidegründe auf Gigha zeigte. Wie sie zusammen über den Strand galoppierten und er seine Kräfte entdeckte. Bowie muhte so laut, dass es bis nach Irland zu hören war. Er fühlte sich stark, lebendig und auf kindliche Weise unbesiegbar, er pflügte durch die Brandungswellen und schien sich zu fragen, wie weit er wohl laufen musste, um das Ufer am anderen Rand des Meeres zu erreichen. Hatte das Meer überhaupt Ränder? Der Himmel hatte doch auch keine. Sein Kopf war immer in den Wolken.

Lebte Bowie noch? Nach der Verschiffung aufs Festland war er vermutlich gleich geschlachtet worden, darüber machte sich Lizzy keine Illusionen. Für ein paar jämmerliche schottische Pfund wechselten männliche Kälber den Besitzer und gerieten unters Messer. Es sei denn, sie wurden zum Decken eingesetzt. Dann bestand eine winzig kleine Chance, dass Bowie noch irgendwo auf diesem Planeten Gras fraß, wiederkäute und tat, was Zuchtbullen so taten, um sich ihr Futter zu verdienen, er pflanzte sich fort. Das gönnte sie ihm, schon wegen der Arterhaltung. Ganz unwahrscheinlich schien es nicht zu sein, denn ihr Bowie war überdurchschnittlich groß gewesen und hatte in kürzester Zeit ganz schöne Muskelpakete herausgebildet – vollfleischig, darauf standen die Bauern. Vielleicht gewann er ja Preise und Auszeichnungen und war zu einem echten Champion avanciert …

Das war so Lizzys Gedankenkarussell kurz vor dem Aufwachen. Verlust und Trennung hinterließen ihre Spuren, immer noch.

Aber die Vorstellung von Bowie, wie er seine Nüstern an ihrer Seite rieb, die war manchmal unglaublich realistisch.

»Aufstehen!« Jemand verpasste ihr einen Tritt. »Bist du taub?«

Lizzy schreckte hoch und blickte in das Gesicht von Iago, der mit geöffnetem Maul und entblößten Zähnen so wirkte, als müsste er sich gerade totlachen. Eselsphysiognomie.

»Was'n los?«, fragte sie träge und gähnte.

»Bruder Ptolemy kommt gleich zum Morgenappell. Du willst deinen ersten Arbeitstag doch nicht verschlafen, oder?«

Sie richtete sich auf. »Da hast du recht. Danke für den Weckservice.«

»Tut dein Maul noch weh?«

Lizzy probierte es gleich aus und genehmigte sich Schonkost aus frischem, weichem Gras, mit Hahnenfuß und Gänseblümchen als Beilage. Das klappte ohne größere Beschwerden. Holzige Gewächse mied sie lieber, immer schön vorsichtig. »Alles in Ordnung. Ich hab 'ne gute Heilhaut.«

»Schön zu 'ören.«

»Dir scheint's ja wieder besser zu gehen.«

»Ich 'atte schon massig 'eu. Wenn jetzt noch die Sonne scheinen würde …«

Ein feuchter Nebel war aufgezogen. Er blieb zwischen den Ruinen des verlassenen Dorfes hängen und verdichtete sich noch. Außer den gespenstischen Umrissen der Gebäude war kaum etwas zu sehen, selbst die Geräusche des Meeres drangen nur gedämpft durch den Dunst herauf. *Mizzle* sagte man zu dieser Mischung aus Nebel und Nieselregen: Nieselnebel. In Lizzys Fell hingen Myriaden von feinen Wassertropfen. Sie summte fröhlich vor sich hin, während sie das Grünzeug in sich hineinschlichtete.

»Wie man bei diesem tiempo de perros so guter Laune sein kann, ist mir ein Rätsel«, wunderte sich Iago. »Totale Waschküche, da verliert man ja die Orientierung.«

»Wer sich in Schottland übers Wetter beschwert, hat die falsche Einstellung. Ich find's ganz gemütlich.«

»Gemütlich?«

»Kann sich jederzeit verschlechtern, vor allem auf den Inseln. Hör auf zu meckern.«

»Mal sehen, was der Jefe mit uns vor'at. Bist du fertig mit Frühstück?«

»Hab doch grade erst angefangen«, maulte Lizzy.

»Komm jetzt! Sonst starten die ohne uns in den Tag.«

Widerstrebend folgte sie dem Eselchen.

Der Morgenappell fand auf dem kreisrunden Platz vor dem Gemeinschaftsturm statt. Die gesamte Belegschaft war angetreten: eine kleine Schafherde, die Lamas, zwei Alpakas. Es gab auch kleinere Tiere, die Lizzy bislang gar nicht registriert hatte, ein paar Katzen, die sich aus Langeweile gegenseitig beharkten, sowie ein völlig apathischer Bobtail, der an einen Bettvorleger erinnerte. Die Krähe hockte auf ihrem Mauervorsprung und scheuchte alle im Kommandoton herum. Und alle gehorchten, sogar die Katzen standen nach einer Zurechtweisung innerlich stramm.

»Endlich auch da?«, ätzte Yeedith, als sie das Hochlandrind und das Eselchen erblickte.

»Tach zusammen!« Lizzy blieb am Rande des Kreises stehen und schwenkte ihre Hörner zur Begrüßung in die Runde. Die Geste war auch ein Signal an die Krähe. Komm mir noch einmal zu nahe, und du endest als Geflügelspieß! Diesmal bin ich vorbereitet.

Iago hielt sich dicht neben ihr. Im Gegensatz zu seinem beherzten Einsatz am Vortag schien er zu einem Häuflein Elend zusammenzuschrumpfen.

»Die beiden Unruhestifter kommen natürlich zu spät.« Yeedith hatte gleich etwas gefunden, worauf sie herumreiten konnte.

»Haben wir was verpasst?«, erwiderte Lizzy.

»Pünktlichkeit ist eine Zier!«

»… doch besser geht es ohne ihr.«

Vereinzelte Lacher bei den Schafen. Ein Punkt für Lizzy.

Der Kopf der Krähe zuckte missgünstig umher. »Wer findet das lustig? Disziplinlosigkeit ist unentschuldbar!« Sie machte einen Widder ausfindig, der seinen Fehler bereits bereute. »Ich hätte wirklich mehr von dir erwartet, Rasmus! Das gibt wieder Punktabzug für die Schafe. Geht auf deine Kappe!«

»Sind wir hier in Hogwarts?«, fragte Lizzy.

Ratloses Schweigen. Dann Murmeln hier und da. »Was meint sie damit? Hogwarts? Was soll das sein?«

»Schon mal was von Harry Potter gehört?«

»Harry wer?«

Lizzy hatte alle Filme der Reihe gesehen, sie waren in der Village Hall von Gigha gezeigt worden. In dem Zauberinternat Hogwarts wurden Plus- und Minuspunkte vergeben für besondere Leistungen oder schlechtes Betragen. Ein System, das Kontrollzwängen und Machtmissbrauch Tür und Tor öffnete und Streber- und Duckmäusertum produzierte. Anscheinend wandte es Yeedith in der Einsiedelei an. Nur sie entschied, wer Punkte bekam oder verlor, so ein Überwachungsding. Sehr unschottisch, wobei Hogwarts angeblich auch in Schottland lag.

Dieser Laden hier musste jedenfalls dringend aufgemischt werden, fand Lizzy. »Ihr seid ja so was von uninformiert.«

»Und so bleibt es auch!«, zeterte die Krähe.

16

Mit wallender Kutte verließ Bruder Ptolemy den Turm. »Einen wunderschönen guten Morgen wünsche ich euch allen. Heute ist ein guter Tag, den Spirit zu suchen! Von diesem Nebel lassen wir uns gar nicht beeindrucken. Im Nebel liegt Klarheit!«

Unter anderem hatte er einen großen Korb dabei, aus dem er Möhren, Äpfel und andere Leckerbissen verteilte. Bei jedem Tier blieb er stehen, verabreichte Streicheleinheiten und teilte mit, welchem Spirit Seeker es heute zugeteilt war. »Das sind natürlich nur Angebote. Fühlt euch zu nichts verpflichtet.«

»Ihr macht, was euch gesagt wird«, ergänzte die Krähe. »Wer aus der Reihe tanzt, bekommt es mit mir zu tun.«

»Danke, Yeedith, du bist wie immer sehr motivierend.«

»Wir tun alle unser Bestes.«

Keines der Tiere erhob Einspruch. Alle waren geil auf die Möhren und ein paar nette Worte von Bruder Ptolemy, auch Rasmus, der Widder. Mit seinem Stummelschwanz wedelte er wie ein Schoßhündchen.

»Was läuft hier?«, raunte Lizzy dem Eselchen zu. »Die Good-Cop-Bad-Cop-Masche? Zuckerbrot und Peitsche?«

»Keine Ahnung, was du meinst«, flüsterte Iago.

»Das ist doch ’ne ganz miese Tour! Bruder Ptolemy macht einen auf Tierversteher und gnädiger Boss. Und Yeedith droht mit Repressalien. Die sind ein gut eingespieltes Team.«

»Ist eben so.«

»Nichts *ist* eben so! Kommst du mir jetzt existenzialistisch?«

»Meine Eltern waren schon Existenzialisten. *Was* wir sind oder *wie* wir sind … das ist für einen Mehlschlepper zweitrangig, ’aben sie immer gesagt, alles nur eine Frage der Interpretación.«

Lizzy schnaubte. »Und die Frage nach dem Warum? Die stellst du erst gar nicht.«

»Das tun Menschen. Für Tiere ist das nicht von Belang.«

»Meinst du, ja?«

»Ich mein gar nichts. Kannst du mal die Klappe 'alten?«

Bruder Ptolemy näherte sich. Huldvoll breitete er die Arme aus. »Wen haben wir denn hier? Darf ich vorstellen?« Er wandte sich den anderen Tieren zu. »Thin Lizzy, frisch eingetroffen von der Isle of Gigha! Sie wird unser Team nach Kräften verstärken. Ich hoffe, ihr habt schon erste Kontakte geknüpft.«

Lizzy muhte ungnädig: Einen Scheiß haben die!

»Und mein Lieblingsesel gleich daneben! Hast du eine Freundin gefunden?«

Iago gab ein rhythmisches Keuchen von sich, das sich so oder so deuten ließ.

»Hört sich ja gar nicht so übel an. Na, das wird schon.« Bruder Ptolemy gab beiden eine Möhre aus dem Korb, mit positiver Verstärkung kannte er sich aus. Danach spendierte er Lizzy zum Einstand noch eine Steckrübe. Genießerisch kaute sie auf dem Ding herum und genoss die neidischen Blicke, die sie dabei auf sich zog.

»Du, Iago, kümmerst dich heute um Helen. Sie ist eine Lehrerin aus dem Ort, aufgeschlossen, gebildet, sehr engagiert. Bestimmt habt ihr euch jede Menge zu sagen.«

»'ätte schlimmer kommen können«, raunte das Eselchen Lizzy zu.

»Ach ja, Helen macht bei uns einen Sneak Peek, sie könnte eine neue Kundin werden, vielleicht sogar auf Dauer. Dem lokalen Publikum haben wir bislang ja kaum Beachtung geschenkt, aber ich denke, das sollten wir ändern. Es ist zwar sicher nicht verkehrt, sich international aufzustellen, in unserem Businessplan war das anfangs wichtig. Aber regelmäßige Einkünfte aus der Region sind auch nicht zu verachten. Ich denke da vor allem an die Nebensaison und die Wintermonate. Wenn die Leute von Colonsay ihre Berührungsängste verlieren, sollten wir das ausnutzen.«

Yeedith krähte bekräftigend.

Bruder Ptolemy machte eine bedeutungsschwangere Pause. »Ich weiß, das ist viel Verantwortung für einen kleinen Esel … Glaubst du, dass du schon so weit bist?«

Iago fand die Aussicht, mit einer Lehrerin übers Gelände zu streifen und auf süß zu machen, weitaus anziehender, als einen der Vollzahler abzubekommen, die in den Ruinen übernachteten und wochenweise buchten. Da waren Typen dabei, die vergaßen, dass Tiere keine Menschen waren, die hielten ihn für ein lebendes Stofftier, grapschten ihn überall an, wollten knutschen, so was konnte unangenehm werden. Manche Spirit Seeker nervten ihn auch mit ihren unendlich bescheuerten Lebensgeschichten. Sie suchten Bestätigung dafür, dass all der Mist, den sie im Laufe der Zeit gebaut hatten, irgendwie doch einen Sinn ergab oder Bestimmung war oder ihrer persönlichen Entwicklung diente. Schwer zu sagen, was schlimmer war, Grapscher oder Egotänzer. Diese Helen konnte ja eine Ausnahme von der Regel sein.

Als Antwort scharrte Iago mit den Hufen und stieß einen Freudenschrei aus. Bei Eseln klang das allerdings immer ein bisschen gequält.

»So lobe ich mir das«, sagte Bruder Ptolemy anerkennend. »Unser Iago haut sich voll rein, davon bin ich überzeugt. Du wirst der Einsiedelei alle Ehre machen.«

Er kraulte die Ohren des Eselchens, woraufhin Iago den Kopf nach vorn streckte und seine Unterlippe herunterhängen ließ, als würde er gleich ins Koma fallen. Keiner kraulte ihn so gut wie der Jefe.

»Und jetzt zu Lizzy.« Bruder Ptolemy drehte sich zu dem Hochlandrind. »Du bist für Howard zuständig, einen guten Freund von Helen. Leider kann ich dir nicht viel über ihn erzählen, ich kenne ihn nicht persönlich. Aber wenn Helen ihn mitbringt, ist er ganz sicher in Ordnung. Es geht darum, sein Selbstbewusstsein zu stärken, ihm seine Unsicherheit zu nehmen. Kriegst du das hin, ohne ihn in ein Moorloch zu stoßen?«

Aller Augen richteten sich auf Lizzy. Schafsaugen, Lamaaugen, Alpakaaugen und zwei kalte Krähenaugen. Plötzlich bekam sie den Flattermann.

Tiertherapie. Das bedeutete bestimmt Körperkontakt. Sie musste diesen Howard ganz dicht an sich ranlassen. Einen Unbekannten! Sie sollte ihm seine Unsicherheit nehmen. Schön und gut, aber wie ging das? Was genau wurde da von ihr verlangt?

Lizzy war eisenbereift. Sie konnte Menschen hervorragend bedrohen und einschüchtern. Sie konnte sie zur Seite schubsen, auf den Fuß treten, über Stock und Stein jagen oder auch zu Tode erschrecken, wenn sie unvermittelt in fremde Schlafzimmerfenster spähte. Darin hatte sie auf Gigha reichlich Erfahrung gesammelt. Doch jemanden selbstbewusster machen? Worauf hatte sie sich da bloß eingelassen? War sie hier in einen Swingerclub für Tierfreunde geraten?

Bruder Ptolemys Gebirgsseenaugen beschwichtigten sie. Er beugte sich zu ihr herunter und nahm ihre Hörner in beide Hände.

Sie hielt still. Mut hatte er, das musste sie ihm lassen. Aber sie war ja seine Kuschelkuh.

»Komm schon, Lizzy! Du bist doch das Selbstvertrauen in Person! Gib was von deiner Energie ab. Das kann sehr erfüllend sein.« Er strich ihr die Zottelhaare aus dem Gesicht. »Sei einfach nett und gut gelaunt, mehr ist es nicht. Hinter dem Gemeinschaftsturm neben der Tränke ist das Kräuterbeet, dort wächst Zitronenmelisse, die hat eine beruhigende Wirkung. Davon kannst du ja was fressen, bevor Helen und Howard eintreffen. Nachmittags um zwei wird das sein, bis dahin bleibt dir noch jede Menge Zeit.«

Dann wandte er sich wieder allen Tieren zu und klatschte ein paarmal in die Hände. »Also gut, ich möchte, dass ihr euch heute von eurer besten Seite zeigt. Stimmen wir uns ein mit einer kleinen Meditation.«

Er ließ die Arme herabhängen und nahm eine entspannte Haltung ein. Mit seiner weißen Kutte strahlte er eine starke Präsenz aus, dabei wirkte er wie ein Schamane vor einer Geisterbeschwörung. Der Nieselnebel tat ein Übriges, um der Szenerie etwas Mystisches zu verleihen. Alle Tiere standen im Kreis um Bruder Ptolemy herum und taten es ihm gleich. Bei den Schafen war schwer zu sagen, ob sie gechillt waren oder nicht. Aber die Lamas und Alpakas machten einen rundum entschleunigten Eindruck. Die Katzen schienen eingepennt zu sein, der Bobtail sowieso.

»Wenn ihr wollt, könnt ihr die Augen schließen«, fing Bruder Ptolemy an.

Lizzy wunderte sich nicht schlecht, als sämtliche Tiere der Aufforderung Folge leisteten, sogar Yeedith.

»Atmet tief in den Bauch ein. Und dann langsam und vollständig aus. Einatmen, ausatmen. Spürt euren Körper. Wie lebendig er ist. Was gerade in ihm los ist.«

In Lizzys Körper setzte gerade die Verdauung ihres Frühstücks ein. Das rumorte ordentlich.

»Beim Ausatmen lasst Spannung los. Wendet euch euch selbst fürsorglich zu. Nehmt wahr, was an Gedanken da ist, welche Gefühle euch bewegen. Was beschäftigt euch gerade?«

»Na, alles das!«, dachte Lizzy. Es fiel ihr schwer, zur Ruhe zu kommen. Wozu sollte das gut sein? Sie machte die Augen absichtlich nicht zu, schließlich befand sich die Krähe in der Nähe. Vor Yeedith würde sie sich keine Blöße geben. Außerdem musste sie auf Iago aufpassen, das Eselchen war bereits völlig weggetreten.

Nach einer Pause fuhr Bruder Ptolemy fort. »Findet einen wohlwollenden Satz, der euch hilft, besonnen zu bleiben und freundlich mit euch und den anderen umzugehen. Sagt euch diesen Satz in Gedanken vor. Zum Beispiel: Möge ich gelassen und gegenwärtig sein.«

Gelassen. Gegenwärtig. Damit hatte Lizzy kein Problem. Solange niemand sie reizte.

»Wiederholt den Satz innerlich in einem Rhythmus, der euch angenehm ist. Spürt euren Körper, spürt euren Atem. Und kommt immer wieder zu dem wohlwollenden Satz zurück.«

Ach so, Lizzy musste ja noch ihren Satz finden. Jetzt aber schnell!

Sie überlegte. Möge ich … cool sein? Möge ich … satt sein? Nee, das war zu banal. Ihr fiel nichts Gescheites ein.

»Scheiße, verfickte, ist doch eh alles egal!«, entfuhr es ihr ganz unexistenzialistisch.

Niemand reagierte. Fast niemand. Nur Bruder Ptolemys rechter großer Zeh krümmte sich in der Sandale nach oben. Und Yeedith öffnete die Augen, um Lizzy mit einem feindschaftlichen Blick zu durchbohren.

»Lasst den Satz langsam los«, fuhr er fort. »Nehmt wahr, wie ihr euch jetzt fühlt. Geht achtsam in den Tag hinein. Alles Gute!«

Das war's. Die Tiere öffneten die Augen und verließen nach und nach den Versammlungskreis. Bruder Ptolemy bückte sich und hob einen merkwürdigen Gegenstand auf, den er beim Verlassen des Turms im Gras abgelegt hatte. Das Ding war fast so lang wie er selbst und sah aus wie eine höchst eigenwillige Trompete. Es schien aus Messing zu bestehen, das hornartig gebogene Rohr war am Mundstück relativ dünn, verbreiterte sich nach oben hin und besaß einen Schalltrichter, der wie ein Wildschweinkopf geformt war.

»Was ist denn das?«, wollte Lizzy von Iago wissen.

»Das ist laut«, meinte das Eselchen und kam nicht weiter, denn Bruder Ptolemy führte das Instrument an die Lippen und blies hinein. Dabei hielt er es aufrecht, sodass es ihn weit überragte und der Schall sich besser über die neblige Inselwelt verteilen konnte.

Es klang wie ein riesiges Jagdhorn mit Bauchschmerzen, und wer in der Einsiedelei noch nicht wach war, der wurde spätestens jetzt aus dem Schlaf gerissen, um in einem akustischen Albtraum zu erwachen.

Lizzy sträubte sich das Zottelfell. »Schlimmer als ein Dudelsack!«, rief sie. »Was zum Teufel …«

Rasmus, der Widder, gesellte sich zu ihnen, während Bruder Ptolemy versuchte, den Ton in die Länge zu ziehen. Zum Glück ging dem Kuttenträger die Puste aus. Ein letztes, erbarmungswürdiges Röcheln, danach war wieder Ruhe.

»Eine Carnyx«, erklärte Rasmus. »Das ist ein altes keltisches Blechblasinstrument. Hat früher im Krieg dazu gedient, gegnerische Truppen zu demoralisieren – und die eigenen Leute anzustacheln.«

»Leuchtet mir ein«, sagte Lizzy.

»Dieses Exemplar ist der berühmten Deskford-Carnyx nachgebildet, die 1816 am Ufer des Moray Firth in Aberdeenshire gefunden wurde. Bruder Ptolemy ruft damit die Kursteilnehmer herbei.«

»Danke für die Aufklärung. Bist du hier das Schlauschaf?«

»Was man halt so aufschnappt …«, antwortete Rasmus.

Die Carnyx erfüllte offenbar ihren Zweck. Begleitet von verführerischem Porridge-Geruch, traten nacheinander die Spirit Seeker ins Freie und hielten Ausschau nach den ihnen zugeteilten Tieren. Ein spindeldürrer, gut gebräunter Mann mit einem Umhang à la Mahatma Gandhi steuerte auf Rasmus zu, begrüßte ihn mit einer Namaste-Verbeugung und schlug ihm einen Spaziergang zum Meer vor, bei dem er dem Widder natürlich den Vortritt ließ.

Auch die anderen Paarungen fanden sich schnell, bis nur noch Lizzy und Iago übrig blieben.

Bruder Ptolemy schickte das Eselchen zur Tränke, die sich hinter dem Gemeinschaftsturm befand, und nahm das Hochlandrind beiseite.

»Auf ein Wort, meine Liebe«, begann er. »Ich spüre viel Aggression in dir …«

17

Die Mitglieder des PDBDC fingen an, ihren diversen täglichen Beschäftigungen nachzugehen. Mit einer Sackkarre brachte Crissa ein Bierfass von der Abfüllanlage ins Lager der Brauerei und wuchtete es von A nach B. Von fern drang der Schall der Carnyx zu ihr. Sie runzelte die Stirn.

Schon lange fragten sich die Bewohner von Colonsay, was es mit dem morgendlichen Getute auf sich hatte. Dass es eine Art Weckruf darstellte, darüber waren sich die meisten einig. Aber wie die unheimlichen, durch den Frühnebel gedämpften Geräusche genau hervorgebracht wurden, das gehörte zu den ungelösten Rätseln, die sich um die Einsiedelei rankten. Bruder Ptolemy sprach zwar ein astreines schottisches Englisch mit den eher weichen Lauten der westlichen Inseln. Aber vielleicht, so meinten manche, hatte er in einem Kloster in der Schweiz die höheren Weihen empfangen und von dort ein Alphorn mitgebracht. Oder er hatte versucht, die Krokodile Australiens zu missionieren und down under das Spiel auf dem Didgeridoo erlernt.

Crissas Blick fiel auf ein Werbeplakat der Brauerei. »Something's brewing in the Hebrides«, stand da. »Auf den Hebriden braut sich was zusammen.« Ja, dieser Eindruck drängte sich förmlich auf.

Sie war leicht verkatert, da sie am Vortag deutlich mehr Whisky gekippt hatte als Howard Currie. Doch die körperliche Arbeit tat ihr gut. Bis am Abend die Fähre von Oban eintraf und sie sich in ihre Uniform schmeißen musste, konnte sie nach Herzenslust schwitzen, fluchen und ein oder zwei Konterbier trinken, diese Kombination half immer.

Auch Rossalyn vernahm den schaurigen Klang der Carnyx. Sie schrubbte gerade die Terrasse des Colonsay Hotel, während die

Gäste im Inneren frühstückten. Alte keltische Instrumente kannte sie gut von den Folkmusik-Abenden in der Hotelbar oder von Konzerten in der Village Hall, deshalb vermutete sie etwas in dieser Richtung. Da sie zu allem tanzte, was einem die Ohren wegblies, Hauptsache, Rhythmus, stellte sie keine hohen Ansprüche an die musikalischen Darbietungen aus der Einsiedelei.

»Du musst gründlicher sein!«, sagte sie zu ihrer neuen Kollegin Elsie und zeigte ihr, wie man Moos und Algen schonend von den Holzplanken entfernte und mit zusätzlich Essigreiniger verhinderte, dass der Bewuchs rasch wiederkam. »So geht das, siehst du? Beim Putzen heißt es: gewusst, wie. Ich hab für alles meine kleinen Tricks.«

»Danke, Ro!« Elsie schwang den Schrubber und tötete weiter Keime. »Sag mal, das klingt ja, als würde ein Elefant verenden.«

»Bruder Ptolemy hält dort oben einen ganzen Zoo. Wahrscheinlich *ist* es ein Elefant.« Sie lachte. »Mich wundert gar nichts mehr. Seit die Gemeinde ihre große Tourismusoffensive gestartet hat, wird es hier schräg und schräger. Mir gefällt's. Beim Frühlingsfestival Anfang des Monats hättest du da sein müssen. Auf Colonsay ist echt was geboten.«

»Das glaub ich dir gern. Vielleicht nächstes Jahr.«

Elsie machte Working Holiday und arbeitete im Hotel, um sich weitere Inseltrips zu verdienen. Island-Hopping nannte man das, von Insel zu Insel springen. Bis zu den Äußeren Hebriden wollte sie – und sogar nach St. Kilda, das lag weit draußen im Atlantik, die Überfahrt kostete eine Stange Geld.

Seit ein paar Tagen sprang die hoch aufgeschossene junge Frau überall ein, wo es nötig war. Die Saison hatte zwar schon angefangen, aber im Außenbereich des Hotels blieb jede Menge zu tun. Wenn die Temperaturen im Mai weiter stiegen, war die Terrasse ein beliebter Aufenthaltsort.

Heute eher nicht. Im Laufe des Vormittags verzog sich zwar der Nieselnebel. Doch *Mizzle* verwandelte sich in eine unangenehme, diesige, feuchtwarme Klammheit, genannt *Mochie*. Die Sonne hatte gerade woanders zu tun, ebenso der Wind. Bewegungslos hingen die Blätter herab und warteten auf bessere Zeiten.

Nur die Midges fanden das gut und schwärmten gierig aus. Noch war nur ein kleiner Teil der Stechfliegen in den Mooren, Wiesen und Tümpeln geschlüpft. Ab Mitte Juni würden sie volle Truppenstärke erreichen. Wer sich bis Ende September nicht direkt an der Küste aufhielt, denn nur dorthin wagten sich Midges nicht, hatte bei Windstille keine Chance gegen die Blutsauger. Dann gab es nur noch eines: den »Stopper«.

Der Stopper war eine der Segnungen der modernen Textiltechnik und so essenziell wie ein Feuerlöscher oder ein Rettungsring. Man konnte ihn sich wie eine Haube über den Kopf ziehen und sogar in der Dusche tragen, weil wasserfest. Er bestand aus ultrafeinem Mesh mit Betonung auf *ultra*fein, denn Midges lachten nur über ein handelsübliches Moskitonetz, das war zu grobmaschig, da kamen sie locker durch. Mithilfe eines elastischen Halsbands ließ sich der Stopper passgenau fixieren. Dadurch war zumindest der Kopf geschützt. Die restlichen unbedeckten Körperteile wie Hände, Unterarme, Fußknöchel mussten sehen, wo sie blieben, das hieß, man musste alles, was entblößt war, gut verhüllen, und zwar nicht nur mit dünnen Socken, der Saugrüssel der Midges glich einer Nanonadel und durchdrang feines Gewebe. Am besten, man trug gleich einen Catsuit aus dickem Latex und zog alle Reißverschlüsse zu. Oder man zwängte sich in eine Tauchermontur. Aber beides war im Alltag etwas unpraktisch und konnte zu Missverständnissen führen. Also stellte der Stopper das Mittel der Wahl dar für alle jene, die es wagten, sich bei Nicht-Wind im Gelände zu bewegen. Weniger effektive Methoden wie eine Einbalsamierung mit Insektenschutzmittel waren umstritten. Manchmal halfen sie, manchmal nicht. Es gab über 35 verschiedene Arten von Midges. Einige schienen immun gegen chemische Keulen zu sein und zuckten auch bei Citronellöl nur müde mit den Achseln.

Doch noch hielt sich die Plage aufgrund der Jahreszeit in Grenzen, und auf Colonsay gab es eigentlich nur ein paar Stellen, wo sie vermehrt anzutreffen waren, an den Lochs im Inselinneren zum Beispiel. Doug hatte gelernt, damit zu leben, indem er Midges ignorierte und sich möglichst selten wusch.

Er öffnete seinen Fahrradverleih in Upper Kilchattan. Gewissenhaft überprüfte er mehrere Mountainbikes, füllte Luft in den Reifen nach, justierte die Bremshebel. Als er zufrieden war, lud er die Räder in seinen Van und lieferte sie je nach Vorbestellung aus: zu Ferienappartements, die in ehemaligen Dienstbotenwohnungen des Landsitzes untergebracht waren, dann zum einzigen Hotel oder gleich an den Pier, damit die Kunden nach der Ankunft mit der Fähre ihren Drahtesel sofort zur Verfügung hatten. Die Sicherung mit einem Schloss war auf Colonsay unnötig. Niemand klaute hier Räder, zumindest nicht mit Absicht.

Auf seiner Tour vergaß Doug leider häufig, warum und zu welchem Zweck er überhaupt unterwegs war. Dann hielt er vor einem beliebigen Grundstück und begann, als ehemaliger Obergärtner von Colonsay House, Unkraut zu jäten. Er goss trockene Pflanzen unter Vordächern, knipste verblühte Rosenblüten mit dem Fingernagel ab oder stach den Kompost um, wenn ein Spaten herumlag. Oder er setzte sich gleich auf eine hübsche Gartenbank mit Meerblick und rauchte ein Pfeifchen mit selbst gezogenem Tabak aus seinem Wintergarten.

Stundenlang konnte Doug so ausharren und beobachten, wie eine Brise aufkam, die Wolkendecke zerpflückte und dem verdammten *Mochie* ein Ende bereitete. So auch jetzt. Ganz schnell ging das, als hätte es der Himmel eilig und wollte mal zeigen, dass er auch anders konnte. Der Himmel hatte schon immer seinen eigenen Kopf gehabt. Dem waren Sonne und Mond egal, denn das Wetter, das machte ja immer noch er allein, der Himmel, da gab's kein Vertun.

Unter dem Himmel von Colonsay hatte Doug fast sein ganzes Leben verbracht. Der Himmel war unendlich veränderlich – im Gegensatz zu ihm, Doug. Er wurde zwar älter, gebrechlicher und wohl auch vergesslicher, und blieb doch stets der Gleiche, so kam es ihm vor.

Irgendwann erschien der Besitzer des Hauses und dankte für die geleisteten Arbeiten. »Das wär doch nicht nötig gewesen. Aber wenn's dir Freude bereitet, tu dir keinen Zwang an …« Er machte Doug darauf aufmerksam, dass er eventuell, wenn es ihm keine Umstände bereitete, seinen Notizzettel zurate ziehen sollte. Den Notizzettel auf dem Armaturenbrett seines Vans. Dorthin schlurfte Doug dann, las den Zettel und erkannte, dass er ja inzwischen Fahrräder verlieh und für die Pflege der Pflanzen anderer Leute gar nicht mehr zuständig war.

Er steckte seine längst erkaltete Pfeife in die Hosentasche und setzte seine Tour zum Hotel und zum Pier fort. Der Van fand den Weg fast von allein.

Eine Wolke schob sich vor die Sonne. Doug fiel ein Sinnspruch ein. *Leben ist nur ein wandelnd Schattenbild. Was ist Leben? Ein Schatten, der vorüberstreicht.*

Woher er das nur hatte?

Kurz darauf hielt Doug vor dem Hotel. Er stieg aus und klopfte an die Tür. »Poch, poch, poch!«, machte er.

Plötzlich war alles wieder da. *Macbeth*. Einzelne Textzeilen daraus. Die Treffen mit der Theatergruppe. Wenn er Helen und die anderen nicht hätte, würde er vermutlich gar nichts mehr auf die Reihe kriegen. Er musste lächeln, als Rossalyn ihm die Tür öffnete. »Hej, Doug, schöner Tag heute!«

18

Das fand auch Graeme. Mit der morgendlichen Ausbeute war er recht zufrieden. Er lud drei Säcke auf den Anhänger seines alten roten Traktors, brachte sie an Land und machte den Inhalt für die Auslieferung fertig. Seine Austernfarm lag an »The Strand«, einer flachen Gezeitenzone, die Colonsay von der Insel Oronsay trennte und regelmäßig überflutet wurde. Es war nur ein kleiner Betrieb, aber Jahr für Jahr lief es besser.

Austern lagen voll im Trend. Früher waren sie in Schottland kaum gezüchtet worden, weil die Tiere im kalten Wasser nicht laichen konnten. Doch seit Saataustern aus speziellen Zuchtbetrieben erhältlich waren, gab es immer mehr Leute wie Graeme, die es einfach mal ausprobierten. Manche machten sich natürliche Austernbänke in tiefen Buchten zunutze und kultivierten die Delikatesse auf Felsformationen am Boden. Andere gingen professioneller vor und errichteten in der Gezeitenzone Tische aus Eisen, wie es an Frankreichs Küsten üblich war. Auf diesen Gestellen wuchsen die Austern in grobmaschigen Säcken heran. Die Säcke wurden regelmäßig gewendet und gerüttelt, damit ein gleichmäßiges Wachstum gewährleistet war. Außerdem versandeten die Austern dadurch nicht, sie schmeckten später nicht schlammig und waren vor am Boden lebenden Räubern geschützt. Ständig musste Graeme den Algenbewuchs entfernen, auch das gehörte dazu und war wie die anderen Arbeitsschritte bei Ebbe gut zu bewerkstelligen – bis die Flut wiederkam und die Tische im ewigen Rhythmus der See unter Wasser setzte.

Inzwischen wurden Austern in North Connel nördlich von Oban kultiviert, an der Mündung des Loch Fyne in der Nähe von Inveraray, im Loch Ryan bei Stranraer, in West Kilbride unten an der Küste von Ayrshire und eben auf Colonsay. Dennoch waren sie relativ selten und wurden nur in kleinem Umfang für den regionalen Bedarf produziert.

Mit einer Bürste reinigte Graeme die Schale der letzten Auster und legte sie zu den anderen in die Transportkiste. Dann fuhr er mit seinem hellblauen Lieferwagen zum Hotel. Dort würde man ihn bereits sehnlichst erwarten. Das Wochenende stand bevor, und Colonsay Oysters waren der Hit auf der Speisekarte.

Dummerweise hatten sich beim Verladen des edlen Guts ein paar Zufallsmidges ins Fahrzeuginnere verirrt. Graeme hasste die Viecher, und zwar leidenschaftlich. Aus irgendeinem Grund belästigten sie ausgerechnet ihn, und zwar nur ihn, auch wenn er mit Doug oder Helen unterwegs war. Vielleicht hatte das mit seiner Blutgruppe zu tun. Oder seiner allgemeinen Lebenseinstellung.

Er öffnete alle Fensterscheiben, ohne Erfolg. Die Midges schienen zu spüren, wie sehr sie ihn nervten – und dass er ihnen schutzlos ausgeliefert war. Eine stach Graeme in den Nacken. Er schlug nach ihr, vergebens. Fast kam er dabei von der schmalen Straße ab. Er riss am Lenkrad, um nicht gegen ein Gatter zu krachen.

Leider hatte er ziemlich viel Aftershave aufgetragen. Damit wollte er Rossalyn beeindrucken, wenn er die Austern im Hotel abgab. All das Gequatsche über diesen vereinsamten Howard und die Tatsache, dass Ro im Gardens Café hinausposaunt hatte, ihren Typen abgeschossen zu haben, hatten zu dem Entschluss geführt, sein Glück bei ihr zu versuchen. Ein Versuch konnte ja nicht schaden.

Allerdings standen Midges auf Aftershave, vor allem auf penetrante, nach Testosteronstau riechende Billigmarken, die machten sie total verrückt.

Also kam es zu einem auf Colonsay vertrauten Anblick: Mit halsbrecherischer Geschwindigkeit raste ein hellblauer Lieferwagen durch die Landschaft, mit einem fluchenden, schreienden, wild um sich schlagenden Fahrer am Steuer.

Helen winkte ihm zu, als er an ihr vorüberbretterte. Sie besichtigte mit ihren Schülern zwei Standing Stones und sagte: »Das ist Graeme von der Austernfarm, den besuchen wir kommende Woche.«

Heute hatte sie eine Exkursion angesetzt. Die Kinder sollten von klein auf mit dem reichen historischen Erbe der Insel vertraut gemacht werden. Und da Menhire aus der Bronzezeit nicht gerade brennend interessant waren und taten, was sie schon seit 4000 Jahren taten, nämlich bedeutsam herumstehen, nahm die Rasselbande den Ausflug zum Anlass für allerlei Balgereien im Stile vorzeitlicher Krieger und Kriegerinnen. Das bedeutete blaue Flecken und Schürfwunden, aber sie konnten sich mal richtig austoben. Und Helen verschaffte es eine Gelegenheit, den Schultag schon mittags zu beenden. Danach hatte sie ja noch einiges vor.

»Nicht so brutal!«, rief sie. »Seid nett zueinander! Lindsey, hör auf, Gavin zu würgen! Singt mal ein schönes Lied zusammen, ich bin gleich bei euch.«

Das war nun wirklich kein pädagogisches Glanzstück, aber sie hatte ja nur sieben Schüler, die kamen kurz alleine klar, und gerade erhielt sie eine WhatsApp-Nachricht von Howard: Seine Handynummer habe sich aufgrund technischer Probleme geändert. Es war eine Standardmitteilung, die vermutlich alle seine Kontakte erhielten – hoffentlich auch seine drei Herzenskandidatinnen, dachte Helen. Unter der neuen Nummer sei er wie gewohnt zu erreichen.

Sie blieb auf einem Farnpolster neben dem größeren der beiden Standing Stones sitzen und betrachtete die grünen, kalksteindurchsetzten Hügel ihrer Wahlheimat. Colonsay lag so beruhigend weit von allem entfernt, was ihr in der Welt Unbehagen bereitete, von den Steinwüsten der Städte, unvermittelten Menschenansammlungen, stickigen U-Bahn-Schächten, der geisttötenden Vorstadttristesse. Von Vorgesetzten, die sie schikanierten, von »Freunden«, die Helen nicht guttaten, von ihren überaktiven, ständig neue Fernreisen buchenden Eltern. All der Bewuchs, der sich nie wegschrubben ließ, sosehr Helen sich auch bemühte.

Das älteste Gestein auf der Insel war 1,7 Milliarden Jahre alt, in gewisser Weise das Gebein der Erde, noch ohne Einschlüsse von Fossilien, weil es in diesem Zeitalter, als Colonsay vom späteren Grönland abgebrochen war, noch gar kein tierisches Leben gab. Sie lehnte sich dagegen. Kühler Fels.

Inzwischen hatte sich der Nebel aufgelöst, die Klammheit wich, bald würde die Sonne durchbrechen. Keine Midges weit und breit. Die Kinder tollten zwischen den Standing Stones umher und spielten irgendwelche Filmszenen nach, wie Helen registrierte. Aus der Natur besorgten sie sich, was sie dafür brauchten. Abgebrochene Äste wurden zu Schwertern, eine torfige Senke sorgte für die Gesichtsbemalung. Kreativ waren sie ja, und voller Energie.

Noch in der Nacht hatte Helen ihren Freunden mitgeteilt, dass Howard Currie dem PDBDC inoffiziell beigetreten war. Was für ein Triumph! Eine schön schräge Aufnahmezeremonie sollte bald folgen, das waren sie sich als Theaterleute schuldig. Sie würden sich etwas ganz Besonderes einfallen lassen.

Alle hatten mit zustimmenden Kommentaren oder entsprechenden Smileys reagiert. Sie schrieb eine neue Nachricht an die Truppe, zur Erinnerung, dass sie sich am Abend ab 18.35 Uhr bereithalten und ihre Posten beziehen sollten.

Dann steckte sie das Handy in ihren Rucksack und erstarrte vor Schreck.

»Lindsey! Wirf sofort den angespitzten Stock weg! Gavin ist kein Vampir!«

»Ich will ihn doch bloß ausweiden«, sagte das Mädchen. »Wie bei *Braveheart!*«

»Freiheit!«, schrie Gavin, ein paar Kinder von der Lindsey-Fraktion hielten ihn fest. Er schien ganz in der Rolle des schottischen Nationalhelden William Wallace aufzugehen, der im Zuge seiner langwierigen, fantasievollen und wegen des Abschreckungseffekts äußerst grausamen Hinrichtung im August 1305 noch allerlei deftige Flüche an die Adresse seiner englischen Peiniger losgeworden war. Ob er nach seiner Entmannung wirklich das Wort »Freiheit«

ausgestoßen hatte wie im Film, konnte von der seriösen Geschichtsschreibung nicht bestätigt werden.

Aber Gavin legte sich voll ins Zeug.

»Du machst das wirklich gut«, sagte Helen. Ihr fiel ein, dass sie für eine *Macbeth*-Aufführung noch ein Kind brauchten. Gavin konnte sie sich gut als Fleance, Banquos Sohn, vorstellen.

Und wieder wehte Shakespeare durch ihren Tag.

19

Hynch schaltete den Staubsauger aus, räumte ihn auf und ließ Wasser in einen Eimer ein. Dann wischte er feucht durch, zum ersten Mal seit er in das Haus über der Kiloran Bay eingezogen war. Er empfand es als überraschend befriedigende Tätigkeit. Wie all der Schmutz sich löste und von dem Mopp aufgesaugt wurde … reine Magie. Vielleicht hätte er schon viel früher von Profikiller auf Raumpfleger umsatteln sollen.

Seit Tagesanbruch putzte er wie ein Weltmeister. Für Chloe, die erste Kandidatin, sollte alles blitzblank sein. Falls das bevorstehende Wochenende einen Besuch in seinem Heim einschloss, war er vorbereitet. Aber das war noch offen. Chloe würde ein hübsches Zimmer im Colonsay Hotel beziehen, er hatte eine ganze Auswahl an Ausflügen auf der Insel geplant. Sie konnte selbst entscheiden, ob sie sich auch in die Höhle des Löwen begab. Aber bestimmt interessierte es sie, wie Howard bzw. Hynch wohnte – und ob in der Höhle eventuell noch Platz war für eine künftige Partnerin.

Er zumindest würde so was wissen wollen. Ob jemand seine Hütte sauber hielt, sagte ja viel über den Charakter aus. Als Hynch noch im Lebensverkürzungsgewerbe tätig war, hatte er in dieser Hinsicht reichlich Erfahrungen gesammelt. Manchmal war er in Behausungen eingedrungen, die den Namen nicht verdienten. Finstere Löcher auf den ersten Blick, und doch annehmbar in Schuss gehalten – während so manches Luxusappartement wie der letzte Saustall aussah.

Nach dem Aufwischen schwang er noch ein wenig den Staubwedel. Allzu sauber durfte es auch nicht wirken, Hynch wollte nicht den Eindruck eines Neurotikers mit Putzzwang vermitteln.

Seine penibel gereinigten Waffen hatte er wieder im Schrankversteck geparkt. In Griffweite behielt er nur das Barrett-Scharfschützengewehr, das er getarnt mit ein paar unansehnlichen Lappen in der Besenkammer deponierte, und die Mossberg, die er unter das Sofa legte. Den .38er Revolver steckte er in seine schwarze Umhängetasche, um außer Haus ein wenig Schutz zu haben. Er trug die Tasche ohnehin fast immer bei sich. Sie enthielt allerlei persönlichen Bedarf für seine Streifzüge auf der Insel. Auf ein Schulterholster verzichtete er lieber, das fand er übertrieben.

Derart gerüstet konnte jetzt eigentlich nichts mehr schiefgehen. In seinem Handy steckte eine neue SIM-Card. Den drei Kandidatinnen und den Leuten vom PDBDC hatte er die geänderte Rufnummer mitgeteilt. Ihre Kontaktdaten hatte er schon vor Wochen ganz altmodisch in einem Adressbuch notiert, sodass sie nicht verloren gegangen waren.

Nach der Putzerei duschte Hynch ausgiebig. Das Gefühl der Bedrohung, das ihn nach Tomtoms Anruf und vor Helens Besuch so heftig ergriffen hatte, war vollständig verflogen. Und nach der Trotzphase, in der er wild entschlossen gewesen war, seine neue Existenz gegen alle Widerstände zu verteidigen, hatte mit dem Erwachen am Morgen eine Art fröhlicher Fatalismus eingesetzt. Egal was da auf Hynch zukam, ob eine neue Liebe oder eine Killerin, er würde schon damit fertigwerden. So war es immer gewesen. Er musste nur Vertrauen zu sich selbst haben, in seine Fähigkeiten und Instinkte.

Vor dem Spiegel überprüfte er sein Äußeres. Sein Phantomauge, wie er die leere linke Augenhöhle nannte, sah wirklich zombiehaft aus. Sollte er ein Glasauge einsetzen, wie Crissa ihm geraten hatte? Davon besaß er eine ganze Sammlung, hübsch aufgereiht in einer Schachtel neben den Rasierklingen. Wie Scherzartikel.

Hynch fand die Dinger gruselig. Sie fühlten sich wie Fremdkörper an, auch wenn er damit fast normal aussah. Auf den Fotos, die er Chloe, Jill und Frances geschickt hatte, trug er jedoch seine vertraute Augenklappe, es hatte die Frauen wohl nicht abgeschreckt.

»Ich bin ein Teilzeitpirat«, hatte er in einem Anfall von Sprachwitz zur Erklärung geschrieben.

Also legte er die Augenklappe wieder an. Dabei musste er stets daran denken, wie er sein linkes Auge verloren hatte. Niemals würde er das jemandem erzählen. An der Three Arch Bridge auf der Isle of Jura war es passiert, aus dem Hinterhalt. Keiner der drei Schlagetots, die ihm dort aufgelauert hatten, war mehr am Leben, das hatte er gleich vor Ort erledigt, vom Schmerz fast bewusstlos. Mallards Männer hatten ihm das angetan.

Nach dem Verlust des Auges hatte seine Sehkraft an Tiefenschärfe eingebüßt. Doch manchmal kam es ihm so vor, als sähe er mit nur einem Auge schärfer denn je.

Hynch traf die nächste Entscheidung. Zur Feier des Tages wählte er seine besten Outdoorklamotten. Kein Funktionsstoff aus Chemiefasern, sondern bester Harris-Tweed. Die fetthaltige Schafswolle besaß eine natürliche Imprägnierung gegen Regen und war zugleich atmungsaktiv. Bei einem richtigen Wolkenbruch, einem *Sump*, der die Schädeldecke weichklopfte und einen bis auf die Haut durchnässte, half das zwar nicht. Aber die übliche Nieselei steckte Harris-Tweed locker weg.

Deswegen legte Hynch einen Kilt an. Keinen schicken, schnieken Kilt, wie ihn die Leute auf Hochzeiten trugen, so etwas besaß er gar nicht. Aber einen robusten, ehrlichen Kilt, den er sich kürzlich in Oban hatte schneidern lassen, dazu ein schwarzes Polohemd, Kniestrümpfe und lederne Wanderstiefel – fertig. Eine Schirmmütze mit dem gleichen Tartanmuster wie der Kilt komplettierte seine Erscheinung.

In dieser rustikalen Version eines Scotsman ging Hynch in den Tag hinein. Er hängte sich seine Tasche um und marschierte zum Loch Fada, der eigentlich aus drei zusammenhängenden Lochs bestand. Er lag in einem Tal, das Colonsay ungefähr in der Mitte teilte.

Die Sonne war jetzt vollständig durchgebrochen und sandte ihre Strahlen über die gekräuselte Seeoberfläche. Hynch fand sein

Zwergtaucherpaar auf Anhieb wieder. Die beiden nisteten nahe dem Ufer, für den Bau des schwimmenden Nests hatten sie allerlei abgestorbene Wasserpflanzen verwendet und das Gebilde am Grund festgemacht, damit es nicht davontrieb. Ihr Gelege bestand aus fünf anfangs weißen Eiern, die sich allmählich bräunlich färbten.

Hynch breitete ein Plaid auf dem moosigen, noch feuchten Boden aus, legte sich bäuchlings darauf und stellte sein Fernrohr scharf. Zu Hause besaß er auch ein Spektiv mit stärkerer Vergrößerung, aber es war vergleichsweise klobig und unhandlich.

Normalerweise schlüpften die Zwergtaucherküken nach einer Brutzeit von 20 bis 21 Tagen, es musste also bald so weit sein. »Bi-i-i-i-i«, rief das Paar im Duett. Wunderschön sahen sie aus mit ihrem schwarzbraunen Gefieder, dem rotbraunen Hals und dem weißen Fleck am Schnabel, ein wenig wie Krickenten, aber filigraner und mit deutlich größeren Schwimmfüßen als normale Enten. Die Knopfaugen waren besonders auffällig: weiße Scheiben mit einem schwarzen Mittelpunkt.

Ein paar Midges schwirrten umher. Für die Zwergtaucher, die Insekten von der Wasseroberfläche pickten und an dem Loch reichlich Nahrung fanden, waren sie eine willkommene Mahlzeit.

Hynch hörte nicht auf, die beiden zu beobachten. Die Vogelpopulation in Europa hatte in den vergangenen dreißig Jahren dramatisch abgenommen, der Schwund bei Säugetieren, Vögeln, Fischen, Amphibien und Reptilien lag bei 70 Prozent. Schon im folgenden Jahr würden vielleicht keine Zwergtaucher mehr Colonsay besuchen, um dort Nachwuchs zu bekommen.

Als Kind hatte er sich kaum für Vögel interessiert, und später erst recht nicht, da war er mit sich selbst und seinen Aufträgen beschäftigt gewesen. Lange Zeit hatte er die Natur aus seinem Leben ausgeblendet, vielleicht auch, weil ihm ihre Vielfalt zu komplex erschienen war, weil er zu wenig differenzierte und nicht auf die größeren Zusammenhänge achtete. Jetzt, da er stramm auf die 60 zuging, faszinierten ihn Wildtiere im Allgemeinen und Piepmätze im Besonderen umso mehr. Wasservögel, Seevögel, Raubvögel, Singvögel, Zugvögel … Sie zu beobachten, ihren schwindenden Bestand zu verzeichnen und sie damit dem Vergessenwerden zu entreißen war, wie eine Schuld abzutragen, eine Schuld, die mit jeder erfolgreichen Sichtung und Registrierung seltener Arten ein winziges bisschen kleiner wurde. Mit Schuld kannte sich Hynch aus, davon hatte er im Laufe der Zeit jede Menge auf sich geladen.

Wenn er Vögel betrachtete, spielten seine eigenen Bedürfnisse kaum eine Rolle. Die Last der Jahre und der Versäumnisse wog nicht mehr ganz so schwer.

Er sah den Zwergtauchern weiter zu.

20

Um zwei Uhr nachmittags war es so weit. Nach Unterrichtsschluss hatte Helen ihre Schüler mit Wundspray und Pflastern verarztet und ihnen ein paar halbherzige Ermahnungen mit auf den Weg gegeben. Irgendwie hatten es alle sieben geschafft, sich zu verletzen. Doch Hebriden-Kids hielten einiges aus, sie ließen die Behandlung klaglos über sich ergehen. Ein ganz normaler Exkursionstag also. Dann war sie ohne Lunch losgeradelt und kam pünktlich in der Einsiedelei an.

Hynch bzw. Howard war bereits eingetroffen und unterhielt sich mit Bruder Ptolemy. Die Krähe leistete den beiden Gesellschaft und schlug aufgeregt mit den Flügeln.

»Hallo, Helen«, begrüßte sie der Mann mit den Gebirgsseenaugen. »Wir haben uns gerade über Vögel unterhalten, ein wahrhaft unerschöpfliches Thema. Auf der Insel sind ja viele verschiedene Arten heimisch. Ich wusste gar nicht, dass Howard Experte ist.«

»Das war mir so auch noch nicht klar«, staunte sie. Vor allem aber staunte sie über Howards Kilt. Helen sah ihn zum ersten Mal in diesem Aufzug. Prinzipiell war es nicht ungewöhnlich, dass jemand auf Colonsay Kilt trug. Bei den Ceilidhean in der Village Hall, Abenden mit Musik und Tanz, die an jedem Samstag stattfanden, oder dem Ceòl Cholasa, einem Musikfestival im September, liefen viele Leute im Schottenrock herum, und zwar nicht nur Männer, das Kleidungsstück wurde auch bei Frauen immer beliebter. Doch Howard hatte sie bislang noch nicht mit schottischer Folklore in Verbindung gebracht. Am meisten wunderte sich über die Farbe. Das karierte Ding war vorwiegend lila. Mit ein bisschen Weiß, Grün und Schwarz.

Auf Helens fragenden Blick hin zuckte er nur mit den Schultern. »Hab mich heute in Schale geworfen«, sagte er.

»Willst du das auch später tragen, wenn die Fähre anlegt?«

»Absolut. Es betont meine Individualität, findest du nicht?« Hynch drehte sich ein wenig nach rechts und nach links. Der Tweedstoff war akkurat gefaltet und gewickelt und saß wie angegossen.

»Wirklich sehr individuell …«

»Glänzender Einfall!«, kommentierte Bruder Ptolemy. »Ein Kilt steht für Selbstbewusstsein, Traditionen verleihen uns Sicherheit. Wir sollten Howard in seinem Entschluss bestärken …«

Ein Kuttenträger war vielleicht nicht der beste Ratgeber in Modefragen, dachte Helen. »Wenn du dich darin wohlfühlst …«, sagte sie lahm. Allerdings musste sie zugeben, dass Howard in dem Kilt eine ganz gute Figur machte. Es lag wohl auch an seiner beeindruckenden Körperlänge, er maß deutlich über sechs Fuß. Aber lila …? Das war echt mutig.

»Legen wir los?«, fragte Hynch.

»Gern!« Bruder Ptolemy nickte zuvorkommend. »Ich habe unserem Gast die Einsiedelei bereits gezeigt. Er ist recht angetan von dem Konzept, das wir hier fahren.«

Helen schenkte ihre Aufmerksamkeit wieder den Gebirgsseenaugen, die besaßen eine deutlich angenehmere Farbe als der Kilt. Außerdem war sie furchtbar gespannt, welches Tier ihr zugedacht war. Howard bekam die Kuh – und sie? Vielleicht eines dieser Lamas? Hoffentlich nicht, die waren ihr nicht geheuer.

»Also, gleich darf jeder von Ihnen eines unserer Spirit-Seeker-Tiere kennenlernen«, fuhr Bruder Ptolemy fort. »Dafür sind keine besonderen Vorkenntnisse nötig, verhalten Sie sich ganz natürlich. Es geht darum, sich anderen Wahrnehmungsweisen zu öffnen und auf irgendeine Weise eine Verbindung herzustellen. Vielleicht fangen Sie mit Streicheln an, mit beruhigenden Worten …«

»Verstehen die Tiere denn, was wir sagen?«, wollte Helen wissen.

»Wenn Sie sich deutlich ausdrücken, ganz bestimmt.«

»Nicht Ihr Ernst, oder?«

»Mein voller Ernst! Ich wähle unsere Tiere danach aus, ob sie in der Lage sind, mit anderen Spezies, unter anderem mit Menschen, sprachlich zu kommunizieren. Einige verfügen nur über ein begrenztes Vokabular, aber den Sinn der Worte begreifen sie durchaus. Und manche sind überdurchschnittlich intelligent. Stimmt's, Yeedith?«

Die Krähe pflichtete ihm krächzend bei.

»Bleibst du hier sitzen und hältst die Stellung?«

»Kra-aa«, machte Yeedith leicht widerstrebend.

»Ich dachte immer, dass Tiere höchstens Stimmungen wahrnehmen können«, wunderte sich Helen.

»Das sowieso.« Bruder Ptolemy setzte sich in Bewegung. »Folgen Sie mir.« Während er mit seinen Sandalen durchs Gras stapfte, wies er zu einer Kursteilnehmerin, die gerade Zwiesprache mit einem fetten, getigerten, auf einem Mauerrest fläzenden Kater hielt. »Sehen Sie diesen faulen Kerl da drüben? Er versteht jedes Wort, aber ich fürchte, es ist ihm total egal. Hey, Johnny! Reiß dich zusammen!«

Der Kater blickte gelangweilt herüber. Die Krähe stieß einen hohen, unfreundlichen Schrei aus. Daraufhin setzte sich Johnny ordentlich hin und heuchelte Aufmerksamkeit.

»Geht doch!«, sagte Bruder Ptolemy und führte die beiden Besucher zu einer niedrigen Steinhütte etwas abseits von den Ruinen des verlassenen Dorfes. Davor warteten zwei Tiere. Zur Begrüßung muhte das eine, und das andere quietschte wie ein rostiges Tor.

Das Hochlandrind kannte Helen schon. Aber dann durchfuhr sie ein wohliger Schauer. Wie konnte Glück so wunderlich doch walten? Welch betörend' Geschöpf stand da direkt neben dem gehörnten Zottelvieh? Sie rieb sich die Augen, als würde sie aus unruhigen Träumen erwachen. Vergessen war sogleich der unwiderstehliche Bruder Ptolemy. Beim Anblick dieser noch unwiderstehlicheren, lichtgrauen Gestalt schien die Luft förmlich zu knistern.

»Darf ich vorstellen?«, schaltete sich der Kuttenträger ein. »Santiago del molino que ningún puerco necesita! Wörtlich übersetzt bedeutet das ›Santiago von der Mühle, die kein Schwein mehr braucht‹. Tut mir leid, aber so steht es in seinen Papieren. Vielleicht hat sich jemand bei den spanischen Behörden einen Scherz erlaubt. Wir nennen ihn Iago.«

Helen fühlte sich wie Titania im *Sommernachtstraum*, die Shakespeare-Begeisterung ging mit ihr durch. »Ich bitte dich, du holdes Eselchen, sing noch einmal! Mein Ohr ist ganz verliebt in deine Melodie.«

Iago begriff, dass seine Art zu schreien bei dieser seltsam daherredenden Frau gut ankam. Er produzierte eine Tonfolge, die bei jedem anderen Tier sofort den Notarzt auf den Plan gerufen hätte.

»Gut gebrüllt!«, erwiderte die Lehrerin. »Du bist so weise, wie du reizend bist. Den glatten Kopf besteck' ich dir mit Rosen und küsse dir dein schönes Ohrenpaar. Sag, süßer Freund, was hast du Lust zu essen?« Sie kramte in ihren Taschen und holte einen Beutel heraus, den Iago sogleich intensiv beschnüffelte.

»In der Futterkrippe müsste auch noch ein Bund Heu sein«, sagte Bruder Ptolemy und schmunzelte. Mit einer solch überschwänglichen Reaktion hatte er nicht gerechnet. »Ich sehe schon, da haben sich zwei gesehen und gefunden.« Als Helen sich anschickte, mit Iago davonzuspazieren, setzte er hinzu: »Und nicht vergessen! Wir alle sind Spirit Seeker! Entdecken und erforschen Sie Ihr Seelentier!«

21

Lizzy war heute nicht so musikalisch drauf wie Iago. Nachdem Bruder Ptolemy ihr wegen des Wutausbruches beim Morgenappell ins Gewissen geredet und eine zusätzliche Meditation aufgebrummt hatte – »Lerne, anderen zu vergeben, dann kannst du dir auch selbst vergeben!« –, war sie zum Kräuterbeet getrottet und hatte im Laufe des Vormittags die gesamte Zitronenmelisse weggeäst. Das Zeug wuchs dort wie Unkraut.

Jetzt roch ihr Atem angenehm, und sie nahm alles nur verlangsamt wahr. Lizzy war komplett durchgechillt. Was auch immer bei dieser Tiertherapie auf sie zukam, sie würde es irgendwie überstehen. Die Szene zwischen Iago und dieser Frau ließ Schlimmes erahnen. Viel hatte nicht gefehlt, und die Lehrerin wäre dem Eselchen um den Hals gefallen. Doch als Lizzy merkte, dass sie dem Vogelbeobachter vom Palm Tree Beach zugeteilt war, entspannte sie sich wieder. Dieser Howard war in Ordnung, ein alter Bekannter aus Gigha, zum Glück eher affektarm.

Zur Einstimmung schwurbelte Bruder Ptolemy noch etwas von »loslassen und einander anvertrauen«. Dann zog er sich diskret zurück, um für den Abend ein Kichererbsencurry anzusetzen. »Mal was anderes als Bohnen«, meinte er im Weggehen. Hin und wieder strich er mit den Händen durch die üppig sprießenden Farnwedel.

Lizzy starrte ihren Patienten an und wartete, was kam.

Hynch legte seine Umhängetasche auf der Steinhütte ab und lehnte sich dagegen. Er schien erst einmal die Atmosphäre des Ortes in sich aufnehmen zu wollen.

Sehr vernünftig.

Zirruswolken malten fedrige Schwingen in den Himmel. Die

Sonne schien beinahe ungetrübt und verwandelte das Meer in das ewige Sehnsuchtsblau, das einen in die Ferne rief und zugleich an die Vorzüge des Insellebens gemahnte, jenen Schwebezustand zwischen Angekommensein und Hinauswollen, von Zugehörigkeit und vagen, niemals eingelösten Versprechungen. Zwei Segelboote schipperten unter Vollzeug die Küste entlang Richtung Scalasaig. Vielleicht würden sie in der dortigen Bucht vor Anker gehen oder etwas weiter südlich im Loch Staosnaig, auch Queen's Bay genannt, wo es einen einladenden Sandstrand gab.

Nahebei rief ein Goldregenpfeifer »Trüüüt!«. Der konnte das den ganzen Tag lang machen, in regelmäßigen Abständen, das kannte Lizzy inzwischen. Es klang ein wenig traurig und eintönig, kein Wunder, dass Iago zu depressiven Schüben neigte.

Hynch holte sein Handy aus der Umhängetasche und tippte darauf herum. Dann legte er es weg und wandte sich ihr zu.

»Schön, dich wiederzusehen«, begann er. »Colonsay ist anders als Gigha, oder? Irgendwie weiter, offener. Ein nettes Plätzchen hast du dir hier ausgesucht.«

Lizzy schnaubte bejahend.

»Wie läuft's in deinem neuen Job? Bin ich dein erster Spirit Seeker? Bestimmt bist du schrecklich nervös.«

Geht so, der Zitronenmelisse sei Dank.

»Damit wir uns richtig verstehen … Ich mach das hier nur Helen zuliebe. Sie möchte mir helfen, mein Selbstvertrauen zu stärken.«

Lizzy betrachtete den Schottenrock. Wer so ein Ding trug, noch dazu in Lila, besaß eigentlich schon mehr als genug Selbstvertrauen, fand sie. Es roch nach Sumpfpflanzen, Röhricht und Entenkot, vermutlich war er an einem Loch im Inselinneren gewesen. Sie speicherte das Kilt-Odeur ab.

»Wenn du wüsstest, worauf ich mich eingelassen habe. Und was mir darüber hinaus droht …« Er schaute sich um und vergewisserte sich, dass wirklich niemand in der Nähe war, der etwas von ihrem Gespräch mitbekam. »Ich weiß gar nicht, wo ich anfangen soll.«

Okay, diese Nummer lief wohl auf Zuhören hinaus. Das sollte Lizzy recht sein.

Sie ließ sich auf alle viere nieder. So wie es aussah, musste sie gar nichts dafür tun, dass sich der Mann ihr anvertraute, wie es Bruder Ptolemy verlangte. Er tat es von alleine.

Musste wohl an ihrer einnehmenden Art liegen. Früher hätte sie einen demonstrativen Fladen fallen lassen und wäre davongestapft. Aber sie war lernfähig. Und randvoll mit Beruhigungsmittel.

Hynch setzte sich zu ihr ins Gras. »Ist lange her, dass ich mit jemandem reden konnte, ohne ein Blatt vor den Mund zu nehmen.«

Lizzy muhte auffordernd. Schieß los!

»Es geht um Liebe und Tod. Hoffentlich ist dir das nicht zu kitschig.«

Liebe und Tod? War das nicht das Einzige, was zählte? Eigentlich ganz interessant. Ihre Sorge war nur, dass sie während seines Monologs einpennte. Sie fing an, die Zitronenmelisse wiederzukäuen. Angenehmes Maulgefühl. Erfrischend.

»Trüüüt!«, kam es von dem Goldregenpfeifer.

Bei Hynch brachen die Dämme.

Er erzählte Lizzy alles. Leider ziemlich unstrukturiert und nicht in der richtigen zeitlichen Reihenfolge. Als Kuh hatte sie nämlich durchaus ein Bewusstsein für Vergangenheit, Gegenwart und Zukunft – was viele Menschen Kühen absprachen, weil es bequem war, die Intelligenz von Wesen zu leugnen, die man maximal zwei Jahre nach deren Geburt schlachtete und aß.

Außerdem war sie schrecklich neugierig.

Hynch erzählte von den drei Beziehungskandidatinnen, die er auf Colonsay erwartete, von Chloe, Jill und Frances. Chloe würde in wenigen Stunden mit der Fähre ankommen. Davor habe er gehörig Bammel. Zwar versuchten seine Freunde vom PDBDC, ihn für dieses Date zu trainieren, aber das mache es nur schlimmer.

Hynch erzählte von Gracie, der Ozeanologin, die er vor zwei

Jahren auf der Isle of Jura kennengelernt hatte. Sie war ihm zu einer guten Freundin geworden und lebte jetzt in Nordirland. Der Kontakt zu Gracie war zwar abgebrochen, aber nach langer Dürrezeit sei die Bekanntschaft wie ein belebender Regenguss für seine Gefühle gewesen.

Hynch erzählte von seiner ersten und bislang einzigen Liebe: Mhairi. Eine wie keine. Damals in Glasgow, vor Jahrzehnten, nach seiner Rückkehr aus dem Falklandkrieg, war sie unter scheußlichen Umständen gestorben, Kidnapping unter Drogen. Ein alter Widersacher namens Preston, der später zum Vizepräsidenten der Police Scotland aufgestiegen war, hatte es ihm heimzahlen wollen, und Hynch hatte Mhairis Tod nicht verhindern können. Das habe ihn abgestumpft und auf lange Zeit für alle Freuden unempfänglich werden lassen. Und es hatte ihn dazu gebracht, als Profikiller anzuheuern. Der Zugang zum Polizeidienst war ihm seinerzeit verwehrt worden. Also war nur die ungesetzliche Variante geblieben.

Dann erzählte Hynch von seiner ständigen Flucht von Insel zu Insel, seit er den letzten entscheidenden Job in Glasgow vermasselt hatte. Sein Scheitern hing ihm immer noch nach und holte ihn jetzt ein. Deshalb war eine Auftragsmörderin auf ihn angesetzt worden mit dem Ziel, ihn demnächst umzubringen, für Geld, nahm er an, einen anderen Grund konnte es nicht geben.

Ansonsten sei eigentlich alles in Ordnung. Bald würden die Küken des Zwergtaucherpaares, das Hynch am Loch Fada beobachtete, schlüpfen. Ein wichtiger Schritt zur Arterhaltung.

Lizzy hörte aufmerksam zu. Sie verstand zwar höchstens die Hälfte, doch darauf kam es nicht an. Was sie unter dem Strich mitkriegte, war: Der Vogelbeobachter stieg auf seine alten Tage ins Dating-Business ein. Zugleich befürchtete er, von einer seiner Dating-Partnerinnen gekillt zu werden. Ein echtes Dilemma.

Warum hatte er ihr das mitgeteilt? Weil es ihm half, seine Gedanken zu ordnen, und er dadurch alles besser auf die Reihe bekam, nahm sie an. Und weil Lizzy eine unbeteiligte, neutrale Person war und schweigen konnte wie ein Grab.

Die Liebesangelegenheiten waren ihr relativ wumpe. Und dass er früher seine Brötchen damit verdient hatte, alle möglichen fiesen Typen wegzupusten, machte sie bloß ein wenig stutzig. Das hatte sie ihm gar nicht zugetraut. Aber was erwartete er von ihr? Sah sie etwa aus wie eine Beichtmutter? Ihr Verständnis von Moral erstreckte sich lediglich auf ihr persönliches Umfeld. Wenn Menschen, die sie nicht näher kannte, andere Menschen, die sie erst recht nicht kannte, umlegten, fand sie das zwar befremdlich. Aber sie mischte sich nicht ein. Wer war sie, darüber ein Urteil zu fällen? Jede Spezies hatte ihre eigenen Regeln.

»Trüüüt!« Wieder der Goldregenpfeifer.

»Das war's. Danke, dass du für mich da warst. Jetzt fühle ich mich besser.« Hynch erhob sich und strich seinen Kilt glatt. »Ich gehe mal lieber nach Hause und feile noch etwas an meinem Äußerem.«

Gute Idee. Lizzy muhte leise. Dann konnte sie ja endlich ein Nickerchen halten. Tiertherapie strengte ganz schön an.

Die beste Killerin nördlich des Hadrianswalls begutachtete ihre Verkleidung. Privat würde sie nie im Leben so etwas tragen, aber der Job verlangte es.

Sie hatte sich bereits an das Outfit gewöhnt, es war überraschend bequem. Aber das Problem bestand darin, dass sie keine verborgenen Waffen mit sich führen konnte – zumindest keine, mit der sie eine Chance hatte, die Zielperson schnell und ernsthaft zu verletzen. Vielleicht ein unauffälliges Messer, wie man es aus dem Knast kannte, ein ultraflaches Ding, das nur aus der Klinge und einem rudimentären Griffstück bestand und sich mit Klebeband oder einem hauchdünnen Futteral an der Innenseite des Oberschenkels befestigen ließ. Ihr Körper kannte viele Verstecke für so allerlei Mordinstrumente.

Doch Messer waren nicht ihr Stil. Wenn schon Nahkampf, dann Erdrosseln mit Würgedrähten, Kabelbindern, Stromkabeln, Kletterseilen, Kälberstricken, Schals, Ketten, Krawatten – was gerade zur Hand war oder sich in der jeweiligen Situation als praktisch und zugfest erwies. Mit Infusionsschläuchen hatte sie auch schon gute Erfahrungen gemacht.

Am liebsten benutzte sie jedoch eine purpurne Schärpe aus Seide, die hatte sie bei ihrem allerersten Auftrag als Souvenir mitgehen lassen. Ein Bischof hatte dran glauben müssen, mit einem Sündenregister, das von Widerwärtigkeiten nur so gestrotzt hatte. Noch die geringste Verfehlung des Kerls war ein ausreichender Grund gewesen, ihn zur Hölle zu schicken. Allerdings hatte keines seiner früheren Missbrauchsopfer den Hit angeordnet. Der Kirchenfürst hatte das Geld der falschen Leute veruntreut und gar nicht daran gedacht, es zurückzuzahlen.

Also war die beste Killerin nördlich des Hadrianswalls mit dem Fall betraut worden. Er hatte den Anfang ihrer segensreichen Tätigkeit gebildet – im Habit einer Nonne, das verlieh dem Ganzen auch noch einen frivolen B-Movie-Touch. Voller Wehmut dachte sie an den Kreuzgang des alten Klosters zurück. Verschwiegene Säulenreihen, der Kellergeruch jahrhundertealter Duldsamkeit, jedes kleinste Geräusch verhallte zu einem Flüstern. Schon damals trug sie vorsorglich Sicherheitsschuhe mit Stahlkappen, denn ihre Opfer besaßen eine Neigung, sich zu wehren und ihr auf die Füße zu treten, wenn sie merkten, dass ihnen das letzte Stündlein schlug. Lange harrte sie an diesem Ort der Stille und der geistigen Versenkung aus, sammelte sich für ihre erste Jordanisierung, wie sie es nannte, kniend auf hartem Sandstein, um die Weihen zum Todesengel mit gebührender Demut zu empfangen und kleiner, kindhafter zu erscheinen, denn sie kannte ja die Vorlieben des Bischofs. Als er schließlich lautlos herbeigeschwebt war und vor ihr stand, nahm er es als Gelegenheit, eine junge, erwartungsvolle Novizin in seine ganz persönlichen episkopalen Gebräuche einzuführen. »Lasst mich euch mit dem Ornat helfen!«, zeigte sie sich erbötig, glitt hinter ihn und wollte ihm eigentlich seinen dürren Klerikerhals umdrehen, wie sie es wochenlang geübt hatte, im Film sah das immer so kernig aus. Doch der Bischof besaß die Steifnackigkeit der Unbelehrbaren und wurde nur bewusstlos. Mit seiner Schärpe erlegte sie ihm dann ein endgültiges Schweigegelübde auf. Es dauerte nicht länger als ein Vaterunser. Erlöse uns von dem Bösen. Genau. Immer gerne.

Falls es die Umstände erlaubten, nahm sie seither die Seidenschärpe, sie war ihr zu einer Art Talisman geworden. Dafür musste sie ganz dicht rangehen.

Ihrer Meinung nach kamen bei diesem Hit nur zwei Vorgehensweisen infrage: von weit weg oder aus unmittelbarer Nähe. Die Mitteldistanz, also eine Entfernung von zehn oder zwanzig Metern, barg etliche Nachteile, das hatte Tomtom sie gelehrt. Zu viel konnte dabei schieflaufen, die Gefahr von Kollateralschäden war hoch. Ein Schuss aus der Ferne schied ebenfalls aus. Warum ihrer Zielperson auf ei-

nem Feld gegenübertreten, auf dem diese als Meister ihres Faches galt? Die beste Killerin nördlich des Hadrianswalls musste niemandem etwas beweisen, am wenigsten sich selbst. Obwohl sie die Handhabung penisartiger Riesengewehre schon ein bisschen reizte, auch aus Gründen des Method-Killings. Um zu wissen, wie der Insolvenzberater so tickte.

Gift wäre natürlich auch eine effiziente Tötungsart. Doch in ihrem von Männern dominierten Beruf wollte sie das Genderklischee von Gift als typisch »weiblicher« Waffe vermeiden. Außerdem wurden Giftanschläge zunehmend mit Geheimdiensten aus Russland, Nordkorea etc. assoziiert, das konnte ihrem Image schaden.

Mit bloßen Händen agierte sie auch ganz gern, wenn Erdrosselungsinstrumente schwer einsetzbar waren oder versagten, siehe Genickbruch. Daran gefiel ihr der handwerkliche Aspekt, das Haptische. Die körperlichen Voraussetzungen und die erforderliche Erfahrung brachte sie mit, außerdem hatte sie durch Tomtom eine exzellente Nahkampfausbildung genossen. Um jemandem die Luftröhre zu zertrümmern, brauchte es nur einen gezielten Handkantenschlag. Richtig ausgeführt sah das auch noch elegant aus. Sie kannte etwa dreißig weitere Techniken, jemanden unter Zuhilfenahme diverser eigener oder auch fremder Körperteile in den ewigen Ruhestand zu versetzen. Aber die meisten waren ziemlich hässlich und zeitraubend.

Sehnsuchtsvoll ließ sie die Seidenschärpe durch ihre Finger gleiten. Manchmal, in den dunklen Stunden vor Tagesanbruch, strangulierte sie sich damit selbst, bis sie bewusstlos zu werden drohte. Keine Würgemale, keine unschönen roten Flecken am Hals. Das Ding war einfach perfekt.

22

Seeschwalbe im Anflug!«, gab Crissa vom Terminal durch. »Die Fähre legt pünktlich an!«

Der PDBDC hatte sich darauf geeinigt, Codenamen für Howards Kandidatinnen zu benutzen. Chloe war die Seeschwalbe.

Es war genau 18.35 Uhr. Alle befanden sich auf ihren Positionen. Helen strebte eine möglichst lückenlose Überwachung an.

Crissa postete ein Bild, das ihr neues Mitglied zeigte, wie es vor dem Stationsgebäude wartete. Zu seinem Kilt trug Howard jetzt ein dunkelviolettes Tweedsakko, darunter ein legeres weißes Jakobinerhemd mit Kreuzschnürung und an den Füßen die traditionell geschnürten Ghillie Brogues. Einen Teil des Kilts hatte er hochgebunden, sodass der karierte Tartanstoff wie eine Schärpe über dem Sakko lag. Nur seine schwarze Umhängetasche aus Lkw-Plane fiel etwas aus dem Rahmen.

Sogleich hagelte es Kommentare.

»Warum lila?«, fragte Graeme via WhatsApp.

»Ich find's auch ziemlich gewagt«, schloss sich Helen an.

»Ihr habt ja keine Ahnung.« Crissa klärte die anderen auf: »Das ist der Scotland-Forever-Tartan. Lila oder violett steht für die blühende Heidelandschaft. Oder für die Distel, unsere Nationalblume. Schaut doch prima aus! Da lass ich mir sogar die Augenklappe gefallen. Zu so einem Aufzug passt das ganz gut.«

Rossalyn schrieb nur: »MEGA!!!«

Doug enthielt sich. Mit seinem Van stand er etwas oberhalb des Piers, ein paar vorbestellte Fahrräder waren auf der Ladefläche festgelascht. Um dennoch etwas beizutragen, teilte er den anderen mit, dass Howard mit seinem geländegängigen Plug-in-Hybrid zur Anlegestelle gekommen war.

Wieder Crissa: »Ich schalte auf Live-Cam! Die ersten Passagiere gehen von Bord. Jetzt wird's spannend! Kommt sie zu Fuß oder hat sie einen fahrbaren Untersatz dabei?«

Vertraute die Seeschwalbe darauf, von Hynch über die Insel kutschiert zu werden, die zu groß war, um zu Fuß einigermaßen herumzukommen? Oder setzte sie auf Unabhängigkeit? Das war schon mal ein wichtiges Indiz.

Die anderen starrten auf ihre Handys. Crissa hatte die Webcam so installiert, dass man den Ankunftsbereich gut überblicken konnte. Sogar Howards Rücken war mit auf dem Bild.

Zuerst spuckte die Fähre eine Reihe von kleinen Lastern und Pkws sowie eine Gruppe Fahrradtouristen mit Mountainbikes aus. Dann wurde auch schon die Luke für Fußpassagiere geöffnet.

»Ich seh sie!«, schrieb Rossalyn. »Die Frau mit der pinken Outdoorjacke! Etwas füllig …«

»Kein Bodyshaming, bitte!«, protestierte Helen.

»Was für eine Farbe … Die sieht man ja bis Kanada«, textete Graeme.

Crissa korrigierte: »Nee, vergesst die wieder! Pink ist in Begleitung, ein Ehepaar, die scheidet aus.«

Als Nächstes kam eine hochgewachsene Hillwalkerin mit Rucksack und einem Labrador in die engere Auswahl. Doch auch sie stapfte grußlos an Howard vorbei.

»Schade«, meinte Rossalyn, »die ist allerhöchstens vierzig und topfit! Würde unserem Howard zwar einiges abverlangen, aber er ist ja noch rüstig.«

»Kein Ageshaming!«, schaltete sich Helen ein. »Können wir diese Observation bitte einigermaßen diskriminierungs- und sexismusfrei halten?«

Weitere Passagiere kamen die Rampe hoch. Ein paar Einheimische waren dabei, und erstaunlich viele Touristen schienen das Wochenende für einen Ausflug auf die Inseln nutzen zu wollen. Der Ansturm hielt sich allerdings trotzdem in Grenzen, dafür lag Colonsay zu weit draußen, und besonders viele Übernachtungsmöglichkeiten gab es auch nicht. Eine ganze Reihe anderer Inseln war leichter zu erreichen und hatte mehr Unterkünfte und Attraktionen zu bieten, höhere Berge, spektakuläre Burgen, Surfstrände und vor allem: Whisky-Destillerien. Colonsay besaß jedoch zwei Gin-Destillerien und eine Brauerei, das war ja auch etwas.

»Die mit dem karierten Faltenrock!«, platzte es aus Graeme heraus. »Mit dem Barett auf dem Kopf! Die ist es!«

»*Deswegen* trägt er Kilt!«, dämmerte es Helen. »Bestimmt steht die Seeschwalbe auf diesen Look.«

Die Frau näherte sich der Kamera. Sie zerrte einen großen Rollkoffer hinter sich her und blickte suchend Richtung Terminal. Was sie außer ihrem rot-schwarz karierten Rock anhatte, stellte so etwas wie die Hippie-Interpretation einer Traditionsschottin dar: ausladende weiße Tunikabluse, feuerrotes Haar, ein künstlerisch anmutendes schwarzes Barett, an den Füßen feste Gesundheitsschuhe, die so geräumig waren, dass man einen Leichnam hineinlegen, die Latschen in die Bucht hinaustreiben lassen und eine Wikingerbestattung damit abhalten konnte. Alles in allem eine leicht exzentrische Erscheinung – mit offenem Sommersprossenlächeln.

»Ende 40 oder ein bisschen drüber«, schätzte Rossalyn. »Jedenfalls im besten Alter. Gepflegt, auf ihre Art attraktiv.«

Howard kam die Rampe herunter und nahm ihr den Koffer ab. Sie schaute zu ihm hoch. Worte der Begrüßung wurden gewechselt.

»Wenn wir bloß Ton hätten!«, schrieb Graeme.

»Die geht ihm ja nur bis zur Brust!«, mokierte sich Helen.

»Gibt's auch Heightshaming?«, fragte Rossalyn, die selber eher untergroß war. »Mach dir darüber mal Gedanken! Außerdem trägt sie flache Schuhe, und Howard ist ein Riese. Und sie steht unterhalb von ihm.«

»Hast ja recht«, räumte Helen ein.

Es kam zu einer langen Umarmung, ungewöhnlich herzlich, eindeutig mehr als nur ein flüchtiges »Hallo«. Wobei die Seeschwalbe der aktivere Part war, und Howard, linkisch wie immer, einfach nur stillhielt.

»Was machen die da?«, fragte Helen.

»Vielleicht haben sie vieles schon vorab geklärt«, schlug Crissa vor. »Online oder per Telefon.«

»Oder die Seeschwalbe checkt die Ware …«, mutmaßte Rossalyn.

Graeme wurde es zu viel. »Ihr seid total die Voyeure! Lasst den beiden doch etwas Privatsphäre.«

Betretene Funkstille.

Schließlich lösten sich die zwei voneinander und spazierten aus dem Bild.

Doug übernahm kurz. »Sie gehen zum Auto … Howard lädt den Koffer ein … Ich bin jetzt raus. Muss meine Fahrräder loswerden.«

»Bin auch raus«, schrieb Crissa. »Hier gibt's Fragen zu den Fährtickets.«

Helen ließ es sich nicht nehmen, einen direkten Blick auf die Kandidatin zu werfen. Zu diesem Zweck hatte sie vor der Old Waiting Room Gallery Aufstellung genommen, einem kleinen kunstgewerblichen Laden oberhalb des Piers. Natürlich wollte sie vermeiden, Howard bei der ersten Kontaktaufnahme wie in einer billigen Komödie über den Weg zu laufen. Deshalb spähte sie vom Inneren der Galerie nach draußen und bemerkte zu ihrer Zufriedenheit, dass sich Howard wie ein vollendeter Gentleman verhielt. Er öffnete Chloe die Tür und ließ sie einsteigen, was diese durchaus goutierte – im Gegensatz zu Frauen, die sich derlei patriarchalische Gesten verbaten.

Sie rechneten damit, dass Howard seinen Gast gleich ins nahe gelegene Hotel brachte, wo Rossalyn die Observation fortsetzen sollte. Für den Fall, dass die beiden vor dem Dinner noch etwas anderes vorhatten, stand Graeme mit seinem Lieferwagen vor dem einzigen Supermarkt der Insel bereit, genannt »The Shop«. Von dort führte die Straße in den nördlichen Teil der Insel, zum Colonsay House und zur Kiloran Bay.

Doch es kam anders. Howard schlug zwar die Richtung zum

Hotel ein, brauste dann aber daran vorbei. Er fuhr nach Westen, nicht nach Norden.

»Wo zum Henker wollen die hin?«, wollte Helen wissen. »Los, Graeme, häng dich dran! Versuch, sie einzuholen!«

Graeme betätigte den Anlasser.

Der Wagen sprang nicht an.

Das war's dann mit der lückenlosen Überwachung.

23

Gute Idee, erst einmal eine Rundfahrt zu machen.«

»Gehört alles zum Service«, sagte Hynch und beschleunigte sanft. Geräuschlos trug sie der Elektromotor über eine kleine Kuppe. Nur die Reifen erzeugten auf dem holprigen Straßenbelag ein hörbares Rumpeln.

»Das Hotel, an dem wir vorbeigekommen sind, sieht ja fantastisch aus. Schneeweißer Anstrich, graue Schieferdächer, Sprossenfenster – ein echtes Schmuckstück. Genau, wie man es sich auf den Inseln vorstellt.«

»Hast du es nicht gegoogelt?«

»Schon, aber nur um einen kurzen Blick darauf zu werfen. Ich wollte mich überraschen lassen.«

»Innen ist es richtig gemütlich, stilvoll restauriert. Es wird dir gefallen.«

»Ganz sicher.« Chloe rutschte auf dem Sitz hin und her wie ein Kind, das sich freut, einen lang ersehnten Ausflug zu machen. »So ein kleines Abenteuer ist genau mein Ding. Ich bin nicht der Typ, der alles haarklein vorausplant. Wo bleibt da die Spannung, der Genuss?«

»Das gefällt mir.«

»Dass ich spontan bin? Warte mal lieber ab! Manchen Leuten geht das ziemlich auf die Nerven.« Sie lachte, ein bisschen zu laut für Hynchs Geschmack, doch er fand es sympathisch.

Sie erreichten eine Abzweigung. »Wenn wir nach links fahren würden, kämen wir zu ›The Strand‹«, erklärte er. »Das ist ein Wattgebiet, das Colonsay von der Insel Oronsay trennt. Bei Ebbe kann man zu Fuß hinüberlaufen.«

»Gibt's da was Besonderes?«

»Ein altes Kloster, die Atmosphäre ist einmalig, vor allem wegen der einsamen Landschaft und dem Blick aufs Meer. Und wegen der schwarzen Enten, die watscheln dort überall umher. Muss man erlebt haben.«

»Klingt verlockend. Gehen wir da morgen hin?«

»Wenn du möchtest … Und falls das Wetter mitspielt. Aber Colonsay hat einiges mehr zu bieten.«

»Stimmt, du hast ja ein Programm fürs Wochenende vorgeschlagen. Süß!«

»Die Insel spricht am besten für sich selbst.«

Hynch folgte weiter der Straße und setzte den Rundkurs fort. Zur Rechten erhob sich die Flanke eines Hügels, urtümlich, unbesiedelt. Wenn er hier unterwegs war, fühlte er sich immer befreit, als wäre er der erste Mensch, der sich durch das Tal vortastete.

»Ist ja lustig, dass wir ein ähnliches Outfit haben«, meinte Chloe. »Läufst du immer so herum?«

»Nee. Du etwa?«

»Bestimmt nicht! Hab mir die Sachen von einer Freundin geliehen.« Wieder das dröhnende Lachen. Es hörte sich an, als würde sich ein ganzer Pub über einen schmutzigen Witz amüsieren.

»Dann ist es wohl ein glücklicher Zufall?«, fragte Hynch.

»Du hast geschrieben, dass du dir einen Kilt hast schneidern lassen. Und da dachte ich mir, bitte schön, wenn er auf so eine Montur steht, soll er sie kriegen.«

»Also doch ein wenig … Planung?« Er zwinkerte ihr zu.

»Viele Anhaltspunkte hatte ich nicht. Per Mail hältst du dich ja total bedeckt, was deine persönlichen Vorlieben betrifft.«

»Findest du? Wir haben uns doch auf Anhieb gut verstanden.«

»Ziemlich gut! Zumindest konnten wir unsere Ausschlusskriterien abhaken.« Chloe zwinkerte zurück.

»Meine Liste ist kurz.«

»Du schenkst nicht jedem dein Vertrauen. Deine kleinen und großen Geheimnisse verschweigst du, das habe ich schon gemerkt. Aber du hast ein unglaublich weites Herz.« Sie musterte ihn von der Seite. »Weißt du was? Es kommt gar nicht darauf an, wie wir sind – oder was wir meinen zu sein.«

»Sondern?«

»Auf die Gelegenheit kommt es an. Dann kann sich in Sekundenschnelle alles ändern! Eingeübtes Verhalten, Erwartungen an den anderen und an sich selbst.«

»Schwebt dir etwas Bestimmtes vor?«, fragte Hynch.

»Worauf du dich verlassen kannst!«

»Und das wäre?«

»Zeigst du mir dein Haus über dieser Bucht …?«

»Nein, das ist jetzt zu weit. Morgen.«

»Schade.«

Sie kamen an dem naturbelassenen Golfplatz vorbei, der seit 1775 bespielt wurde und nur aus gemähten Wiesen, ein paar einsamen Fähnchen und einer Holzbank am Abschlag bestand. Unterhalb lag der Flugplatz in Form einer asphaltierten Landebahn. Chloe staunte, dass Colonsay auch auf dem Luftweg zu erreichen war. Dann fuhren sie weiter nach Lower und Upper Kilchattan, Orte, die lediglich aus ein paar Häusern und der Grundschule bestanden. Sie passierten den dreigeteilten Loch Fada. Hynch erzählte von seiner Passion für Vogelbeobachtung und wie er noch vor wenigen Stunden ein Zwergtaucherpaar beobachtet hatte.

»Das will ich auch sehen! Komm, lass uns aussteigen!«

»Möchtest du nicht erst weiter zum Hotel? Das Gepäck aufs Zimmer bringen? Ein leichtes Dinner und dann an die Bar?«

»Können wir doch immer noch. Ich bin nicht hungrig.«

»Sicher?«

»Aber so was von!«

Hynch stellte das Auto am Straßenrand ab. Er schnappte sich seine Umhängetasche vom Rücksitz. Durch das Gewicht des Revolvers war sie auffällig schwer.

»Wozu brauchst du die Tasche?«, fragte Chloe.

»Fernrohr. Stativ. Und ein Plaid als Unterlage.«

»Bist ja bestens gerüstet!«

Er führte sie zu der Stelle, wo er noch am Vormittag gelegen hatte. Platt gedrücktes Gras, davor Schilf als Sichtschutz. Chloe nahm ihm das Plaid ab und bereitete ihnen ein Lager.

Bäuchlings ließen sie sich nebeneinander nieder. Hynch holte das monokulare Fernglas hervor. Es war eine Art Miniteleskop, mit dem er sogar Bilder machen konnte, wenn er es per Bluetooth mit seinem Handy verband. Als er das Nest in den Fokus bekam, reichte er das Glas an Chloe weiter.

Sie brauchte eine Weile, bis sie die Vögel und ihr Gelege gefunden hatte. »Kann es sein, dass da gerade was schlüpft?«, flüsterte sie.

»Echt jetzt?«

»Bi-i-i-i-i«, machten die Zwergtaucher.

Sie gab ihm das Fernrohr zurück. »Ich glaub, da kommt gerade was Kleines.«

Hynch überzeugte sich selbst davon und konnte es nicht fassen. Vor seinen Augen kroch das erste Küken unter der Henne hervor. Die Eltern kümmerten sich sogleich um ihren Nachwuchs und pulten Schalenreste von dem verklebten, hässlich-schönen, ungelenk umherkrabbelnden Ding. Alles lief ohne Komplikationen ab. Es war der Lauf der Natur und dennoch ein Wunder.

»Das bedeutet dir viel, oder?« Chloe stützte sich auf einem Ellenbogen ab und wandte sich ihm zu. Ihre Bluse verrutschte dabei zwar gefährlich, doch das schien sie nicht zu stören.

Hynch setzte das Fernrohr ab und legte sich auf den Rücken. »Darauf habe ich wochenlang gewartet …«, sprach er leise in den Himmel hinein. »Fühlt sich an, als würde man selbst Kinder bekommen.«

»Ein magischer Moment.«

»Durch und durch.«

»Danke, dass du ihn mit mir teilst.« Sie nahm ihr Barett ab und beugte sich über ihn. Ein Sturzbach roter Locken ergoss sich über Hynchs Gesicht. »Krieg ich einen Kuss?«

Es war nur eine rhetorische Frage. Chloe suchte seinen Mund – allem Anschein nach, um sich ihren Kuss zu nehmen.

Hynchs Hand kroch in die Umhängetasche und bekam den Revolver zu fassen. Falls es sich bei Chloe um die beste Killerin nördlich des Hadrianswalls handelte und sie versuchte, ihn zu erwürgen, mit einem verborgenen Messer auf ihn einzustechen oder dergleichen, konnte er ihr mit dem .38er das Gehirn aus dem Schädel pusten und über den Loch Fada verteilen.

Ihre Lippen fanden die seinen.

Sonst geschah nichts. Die Anbahnung eines Mordversuchs war wohl auszuschließen.

Es fühlte sich seltsam an. Als würde sein Waschlappen, mit dem er sich morgens das Gesicht schrubbte, ein Eigenleben entwickeln. Mangels Vergleichsmöglichkeiten in den vergangenen drei Jahrzehnten fiel Hynch nichts Passenderes ein.

Jetzt kam auch noch Chloes Zungenspitze ins Spiel. Er drehte sich aus dem Kuss heraus, fuhr mit dem Mund über ihre Wange und gab ihr einen kleinen Schmatzer hinters Ohr, alles in einer fließenden Bewegung, die hoffentlich nicht allzu unhöflich wirkte. Dann lächelte er verlegen, ließ den Revolver in der Tasche los und richtete sich im Sitzen auf. Multitasking war ein Dreck dagegen. »Tut mir leid.«

»Mir tut es leid«, beeilte sich Chloe zu versichern. Sie wandte sich ab und brachte ihre Bluse wieder in Ordnung.

Hynch hatte einen kurzen Blick auf ihr Dekolleté erhaschen können. Sommersprossen überall und vielversprechende Rundungen. Puuh!

Ihm brach der Schweiß aus wie bei dem Probedate mit Crissa, er war ja nicht aus Stein. In den letzten dreißig Jahren musste er irgendwie verpasst haben, wie selbstverständlich es war, körperliche Reize freizügig einzusetzen. Chloe schien darin Übung zu haben. Trotzdem verstand er es nicht. Was war da gerade passiert? Vor wenigen Sekunden hatten sie sich noch ganz zwanglos unterhalten, und dann dieser Überfall aus dem Nichts. Keine explizite Ankündigung, keine einleitenden Gesten oder Berührungen. War er einfach zu dämlich, um die Signale zu erkennen? Bei einem Hit konnte er sich plötzlich ändernde Faktoren doch auch blitzartig erfassen.

»Zu schnell, oder?«, fragte sie. »Es hat mich einfach gepackt … Sei bitte nicht böse.«

»Du bist lieb.«

»Das sagst du nur so.«

»Nein, wirklich.« Er nahm sie in die Arme und drückte sie kurz, um gleich wieder auf Abstand zu gehen. »Ich war nur … mit den Gedanken woanders«, stammelte er, »bei den Zwergtauchern. Alles gut.«

Nichts war gut, logisch. Chloe musste total angepisst sein, weil er den Kuss verweigert hatte.

»Alles gut«, bestätigte sie. Es klang traurig.

Zur Auflockerung machte er einen Witz. »Unter dem Kilt trag ich ja nichts. Deswegen bin ich lieber vorsichtig.«

Chloe riss ungläubig die Augen auf. Sie schien das zunächst gar nicht für einen Witz zu halten. Doch dann begriff sie und streckte ihm die Zunge heraus. »Im Hotel kann ich dich ja immer noch verführen. Mach dich auf was gefasst!« Sie stand auf und faltete das Plaid zusammen.

»Ich mag deinen Humor«, sagte Hynch und nahm ihr die Decke ab. »Bestimmt könntest du mich jetzt umbringen.«

»Ein bisschen.«

»Ein bisschen Umbringen geht nicht. Wenn schon, dann ganz.«

»Das wäre die reinste Verschwendung.«

Sie warfen noch einen Blick auf die Zwergtaucher. Ein zweites Küken war geschlüpft und unternahm erste Schwimmversuche. Als die Henne Hynch und Chloe bemerkte, stieß sie einen Warnruf aus, »Wuit-wuit!«, und das Kleine kroch ihr auf den Rücken.

Genau, dachte Hynch, »Wuit-wuit!«. Besser als »Trüüüt!«.

Wortlos schlenderten sie zum Auto zurück.

24

Inzwischen war der Lieferwagen doch noch angesprungen und hatte den Weg zum Loch Fada gefunden. Der Plug-in-Hybrid war nicht zu übersehen gewesen. Von der Straße aus verfolgte Graeme das Geschehen.

»Die Seeschwalbe legt ein ganz schönes Tempo vor, aber Howard ist voll der Loser«, schrieb er in die WhatsApp-Gruppe des PDBDC. »Stellt euch vor, sie wollte ihn küssen! Total romantische Situation, super Gelegenheit. Und er dreht sich weg. Der lernt es nie.«

Dann schickte er sich an, weiterzufahren, bevor die beiden zum Auto zurückkamen. Aber das ging nicht.

Ein Hochlandrind glotzte durch die Windschutzscheibe. Es kam ihm bekannt vor.

»Verdammt, Lizzy, geh zur Seite!«

Lizzy tat nichts dergleichen. Sie erkannte in Graeme den Typen, der sie säuberlich verschnürt auf dieser Nussschale von einem Kutter nach Colonsay gebracht hatte. Jetzt machte er allerlei Faxen hinter dem Lenkrad und lehnte sich wütend aus dem Fenster.

»Was hast du hier überhaupt verloren?«, zischte er. »Verschwinde zu deinem komischen Klosterbruder! Friss Gras! Käu wieder! Mach dein Kuhding!«

Du hast mir gar nichts zu sagen, dachte Lizzy und blockierte weiterhin den Lieferwagen. Für den Vogelbeobachter war jetzt sie zuständig. Der Mann brauchte Tiertherapie, und sie nahm ihre neue Aufgabe sehr ernst.

Bruder Ptolemy hatte ihr nach dem Sneak Peek von Helen und Howard freigegeben. Das Ganze sei ein voller Erfolg gewesen, hervorragende Publicity für die Einsiedelei. Beide hatten versprochen, wiederzukommen. Er war überaus zufrieden mit dem Eselchen und der Highland Cow.

Bei Lizzy erzeugte das einen Sinneswandel. Sie fühlte sich zunehmend verantwortlich für ihren ersten Klienten. Compliance, die Bereitschaft zur aktiven Mitwirkung an therapeutischen Maßnahmen, war ungemein wichtig, so Bruder Ptolemy, und zwischen Lizzy und Howard habe sie erstaunlich gut funktioniert. Nach diesem harmonischen Start sei eine Fortsetzung nur eine Frage der Zeit.

Doch Lizzy war eine Kuh der Tat und ergriff die Initiative. Bei dem ersten Zusammentreffen mit Howard hatte sie Witterung aufgenommen. Sein Kilt und ihr phänomenaler Geruchssinn hatten sie am späten Nachmittag direkt zum Loch Fada geführt. Eigentlich hatte sie sich dort nur ein wenig umsehen wollen, das Terrain sondieren, auf Verdacht gewissermaßen. Irgendwann im Laufe der nächsten Tage würde er schon aufkreuzen, hatte sie gehofft. Doch dann war er zusammen mit seinem Date aufgetaucht, Chloe, wenn sie sich richtig erinnerte.

Lizzy fand Chloe ganz in Ordnung, allerdings war sie bei dem Knutschversuch nach ihrem Dafürhalten zu forsch gewesen. Dass Howard nicht sofort mitmachte, hätte sie der Frau gleich sagen können. Aufgrund seiner komplexen Backstory musste sie viel behutsamer vorgehen. Chloe hatte ihn überrumpelt. Und paarungsbereit war Howard noch lange nicht, das sah selbst eine blinde Kuh.

»Wenn du nicht abhaust, fahr ich dich über den Haufen!«, drohte Graeme und gab ein wenig Gas. Der Motor heulte auf. »Verpiss dich endlich!«

Sie rührte sich nicht von der Stelle. Mach doch! Trau dich!

»Komm schon, sei eine gute Kuh!«, probierte er es.

Aha, die versöhnliche Tour. Wie durchschaubar!

Lizzy hielt Graeme für einen erbärmlichen Spanner. Er hatte Howard und Chloe von seinem hellblauen Lieferwagen aus angestrengt beobachtet und dabei vermutlich heiße Gedanken gewälzt. Was war bloß los mit ihm? Machte das Herumgondeln auf See so einsam und verzweifelt?

Bei ihrem ersten und bislang einzigen Sex, aus dem Bowie entstanden war, hatte Bauer McPhee zugeschaut. Der unbekannte Deckstier vom Festland hatte auch noch eine Ewigkeit gebraucht. Lizzys Schuld war das ganz gewiss nicht gewesen.

Keine Erinnerung, auf die sie Wert legte.

Eine Erinnerung, die sie ungehalten machte.

Lizzy senkte den Kopf, klemmte ihre Hörner unter die Stoßstange und hob den Wagen an. Der Kübel hatte Frontantrieb, die Reifen griffen ins Leere.

»Hilfe! Was soll die Scheiße?«, hörte sie Graeme zetern.

Könnte ich dich auch fragen. Was soll die Scheiß-Spannerei?

»Lass mich runter! Ich muss weiter, unbedingt! Nun sei doch vernünftig!«

Das Zauberwort fehlte.

»Bitte, Lizzy! Um Himmels willen!«

Geht doch! Der Motor lief noch. Sie achtete darauf, dass die Räder sich nicht drehten, und hakte ihre Hörner mit einem Nicken des Kopfes von der Stoßstange los. Die Frontpartie des Wagens ging in die Knie, die Federung ächzte, die Achse stöhnte, alles schwankte, schaukelte und schepperte, als würde das traurige Gefährt gleich auseinanderfallen.

Inzwischen hatte Graeme sein Gehirn zugeschaltet. Wurde auch Zeit! Er stieß ein Stück zurück und fuhr an Lizzy vorbei weiter auf die Straße.

Zum Abschied verpasste sie dem Wagen mit ihrem linken Horn eine Delle, mitten in die Kühlerhaube. Nimm das, Käpt'n Bondage! Die Fesselung mit den Leinen vergess ich dir nie!

Graeme schaute, dass er davonkam.

Kurz darauf kehrten Howard und Chloe zurück. Sie schienen mitgekriegt zu haben, dass irgendetwas vorgefallen war.

»Hallo, Lizzy, schön, dich wiederzusehen!«, sagte der Vogelbeobachter. Er lauschte dem sich entfernenden Motorengeräusch und betrachtete die Reifenspuren. »Was war denn hier los?«

»Ihr kennt euch?«, wunderte sich Chloe.

»Das ist meine Therapiekuh.« Er strich über ihren Zottelrücken und stellte sie vor. »Thin Lizzy von der Isle of Gigha. Eine gute Zuhörerin. Die beste, wenn ich es recht bedenke.«

»Du bist in Therapie?«

»Wer ist das nicht?«

»Okay …«

Lizzy nutzte die Gelegenheit, um Howards Date einem Schnüffelscan zu unterziehen. Kurzerhand vergrub sie ihr weiches Maul in der Hippie-Bluse.

»Hey!«, kreischte Chloe. »Friss mich nicht auf!«

Schon gut! Lizzy machte zwei Schritte zurück. Sie hatte genug gerochen.

Aggression nahm sie nicht wahr, keinen Hauch. Howard konnte also beruhigt sein, falls er sich Sorgen machte, dass die Frau ihm ernsthaft ans Leder wollte. Chloe schien keine Killerin zu sein.

Aber ihre Pheromonausschüttung war gewaltig. Bei der Partnerwahl spielte das eine entscheidende Rolle, sowohl bei Menschen als auch bei Tieren. Und Chloe verströmte Pheromone, als gäb's kein Morgen. Sie stand unter Strom wie ein Elektrozaun.

Lizzy grinste in sich hinein. Wenn sie dazu fähig gewesen wäre, »Hö-hö!« zu machen und Howard aufmunternd in die Seite zu knuffen, hätte sie es getan.

Stattdessen schnaubte sie zweideutig. Viel Vergnügen!

Doch zugleich kamen ihr Bedenken. Konnte jemand verliebt sein und zugleich vorhaben, den anderen umzubringen? Konnten Pheromone die Absicht zu morden überdecken? War so viel Verstellung und Skrupellosigkeit möglich?

Bei Menschen schon. Und bei manchen Tieren auch. Auf dem scheunentorgroßen Fernseher von Bauer McPhee hatte Lizzy mal eine Naturdoku gesehen. Bestimmte Spinnen verspeisten ihre Partner direkt nach dem Geschlechtsakt, und Gottesanbeterinnen bissen ihren Lovern nach Vollzug den Kopf ab. Raue Sitten!

Auf dem Weg zum Auto kniff Chloe Howard in dessen Kilt-Hintern.

»Hoppla!«, sagte er.

»Das war die Kuh«, giggelte Chloe.

In solchen Momenten kam sich Lizzy wie das letzte Landei vor. Sie musste noch viel lernen.

25

Langer Tag?« Rossalyn brachte die Speisekarte. »Entspannt euch, Leute! Die Austern sind heute sehr zu empfehlen. Fangfrisch!«

Howard saß mit Chloe im Pub des Colonsay Hotel. Freundliche, helle Einrichtung, ein langer Bartresen – Rossalyn mochte es, hier zu arbeiten. Sie hatte einen Zweiertisch neben dem offenen Kamin frei gehalten, am Rande des Geschehens, damit das Paar ein wenig Ruhe hatte. Beide sahen abgekämpft aus, fand Rossalyn. Kein Wunder nach dem missglückten Kuss am Loch Fada.

Das Candle-Light-Dinner im Speisesaal des Restaurants war erst für den folgenden Abend vorgesehen. Am Tag der Ankunft sollte alles ungezwungen und vergleichsweise moderat ablaufen, so war es geplant.

»Bring uns erst mal einen Gin Tonic!«, verlangte die Seeschwalbe.

»Welchen Gin möchten Sie denn?«

»Egal, das Übliche.«

»Soll's was Regionales sein? Auf Colonsay haben wir gleich zwei Gin-Destillerien, die Wild Island Distillery und Wild Thyme Spirits.«

»Wild ist gut. Immer her damit!«

»Die sind beide ganz ausgezeichnet«, schaltete sich Howard ein. »Unterschiedliche Geschmacksrichtungen, verschiedene Abfüllungen …«

»Für jeden Gin werden andere Kräuterauszüge verwendet«, setzte Rossalyn hinzu.

»Dann probieren wir sie doch durch! Ein kleines Tasting wäre jetzt genau das Richtige.«

Dazu wollte Chloe ein halbes Dutzend Austern und den Quinoa-Avocado-Salat. Howard schloss sich bei den Austern an und nahm anschließend Fish & Chips, er hatte wohl mächtig Hunger.

Rossalyn verschwand rasch in die Küche und gab die Bestellungen weiter. Dann vermeldete sie alles in der WhatsApp-Gruppe des PDBDC. Elsie, die Thekendienst hatte, schenkte den Gin ein.

»Die Austern klingen gut«, schrieb Crissa. »Vielleicht geht heute ja doch noch was.«

»Da wär ich mir nicht so sicher«, antwortete Rossalyn. »Die schweigen sich gerade an. Howard fummelt am Besteck herum, und die Seeschwalbe mustert die Bilder an der Wand. Wie ein altes Ehepaar, das sich nichts mehr zu sagen hat.«

»Der Gin wird das ändern«, meinte Helen.

Lange musste der PDBDC nicht warten, bis das Eis brach. Chloe machte eine Art Turbo-Tasting. Noch bevor Rossalyn einen Brotkorb und Cracker bringen konnte, hatte sie drei verschiedene Gins intus. Auf Sodawasser zum Neutralisieren verzichtete sie. Howard hielt sich zurück und nippte nur an einem der langstieligen Nosing-Gläser.

»Das nenn ich mal geilen Stoff!« Mit der Bemerkung, dass Howard ja noch heimfahren müsse, kippte sich Chloe einen von seinen Gins hinter die Binde. »Brombeere, eindeutig! Schmeckt man voll raus!«

»Das ist was für Genießer«, erklärte Rossalyn. »Kleine durchnummerierte Chargen, der Wacholder und die verwendeten Kräuter stammen ausschließlich von der Insel. Außerdem sind Engelwurz, Iriswurzel, Süßholz, Orangenschale und Zitronensaat enthalten.«

»Und das können Sie sich alles merken?«

»Klar. Gefällt es Ihnen auf Colonsay?«

»Die Vögel kriegen fünf Sterne! Und die Hochlandrinder sind zum Verlieben. Stimmt's, Howard?«

»Lizzy und ich haben eine rein therapeutische Beziehung«, stellte er fest, »völlig unverfänglich. Ich kann ihr alles erzählen.«

»Dann bin ich wohl überflüssig?«

»Nicht doch!«

»Werden wir ja sehen …«

Rossalyn ging zur Ausgabestelle der Küche, um die Austern zu holen. Howard und Chloe mussten dringend beschäftigt werden!

Elsie kam ihr entgegen und zog ein mitleiderregendes Gesicht. Sie hatte bereits ihren Rucksack geschultert.

»Wie jetzt, du gehst?«, fragte Rossalyn entsetzt.

»Ich mach für heute Schluss. Fühl mich total elend. Hab mir wohl was eingefangen.«

»Oje! Dann muss ich den Laden ja ganz alleine schmeißen!« Kurzer Check. Die Tische waren etwa zur Hälfte besetzt, aber im Laufe des Abends konnte das locker mehr werden. Am Tresen saßen ein paar Einheimische, darunter Graeme, der sein Bier fixierte.

»Mir dreht sich alles«, sagte Elsie. Sie schloss die Augen und fuhr sich über die Stirn. »Tut mir echt leid …«

Rossalyn zögerte keinen Moment. »Alles gut, Liebes!« Bislang hatte Elsie alle ihr anvertrauten Aufgaben klaglos ausgeführt. Sogar die Pubtoilette hatte sie so penibel geputzt, dass sie danach wie eine keimfreie Krankenstation wirkte. »Du gehst jetzt auf dein Zimmer und kurierst dich aus.«

»Ich nehm 'ne Aspirin gegen die Kopfschmerzen. Dann bin ich morgen wieder fit.«

»Tu das! Iss vor der Tablette noch ein Sandwich, so dünn, wie du bist!«

»Mach ich.«

»Okay, jetzt ab mit dir.« Rossalyn schnappte sich die Platten mit den Austern für Howard und Chloe und wollte schon loslaufen, hielt jedoch inne. Ihr Blick fiel auf Graeme. »Elsie ist krank. Würdest du am Ausschank aushelfen?«

Graeme tat so, als sei er nicht gemeint. »Sprichst du mit mir?«

»Komm schon, du kennst dich doch aus.« Mit wogenden Hüften ging sie zu ihm und brachte das Kunststück fertig, ihm trotz der beiden Austernplatten, die sie auf einem Arm balancierte, einen herzlichen Hug zu geben. »Was soll ich nur ohne dich tun?«, hauchte sie ihm ins Ohr.

26

Graeme stellte sich nicht ungeschickt an. Im Gegenteil, er zapfte Bier wie ein Halbgott. Wein schenkte er ein, als habe er ein Sommelierdiplom. Cocktails mixte er rezeptsicher und mit kleinen akrobatischen Einlagen, sodass immer mehr Leute an den Tresen kamen und Drinks bestellten. Jetzt, da er eine Bühne und Publikum hatte, wurde er gesprächig wie bei den Theaterproben des PDBDC. Er quatschte mit den Gästen, als habe er an Bord seines Kutters schon alles erlebt, Monsterwellen, Seenotrettung, Drogenschmuggel, Zusammenstöße mit Atom-U-Booten. Hebriden-Talk eben.

Dies alles schoss den Alkoholkonsum in die Stratosphäre. Graeme die Bar zu überlassen war, wie Feuerwerk in einem geschlossenen Raum zu zünden. Der Abend endete immer in totalem Chaos.

Doch vorerst war es für Rossalyn eine willkommene Entlastung. Die Leute an den Pubtischen aßen nur Kleinigkeiten. Das verschaffte ihr Gelegenheit, öfter bei Howard und Chloe vorbeizuschauen und den Gin-Nachschub nicht abreißen zu lassen. Als alle Austern ausgeschlürft und der Salat und die Fish & Chips zur Zufriedenheit vertilgt waren, zog Rossalyn einen Stuhl heran und ließ sich bei den beiden Turteltäubchen nieder.

Die Seeschwalbe hatte sich entschlossen, heute nicht mehr zu fliegen. »Also, Gin brennen, das habt ihr auf Co… Col… echt raus!«

»Sie haben gerade eine Abfüllung im Glas, die im Sherryfass gereift ist. Das kennen Sie vielleicht vom Whisky, bei Gin ist das eher ungewöhnlich.«

»Geht runter wie nichts.«

»Wo kommen Sie her?«

»Kilmelford.«

»Liegt das an der Westküste?«

»Ja, gleich neben San Francisco.« Chloe lachte schallend – und verschluckte sich an dem Gin. »Nee, das Kaff … kannst du voll vergessen, südlich von Oban … da willst du nicht beerdigt sein.« Sie hustete und räusperte sich. »Sag mal, Schätzchen, Austern geben doch Tinte auf den Füller.« Sie zwinkerte Rossalyn komplizenhaft zu. »Weißt schon … Manneskraft und so …«

Rossalyn schaute zu Howard. Der betrachtete die Streichfehler an der Decke. Da schien es viel zu entdecken zu geben, der Maler hatte wohl schlampig gearbeitet.

»Das mit der Manneskraft hab ich auch schon gehört.« Mit einem feinen Lächeln setzte sie hinzu: »Wenn man ganz fest dran glaubt.«

»Absolut!« Chloe starrte auf ihr Nosing-Glas, das war schon wieder leer. Plötzlich hatte sie eine Idee. »Lust auf 'ne Schröpfmassage?«

»Eine was?«, fragte Rossalyn.

»Hilft bei Verspannungen, fördert die Durchblutung. Ich bin nämlich Heilpraktikerin.«

»Das ist ja interessant!«

Howard schwieg.

»Nee, geht ja gar nicht! Hab meine Schröpfköpfe nicht dabei.« Entmutigt ließ Chloe den Kopf hängen. Dann hob sie ihn wieder. »Habt ihr auch kleine Gläser ohne Stiel? Damit müsste es gehen.«

»Ich schau mal nach.« Rossalyn stand auf und ging zum Tresen. Inzwischen spielte sich das Geschehen größtenteils an der Bar ab, von den Tischen kamen nur noch sporadisch Bestellungen. Sie achtete darauf, in Hörweite zu bleiben. Hin und wieder schrieb sie eine Mitteilung in die WhatsApp-Gruppe. Die wohlmeinenden, aber ziemlich nervigen Kommentare von Helen und Crissa ignorierte sie.

Chloe begann von ihren verflossenen Partnern zu erzählen. Es hörte sich an wie eine Sendereihe auf BBC History, Katastrophen der Weltgeschichte. Ein Meteoriteneinschlag jagte den anderen. Sie kam richtig in Fahrt.

Howard saß nur stocksteif da und wirkte, als habe er sein Tagespensum an Gesprächigkeit bereits absolviert. Kein verständnisvolles »Wie schade, das tut mir leid!«. Kein bestärkendes »Man muss immer nach vorn schauen«. Alle Versuche des PDBDC, ihn gesellschaftsfähig zu machen, durften als kläglich gescheitert gelten.

War das spießig oder schon autistisch? Rossalyn stellte ihm ein Bier hin, vielleicht machte ihn das locker. Er wollte protestieren, doch ein strenger Blick von ihr ließ ihn verstummen. »Du trinkst das jetzt!«, sagte sie für den Fall, dass er schwer von Begriff war.

Rossalyn war sich nicht sicher, ob sie noch stärker eingreifen sollte. Wer war hier vor wem zu retten? Am ehesten wohl Chloe vor sich selbst. Inzwischen plapperte sie Dinge aus, die man einander erst verriet, wenn eine Beziehung bereits gefestigt war. Welcher neue Freund wollte schon Details über die intimen Talente seiner Vorgänger hören? Andererseits fand sie Chloes Frust über den Fehlschlag am Loch Fada verständlich. Und dass sie ihn im Gin ertränkte … na ja, wer konnte es ihr verdenken?

»Jedenfalls suche ich … nach dem passenden Deckel!«, schloss Chloe. »Bisher war es nur Frischhaltefolie.« Sie feierte das Wortspiel mit einer Strike-Geste – der weitere Enthüllungen zu folgen drohten.

Dem musste Einhalt geboten werden. Rossalyn brachte ein Tablett mit kleinen bauchigen Whiskygläsern, um Chloe abzulenken. Sie hielt es für völlig ausgeschlossen, dass an diesem Abend aus der Schröpfmassage noch etwas werden würde. Sie sollte sich täuschen.

Zu diesem Zeitpunkt drehte Graeme die Musik auf. Stimmung und Pegel stiegen, spontane Tanzeinlagen setzten ein. Chloe bekam die zweite Luft und legte einen Riverdance hin. Howard versuchte, das Schlimmste zu verhindern, indem er ihr Ginglas, das jetzt die Größe eines Pokals besaß – danke, Graeme! – mit viel Tonicwater auffüllte.

Irgendwann erklärte Chloe eine Couch zur Behandlungsliege.

Sie tunkte Wattestäbchen, die Graeme aufgetrieben hatte, in hochprozentigen Fassstärke-Whisky, entzündete die Watte mit einem Feuerzeug und hielt die Stäbchen unter eines der kleinen Gläser. Dadurch entstand ein Unterdruck. Chloe setzte das Glas auf den bloßen Rücken des ersten Freiwilligen. Die Ränder des Glases saugten sich wie ein Schröpfkopf auf der Haut fest, und die erste Massage nahm ihren Lauf.

Es wurde zum Gag des Abends nach dem Motto: Was kann man sich Verrücktes einfallen lassen, um die Enttäuschungen des Lebens in einer Art Partyspiel aufzulösen? So albern es auch war, alle hatten ihren Spaß. Als die Couch in Brand zu geraten drohte und Chloe sich nicht mehr auf den Beinen halten konnte, brachte Howard sie mit Rossalyns Hilfe auf ihr Zimmer. Gemeinsam zogen sie Chloe den Rock und die Schuhe aus. Am Ende sank sie überglücklich in die Kissen und schlief sofort ein.

»Öfter mal was Neues«, flüsterte er, während er am Fußende des Bettes stand und beobachtete, wie sich ihre Brust hob und senkte.

»Sag, was du willst, aber Chloe ist etwas Besonderes«, meinte Rossalyn. »Auch wenn sie übers Ziel hinausschießt. Langweilig wird's dir mit ihr bestimmt nie.«

»Das ist einer ihrer Vorzüge.«

»Sie gibt hundert Prozent, das kann man nicht von vielen Leuten behaupten. Vielleicht bin ich in zwanzig Jahren so ähnlich drauf. Fänd ich gar nicht übel. Ich mag sie.«

»Ich auch«, sagte er.

»Wirklich? Vielleicht hättest du ihr das zeigen sollen?«

»Sie hat keine Geduld.«

»Nimm's als Kompliment. Kann doch sein, dass es bei ihr Liebe auf den ersten Blick war. Dann pfeift man auf Geduld.« Rossalyn öffnete die Zimmertür. »Am besten, du gehst jetzt. Ich mach's mir auf einem Sessel gemütlich und pass auf sie auf.«

»Sollte ich das nicht tun?«

»Verschwinde.«

27

Hynch fuhr betont langsam nach Uragaig zurück, wegen der fehlenden Straßenbeleuchtung, der unübersichtlichen Kurven und um zu seiner eigenen Geschwindigkeit zurückzufinden. Die Nacht wirkte vom Fahrersitz aus wie eine Ballung undurchdringlicher Schwärze, aus der die Autoscheinwerfer nur ein paar kümmerliche Lichtkeile herausschnitten.

Ein Kennenlerntag. Zum Abtasten. Völlig unverbindlich. Und dann das. Chloe schien auf einer komplett anderen Zeitschiene zu existieren und mit einer völlig anderen Vorstellung von diesem Wochenende angereist zu sein.

Es lag ihm fern, sich über sie lustig zu machen. Hatte er vorab im Mailaustausch vielleicht falsche Hoffnungen geweckt? Sie irgendwie dazu animiert, so rasend schnell zur Sache zu kommen?

Angenommen, er wäre auf den Kuss am Loch Fada eingegangen … Dann würde er jetzt mit Chloe auf dem Bett liegen, bei ihm zu Hause oder im Hotel. Sie würden ausprobieren, was ihnen gefiel, dazwischen reden über dies und das oder einander so lange betrachten und berühren, bis sie müde wurden und meinten, nach dieser ersten Begegnung schon einmal eine Menge herausgefunden zu haben.

So hätte das doch laufen können, oder? In seinem und Chloes Alter hatten sie ja nicht mehr alle Zeit der Welt. Rossalyn lag schon richtig mit ihrer Auffassung von Geduld.

Würde er sie dann seine Freundin oder Liebhaberin nennen? Er war sich unklar über diese Begriffe, letztlich sagten sie nichts über Gefühle aus, und auf die kam es doch vor allem an. Im Internet begegneten ihm zahllose Wörter für die Liebe, je nach Intensität, Qualität, Lebensabschnitt, Beziehungsphase, Dauer des Zusammenseins und so weiter. Für so gut wie alles gab es spezielle Bezeichnungen und Schubladen, »Freundschaft plus« fand er besonders schwierig zu verstehen. Auf die alten Konventionen gab er zwar wenig, doch all diese Abstufungen und Kategorien, engten die nicht auch furchtbar ein? Waren sie Ausdruck von Diversität oder einfach nur von Unentschlossenheit und der Angst davor, sich zu entscheiden?

Für ihn gab es nur … Liebe. Mit allem Drum und Dran – und allen Konsequenzen. Der ganze halbgare Rest, also Beinahe-Liebe, Hin-und-wieder-Liebe, Ein-bisschen-Liebe, Weiß-noch-nicht-Liebe, Wenn's-grad-mal-passt-Liebe, damit konnte er nichts anfangen. Der Tod kam ja auch nicht nur am Wochenende oder zwischendurch so zum Spaß. Man starb entweder ganz oder gar nicht. Und so sollte man auch lieben. War das naiv?

Hynch hatte nicht die leiseste Ahnung, was Chloe genau vorschwebte. Nur dass er was Festes suchte – und sie auch –, darüber hatten sie sich vorab verständigt. Wie es am nächsten Tag wohl weiterging? Zunächst würde er sie in Ruhe ausschlafen lassen. Nach dem Frühstück im Hotel konnte er sie dann ja anrufen und alles Weitere mit ihr besprechen, nahm er sich vor.

Er stellte den Wagen vor seinem Haus ab. Ein Zeitungsartikel über Riesenkalmare kam ihm in den Sinn. Die waren ganz allein in der Tiefsee unterwegs und begegneten ihren Artgenossen überaus selten. Wenn es dann doch zu einem Aufeinandertreffen kam, legten sie unumwunden los, ohne lästiges Balzritual und ohne sich um Nebensächlichkeiten wie das Geschlecht des Partners zu kümmern. Die Männchen implantierten der Zufallsbekanntschaft ein Samenpaket in die Haut, und das war's, dann schwammen sie weiter.

Hynch nahm seine Umhängetasche vom Beifahrersitz und stieg aus. Er war so gar nicht der Typ Riesenkalmar. Zwergtaucher machten ihren Angebeteten kleine Pflanzen zum Geschenk, als Zeichen der Zuneigung, das war eher sein Fall.

Von der Kiloran Bay drang das Geräusch der Brandung herauf.

Regen lag in der Luft. Der Mond verbarg sich hinter einer dichten Wolkendecke.

Er schickte sich an, die Haustür aufzusperren. Das Gewicht der Tasche erinnerte ihn an den .38er. Und daran, dass er weiterhin vorsichtig sein musste.

Wenn die beste Killerin nördlich des Hadrianswalls im Wohnzimmer auf ihn wartete, sollte er besser auf der Hut sein.

Er holte den Revolver heraus und schlich um das Haus herum. Schob sich mit der Waffe im Anschlag auf die Holzterrasse. Bis zum Rahmen der gläsernen Schiebetür. Er spähte hinein.

Im Inneren war nichts zu erkennen. Er lehnte sich gegen den Rauputz der Außenwand und wartete eine Weile, bis sich sein Auge an die Dunkelheit gewöhnt hatte. Die Konturen der Einrichtung zeichneten sich nach und nach ab, Polstermöbel, die Bücher.

Alles war ruhig.

Dann bemerkte er ein kreisrundes Loch in der Schiebetür, direkt neben dem Griff.

Eine der einfachsten Methoden, ohne Schlüssel ins Haus zu gelangen.

Er blieb in Deckung, die Hauswand war solide, sie bot ihm Schutz gegen das meiste, was man von drinnen abfeuern konnte. Nicht unbedingt gegen die Mossberg, die würde sich auch durch Gasbeton arbeiten.

In seiner Umhängetasche befand sich das Stativ für das Fernrohr. Er zog es zu voller Länge aus, dann schlüpfte er aus seinem Tweedsakko und steckte das Stativ hinein. Auf diese Weise hatte er eine Art Vogelscheuche zusammengebastelt. Er machte ein bisschen Lärm wie ein Betrunkener, der nach einer langen Nacht im Pub nach Hause kommt und auf den Terrassenbrettern herumstolpert. Mit ausgestrecktem Arm hielt er das Jackett vor die Schiebetür.

Die Gelegenheit, es mit welcher Waffe auch immer zu durchsieben, verstrich. Nichts passierte.

Fiel die Killerin nicht auf seinen Trick herein? Wartete sie weiter auf ihn? Benutzte sie ein Nachtsichtgerät mit Infrarotoptik? Sie war eindeutig im Vorteil, hatte ja auch alle Zeit der Welt.

Er probierte das Gleiche noch mal. »Verdammt, wo ist der Scheiß-Hausschlüssel?«, lallte er.

Wieder rührte sich drinnen nichts.

Es war völlig ausgeschlossen, mit einem beherzten Griff durch das Loch im Glas die Schiebetür zu öffnen und ins Wohnzimmer zu stürmen. Diese Möglichkeit verwarf Hynch sofort, er war nicht lebensmüde. Es über die Haustür von der anderen Seite zu versuchen kam ebenfalls nicht infrage. Bei dem kleinsten Laut, den der Schlüssel im Schloss machte, würde der Todesengel in Position gehen und ihn gebührend empfangen.

My home is my castle. Das stimmte, falls man sich in seinem Heim befand und nicht von draußen reinwollte.

Okay, auch er konnte warten, beschloss er und schlich mit seinen Sachen zum Auto zurück. Er setzte sich hinein, stieß zur Straße zurück und fuhr davon.

Viel Hoffnung hatte er nicht, dass seine kleine Scharade vom verlorenen Schlüssel glaubhaft gewesen war. Doch zunächst blieb er dabei. Was sollte er auch sonst tun?

Zum Hotel fuhr er natürlich nicht. Stattdessen bog er in einen Feldweg ein und ließ den Plug-in ans andere Ende der Bucht rollen, mit ausgeschalteten Scheinwerfern. Der lautlose Elektroantrieb erwies sich dabei als äußerst hilfreich.

Er hielt im Schutz einiger zerzauster Kiefern, an einer Stelle, von der er sein Haus zwischen den Zweigen hindurch mit dem Fernrohr beobachten konnte.

Geduld. Davon brauchte er jetzt jede Menge.

28

Früher hatte Hynch das häufig tun müssen: auf der Lauer liegen. Gebäude beobachten, in denen Drogen, Waffen oder Menschen verkauft wurden, in denen bedroht, verprügelt und gefoltert wurde, in denen allerlei kriminelle Aktionen geplant und vorbereitet wurden. Bis die Zielperson das Gebäude verließ und in sein Visier geriet.

Ein Haus und seine verschiedenen Zugänge im Blick zu behalten unterschied sich kaum von der Beobachtung einer Bruthöhle, eines Lehm- oder Kugelnests oder eines Nistkastens. Sein Auge war geschult, auf kleinste Abweichungen zu achten und leichte, kaum merkliche Veränderungen wahrzunehmen wie bei Wimmelbildern, auf denen man eine Einzelheit, die sich von allem anderen unterschied, ausfindig machen musste.

Warten zahlte sich fast immer aus. Im Grunde bestand die Tätigkeit eines Killers hauptsächlich aus Warten. Auf die bestmögliche Gelegenheit. Der eigentliche Hit, also den Abzug zu ziehen, bildete nur den Schlusspunkt. Und wenn der Hit erfolgt war, begann das Warten von Neuem, auf den nächsten Auftrag, auf die nächste Zielperson.

Hynch stellte den Sitz in eine möglichst rückenschonende Position und wurde eins mit dem Fernrohr, das er mithilfe des Stativs über der Instrumentenanzeige anbrachte. Irgendwann spürte er nicht mehr, wie sich die Sekunden und Minuten zu Stunden dehnten. Sein Pulsschlag passte sich an die Wellen an, die über den Strand schäumten, und an den stärker werdenden Regen, der das Auto allmählich einhüllte wie ein feuchter Umhang. Die Sicht aufs Haus wurde dadurch zwar zusätzlich beeinträchtigt, aber hin und wieder betätigte er die Scheibenwischer und die Belüftung. Trotz der Kiefernzweige im Blickfeld konnte er noch jede Bewegung wahrnehmen.

Nur dass es nicht die geringste Bewegung gab.

Gegen fünf Uhr graute der Morgen in einem trüben, unbestimmten Blau, einer Farbe, die noch keine Farbe war, nur eine Idee davon am Saum des Himmels. An der taktischen Situation hatte sich nichts geändert. Hynch war quasi ausgesperrt, er konnte sein Haus nicht risikolos betreten. So langsam musste er sich etwas überlegen.

Eine Stunde später, nachdem er sich auf dem Fahrersitz die ganze Nacht um die Ohren geschlagen hatte, kam ihm die Erleuchtung.

Da er zur WhatsApp-Gruppe des PDBDC noch nicht hinzugefügt worden war, schrieb er eine Nachricht an alle Mitglieder der Theatergruppe und lud sie zum Frühstück bei sich zu Hause ein. Nach dem ersten Tag mit Chloe wolle er Bericht erstatten und um Rat bitten. Wer Zeit und Lust habe, könne gern auf Eier mit Speck vorbeischauen, und zwar um Punkt sieben Uhr, dann käme er von seiner Runde um die Kiloran Bay zurück.

In der Zwischenzeit beobachtete er weiter sein Haus. Im Kofferraum lag eine Regenjacke, die würde er noch brauchen.

Ein Brachvogel rief »Kuri-li!«, um sein Brutrevier zu markieren. Aus den Augenwinkeln sah Hynch, wie er durchs Gelände stakte und mit seinem langen gebogenen Schnabel nach Würmern stocherte.

29

Blick hell und licht! Misstrauen erregt verändert Angesicht!« Helen war zwar noch etwas verschlafen, doch morgens rezitierte sie stets Lady Macbeth, damit ihr die Worte in Fleisch und Blut übergingen. Sie stand unter dem Vordach ihres Cottage in Scalasaig und hatte sich einen dicken Stapel zusammengehefteter Kopien unter die Jacke geschoben, das *Macbeth*-Textbuch des PDBDC mit speziellen Markierungen für Howard.

Mit einem müden Gruß gesellte sich Crissa zu ihr. Die junge Frau blickte alles andere als hell und licht. Eine mit »Gladiators: The Last Challenge« durchzockte Nacht hatte sie in dem Action-Videospiel um einige Levels weitergebracht und zu einer Retiarierin mit Netz und Dreizack aufsteigen lassen. »Destructa Major« ließ sie sich in ihrer Online-Community nennen, ein Name, der in den Arenen von York, Chester und London bereits einen gewissen Klang besaß. Sprechfähig war sie noch nicht, doch die Aussicht auf Eier mit Speck trieb sie aus ihrer Wohnung.

Es goss in Strömen. *Drookit* nannte man so einen ergiebigen Landregen, der einen total durchnässte, wenn man denn unbedingt aus dem Haus musste. Und es sah so aus, als würde er andauern. Kein Honda- oder Fahrradwetter.

Doug hielt mit seinem Van am Straßenrand. »Springt rein!«, rief er munter und ließ die Scheibe gleich wieder hochfahren.

Nach Uragaig waren es nur ein paar Kilometer. Helen fasste den ersten Abend mit Chloe als niederschmetternd, aber nicht hoffnungslos zusammen. Jetzt waren alle gespannt auf Howards Sicht der Dinge. Dass er sie zum Frühstück einlud und die Meinung des PDBDC hören wollte, bevor er weitere Schritte unternahm, sei ein gutes Zeichen und ein schöner Vertrauensbeweis, meinte Helen. Graeme hatte zu dieser frühen Stunde auf seiner Austernfarm zu tun, Rossalyn war im Hotel beschäftigt.

Ein strahlender Mister Currie empfing sie vor seinem Haus, immer noch im Kilt, aber in Regenjacke. Allem Anschein nach hatte er seinen Spaziergang gerade beendet. Doug parkte den Van neben dem Plug-in. Sie verließen den Wagen.

»Guten Morgen!«, rief Howard mit dröhnender Stimme. »Es hat ein bisschen aufgefrischt! Freut mich sehr, dass ihr trotzdem so spontan vorbeischaut.«

»Das ist doch selbstverständlich«, begrüßte ihn Helen. »Der PDBDC kommt, wenn man ihn ruft! Dies Schloss hat einen angenehmen Sitz. Die Luft empfiehlt sich flink und süß unseren sanften Sinnen.«

»Wie's ausschaut, müssen die Eier erst noch in die Pfanne hüpfen«, mäkelte Crissa.

»Das geht schnell, keine Sorge«, meinte Howard.

»Ein starker Kaffee wär auch nicht schlecht.«

»Ich mach dir einen hervorragenden Espresso doppio, der weckt Tote wieder auf.«

»Trägst du jetzt immer Kilt?«, fragte Crissa. »Schaut aus, als wolltest du den gar nicht mehr ausziehen.«

»Kann man sich dran gewöhnen.« Zur Demonstration wischte er über den Tweedstoff, an dem hauchfeine Wassertröpfchen hingen. »Optimaler Regenschutz wegen des hohen Lanolingehalts der Wolle.«

»Und warum hast du dich für den Scotland-Forever-Tartan entschieden? Der ist doch clanfrei.«

»Das haben sie mir in der Schneiderei auch erzählt. Ich mag die Farbe, Lila hat nicht jeder.«

»Clan Currie wäre ja auch eine Möglichkeit gewesen … Ist dir wahrscheinlich zu grün, oder? Irisch irgendwie.«

»Könnt ihr eure Fachsimpelei vielleicht drinnen fortsetzen?«, unterbrach Helen. »Sonst weiche ich noch vollkommen durch –

und das Textbuch gleich mit. Ich habe dir dein persönliches Exemplar mitgebracht.«

»Tut mir leid.« Howard hantierte umständlich mit dem Schlüssel, sperrte auf und trat geräuschvoll ein. »Hereinspaziert!«

Forschen Schrittes ging er voran und steckte den Schlüssel dabei in seine Umhängetasche. Die anderen hängten ihre Jacken an die Garderobe, folgten ihm und blickten sich interessiert um.

»Ihr müsst entschuldigen, es ist furchtbar unaufgeräumt.« Howard durchquerte das Wohnzimmer, schnappte sich einen hochlehnigen Stuhl und stellte ihn vor die gläserne Schiebetür, durch die man die Kiloran Bay sah.

»Bist du gerade am Ausmisten?«, wunderte sich Crissa.

»Wie kommst du darauf?« Howard drehte sich um.

Helen legte das Textbuch auf den Couchtisch und wies auf das Schrankversteck. Es stand offen. »Na deshalb.«

Der von der Frischluft rotwangige Mister Currie erbleichte. Fassungslos starrte er auf das Kabinett. Es war mit karmesinrotem Samt ausgeschlagen und wirkte sowohl edel als auch zweckmäßig. Als Crissa näher herantrat, gingen Deckenstrahler an und sorgten für eine intime Beleuchtung.

Howard sank auf den Stuhl, den er sich kurz zuvor zurechtgerückt hatte. Er blickte ins Leere.

»Was ist los?«, fragte Helen. »Du schaust gar nicht gut aus, mein Lieber. Reichlich blass um die Nase. Und übernächtigt. Doug, hol mal ein Glas Wasser aus der Küche.«

»Hast du gedacht, wir wissen nicht, was hier gespielt wird?« Crissa grinste vielsagend. »Reg dich wieder ab, wir sind nicht von gestern. Die böse Welt da draußen macht vor Colonsay nicht halt. Obwohl, sooo böse ist das gar nicht. Nur ein bisschen ungewöhnlich. Mag ja nicht jeder.«

»Gewalt gehört zum Leben dazu«, ergänzte Helen. »Dafür braucht man sich nicht zu schämen. Und die Wirkung ist enorm – für Bühnenkünstler wie uns natürlich eine Selbstverständlichkeit.«

Howard fand allmählich die Sprache wieder. »Aber … aber ich … habe damit nichts zu tun.«

»Das sagen sie alle!« Crissa legte ihm eine Hand auf die Schulter. »Keine Angst, dein Geheimnis ist bei uns gut aufgehoben.« Sie zwinkerte Helen zu.

»Glaubt ihr etwa …?«

»Wir sind hier alle schon erwachsen. Außerdem gibt es Bücher und Filme.«

»Es ist nicht so, wie es aussieht«, versuchte er es erneut.

»Sondern?«

30

Doug kam mit dem Wasser, Howard trank das Glas gierig aus. Helen blieb bei ihrem Gastgeber, während die beiden anderen nach nebenan in die Küche gingen und sich um das Frühstück kümmerten.

»Wir kannten dieses Versteck bereits«, begann sie. »Der Mann, dem das Haus vorher gehört hat, ließ es einbauen. Und er hat es so ziemlich jedem auf Colonsay gezeigt, den er in die Finger bekam und auf einen kleinen Plausch hereinbat.«

»Mit den Knebeln hätte er mich fast rumgekriegt!«, rief Crissa und füllte Wasser in den Kaffeeautomaten. »Und er hatte so eine Beißstange zum Umschnallen. Holy shit!«

»Ich fand seine diversen Masken und die Federtickler recht ansprechend. Hab mir überlegt, was sich davon auf der Bühne einzusetzen lässt.« Helen dachte wie eine Regisseurin, sie war durch und durch Theaterfrau. »Lebensechte Requisiten sind Gold wert.«

»Lebensecht war da gar nichts!« Crissa hatte die Eier im Kühlschrank entdeckt und holte sie heraus. »Das meiste hat er überhaupt nicht benutzt. Das sah aus wie neu. Der wollte sich nur interessant machen. Und uns Hinterwäldler beeindrucken.«

Howard hatte sich von dem Schreck wieder einigermaßen erholt. »Hat die Masche denn bei irgendwem funktioniert?«, wollte er wissen.

»Auch ein blindes Huhn findet mal ein Korn …«, sagte Helen.

»Wirklich? Wer war's denn?«

»Niemand von den Einheimischen. Die hätten Angst gehabt, im Pub auf ewig zur Lachnummer zu werden. Und das wäre auf Colonsay ein schweres Schicksal. *Darf's noch ein bisschen mehr sein? Stillhalten, wir sind noch nicht fertig!* Die dummen Sprüche kannst du dir vorstellen.«

»Durchaus.« Howard nickte. »So familiär, wie's hier zugeht.«

»Hat er sich nicht mal einen Touristen geschnappt?«, fragte Crissa aus der Küche. Der Speck brutzelte in der Pfanne und verbreitete einen verführerischen Geruch. »Einen riesigen Schweden, jetzt fällt's mir wieder ein! Mit ganz kleinen Händen! Meine Güte!«

»Kann sein, dass mehr draus geworden ist. Ich glaube, die beiden leben jetzt auf dem Festland zusammen. Warum auch nicht?« Helen deutete auf das Schrankversteck. »Jedenfalls hat der Vorbesitzer Colonsay verlassen und scheint die gesamte Ausstattung mitgenommen zu haben.«

»Ja, genau«, sagte Howard. »Beim Einzug hab ich da drin nur ein aufblasbares Schaf gefunden.«

Helens Augenbrauen hoben sich.

»Ist nicht wahr!«, kam es von Crissa aus der Küche.

»Mit einem Kussmund«, erklärte Howard.

»Stimmt, ich hab ihm mal eine Luftpumpe geliehen.« Doug brachte Teller und Besteck und deckte den Esstisch, der in einer Nische zwischen Küche und Wohnzimmer stand. »Aber der Typ hatte gar kein Fahrrad.«

31

Hynch war froh, dass sich die diffizile Situation in Wohlgefallen und in harmlose Spekulationen über das Schrankversteck aufgelöst hatte. Auf die Frage von Crissa, wie er den verborgenen BDSM-Showroom denn künftig nutzen wolle, meinte er, dass er keine besonderen Pläne habe. Was der Wahrheit entsprach. Offenbar hatte ihm die beste Killerin nördlich des Hadrianswalls all seine Waffen geklaut und war damit spurlos verschwunden, noch bevor er vom Colonsay Hotel nach Uragaig zurückgekehrt war. Das lange Warten war völlig umsonst gewesen.

All seine Waffen? Er schaute unter dem Sofa nach der Mossberg, dann in der Besenkammer nach der Barrett M82. Beide Gewehre waren ebenfalls weg. Seine Gegenspielerin hatte ganze Arbeit geleistet. Sie hatte Hynch entwaffnet und somit nackt gemacht, ihn seiner Feuerkraft beraubt. Außer dem .38er und den sechs Kugeln in der Trommel besaß er nichts mehr, um sich zur Wehr zu setzen. Er hatte nicht einmal Patronen in Reserve.

Wie der allerletzte Anfänger war er ausgetrickst worden. Sein Todesengel sandte ihm eine Botschaft: Sieh zu, wie du ohne deine Artillerie klarkommst.

»Entschuldigt mich für einen Moment.« Er nahm seine Umhängetasche und ging rasch ins Obergeschoss. Dort holte er den .38er heraus und vergewisserte sich, dass sich niemand im Schlafzimmer oder im Bad verborgen hielt. Als er wieder nach unten kam, schaute er noch auf der Toilette nach.

»Suchst du irgendwas?«, wunderte sich Helen.

»Wann geht die nächste Fähre?«, fragte er anstelle einer Antwort und setzte sich an den Esstisch.

»Um 13.45 Uhr«, erwiderte Crissa und verteilte Rühreier mit Speck auf die Teller.

»Okay.«

»Ankunft um 16.20 Uhr in Oban. Und dann noch mal um 19.35 Uhr nach Port Askaig auf Islay. Warum? Willst du Chloe abschieben? Nach dem Gin-Exzess gestern Abend?«

Doug brachte Tee, Kaffee, Toastbrot und Butter.

»Was wisst ihr?«, fragte Hynch.

»Alles.«

»Alles?«

»Na ja … Colonsay ist ein Dorf«, sagte Helen. »Jeder kennt jeden …, wir stehen untereinander in Kontakt … fahren durch die Gegend …«

»Rossalyn hat es euch erzählt! Oder Graeme?«

»Spielt doch keine Rolle.«

»Hätte ich mir ja denken können, dass ihr mir nachspioniert. Ihr seid unmöglich.«

»Ja, das sind wir wohl«, stellte Helen fest und hob die Arme. »Schuldig in allen Punkten der Anklage. Aber wir hegen nur die allerbesten Absichten.«

»Davon bin ich überzeugt.« Hynch probierte die Eier. Sie waren Crissa überraschend gut gelungen, schön cremig. Er hatte einen Bärenhunger nach der durchwachten Nacht. Die anderen ließen es sich ebenfalls schmecken. Zum Glück hatte er seine Vorräte schon vor Tagen aufgefüllt, um für das Wochenende gerüstet zu sein.

»Und? Was habt ihr über mein Date so herausgefunden?«, fragte er und wälzte parallel ganz andere Gedanken. Zumindest konnte er ausschließen, dass Chloe die Killerin war – es sei denn, sie arbeitete mit einer Komplizin zusammen. Dann wäre der Abend im Pub ein raffiniertes Ablenkungsmanöver gewesen. Chloe hatte als Köder fungiert, um bei ihm in aller Ruhe einzubrechen. So abwegig war das gar nicht. Oder sah er jetzt schon überall Feinde?

»Die Generalprobe muss immer danebengehen«, sagte Helen ausweichend. »Das ist ein ungeschriebenes Gesetz bei uns Bühnenleuten. Dann klappt die Premiere umso besser.«

»Wirklich? Davon wusste ich noch gar nichts.«

»Man wird viel lockerer und zugleich konzentrierter, ein Paradox. Ich sehe das so: Der erste Tag mit Chloe war die Generalprobe. Die würde ich ganz schnell wieder vergessen.«

»Dann wäre heute die Premiere ...« Hynch versuchte, dieser Logik zu folgen. »Und die soll besser laufen? Nach allem, was gestern passiert ist?«

»Das war dem Überschwang der Gefühle geschuldet, der Anspannung, dem Druck«, sagte Helen. »Wir schlagen alle mal über die Stränge ...«, ergänzte sie, ohne es weiter zu erklären.

»Ich kann Chloe gut leiden – mehr ist da aber nicht, sorry. Was soll ich denn jetzt machen? Meint ihr, dass sie einen neuen Anlauf wagt?«

»Wie am Loch Fada?«, rutschte es Crissa heraus.

»*Das* wisst ihr auch?«, staunte Hynch.

»Graeme kam zufällig mit seinem Lieferwagen vorbei«, erklärte Helen und fuhr schnell fort: »Also, ich würde Chloe noch eine Chance geben. Du könntest so tun, als sei gestern rein gar nichts vorgefallen. Gib ihr die Möglichkeit, die Scharte auszuwetzen.«

Crissa widersprach: »Das bringt doch nichts. Ich würde Chloe aussortieren und schauen, wie es mit der Nächsten läuft. In einer Woche ist es ja schon wieder so weit. Neues Spiel, neues Glück.«

Doug nahm sich stumm Eier mit Speck nach, anscheinend hatte er keinen heißen Tipp parat.

Hynch war keinen Deut schlauer als zuvor. »Danke für die moralische Unterstützung. Nehmt mir die Frage nicht übel, aber hatte einer von euch eigentlich jemals eine feste Beziehung?«

Helen und Crissa widmeten sich ihren Heißgetränken. Draußen prasselte der *Drookit* auf die Holzterrasse, die Regentropfen sprangen von den Pfützen hoch.

»Zu indiskret?«, schob Hynch nach.

»Nein!«, wehrte Helen ab. »Wir sind doch unter uns.«

»Also?«

»Feste Beziehung …« Die Lehrerin kniff die Augen zusammen, als würde sie scharf nachdenken. »Nicht direkt, dafür fehlt mir die Zeit. Ich hab nie richtig Zeit, dauernd ist was anderes. Man kommt ja zu nichts.«

»Zählt auch die Kurzform?«, wollte Crissa wissen.

»Wie kurz?«

»24 Stunden, maximal. Eher weniger. Wer will denn gleich heiraten?« Sie hielt inne. »Obwohl, online bin ich mit so einigen Leuten fest zusammen, alles Gamer. Erst letzte Nacht hab ich …«

»Ich glaub, das zählt auch nicht«, sagte Helen.

Doug befühlte seine grauen Bartstoppeln. »Ich bin noch zu jung, um mich zu binden. Hab ich zumindest immer gedacht. Irgendwann war ich's dann nicht mehr. Zu jung, mein ich.«

»Aber Rossalyn und Graeme hatten schon richtige Beziehungen!«, fiel Crissa ein. »Ist nur leider nichts draus geworden.«

Der PDBDC hatte seine mangelnde Expertise in Sachen Partnerschaftsberatung schonungslos offengelegt. »Ein Theaterstück habt ihr doch auch noch nie auf die Bühne gebracht«, legte Hynch nach. »Von wegen Generalprobe …«

»Jetzt gibst du's uns aber so richtig«, beschwerte sich Crissa. »Wir sind voll die Loser, stimmt's? Kriegen nichts auf die Reihe und erzählen dir trotzdem, worauf's beim Daten ankommt. Kann doch nicht sein!« Sie sprang auf und begann, das Geschirr zusammenzuräumen. Lautstark knallte sie Gabeln und Messer auf die Teller. »Das ist nicht fair! Hast du eine Ahnung, wie oft wir uns schon den Kopf zerbrochen haben, womit wir dir helfen können? Hast du vergessen, wie wir zusammen in der Fährstation geübt haben? Einem Blinden Farben zu erklären ist einfacher! Und warum? Vielleicht tun wir es ja deswegen, weil wir *alle* hoffnungslose Fälle sind, der ganze PDBDC. Schon mal daran gedacht?«

»Reg dich nicht so auf, Liebes«, bat Helen. »Er hat ja recht. Gut, dass es jemand mal laut ausspricht.«

Hynch merkte, dass er zu weit gegangen war. »So war das nicht gemeint.«

Crissa ging zur Schiebetür, öffnete sie und rückte dabei entnervt den Stuhl beiseite, der davorstand. »So was hör ich mir nicht länger an. Da lass ich mich lieber vollregnen!«

Sie stellte sich dicht an die Hauswand und fummelte eine Zigarette aus ihrem Hoodie. Es dauerte eine Weile, bis es ihr gelang, den Glimmstängel anzuzünden. Verdrießlich blies sie den Rauch in den Regen hinaus.

»Das war aber gar nicht nett«, sagte Doug und trug den Tisch ab. In der Küche machte er sich daran, alles in den Geschirrspüler zu räumen. Helen half ihm dabei. Dann stellten sich beide vor das Bücherregal und studierten die Titel.

Hynch fühlte sich schlecht. Ob es am Schlafmangel lag, dass er sich so zickig verhielt? An seinen überreizten Nerven? Dabei musste er den dreien doch mehr als dankbar sein, dass sie ihm einen Besuch abstatteten. Er hatte sich nicht sicher sein können, ob der Todesengel das Haus wirklich verlassen hatte. Die Situation war ziemlich haarig gewesen. Was, wenn die Killerin auf ihn gewartet, einfach drauflosgeballert und keine Rücksicht darauf genommen hätte, dass Unbeteiligte verletzt werden konnten? Es war so gar nicht seine Art, Freunde in Gefahr zu bringen.

Crissa kam vom Rauchen zurück. »Was liest denn Howard so?«, fragte sie, anscheinend hatte sie sich wieder beruhigt. »Stimmt es, dass er einen Hang zur Poesie hat? Wie's in der Kontaktanzeige steht?«

»Tut mir wirklich leid …«, begann Hynch von Neuem.

»Dieses Versteck hinter dem Bücherschrank …«, sagte Helen. »Fast drei Meter breit, mehr als einen Meter tief … wie eine kleine Wohnzimmerbühne. Ihr wisst ja, wir brauchen dringend einen Probenraum. Die Village Hall ist zurzeit dauernd belegt, und in Dougs altem Fahrradschuppen zieht's wie Hechtsuppe.«

»Welch trauriger Anblick!«, rief Doug, stellte sich in die Nische und betrachtete seine Hände.

»Ihr seid wohl nicht gescheit! Das nennt ihr einen traurigen Anblick?«, antwortete Helen in der Rolle als Lady Macbeth und trat neben ihn.

»Der eine lacht' im Schlaf – ›Mord!‹, schrie der andre, dass sie einander weckten. Ich stand und hörte zu!« Stolz richtete sich Doug zu voller Größe auf. »Sie aber sprachen ihr Gebet und schliefen wieder ein.« Früh am Morgen war er wohl noch textsicher.

»So einen kräft'gen Schlaftrunk mischte ich ihnen, dass Tod und Leben darüber streiten, ob sie noch atmen oder Leichen sind.«

»*Ich* hab die Tat getan!«, deklamierte Doug und rollte wie bekloppt mit den Augen, als habe er gerade wirklich den alten König Duncan hingemetzelt.

Helen applaudierte. »Du wirst immer besser, alle Achtung! Mag ja sein, dass unser erster Auftritt noch auf sich warten lässt. Aber wir haben's drauf, oder?«

»Das möchte ich keinesfalls in Abrede stellen«, sagte Hynch. »Ich bin beeindruckt.«

»Also ich finde, hier wäre es ideal. Eine Minibühne, sogar mit Beleuchtung.« Sie wies auf die Deckenstrahler des Kabinetts. »Alles vorhanden.«

»Und bei besserem Wetter könnten wir auf die Terrasse gehen!«, freute sich Crissa. »Komm schon, Howard! Das wird der Hammer. Wir haben was gut bei dir …«

Stimmt, überlegte Hynch, das konnte er ihnen schwer abschlagen. Viel zu verbergen hatte er seit dem Einbruch der Killerin ohnehin nicht mehr. Außerdem war es gar nicht so verkehrt, hier in Uragaig des Öfteren Gesellschaft zu haben, vielleicht hielt das den Todesengel auf Distanz.

»Einverstanden«, sagte er.

»Das ist mehr, als ich zu hoffen wagte«, freute sich Helen. »Einfach wunderbar!«

»Du kannst ein echtes Goldstück sein!« Crissa umarmte ihn zur Versöhnung und drückte ihm einen dicken Kuss auf die Wange. »Gewöhn dich dran«, hauchte sie.

»Wann legen wir los?«, fragte er verdattert.

»In Donner, in Blitzen oder im Regen? Wenn das Kriegsgetümmel schweigt, wenn die Schlacht den Sieger zeigt …« Doug sprühte förmlich vor *Macbeth*-Zitaten.

»Und wann genau wäre das?«

»So wie immer, am Donnerstag um 16 Uhr?«, schlug Helen vor.

»Spricht nichts dagegen«, meinte Hynch. »Also dann …«

Im Chor intonierten die drei den Segenswunsch der Schauspielzunft: »Wird schon schiefgehen!«

»Eigentlich müssten wir dabei noch dreimal über die linke Schulter spucken«, fügte Helen hinzu. Dann deutete sie auf das Textbuch, das immer noch unberührt auf dem Couchtisch lag. »Viel Spaß mit dem Stück. Schau mal, ob dir Banquo zusagt. Oder Macduff.«

Hynchs Handy klingelte.

32

Aus der Ferne ertönte die Carnyx, durch den Regen gedämpft. Rossalyn staunte. Das Ding war echt laut, wenn man es noch aus dieser Entfernung hörte. Bruder Ptolemy musste inzwischen schwerhörig sein, da er täglich zum Weckruf blies. Sie ging wieder nach drinnen.

Chloe gab ein Bild des Jammers ab. Wie eine Katze, die nach draußen befördert worden war, weil sie die Armlehne des Sofas zerfetzt hatte, stahl sie sich an den Futternapf, will heißen: in den großen Gastraum des Colonsay Hotel. Sie trug einen schwarzen Rollkragenpullover und eine robuste Outdoorhose. Auf dem Weg zu ihrem Tisch stieß sie gegen diverse Einrichtungsgegenstände. Daraufhin nahm sie ihre Sonnenbrille ab und blinzelte mutlos in den Morgen.

Rossalyn brachte ihr den besten Katerkiller, der mit Geld und guten Worten zu kriegen war: Kippers.

»Die helfen Ihnen wieder auf die Beine.«

Chloe leistete kaum Gegenwehr. »Ich weiß, ich weiß …« Sie hatte vermutlich Erfahrung mit derlei Zuständen.

In Zeitlupe vertilgte sie den fettigen, vorgesalzenen, goldbraun schimmernden Räucherhering. Ohne Kippers wäre der Aufstieg des britischen Empires undenkbar gewesen. Die Köchin hatte noch einen Klacks Butter und zwei pochierte Eier drübergegeben. Nach so einem Frühstück konnte man ganze Subkontinente in Kolonialgebiete verwandeln und die indigene Bevölkerung nach Herzenslust drangsalieren. Doch Chloe wollte nur ihren Elektrolythaushalt ausgleichen.

Danach nahm sie noch zwei Scheiben Toast mit Zitronenmarmelade. Professionell, fand Rossalyn.

Ein Teil der anderen Hotelgäste war in ähnlicher Verfassung. Einige hatten ringförmige Male an den unmöglichsten Körperstellen, auf Unterarmen oder auf der Stirn. Sie stammten von den zu Schröpfköpfen umfunktionierten Whiskygläsern. Allgemein wurde nur wenig geredet. Durch die gläsernen Terrassentüren ließ man sich stattdessen vom Regen hypnotisieren. Der Himmel schüttete monsunartige Wassermassen aus.

»Drookit«, meinte Chloe. »Das war's dann mit Howards Tagesprogramm. Was bin ich froh! Wenigstens ein Lichtblick.«

Die meisten Gäste verschwanden auf ihre Zimmer oder in die angrenzende Lounge und die Bibliothek. Ein paar Unbelehrbare legten Regenzeug an und zogen in der abwegigen Hoffnung los, es würde im Laufe des Tages aufklaren. An irgendwelchen Plänen auf Teufel komm raus festzuhalten war das Erste, was man sich auf den Inseln tunlichst abschminken sollte. Gegen Mittag fuhr dann jemand vom Hotel mit einem Minibus durch die Gegend, sammelte die verfrorenen, völlig durchweichten Gestalten nacheinander ein und brachte sie zurück ins Trockene.

Rossalyn servierte einen Espresso. »Na, geht's wieder?«

Mit ihrer Kanne Tee war Chloe schon durch. »Muss ja. Eigentlich wollte ich heute mit Howard zu dieser Insel mit dem alten Kloster.«

»Oronsay.«

»Genau.«

»Können Sie vergessen bei dem Regen.«

»Ich bin wasserfest.«

»Sie würden im Watt stecken bleiben.«

»Zum Glück scheidet das aus!« Chloe kippte den Espresso wie einen Shot. »Scheiße, ist der gut! Zerfrisst wahrscheinlich die Magenwände, aber gut.«

»Worauf haben Sie außer Oronsay denn sonst Lust?«, fragte Rossalyn.

»Seh ich aus wie jemand, der zu irgendwas Lust hat? Ich weiß ja nicht mal, wie ich ins Bett gekommen bin. Verfluchter Gin! Bei dem Zeug kann ich einfach nicht aufhören.«

»Schmeckt ja auch.«

»Hab ich Mist gebaut?«

Rossalyn zögerte. »Schwer zu sagen …«

»Oje!« Chloe verschränkte die Arme auf dem Tisch und vergrub ihr Gesicht darin. »Bring's mir schonend bei!«

»Nee, das finden Sie mal schön selber raus.«

Chloe hob den Kopf. »So schlimm?«

»Rufen Sie Howard an. Ich bin nicht Ihr Kindermädchen.«

»Aber …«

»Da misch ich mich nicht ein.«

»Er war ja ziemlich reserviert. Total gehemmt.« Chloe legte los ohne Rücksicht auf Verluste. »Diese Wortkargen sind mir unheimlich. Hab immer das Gefühl, dass die was zu verbergen haben, Ehefrau, Firmenpleite, einen Haufen unterhaltsberechtigter Kinder … Die leben mit ihrer alten Mutter zusammen oder mit ihrer Schwester, die keinen abgekriegt hat, und finden das ganz normal.«

»Blödsinn! Das sind doch nur Vorurteile.«

»Früher war Howard Insolvenzberater, so stand's in der Anzeige. Das kann alles und nichts sein, da wird man doch hellhörig. Vielleicht sitzt er in einem Kabuff und schreibt den ganzen Tag nur Spammails? Oder er war Totengräber. Das würde erklären, warum er so einsilbig ist.«

»Sie haben zu viel Fantasie.«

»Ich werd aus Howard nicht schlau. Gerade macht er eine Tiertherapie. Mit einer Kuh! Da fragt man sich schon, ob bei dem noch alles stimmt.«

Langsam reichte es Rossalyn. Da hatte sie stundenlang am Bett dieser Frau gewacht und befürchtet, dass sie sich vollkotzte und an ihrem Erbrochenen erstickte. Geschenkt! Ihre Sympathie mit dieser Schnapsdrossel, die so grenzbescheuert gewesen war, Howard beim ersten Date von ihren Ex-Stechern zu erzählen und wie verliebt sie in die toxischen Kerle gewesen war, schwand in Sekundenschnelle.

»Wenn Sie sich mit Howard nicht mehr verstehen, dann unternehmen Sie doch alleine was.«

»Schlag was vor, Herzchen! Was kann man auf eurer traurigen Insel machen, ohne dass man an Langeweile stirbt?«

»Gehen Sie zur Einsiedelei.«

»Klingt ja superspannend …«, ätzte Chloe.

»Da gibt's einen Streichelzoo mit allen möglichen Tieren. Sie sind doch wasserfest, haben Sie gesagt.«

»Klar.«

»Na ja, weit ist es nicht«, schwindelte Rossalyn. »Die sind da ziemlich esoterisch drauf. Spirit Seeker nennen sie sich. Die meditieren und all so was, suchen den Lebensgeist.«

»Könnte genau mein Ding sein. Erzähl weiter!«

»Bestimmt finden Sie dort die Kuh, bei der Howard eine Therapie macht.«

»Echt?«

»Bruder Ptolemy leitet das Ganze.«

»Ein Mönch? So ein Tattergreis?«

»Eher so ein Brad Pitt mit Kutte. Hab ich gehört.«

Chloe überlegte. »Aber zuerst rufe ich Howard an.« Sie griff nach ihrem Handy. »Ein bisschen peinlich ist es mir schon, wie das gestern aus dem Ruder lief. Aber als dieser Austerntyp die Bar übernahm, ging's doch voll ab. Wir haben getanzt.«

»Jo.«

»Nur Howard nicht, diese Spaßbremse.«

»Er ist nicht der Typ dafür.«

»Hatte ich Sex mit irgendwem? Kannst du mir wenigstens das sagen? Von Frau zu Frau?«

Von solchen Klischees hielt Rossalyn rein gar nichts, und auch Frauensolidarität ließ sich überstrapazieren. Sie entschied sich für eine Andeutung. »Ich war dabei, als Howard Sie ausgezogen hat.«

»Hilfe! Davon hab ich gar nichts gemerkt!«

»Pech!«

»Wir *drei?*«, wunderte sich Chloe. »Was war denn das für 'ne Nummer?«

»Das Übliche.«

»Wie seid ihr denn hier drauf? Nicht dass ich was dagegen hätte …«

»Viel ist nicht passiert. War mehr so … zuschauen.«

»Wer hat wem zugeschaut?«

»Howard und ich Ihnen.«

»Wobei denn?«

»Bei der Würze aller Wesen«, fiel Rossalyn ein. Das war aus *Macbeth.*

»Echt jetzt?«

»Ein schöner Anblick. Friedlich irgendwie.«

Chloe fühlte sich geschmeichelt. »Hoffentlich seid ihr auf eure Kosten gekommen.«

»Voll und ganz. Aber ich würd's ungern wiederholen. Sonst geht der Zauber verloren, wenn Sie wissen, was ich meine …«

»Und mehr krieg ich nicht aus dir raus?«

»Sparen Sie sich die Mühe.« Rossalyn nahm die leere Espressotasse mit. Die Würze aller Wesen war natürlich der Schlaf – der Macbeth nach seinen Morden versagt blieb, woraufhin er wie ein Getriebener umherstreift.

»Na warte … Mal sehen, ob ich bei Mister Schweigsam mehr in Erfahrung bringe.« Chloe ging auf Direktwahl und ließ es klingeln.

Howard nahm ab. Sie redeten eine Weile miteinander. Rossalyn hantierte am Müslibüfett und hörte zu.

»Du bist übernächtigt?«, fragte Chloe. »Wem erzählst du das? Frag mal mich!« – »War ganz witzig gestern Abend, hab mich verleiten lassen.« – »Gut heimgekommen? Freut mich sehr für dich.« – »Was? Du hast mit deiner Theatergruppe gefrühstückt? Warum nicht mit mir?« – »Nee, verstehe ich nicht.« – »Ja, der Dauerregen. Aber wir wollten doch zusammen …« – »Aha. Wie du meinst.« – »Schwierig.« – »Sehe ich ganz anders.« – »Ist das dein Ernst? Nach allem, was wir miteinander geteilt haben?« – »Stimmt, das meiste war online.« – »Das ist jetzt ein echter Vertrauensbruch, wir hatten doch ausgemacht …« – »Weißt du was? Am besten, wir lassen los und schauen nach vorn, jeder für sich!« – »Tolle Erfahrung, unbedingt.« – »Gut, dass wir uns einig sind.«

Am Ende ging Chloe wutentbrannt auf ihr Zimmer. Nach einer Weile kam sie wieder in einem orangefarbenen Ganzkörperregenmantel und dazu passenden Gummistiefeln. Zusätzlich lieh sie sich vom Hotel einen Regenschirm und ließ sich an der Rezeption den Weg zu Bruder Ptolemy beschreiben. Dann stapfte sie los.

Rossalyn erstattete in der WhatsApp-Gruppe Bericht: »Die Seeschwalbe flattert zur Einsiedelei. Ich glaube, wir haben's überstanden.«

33

Beim Morgenappell schied sich die Spreu vom Weizen.
»Indoor oder outdoor?«, wollte Bruder Ptolemy wissen. »Alle müssen diese Frage für sich beantworten.« Er legte die Carnyx auf den Mauervorsprung am Portal des Turms. Das Ding war voll Wasser gelaufen und brachte keinen weiteren Ton hervor.

Erstaunlich viele Tiere meldeten Indoor-Ansprüche an. Kein Wunder, Möglichkeiten zum Unterstellen waren in der Einsiedelei rar. Außer Lizzy und den meisten Schafen schätzte niemand einen gründlichen *Drookit*-Waschgang. Sogar die Krähe ließ sich nicht blicken. Iago hasste zwar Regen. Alle Esel hassten Regen und Feuchtigkeit in jeglicher Form, und galicische wahrscheinlich ganz besonders. Doch zusammen mit Lizzy blieb er lieber bei der Fraktion der Pluviophilen, der Regenliebhaber. Ihm schwante da so etwas …

»Gut, meine Lieben«, sagte Bruder Ptolemy. »Alle Indoor-Tiere kommen mit in den Turm. Auch die Lamas und die Alpakas. Heute ist Gemeinschaftskuscheln angesagt. Dabei erzählt jeder Spirit Seeker seine Lebensgeschichte, das wird wahnsinnig spannend. Und achtet bitte auf eure Verdauung!«

Offenbar keine sonderlich reizvolle Ankündigung. In dem sich anschließenden Tumult versuchten einige Indoor-Tiere in letzter Sekunde Reißaus zu nehmen. Doch die beiden Alpakas checkten mal wieder nichts und wurden von Bruder Ptolemy mit sanfter Gewalt in den Turm befördert. Dann knallte er das Portal zu, niemand konnte mehr raus.

Iago atmete auf. »Das wird die ’ölle da drin.«

»Was denn? So schlimm?«, fragte Lizzy.

»Du hast leicht reden, du passt ja kaum durch die Tür. Ich schon.«

»Größe zahlt sich manchmal aus. Solltest noch ein bisschen wachsen.«

Iago tat so, als lachte er. Das klang noch besorgniserregender als seine üblichen Schreie, wie ein Schwarm Möwen, die mitkriegten, dass jemand mit Pommes frei herumlief.

»Gemeinschaftskuscheln«, begann das Eselchen, »kommt kurz vor Notschlachtung. Diese Spirit Seeker kennen keine Gnade. Die überschwemmen alles und jeden mit ihrer Vergangen'eit. Die kauen dir ein Ohr ab – oder gleich alle zwei. Und wenn mehrere von denen auf einem 'aufen sind, streiten sie sich darüber, wer früher das größere Opfer war.«

»Verstehe. Gut, dass wir uns rausgehalten haben.«

»Der Jefe arbeitet mit allen Tricks.«

»Aber uns geht's doch gold. Beschwer dich nicht.«

»Esel beschweren sich immer, von Geburt an.«

»Na dann …«, seufzte Lizzy. »Brich bloß nicht mit deinen Traditionen.«

»Ich sage nur, wie es ist.«

Sie trabten ein Stück weiter und senkten ihre Mäuler in Kleebüschel. Iago war ein richtiger Feinschmecker. Zuerst stülpte er die weichen Lippen nach vorn und probierte vorsichtig. Wenn ihn die Qualität nicht zufriedenstellte, suchte er sich eine bessere Stelle. Seine schmale Schnauze erlaubte es ihm, das Grünzeug nicht wahllos in sich 'reinzuschlichten, wie es seine Kuhfreundin tat, sondern einfühlsam und mit Bedacht zu weiden.

»Wie lief's eigentlich mit Helen?«, fragte Lizzy. »Der Frau, die gestern zum Schnuppern kam und dich so seltsam begrüßt hat?«

»Das waren Zitate von Shakespeare. Aus dem *Sommernachtstraum.*«

»Sieh mal an! In Galicien kriegt man ja jede Menge Bildung ab.«

»'at 'elen mir alles erzählt. Sie liebt die Bühne, ich bin jetzt Theaterexperte.«

»In deinem Alter lernt man noch leicht, da saugt man alles in sich auf wie ein Moospolster. Nimm mit, was du kriegen kannst.«

»Und sie ’at mir Ingwerkekse mitgebracht«, sagte Iago stolz.

»Das glaub ich jetzt nicht …«

»Sie geht nie ohne Keks aus dem ’aus.«

»Sehr vernünftig.«

»Gestriegelt ’at sie mich auch …«

»Das komplette Wohlfühlpaket also«, staunte Lizzy. »Da bin ja voll neidisch!« In Wahrheit war sie überhaupt nicht neidisch, im Gegenteil, sie freute sich, dass Iago es so gut getroffen hatte. Diese Helen schien eine positive Wirkung auf ihn auszuüben. Er war viel aufgeweckter als sonst und sah top gepflegt aus – woran auch der heftige Regen nichts ändern konnte.

»Klar, sie redet ein bisschen viel«, fuhr das Eselchen fort und verspeiste ein Maul voll zarten, jungen Löwenzahns an einer Stelle zwischen den Ruinen, die von den Schafen noch nicht entdeckt worden war. »Aber es dreht sich nicht alles um sie selbst. Eigentlich denkt sie dauernd an andere Leute. An ihre paar Schüler oder an ihre Freunde aus der Theatergruppe. Auch an den Mann, der dir zugeteilt wurde, den will sie unbedingt verkuppeln.«

»Der hat größere Probleme, als verkuppelt zu werden, das kannst du mir glauben …«

»Ich glaub, ’elen ’at Angst, allein zu sein.«

»Der gesellige Typ, verstehe.«

»Außerdem weiß sie viel mehr über Tiertherapie als der Jefe. Der ’at das alles nur deswegen angefangen, weil seine Spirit Seeker voll drauf abfahren.«

»Ja, Bruder Ptolemy ist ein guter Geschäftsmann.«

»’ast du gewusst, dass beim Streicheln der Blutdruck sinkt, und zwar bei Tieren und bei Menschen?«

»Okay.«

»Wir können Reizzustände reduzieren, indem wir ein Gefühl der Sicher’eit vermitteln. ’at ’elen gesagt.«

»Ganz bestimmt! Wenn ich dir so zuhöre, mit all den Fachbegriffen, muss ich daran denken, dass mich mein Bauer auf Gigha mal nach Fort William aufs Festland verfrachtet hat, für einen Schönheitswettbewerb.«

»Caramba!«

»Der blöde Wettbewerb konnte mir gestohlen bleiben, deshalb bin ich ausgebüxt. Hab mir 'ne Vorlesung am West Highland College angehört, die fand im Freien statt. Es ging um Landwirtschaft und Viehhaltung – mein Thema!«

»Also hast du richtig studiert?« Iago blieb die Spucke weg.

»In gewisser Weise … Musik hätte mich, ehrlich gesagt, mehr interessiert. Oder Therapie – inzwischen. Na, ich konnt's mir nicht aussuchen.«

»Du bist so was von klug!«

»Du auch!«

»Du bist klüger!«

»Und du bist jünger!«

Iago blähte die Nüstern und grinste breit. Da er mit dem Löwenzahn fertig war, begann er aus purem Übermut, sich im nassen Gras zu wälzen. Er stieß Laute des Wohlgefallens aus, die für Uneingeweihte wie Hochfrequenzasthma klangen. Lizzy sprang ausgelassen um ihn herum und ahmte die Schreie nach. Was die Lautstärke betraf, konnte sie halbwegs mithalten, wenn auch in weitaus tieferer Stimmlage. Aber nicht bei der Ausdauer. Das Eselchen schrie seine Freude beharrlich heraus, als würde es dafür bezahlt.

Dabei winkelte Iago alle viere an und entblößte seinen weißen Bauch.

Auf diese Gelegenheit schien Yeedith nur gewartet zu haben. Der Mistbolzen von einer Krähe hob vom Dach des Gemeinschaftsturms ab, von der Seite, die Lizzy und Iago abgewandt war.

Sie sah die Stunde der Rache gekommen. Und sie hatte Verstärkung mitgebracht. Zwei braune Skuas, große, von zahlreichen Kämpfen gezeichnete Raubmöwen, flankierten ihren Sturzflug. Niemand wusste, mit welch dunklen Versprechungen sie die beiden kleptoparasitären Spießgesellen angeheuert hatte. Skuas jagten anderen Seevögeln die Beute ab, indem sie jene mit ihren Krallen so lange angriffen, bis sie entkräftet aufgaben, Basstölpel, Trottellummen, Gryllteisten. Kleinere Vögel wie Papageientaucher brachten sie brutal zur Strecke und taten sich an deren Gelege gütlich.

Iagos Lustschreie übertönten das Kreischen der herabstoßenden Todesschwadron, sein Bauch war ungeschützt.

Lizzy tat so, als habe sie die herannahende Gefahr noch nicht bemerkt. Fressen und gefressen werden, der ewige Kreislauf. Raubvögel waren nun mal Raubvögel. Doch ein bisschen kam es auch darauf an, wen man fraß und wie, fand sie, Evolution hin oder her. Was man mit seinen Krallen so anstellte.

Yeedith legte die Flügel an, um zu beschleunigen. Die Skuas taten es ihr nach, aber sie waren schwerer als die Krähe und sanken viel schneller. Bonxie[2]-Attacke!

Lizzy ging auf Abfangkurs. Wenn sie wollte, war sie schnell wie ein Otter. Sie brachte ihren zotteligen Körper zwischen Iago und die Angreifer und richtete sich zu voller Größe auf.

Am ersten Tag war sie von Yeedith noch überrascht worden. Nevermore!

Ihre Hörner waren lang, sehr lang. Fies nach oben gebogen. Und spitz.

Sie wartete. Auf den richtigen Augenblick.

Ein gezielter Schwenk, und Skua 1 erwischte es vorn am Schnabel. Aus der Flugbahn geschleudert, stürzte er ab und machte eine Bruchlandung in einem Brennnesselfeld.

Ein Schwenk zurück.

Skua 2 zog abrupt hoch und schaffte es gerade noch, nicht aufgespießt zu werden. Doch ein Lizzyhorn streifte seinen Flügel, woraufhin er mit deutlich Schlagseite in Schlangenlinien davonflatterte.

Jetzt war nur noch Yeedith übrig.

2 Bonxie: schottischer Ausdruck für den Großen Skua

Kuhaugen fixierten Krähenaugen.

Kam sie mit den Krallen oder mit dem Schnabel voran?

Hebridean Standoff. Wer zuckte zuerst?

In letzter Sekunde drehte Yeedith ab und bekam von Lizzy einen auf den Bürzel mit.

Unter großem Geschrei suchte die Krähe das Weite.

Inzwischen hatte auch Iago kapiert, dass ein Anschlag auf ihn erfolgt war. Alles hatte sich in Sekundenbruchteilen zugetragen. Er rappelte sich hoch. »Madre mía! Wenn man einmal nicht aufpasst.«

»Achtung!«, mahnte Lizzy, ihre Nerven waren bis zum Zerreißen gespannt.

Durch den Regen näherte sich eine Gestalt. Wen hatte Yeedith noch auf die dunkle Seite der Macht gezogen?

»Scheint ein Mensch zu sein«, meinte das Eselchen. »In Orange.«

»Wer geht denn bei diesem Wetter nach draußen?«

34

Hi, ich bin Chloe«, stellte sich die Frau vor. »Na, ihr zwei Hübschen? Wo finde ich Bruder Ptolemy?«

Nach einem Moment der Überraschung muhte Lizzy erleichtert. Diese Pheromonausdünstungen kannte sie. Sogar durch den Regen hindurch konnte sie das Date des Vogelbeobachters riechen. Aber es war noch eine andere Note dabei. Wacholder.

Iago produzierte einen seiner freundlicheren Schreie, stupste mit dem Maul gegen Chloes Hand und setzte sich Richtung Turm in Bewegung. »Komm mit!«, sollte das heißen.

Die Frau begriff und folgte ihm. Am Portal angelangt, klopfte sie gegen die Tür.

Nach einer Weile machte Bruder Ptolemy auf. »So, das war's, ich schmeiß euch jetzt raus. Wenn ihr nur Ärger macht und die Leute anspuckt, müsst ihr eben sehen, wo ihr bleibt.«

Er scheuchte zwei protestierend knarzende Lamas ins Freie, die sich zu den Häuserruinen verzogen. Dann richtete sich sein Blick auf den neuen Gast. »Oh, hallo.«

»Tag auch, bin ich hier richtig bei den Spirit Seekern?«, wollte Chloe wissen.

»Klar doch!«

»Hab gehört, ihr sucht hier den Lebensgeist.«

»Den auch …«, sagte Bruder Ptolemy und stellte sich vor.

Chloe tat es ihm nach und fragte: »Ich stör hoffentlich nicht bei irgendwas?«

»Wir machen gerade eine Pause. Heute erzählen wir uns all jene Geschichten, die uns nach Colonsay geführt haben. Warum wir eigentlich hier sind.«

»Okay …«

»Es geht darum, sich mit Selbstmitgefühl vertraut zu machen, uns einander achtsam zuzuwenden, auch angesichts der schwierigen Situationen, die hinter uns liegen. Vielleicht ein Konflikt mit einer anderen Person, auf die wir wütend sind, oder etwas, das uns stresst oder belastet …«

»Kenn ich.«

»Verliere dich nicht in unproduktiver Selbstkritik. Bereite dich stattdessen darauf vor, freundlich und unterstützend mit dir zu sein.«

»Ja, genau, freundliche Unterstützung, die brauch ich jetzt. Kann ich bei euch noch einsteigen?«

»Aber immer, hereinspaziert!«

Chloe zögerte. »Was soll der Spaß denn kosten?«

»Heute gibt's Regenrabatt. Mit hundert Pfund bist du dabei. Ich akzeptiere auch Kreditkarten.«

»Hm, ganz schön teuer. Wie wär's mit einer Schröpfmassage als Gegenleistung? Ich bin ausgebildete Heilpraktikerin.«

»Ein Handel? Warum nicht?« Bruder Ptolemy dachte über das Angebot nach. »Klingt interessant. Massagen wären eine schöne Abwechslung für meine Spirit Seeker, die geraten sich nämlich langsam in die Haare. Liegt am Lagerkoller wegen des miesen Wetters, zu viele von ihnen sitzen zu eng beieinander, normalerweise verteilen sie sich übers Gelände. Sagen wir eine Schröpfmassage pro Teilnehmer à fünfzehn Minuten?«

»Wie viele seid ihr denn?«

»Vierzehn.«

»Da wär ich ja ziemlich beschäftigt. Fangen wir mal mit der Hälfte an«, schlug Chloe vor. »Sieben Teilnehmer à zehn Minuten, dann sehen wir weiter.«

Aus dem Turm drang eine Art lang gezogenes Heulen, von dem ungewiss war, ob es von einem Spirit Seeker stammte, von einer der Katzen oder dem apathischen Bobtail.

»Ich muss wieder hoch«, sagte Bruder Ptolemy hastig. »Deal.«

Er streckte die Hand aus, Chloe schlug ein. »Du fackelst ja nicht lange«, meinte sie. »Traust du mir denn? Ich könnte dir doch alles Mögliche erzählen.«

»Ich weiß Menschen einzuschätzen. Und ich glaube, du passt ganz hervorragend in unsere Einsiedelei.«

»Wenn du das sagst …«

»Du bist auf einer Suche, die dich schon lange umtreibt. Eine schwere Enttäuschung liegt gerade hinter dir, daran warst du nicht ganz unschuldig. Gut möglich, dass du hier findest, was dir fehlt.«

»Das war ja 'ne Blitzanalyse«, staunte Chloe. »Kommt aber ungefähr hin. Als hättest du direkt in mein kleines Herz hineingeschaut … Das ist mir noch nie passiert.« Sie schien von den Augen ihres Gegenübers total geflasht zu sein.

»Hast du Schröpfköpfe dabei?«

»Nein, aber wir können auch Whiskygläser ohne Stiel nehmen.«

»Davon hab ich ein paar da.«

»Und möglichst starken Alkohol brauch ich auch.«

»Kein Problem«, gab Bruder Ptolemy zurück. »Dann freue ich mich auf eine gedeihliche Zusammenarbeit.«

Chloe stimmte zu. »Die werden wir haben. Ganz bestimmt.«

Mit diesen Worten verschwanden die beiden im Inneren des Turms.

Während des Gesprächs war das Pheromonlevel noch einmal deutlich gestiegen, registrierte Lizzy.

Auch Iago kapierte, was da zwischen der Neuen und dem Jefe lief. »Ich find sie nett.«

»Nützlich«, schnaubte Lizzy.

Die beste Killerin nördlich des Hadrianswalls nahm die Kopfhörer ab. Sie hatte das Mikrofon an einem der Bücher in der Schrankwand angebracht und es gut versteckt, der Ton wurde kristallklar übertragen. Die Wanze war äußerst empfindlich, alles, was im Wohnzimmer der Zielperson gesprochen wurde, konnte sie problemlos verstehen.

Verstehen, aber nicht so richtig begreifen.

Laut ihrem Dossier hatte der Insolvenzberater keine Freunde, buchstäblich niemand stand ihm besonders nahe. Er war ein Einzelgänger wie sie, ein einsamer Wolf mit nur wenigen überschaubaren Interessen. Sozial inkompatibel.

Und jetzt spazierten bei ihm drei Leute herum, die Frühstück für ihn machten. Das sah nun gar nicht nach einem Eigenbrötler aus, was ihr die Arbeit zwar nicht sonderlich erschwerte, aber verkomplizierte.

Offenbar hatte er sich einer Theatergruppe angeschlossen. Dass es auf Colonsay überhaupt so etwas gab, war schon kaum zu fassen. Aber dass die auch noch Shakespeare inszenieren wollten … Wie viele Räder konnte man abhaben?

Andererseits war das wegen der offenkundigen Aussichtslosigkeit dieses Unterfangens schon wieder sympathisch. Nach dem Motto: Du hast keine Chance, nutze sie! Viele auf der Insel schienen so drauf zu sein, aus diesem Grund gefiel es der besten Killerin nördlich des Hadrianswalls ausgesprochen gut hier, sie ging in ihrer Tarnung vollständig auf. Alle waren hier so verdammt freundlich, als gehörte sie zur Familie, richtig unheimlich kam ihr das vor. Für die nächste Woche war ein Austernessen für die gesamte Belegschaft geplant, darauf freute sie sich schon.

Vielleicht war es besser, das Töten noch etwas aufzuschieben, sie hatte ja keinen Termindruck. Der Einbruch und der Diebstahl der Waffen gingen auf einen Vorschlag von Tomtom zurück. Danach sollte sie auf jeden Fall ein paar Tage verstreichen lassen, damit der Insolvenzberater sich ein wenig beruhigte. Zu lange durfte sie es aber nicht hinauszögern, sonst bekam er Gelegenheit, sich neu auszustatten und vom Festland Nachschub zu beziehen. Dass er den Schwanz einzog und die Insel verließ, hielt sie allerdings für wenig wahrscheinlich. Und einen großen Unterschied würde es letztlich auch nicht machen, wenn er sich neue Knarren besorgte. Sollte er doch, wenn er es brauchte. In der Tasche, die er ständig mit sich herumschleppte, befand sich bestimmt was Handliches, um ihr ein paar Kugeln in den Bauch zu jagen. Nicht in seinem Auto, das war clean, keine Waffe im Handschuhfach, im Kofferraum, unter der Kühlerhaube oder sonst wo. Sie hatte das bereits gecheckt. Selbst schuld, wenn er seinen Wagen nicht verriegelte. Seine Geldreserven, die an einem ziemlich offensichtlichen Ort versteckt waren, hatte sie ihm allerdings gelassen. Er sollte ruhig denken, dass sie nicht gründlich genug vorging.

Der Hit entwickelte sich zu einem Duell zwischen ihnen beiden, zu einer Frage der Ehre, genau das beabsichtigte sie. Und wenn er doch abhaute, würde sie ihm eben folgen, wohin auch immer. Sie wollte es nicht nur gut machen, sondern ihr Meisterstück abliefern. Ein Zeichen in der Branche setzen. Dergleichen konnte ihr allerlei Türen öffnen. Gegen einen Karriereschub hatte sie nichts einzuwenden. Dann würde sie sich vor lukrativen Aufträgen nicht retten können.

Nach dieser Sache war auf jeden Fall Urlaub angesagt, um ihre multiplen Persönlichkeiten zu ordnen und sich von den Anforderungen des Jobs zu erholen, vielleicht in einem gemütlichen Irrenhaus, wo sie noch nicht als austherapiert galt. Am besten fuhr sie nach Irland. Oder gleich in die USA? Dort gab es noch Bundesstaaten mit rückständigen alten Kästen, wo sie einen zur Begrüßung mit eiskaltem Wasser abspritzten und »bipolar« für eine Einstellung am Stromregler hielten, mit sadistischen Aufsehern und übergriffigen Psychiatern, die sich an medikamentös ruhiggestellten Patienten vergingen, sofern

Letztere nicht gewisse Abwehrstrategien entwickelten. An Widerständen wachsen – wie sie es liebte! Endlich wieder so sein, wie sie war: viele. Sie würde jede Menge Spaß haben und die eine oder andere Leiche hinterlassen, schon allein, um in Übung zu bleiben.

Doch zuvor stand Mister Shakespeares Abgang auf dem Programm. Die beste Killerin nördlich des Hadrianswalls absolvierte einen Onlinekurs in elisabethanischem Englisch, das konnte nicht schaden. Diese Theatertypen warfen mit altertümlichen Zitaten nur so um sich. Ohne ein bisschen Basiswissen blickte man da nicht durch. Zum Einschlafen hörte sie die wichtigsten Tragödien, King Lear, Hamlet, Macbeth. *Ha! Mir juckt der Daumen schon, sicher naht ein Sündensohn.*

Sie groovte sich ein. Und immer wenn es ihre Zeit erlaubte, setzte sie die Kopfhörer auf, um Anteil am Leben der Zielperson zu nehmen. Es war fast so, als befände sie sich im Nebenzimmer.

All die Geräusche, die ein Mensch so erzeugte, wenn er allein war … Manchmal fing das Mikrofon sogar die Atemfrequenz ein. Sie machte es sich zur Aufgabe, die Luft im gleichen Rhythmus wie er einzusaugen und auszustoßen. Dafür brauchte sie sich nicht einmal Mühe zu geben, der Insolvenzberater und sie atmeten nahezu synchron. Der Ruhepuls lag bei 45, er war also immer noch topfit. Sie tippte auf einen niedrigen Blutdruck, höchstens 120 zu 80, eher 100 zu 60, darunter kamen nur noch Reptil und dann gleich Brokkoli. Vermutlich war das genetisch bedingt, äußerst hilfreich, um bei Distanzschüssen eine ruhige Hand zu behalten.

Eine Kamera hatte sie ganz bewusst nicht installiert. Ein alter Profi wie er spürte, wenn sich ein fremder Blick auf ihn richtete, Tomtom hatte sie vorgewarnt. Wer es zeitlebens gewohnt war, andere auszuspähen, nahm instinktiv wahr, wenn sich die Perspektive umkehrte. Nichts war für einen Scharfschützen gefährlicher als gegnerische Scharfschützen. Außerdem konnte sich die Linse einer Kamera im Abendlicht verräterisch spiegeln, für ein waches Auge war das leicht zu entdecken. Sie war schon froh, wenn er die Wanze nicht bemerkte.

Und es war viel spannender, den anderen nur akustisch wahrzunehmen. Wie in einem Darkroom. Äußerlichkeiten konnten leicht trügen, das wusste sie nur allzu gut. Doch den Klang einer Stimme, den Hauch des Lebens, den konnte man schwer verstellen, der log fast nie.

Dass sie einst beim Geheimdienst abgelehnt worden war aufgrund ihrer, nun ja, etwas eigenwilligen psychischen Disponiertheit, fand sie immer noch ungerecht. Diese Überwachungsheinis waren bestimmt alle ein bisschen schizo, das sollte doch zwingend zur Jobbeschreibung gehören. Sie hätte eine hervorragende Lauscherin abgegeben, davon war sie überzeugt. Denn mit jeder neuen Kopfhörersession fühlte sie sich nicht nur besser in die Zielperson ein, dazu wären sogar diese Schauspiellaien in der Lage. Nein, die beste Killerin nördlich des Hadrianswalls fühlte allmählich exakt das Gleiche wie die Zielperson. Zumindest in bestimmten Momenten gelang ihr das, davon war sie überzeugt. Sie fühlte, wie verletzlich er geworden war. Und wie er trotzig dagegenhielt. Wie er sich in Übersprungshandlungen flüchtete und die Dinge weiterlaufen ließ, beispielsweise die Kontaktanzeigendates. Als könne nichts ihn ernsthaft bedrohen, als ginge es einzig darum, seinen Lebensmenschen zu finden, komme, was wolle. Er setzte merkwürdige Prioritäten. Egal, schon bald würde sie ihre Kreise enger ziehen.

Die beste Killerin nördlich des Hadrianswalls besaß keinen Lebensmenschen. Außer vielleicht Tomtom, aber der zählte nicht. Was nicht an ihr lag, sondern an ihm. Seit sie denken konnte, hatte er so etwas wie eine Vaterrolle als bürgerliche Gefühlsduselei zurückgewiesen. Er war immer nur Klamotten-Anzieher, Zur-Schule-Fahrer, Ohne-Geschichte-ins-Bett-Bringer gewesen. Als müsste er eine lästige Aufgabe erfüllen, die er sich nicht ausgesucht hatte. Dann Therapiestellen-Sucher, Kontakt-Unterbinder und Schulzeugnis-Unterschreiber. Zusammenscheißer. Schließlich knallharter Ausbilder und Auftragsscout. Niemals Umarmer. Wenn sie ihn »Daddy« nannte, redete er tagelang nicht mit ihr. Deswegen tat sie es immer mal wieder.

35

Die nächsten Tage gestalteten sich relativ abwechslungsreich. Es wurde *plowetery*, Regenschauer, Kälteschübe und feuchtnasse, undurchdringliche Nebelbänke lösten einander ab. Land, Meer und Himmel brachten eine Palette verschiedener Grautöne hervor, zementgrau, aschgrau, aluminiumgrau. Es war, als hingen überall blinde Spiegel. *Grulie* nannte man das auch, Schietwetter, das sich weigerte, einigermaßen beständig oder vorhersagbar zu sein.

Lizzy fühlte sich pudelwohl. Ihre Dienste als Tiertherapeutin waren derzeit nicht gefragt. Endlich konnte sie Colonsay ausgiebig erkunden. Meistens wanderte sie zusammen mit Iago an der Küste entlang bis nach Balnahard am nördlichen Ende der Insel. Sie machte ihn mit wohlschmeckenden Hebridenpflanzen vertraut, die er noch nicht kannte, wie rosa blühendes Tellerkraut, eine Art zarter Salat, während Iago sie auf knusprige Disteltriebe hinwies. Einmal erklommen sie gemeinsam einen Hügel namens Càrnan Eoin und genossen stundenlang den Ausblick über die regenverhangene Insel, die sich landzungengleich nach Süden erstreckte. Dann galoppierten sie durch die schäumende Brandung der Kiloran Bay und lieferten sich ein Wettrennen. Iago gewann, er sank kaum in den feuchten Sand ein, mit seinen kleinen Hufen flog er nur so über den Strand. Ein Abstecher zum Loch an Sgoltaire rundete ihre Tour ab. Der See war völlig einsam gelegen, etwas erhöht fernab der Straße, schwer hinkommbar. In seiner Mitte befand sich ein winziges Inselchen, das gerade genug Platz für ein schmuckes Sommerhäuschen bot. Derzeit schien niemand darin zu wohnen. Lizzy schlug vor, die kurze Strecke rüberzuschwimmen, aber für Iago war das nichts. Also atmeten sie einfach nur die Stille und labten sich am Uferbewuchs.

Vor Yeedith hatten sie vorerst Ruhe. Nach dem gescheiterten Skua-Angriff war die Krähe wie vom Erdboden verschluckt, niemand wusste, wohin sie sich verzogen hatte. Bruder Ptolemy hielt unermüdlich nach ihr Ausschau und entlockte der Carnyx am Morgen Tonfolgen, die wie der Klagegesang eines melancholischen Auerochsen klangen. Doch sie ließ sich nicht blicken, was die Stimmung in der tierischen Belegschaft trotz *plowetery* nachhaltig hob. Lizzys beherzter Hörnereinsatz war nicht unbemerkt geblieben. Er wurde zum Kampf auf Leben und Tod stilisiert und ehrfurchtsvoll als »Gefecht am Löwenzahnfeld« bezeichnet. Rasmus, der Widder, überlegte sogar laut, das verhasste Punktesystem abzuschaffen und Yeediths Regime für beendet zu erklären. Ein Intellektueller wie er besaß natürlich einen Sinn für Freiheit, doch er dachte nicht im Traum daran, selbst die Herrschaft über die Tiere zu übernehmen. Es reichte ihm, dass er hin und wieder um Rat gefragt wurde und die Lamas ihn nicht ärgerten, wenn er auf der Weide eindöste und ihm ein verträumter Speichelfaden aus dem Maul hing.

Die vierzehn Spirit Seeker waren vollauf damit beschäftigt, jeden Tag ihre Schlafsäcke zu trocknen und an diversen Erkältungen zu laborieren. Sie erzählten einander weiter ihre Lebensgeschichten. Dies erwies sich als ausuferndes, schier nicht enden wollendes Projekt. Einmal auf den Geschmack gekommen, badeten die Teilnehmer in Selbstmitgefühl, das zunehmend narzisstische Züge annahm. Bei der Seelenreinigung ließ die Körperreinigung allerdings zu wünschen übrig, sodass es aus dem Turm bald ziemlich adstringierend roch.

Chloes Schröpfmassagen kamen supergut an. Die Neue ließ sich ihr Gepäck vom Hotel zur Einsiedelei bringen und richtete sich bei Bruder Ptolemy häuslich ein. Damit zog sie zwar den Neid der Spirit Seeker auf sich, aber mit ihren Heilpraktikerinnenmethoden gelang es ihr, die zahlenden Gäste milde zu stimmen. Sie legte sich ins Zeug, bis die Faszien glühten, bei Bedarf führte sie Sonderbehandlungen durch. Rasch wurde sie von allen akzeptiert, und man war allgemein der Ansicht, dass der osteopathische

Aspekt bei der Suche nach dem Lebensgeist bislang viel zu kurz gekommen war.

Nur Bruder Ptolemy wirkte nicht mehr so gelöst und schlitzohrig wie zuvor. Er bekam Ringe unter den Gebirgsseenaugen und gähnte tagaus, tagein. Mit Chloe verstand er sich prima bzw. sie sich mit ihm. Nachts waren vom Turm Laute zu hören, die den Tieren von ihren unterschiedlichen Brunftzeiten und Paarungspraktiken vertraut waren. Wobei Chloe den Kuttenmann mit Leichtigkeit übertönte und an Lautstärke sogar der Carnyx Konkurrenz machte.

Eines Nachmittags legte der Regen eine Pause ein und wich einem trügerischen Dunst. Helen kam vorbei und belegte das Eselchen mit Beschlag, woraufhin Lizzy zur Kiloran Bay aufbrach. Dort hatte sie bei dem Ausflug mit Iago das Haus des Vogelbeobachters ausfindig gemacht.

Als sie auf den Rastplatz bei An Crosan trabte und über die Bucht blickte, sah sie, wie Howard seine Terrasse betrat. Diesmal trug er keinen Kilt, sondern eine Fleecejacke und Jeans. Er duckte sich hinter die niedrige Buchsbaumhecke, die das Grundstück begrenzte, und suchte mit einem Fernrohr die Umgebung ab. Dabei ließ er sich viel Zeit.

Nach einer Weile bemerkte er Lizzy und winkte ihr kurz zu, bevor er sich wieder erhob. Dann holte er einen großen Hammer, nahm Maß und schlug seine eigene mannshohe Fensterscheibe ein. Sie ging in tausend Stücke.

Vorsorglich hatte er eine Decke auf dem Boden ausgebreitet. Er kehrte die Glassplitter zusammen, beförderte sie mit einer Handschaufel in dicke Müllsäcke und brachte die Säcke ins Haus. Mit einem Stapel Papier kam er wieder zurück. Schließlich setzte er sich hinter der Hecke in einen Liegestuhl, wodurch er nicht mehr zu sehen war, und sprach merkwürdige Sätze. »Und dieser Sommergast, die Mauerschwalbe, die gern der Kirchen heil'ges Dach bewohnt, beweist durch ihre Liebe zu dem Ort, dass hier des Himmels Atem lieblich schmeckt.«

Lizzy kannte Schwalben, vor allem Küstenseeschwalben, und Mauersegler hatte sie auch schon einmal gesehen, wahre Flugkünstler waren das. Aber an dem Haus des Vogelbeobachters, etwa unter dem Dachfirst, konnte sie kein Nest entdecken. Es stand oberhalb einer Böschung, an deren Fuß befand sich noch ein Streifen Wiese, ehe die Felsen und der Strand des Küstenstreifens begannen. Lizzy suchte sich auf der Wiese ein Plätzchen mit gutem Gras und weidete unauffällig vor sich hin.

Lange brauchte sie nicht zu warten. Ein Lieferwagen kam die Straße nach Uragaig hoch. Howard unterbrach seine seltsamen Sprechübungen und begrüßte kurz darauf zwei Handwerker.

»Wundervoll, dass Sie es so schnell einrichten konnten! Wie war die Überfahrt?«

»Hat ganz schön geschaukelt«, erwiderte einer der beiden. »Mit der Abendfähre müssen wir wieder zurück nach Islay.«

»Was ist denn hier passiert?«, fragte der andere und begutachtete den Schaden. »Hatten Sie einen Sturm?«

»Genau, könnte ein Stein oder ein Vogel gewesen sein.«

»Dann hat's Ihnen aber eine Weile ins Wohnzimmer geregnet …«

»Ich hab alles mit einer Plane abgedeckt«, log Howard. »Ein Vergnügen war das nicht gerade.«

»Keine Ahnung, warum die Leute nicht gleich Scheiben aus bruchsicherem Spezialglas einsetzen lassen. In so einer Lage direkt an der See ist es nur eine Frage der Zeit, bis was kaputtgeht. Aber dafür gibt's ja unseren 24-Stunden-Service.«

»Dann braue ich uns mal eine Kanne Tee.«

Der Vogelbeobachter ging ins Haus, während sich die beiden Männer an die Arbeit machten. Sie holten eine große Fensterscheibe, die sie anscheinend mit ihrem Lieferwagen nach Colonsay transportiert hatten, und schickten sich an, das Ding einzusetzen.

Lizzy kannte sich in baulichen Angelegenheiten nicht aus. Aber dass Howard seine Scheibe eigenhändig und mit voller Absicht zerstört hatte und den Schaden jetzt reparieren ließ, das überriss sie schon. Außerdem waren die Handwerker mit der Fähre gekommen, das brauchte ja eine gewisse Zeit. Sie mussten von Howard also im Vorhinein verständigt worden sein. Bevor er das Fenster eingeschlagen hatte. Aber warum?

Da sie nichts Besseres zu tun hatte, blieb sie unterhalb der Böschung stehen, graste gemütlich weiter und verfolgte das Geschehen. Für Unterhaltung war gesorgt. Bestimmt gab es für das alles eine Erklärung. Vielleicht hing es ja mit dieser Auftragsmörderin zusammen, die auf den Vogelbeobachter angesetzt war. Was war eigentlich aus der geworden? Hatte Howard sie inzwischen beseitigt? Lizzys Patient hatte echt viel um die Ohren. Ihr nächstes Therapietreffen war dringend angezeigt.

Die beiden Männer kamen gut voran. Zwei Kannen Tee später waren sie fertig. Zum Abschluss ihrer Arbeit füllte Howard den Regiezettel aus. Er gab reichlich Trinkgeld und kredenzte einen Belohnungswhisky.

»Wär doch nicht nötig gewesen, Mister Currie!«, sagte der eine.

»Habt ihr euch verdient.«

»Die Scheibe ist unzerstörbar!«, meinte der andere. »Übrigens absolut einbruchsicher. Aber das spielt auf Colonsay bestimmt keine Rolle, die Kriminalität hält sich hier wahrscheinlich in Grenzen.«

»Danke, Leute, ihr versteht euer Handwerk. Ohne euch würde ich jetzt immer noch mit den Möwen frühstücken. Slàinte!«

Sie stießen an und tranken. Ein paar Freundlichkeiten wurden gewechselt, Howards Augenklappe löste Bewunderung aus.

Ein weiteres Fahrzeug näherte sich dem Haus. Lizzy hatte das Geräusch schon öfters gehört, es war viel lauter als ein Auto. Wenig später stapfte eine große, äußerst massive junge Frau um das Haus herum auf die Terrasse. Sie trug eine Motorradkombi, was ihre Erscheinung noch eindrucksvoller machte, als es ihr mächtiger schwarzer Rapunzelzopf ohnehin schon tat.

»Heja zusammen! Ich nehm auch einen!«, sagte sie und deutete auf die leeren Whiskygläser.

»Hallo, Crissa«, antwortete Howard überrascht. »Was führt dich denn hierher?«

»Hab den Wagen von der Glaserei gesehen.« Sie klopfte gegen die Scheibe an einer Stelle gleich neben dem Griff der Schiebetür. »Na, wieder heil?« Dann wandte sie sich den beiden Handwerkern zu. »Und ihr seid aus Port Charlotte? Wie geil ist das denn! Kennt ihr meinen Bruder Ralfie?«

»Klar kennen wir den«, kam es hocherfreut zurück. »Der ist in unserem Dart-Team. Wirft eine 180 nach der anderen. Ein Supertyp.«

Sogleich entspann sich ein Gespräch zwischen den dreien.

»Ralfie schafft ja immer noch bei Bruichladdich im Vertrieb, ein Bombenjob!«, sagte der eine.

»Und du bist seine Schwester?«, fragte der andere. »Mein lieber Herr Gesangsverein!«

»Was soll das heißen, Süßer?«, fragte Crissa.

»Hab gehört, du wärst solo. Wie kann das sein? Sind die Typen auf Colonsay alle blind?«

»Das auch«, gab sie zurück. »Und taub und lahm noch dazu. Aber ich komm einfach zu selten unter Leute.«

»Jetzt sind die starken Männer aus Islay ja da. Hast du heut noch was vor?«

»Was soll ich schon groß vorhaben? Ein paar Schafe umschmeißen?« Sie klimperte mit den Wimpern. »Ich bin furchtbar einsam, müsst ihr wissen …«

»Vielleicht ist bei dir ja auch eine Scheibe kaputt? So was sollte man schleunigst in Ordnung bringen lassen.«

Sie überlegte. »Ach ja, stimmt, in meinem Schlafzimmer fehlt die ganze Fensterfront. Hat sich heute Morgen spontan verabschiedet!«

»Hab ich's mir doch gedacht.«

»Das ist aber eine Menge Arbeit. Richtig viel Arbeit, wenn du verstehst, was ich meine.«

»Arbeit ist mein zweiter Vorname.«

»Es erfordert Ausdauer und Gründlichkeit. Schaffst du das auch allein?«

»Spielend! Ich polier sogar nach.«

»Du traust dir ja einiges zu …«

»Beachte ihn gar nicht, der ist verheiratet!«, schaltete sich sein Kollege wieder ein.

»Na und?«, fragte der andere.

»Weil du Crissa anmachst.«

»Tu ich doch gar nicht!«

»Tust du wohl!«

»Halt dich da raus!«

»Wenn einer Ralfies Schwester anmacht, dann bin ich das.«

»Du bist 'ne ganze Ecke kleiner als sie.«

»Du doch auch!«

»Lass sie das doch entscheiden.« Er wandte sich ihr zu. »Fangen wir noch mal von vorne an, Crissa? Jetzt bin ich dran.«

Sie legte die Arme um ihre Nacken, als wollte sie die beiden Glaser in den Schwitzkasten nehmen. »Ich würd euch zwei Prachtkerle ja sofort vernaschen. Aber eure Fähre geht um 19.15 Uhr – viel zu wenig Zeit für meine … Fensterfront. Außerdem warten eure Holden bestimmt schon ganz sehnsüchtig auf euch.«

»Stimmt auch wieder, das sind die gewohnt.«

»Das machen die den ganzen Tag.«

Sie lachten gemeinsam. »Ich liebe Hebriden-Talk«, sagte Crissa. »Sexismus für Fortgeschrittene, hab ich vermisst. Ihr gebt euch echt Mühe!«

»Ehrensache!«, erwiderten die beiden grinsend.

»Ich hole mal Nachschub«, sagte Howard, der alles kopfschüttelnd verfolgt hatte. »Bin gleich wieder da.« Er verschwand im Haus.

Die beiden Männer beeilten sich mit ihren Fragen. Was Crissa denn mit diesem komischen Mister Currie am Hut habe? Ob da irgendwas im Schwange wäre? Sie sei doch geschätzte 30 Jahre jünger als er, was sie an ihm fände? Ob ihm das Haus gehöre? Ob sie schon bei ihm eingezogen sei?

»Wir sind nur gute Freunde«, erwiderte Crissa. »Allerdings ziemlich gute …«

Howard kam mit der Whiskyflasche und einem weiteren Glas zurück. Sie umarmte ihn und zog ihn an sich. »Du bist echt zum Verlieben! Ich finde es so toll, dass wir rein gar nichts voreinander verbergen. Ich glaube, mein Darling hier ist der vertrauenswürdigste Mensch auf der ganzen Welt. Wenn etwas zählt, dann das!« Sie gab ihm einen nachdrücklichen Kuss auf die Wange. »Stimmt's?«

Er stellte die Flasche und das Glas auf den Terrassentisch. »Willst du wirklich was trinken, Crissa?«, fragte er besorgt.

»Na klar! Hoch die Tassen! Auf die gelungene Reparatur!«

Lizzy spürte, dass etwas in der Luft lag, und zwar nicht nur Pheromone. Allerdings hatte sie so ihre Schwierigkeiten, Ironie von Wahrheit zu unterscheiden. Sie ging noch ein wenig näher ran und hörte weiter zu. Käute wieder, das regte die Gehirntätigkeit an. Irgendwas wollte diese Frau von Howard. Ihre gute Laune war nur gespielt.

36

Das, was er gleich tun musste, gefiel Hynch gar nicht. »Du hast das Loch in der Scheibe bemerkt«, stellte er fest. »Als du bei unserem gemeinsamen Frühstück zum Rauchen draußen warst.«

Sie nickte. »Kreisrund. Bei einem Einbruch macht man das so.«

»Warum hast du mich nicht gleich darauf angesprochen?«

Crissa zuckte die Achseln. »Darum!«, stieß sie trotzig hervor und setzte hinzu: »Weil es zunächst mal eine Sache zwischen uns beiden ist. Du verheimlichst etwas. Etwas Schwerwiegendes …«

Sie saßen auf der Terrasse, die Schiebetür zum Wohnzimmer stand offen. Hynch hatte zusätzlich Kaffee in einer Isolierkanne und einen Zitronenkuchen aus der Packung bereitgestellt. Die Männer von der Glaserei waren Richtung Fähranleger abgeschwirrt, wohlversorgt mit Informationen über Ralfies Schwester – für den Inselklatsch pures Gold.

Er schaute sich um. Die Nachbarhäuser im Abstand von jeweils dreißig, vierzig Metern waren nach wie vor unbewohnt und warteten noch auf Feriengäste. Sie waren ohnehin selten belegt. Kürzlich hatte ein Landrover von Colonsay House vor einem der Cottages gestanden, die Gutsverwalterin war für die Vermietung zuständig und hatte wohl nach dem Rechten gesehen. Aber der Wagen war bald wieder verschwunden. Inzwischen parkte ein kleiner Renault Clio davor.

Hynch überlegte fieberhaft. Er konnte Crissa unmöglich die Wahrheit erzählen. Aber er brauchte dringend eine Erklärung für das Loch, mit dessen Hilfe der Todesengel bei ihm eingedrungen war.

Sie steckte sich eine Zigarette an. »Weißt du was? Ich bleib einfach hier und trink dir deinen Whisky weg, bis du mir sagst, was los ist.« Genüsslich nahm sie einen Schluck aus ihrem Glas und deutete auf die Flasche. »Kilchoman, damit halt ich's eine Weile aus. Ich sehe, du hast dazugelernt. Es ist nie verkehrt, ein edles Tröpfchen vorrätig zu haben. Obwohl es an diese Angeber verschwendet war, die hätten auch Fleckentferner gesoffen.«

Er vermied Augenkontakt und betrachtete angestrengt den bleiernen Himmel.

Crissa beschloss, den Druck zu erhöhen. »Du weißt doch, was passiert, wenn ich mehr davon trinke? Dann werd ich anhänglich. Einen Vorgeschmack hast du gerade bekommen, Darling.« Sie öffnete den Reißverschluss ihrer Lederjacke. Darunter trug sie wie immer ein Tanktop, heute in Neongrün. Es spannte ein bisschen – beim Waschen eingelaufen. Da ihr klar war, wie nervös ihn das machte, zog sie ihre Jacke aus, lehnte sich zurück und verschränkte die Hände hinter dem Kopf.

In der Brauerei waren letzthin viele Fässer durch die Gegend zu wuchten gewesen, Crissa war in Bestform. Arm- und schultermäßig konnte sie es mit einer Preisboxerin aufnehmen. Dass es gerade mal zehn Grad hatte, schien ihr nichts auszumachen. Sie bekam nicht mal Gänsehaut, was jedoch ohnehin schwer zu erkennen gewesen wäre aufgrund der blauen, schwarzen und roten Tattoos, spiralförmige, ineinander verschlungene keltische Muster. Wenn sie auch noch splitternackt herumgelaufen wäre, gegürtet mit einem Schwertgehänge samt riesiger Klinge, hätte sie als Piktenkriegerin durchgehen können. Den alten Römern waren beim Anblick solcher Frauen sofort die Testiculi eingeschrumpelt.

Hynch versuchte zu verbergen, wie angetan er von Crissa war. In früheren Zeiten hätte er sie vom Fleck weg angeheuert. Er hatte immer jemanden gebraucht, der ordentlich zulangen konnte, etwa um im Vorfeld eines Hits unliebsame Zeugen von der Feuerstellung zu vertreiben und Rückendeckung zu haben, während er sein Ziel anvisierte. Mit Muskelkraft ließen sich kleine Probleme lösen, bevor sie zu größeren wurden. Und wenn sein Back-up auch noch gut aussah, barg das weitere Vorteile. Eine ungewöhnliche Bewacherin konnte Verwirrung stiften, um den Gegner abzulenken, oder unvermittelt eingreifen, wenn niemand damit rechnete. Crissa nur in seiner Nähe zu wissen, während die Killerin noch immer irgendwo da draußen umherstrich, behagte ihm durchaus.

»Hat's dir die Sprache verschlagen?«, fragte sie und grinste gefährlich. »Zu schade, dass du heute keinen Kilt trägst.«

»Hängt wieder im Schrank, dort kann er auch bleiben.«

»Aber er steht dir hervorragend. Mich macht das an. Ich könnte mir Schlimmeres vorstellen, als dich an so einem lauschigen Mittwochnachmittag aufs Kreuz zu legen.«

»Üben wir jetzt wieder für mein nächstes Date?«

»Komm schon, Howard, gib dir einen Ruck! Was hat es mit dieser Fensterscheibe auf sich?«

Er fixierte sein Whiskyglas und schwieg.

»Ignorier mal meine Späße von wegen ›Darling‹, das mach ich nur, um dich zu triezen. Ich mag dich saugern, aber seit einer Woche bist du irgendwie anders, viel ernster als sonst. Das gefällt mir nicht.«

»Findest du?«

»Ich versprech dir, es bleibt unter uns. Was liegt dir auf der Seele?«

Hynch genehmigte sich selbst einen Kilchoman und ließ es so aussehen, als müsste er sich Mut antrinken. »Also, das hört sich jetzt total unwahrscheinlich an …«, begann er.

»Mich haut so schnell nichts um.«

»Das mit dem Loch in der Scheibe, das war meine Ex. Als ich am Freitag das Date mit Chloe hatte.«

Crissa starrte ihn ungläubig an. »Ex? Was denn für eine Ex?«

»Meine ehemalige Partnerin.«

Sie kippte fast vom Stuhl. »Deine …? Sag das noch mal!«

»Partnerin.«

»Sprechen wir von einer richtigen Frau? Einem Wesen aus Fleisch und Blut?«

»Wir sind schon seit Jahren getrennt, aber damit kommt sie ganz schwer zurecht. Sie stellt mir nach.«

»Heißt das, sie stalkt dich?«

Hynch nickte resigniert. »Irgendwie hat sie von meiner Kontaktanzeige in der *Oban Times* Wind bekommen. Dann ist sie wohl nach Colonsay gefahren, und seither beobachtet sie mich.«

»Willst du damit sagen, dass sie bei dir eingebrochen ist?«

»Genau.«

»Um was zu tun? Hat sie das Haus durchsucht, herumgeschnüffelt?«

»So ungefähr. Das ist ihre Art, mir zu sagen: Es ist noch nicht vorbei.«

»Es ist doch vorbei, oder?«

»Total!«, beteuerte er. »Vorbeier geht's nicht. Sie will es nur nicht wahrhaben.«

»Vielleicht macht sie sich noch Hoffnungen?«

»Glaub ich kaum. Da geht's um was anderes.«

»Hat sie auch einen Namen?«

»Den verrate ich dir nicht, sonst gehst du die Passagierlisten der Fähre durch und versuchst, mehr über sie herauszufinden.«

Crissa schüttelte bedauernd den Kopf und dachte kurz nach. »Das ist wahrscheinlich so ein Macht-Ding. Sie möchte dir zeigen, dass sie noch nicht abgemeldet ist. Dich dazu zwingen, dass du dauernd an sie denkst und dir überlegst, was ihr als Nächstes einfällt. Hast du die Polizei verständigt?«

»Nein, sonst dreht sie völlig durch.«

»Wenn du mich fragst, ist sie schon völlig durchgedreht. Gaga bis unter die Halskrause. Ein Fall für die Psychiatrie.«

»Das nehme ich stark an«, meinte Hynch.

»Macht es dir nichts aus, dass sie auf Colonsay herumgeistert und dir das Leben schwer macht?«

»In den letzten Tagen hab ich ein wenig nachgeforscht. Wer sie gesehen hat, wo sie auf der Insel wohnt … Aber das Thema hat sich jetzt erledigt. Sie ist wieder aufs Festland verschwunden, kein Zweifel möglich.«

»Und darauf willst du es beruhen lassen? Du hast doch den Schaden! So eine Scheibe ist nicht billig.«

»Die alte war ohnehin nicht besonders sturmfest. Hab sie durch Spezialglas ersetzen lassen. Sicher eine gute Investition.«

»Toleranz ist gut – solange deine Freiheit nicht eingeschränkt wird. Ich würd die Frau auf ein Annäherungsverbot verklagen.«

»Nee, lass gut sein.«

Crissa wandte sich wieder dem Whisky zu. Um diese Enthüllung zu verdauen, brauchte sie einen kräftigen Schluck. Sie schloss die Augen und ließ den edlen Brand über den Gaumen rollen. Dann blickte sie auf die Kiloran Bay hinaus und schwieg. Sie wirkte verdrossen, wahrscheinlich, weil ihr diese Ex und deren merkwürdiges Treiben vorenthalten worden war.

Im Stillen atmete Hynch auf. Das war ja wie geschmiert gelaufen. Crissa hatte seine Story anstandslos geschluckt. Die Idee, anstelle der Killerin eine ehemalige Partnerin zu erfinden, hatte sich als tragfähig erwiesen. Es passte hervorragend zusammen.

Und es stimmte, nachgeforscht hatte er auf Colonsay tatsächlich – und zu diesem Zweck eine Landkarte systematisch in Planquadrate unterteilt. Mit dem .38er in der Tasche war er seit dem Wochenende über die Insel getigert, um dem Todesengel auf die Spur zu kommen. Bei 130 Einwohnern plus ein paar Handvoll Touristen sollte es doch möglich sein, annähernd alle abzuklappern. Er hatte die wenigen Hotelzimmer, Ferienhäuser und Appartements gecheckt, sich mit den Bewohnern unterhalten oder zumindest ein paar belanglose Worte gewechselt unter dem Vorwand, Vogelbeobachtungen anzustellen, trotz des Regenwetters. Er hatte weiter herumgefragt und überprüft, wer auf der Insel mit Zelt oder Campingbus unterwegs war. Es gab immer Spinner, die ein paar Tage im Morast für gelungene Ferien hielten. Eine Backpackerin aus Shropshire hätte Hynch fast abgeknallt in der Annahme, sie würde mit etwas auf ihn zielen, was sich als Wanderstecken entpuppt hatte. Wohnmobile sah man quasi gar nicht mangels Stellplätzen und Hygieneeinrichtungen und wegen der schmalen, komplett einspurigen Straße. Er war sogar in der Einsiedelei gewesen und hatte sich gefreut, dass Chloe bei Bruder Ptolemy gut aufgehoben war und offenbar jemanden gefunden hatte, dem sie ihr Herz öffnen konnte.

Natürlich kontrollierte Hynch auch die Umgebung seines Hauses, unregelmäßig, damit der Todesengel kein berechenbares Muster erkannte. Für den Fall, dass sie einen Schuss aus der Ferne in Erwägung zog – schließlich war sie jetzt im Besitz seiner Barrett M82 –, hatte er auf der Landkarte mögliche Feuerstellungen markiert. Außer dem Rastplatz bei An Crosan, den er mit bloßem Auge gut einsehen konnte, kam eigentlich nur der Càrnan Eoin infrage, der sich im Nordosten der Bucht erhob, mit 143 Metern Colonsays höchste Erhebung. Er hatte sein Spektiv im Wohnzimmer fest installiert und auf den Hügel ausgerichtet. Aber dort tat sich nicht das Geringste. Nur Lizzy hatte er einmal mit Iago auf dem Gipfel herumkraxeln sehen. In der Gegenrichtung zur Straße hin gab es einen bewaldeten, unwegsamen Abhang mit dichtem Unterholz, den er jedes Mal, bevor er das Haus durch die Vordertür verließ, akribisch absuchte.

Überall Fehlanzeige. Die beste Killerin nördlich des Hadrianswalls blieb unsichtbar, trat nicht in Aktion, sie schien komplett abgetaucht zu sein. Warum? Worauf wartete sie? Befand sie sich am Ende auf See oder auf einem der Segelboote, die bei Scalasaig vor Anker lagen? Die kamen und gingen. Oder hatte sie die Insel kurzzeitig wieder verlassen, um für den Hit unversehens zurückzukehren?

Von Tomtom hatte er nichts mehr gehört, Kunststück, Hynch hatte ja seine SIM-Card gewechselt. Aber auch auf anderen Wegen hatte sich der gierige Kerl nicht gemeldet, per Brief oder so. Der Typ hatte abkassiert und seinen Informantenlohn erhalten – für den war der Keks gegessen.

Hynch betrachtete sein Haus. Seit dem Einbruch fühlte er sich darin nicht mehr so wohl wie zuvor, er saß ja gleichsam auf dem Präsentierteller. Gleich nach dem Frühstück mit dem PDBDC hatte er zwar alles gefilzt für den Fall, dass ihn der Todesengel auf die ganz billige Tour umbringen wollte und irgendwo eine Sprengladung angebracht hatte. Doch er hatte nichts Entsprechendes gefunden, nicht einmal ein verstecktes Kameraauge. Er war ja schon froh, dass seine Geldschatulle, die er unter ein paar losen Dielenbrettern in seinem Schlafzimmer aufbewahrte, unangetastet geblieben war.

Wenigstens auf seiner Terrasse schien es momentan einigermaßen sicher zu sein. Crissa platzte zwar vor Neugier, doch das war ein geringer Preis für ihre überaus beruhigende Anwesenheit. Die Piktenkriegerin war unwissentlich sein Bodyguard. Er mochte sie für das Verständnis, das sie ihm entgegenbrachte, und für ihre Neigung, sofort auf seiner Seite zu sein, welche Story er ihr auch immer auftischte. Ihre anzüglichen Bemerkungen, die er geschmeichelt zur Kenntnis nahm, entsprangen wohl einer Lust an der Provokation, die er gerne ertrug. Wenn Hynch sich eine Tochter hätte aussuchen können, wäre Crissa in die engere Wahl gekommen.

Doch die junge Frau rief auch etwas in ihm hervor, das er hasste wie die Pest: Selbstmitleid.

37

Crissa hatte entdeckt, dass Whisky mit Zitronenkuchen bestens harmonierte. »Mich würde ja brennend interessieren, mit was für einer Frau du zusammen warst«, sagte sie kauend. »Wie muss man drauf sein, um deine Gunst zu gewinnen? Und wie lange wart ihr überhaupt ein Paar?«

»Darüber möchte ich nicht reden.« Hynch widerstrebte es, seine Lüge weiter auszuschmücken. Und die Wahrheit war keine Alternative, zu Crissas eigenem Schutz.

»Aber wie habt ihr euch überhaupt gefunden?«, hakte sie nach. »Hat sie dich in einer Lotterie gewonnen? Beim Dating bist du eine totale Null, das ist ja nichts Neues. Wie habt ihr euch kennengelernt? Deine Ex und du?«

Genau das hatte er gefürchtet: die Vergangenheit. Es gab ja nur eine wirkliche Ex.

Seine einzige wahre Liebe. Auf einer Demo in Glasgow hatte er sie kennengelernt, Anfang der 1980er-Jahre. Er ein dummer junger Marine mit Marschbefehl zu den Falklandinseln, sie eine kluge junge Aktivistin gegen die Apartheid in Südafrika. Es hatte sofort gefunkt.

Eine wie keine.

»Es war der reine Zufall«, sagte er nachdenklich. Die Erinnerung an Mhairi legte sich über die erfundene Geschichte mit der Ex wie Mehltau und verlangsamte seine Worte. Der Schmerz schien seine Zunge zu lähmen. »Wie das manchmal so ist … Eine Begegnung auf der Straße. Du biegst um die Ecke …«

»Und dann steht sie vor dir?«, fragte Crissa.

»Ja.«

»Echt jetzt? War das so?«

»Das muss doch etwas bedeuten!«, flehte er.

»Bestimmt.«

»Hat nicht lang gedauert. Leider.«

Mhairis grausam herbeigeführter, sinnloser Tod – der Abgrund seines Lebens.

Manchmal war es ihm, als habe er ihre Leiche nicht vor 36 Jahren, sondern erst gestern in diesem Drecksloch gefunden, in das sie von korrupten Bullen verschleppt worden war. Ein Haufen Mensch in Fötushaltung, schmutzstarrende Unterwäsche, Blutergüsse an den Gliedmaßen, zerstochene Armbeuge, geblähter Bauch. Sie hatte eine Überdosis verpasst bekommen, damit es wie ein Junkie-Tod aussah. *Ihn* hatte man damit fertigmachen wollen. Mhairi war nur Mittel zum Zweck gewesen, posthum als Terroristin abgestempelt, weil sie für die Freilassung von Nelson Mandela auf die Straße gegangen war, Opfer einer Intrige in Militär- und Polizeikreisen, die ihn zum Auftragsmörder hatte werden lassen. Inzwischen hatte Hynch das Ablaufdatum längst überschritten und wartete darauf, vom Killernachwuchs entsorgt zu werden. So war es doch. So konnte es doch enden. So *sollte* es vermutlich enden.

Einen Riesenhaufen Müll hatte er da hinter sich angehäuft. Da war nichts Gutes dabei.

Plötzlich, ganz gegen seinen Willen, kamen ihm die Tränen. Es brach mit aller Macht hervor. Seine Trauer um Mhairi hatte nie aufgehört. Und all das Töten hatte weder geholfen noch irgendwas daran geändert. Vergebens hatte er gehofft, das letzte Bild, das sich in sein Gedächtnis eingebrannt hatte, würde sich im Laufe der Jahre eintrüben und verdunkeln, bis es vollständig verschwunden war. Doch seit einigen Tagen wachte er wieder mitten in der Nacht auf. Dann spielte er in Gedanken durch, was er hätte anders machen können, stundenlang, bis der Morgen graute und ihn die ersten Vogelrufe nach draußen trieben und herumirren ließen wie einen Blinden, der nach seinem Stock suchte.

Hynch schlug die Hände vors Gesicht. Er sank auf seinem Stuhl in sich zusammen – was bei einem großen Mann wie ihm besonders mitleiderregend wirkte.

Crissa erschrak. »Tut mir leid …« Sie sprang auf. »Das wollte ich nicht …«

»Du kannst nichts dafür«, presste er hervor.

»Aber …« Zärtlich legte sie eine Hand auf seinen Nacken.

Ohne sich aufzurichten schüttelte er sie ab. »Ist schon gut. Ich brauch nur …« Die Stimme versagte ihm.

»Was brauchst du? Was? Sag schon, Howard!«

Am liebsten hätte er gesagt: »Ich heiße gar nicht Howard, das ist nicht mein richtiger Name.« Um dieses unwürdige Versteckspiel zu beenden. Um Crissas Vertrauen nicht länger zu missbrauchen, das ihm viel kostbarer erschien, als seine Tarnung aufrechtzuerhalten.

Lizzy wusste als Einzige, was zu tun war. Sie galoppierte zur Terrasse hoch, brach mühelos durch die Hecke und schleckte das Gesicht ihres Patienten ab, bevor Crissa etwas dagegen unternehmen konnte.

Abschlecken half eigentlich immer.

38

Hynch fing sich wieder. Der Geschmack nach halb verdautem Gras und anderen Kuhmagentätigkeiten brachte ihn zur Besinnung. »Tut mir leid, hab mich gehen lassen.« Er riss sich zusammen und wich Lizzys raumgreifender Zunge aus. »Kommt nicht wieder vor.«

Crissa flößte ihm Kaffee ein. Dabei versuchte sie, keine nähere Bekanntschaft mit den Hörnern des Hochlandrinds zu machen.

»Ihr beiden kennt euch, oder?«, fragte sie. »Die Kuh weicht dir ja nicht von der Seite.«

»Lizzy ist meine Vertraute«, sagte er mit belegter Stimme. »Sie arbeitet für Bruder Ptolemy, drüben in der Einsiedelei.«

»Cool. Helen und du, ihr habt da doch einen Kurs zusammen gemacht.«

»Ein wahrer Augenöffner.« Er straffte den Rücken.

Lizzy stand hinter ihm. Sie hatte ihr Maul auf seiner Schulter abgelegt und sabberte seine Fleecejacke voll.

Er strich ihren Pony zur Seite, damit sie mehr sah. »Sie therapiert mich.«

»Und ich glaub, das machst du verdammt gut, Große!« Crissa kraulte Lizzy zwischen den Hörnern.

Lizzy muhte, irgendwas zwischen Wohlgefallen und Erdbeben. Die geöffnete Schiebetür mit der neu eingesetzten Fensterscheibe vibrierte.

»Wenn du mich brauchst, Howard, bin ich für dich da«, fuhr Crissa fort. »Das sage ich nicht einfach so, verstehst du? Ich. Bin. Da. Jederzeit.«

Hynch schluckte. Die Schatten der Vergangenheit hoben sich ein wenig.

»Gilt übrigens auch für deine nächste Kandidatin … Jill, so war doch der Name? Übermorgen mit der Fähre aus Oban um 18.35 Uhr?«

»Ja, aber …«

»Du stehst ganz schön unter Datingstress, Howard. Sollen wir noch mal trainieren?«

Er lächelte lahm, nickte. Vielleicht brachte ihn das auf andere Gedanken. »Dann mal auf ein Neues.«

»Gut.«

Der Himmel konnte sich immer noch nicht entschließen, auf Regen umzuschalten. Was ihn jedoch nicht daran hindern würde, von einem Augenblick auf den anderen die Schleusen zu öffnen und jeden, der es wagte, mit falschem Optimismus auf einer Terrasse herumzusitzen, eines Besseren zu belehren. Etwas so Exotisches wie ein Sonnenschirm war auf den Hebriden selten in Gebrauch. Jederzeit konnte ein Wind aufkommen, dem selbst stabilste Konstruktionen nicht standhielten. Und genau das passierte jetzt: Es begann merklich zu blasen.

Crissa juckte das nicht die Bohne. Sie nahm wieder auf dem Stuhl gegenüber von ihm Platz. »Zuerst brauche ich mehr Informationen. Was ist denn diese Jill für eine?«

»Wirtschaftsjuristin aus Oban. Sie nimmt gerade ein Sabbatical. Will mit dem Fahrrad auf die Insel kommen. Sehr sportlich, das betont sie immer wieder.«

»Bist du doch auch. Du ziehst bei jedem Wetter los.«

»Kann eben nicht still sitzen.«

»Wie alt?«

»44.«

Crissa pfiff anerkennend durch die Zähne. »Und da willst du mithalten?«

»Das krieg ich schon hin. Doug leiht mir ein Mountainbike.«

»Na wunderbar! Dann brauch ich mir ja keine Sorgen zu machen! Ihr seid praktisch schon verheiratet.«

»Sei nicht so ätzend, es ist nur ein Date.«

Lizzy verlor das Interesse und begann, um die Terrasse zu patrouillieren. Vorerst wurde sie wohl nicht mehr zum Trösten gebraucht, schien das zu bedeuten.

»Moment, bin gleich wieder da«, sagte Hynch und begab sich nach drinnen, um eine Belohnungsleckerei für das Hochlandrind zu holen. Im Kühlschrank fand er ein paar Stängel Sellerie. Außerdem lag eine angerissene Tüte Erdnüsse herum, die nahm er ebenfalls mit.

In der Küche verharrte er kurz. Vor dem Treffen mit Chloe hatte er Lizzy in der Einsiedelei von Mhairi erzählt. Und jetzt war Mhairi erneut unglaublich präsent gewesen. Daran mussten diese Dates schuld sein, fiel ihm auf, die waren der Auslöser dafür, dass er Rückschau auf sein Leben hielt, sein Liebesleben genauer gesagt, das nur einen wunderbaren Monat gedauert hatte – und ihn jetzt wieder verfolgte. Vor allem das schreckliche Ende verfolgte ihn.

So konnte das nicht weitergehen. Er versuchte die Erinnerungen daran in die Winkel seines Gedächtnisses zu verbannen, aus denen sie hervorgekrochen waren. In seiner Zeit auf der Isle of Gigha war ihm das doch auch gelungen, da hatte er fast gar nicht mehr an Mhairi denken müssen, beinahe ein Jahr lang. Diesen Punkt musste er wieder erreichen.

Vielleicht sollte er das Date mit Jill absagen? Ihre Lebensentwürfe unterschieden sich ohnehin stark voneinander. Sie war eine Businessfrau, wie man sie sich vorstellte, kontrolliert, sachlich, schmallippig. Online verhielt sie sich noch zugeknöpfter als er, was ihm jedoch durchaus gefiel.

Hynch holte sein Handy heraus und rief den Chat auf, den er mit ihr führte. Auf ihrem Profilbild zeigte Jill ein aufgesetztes Lächeln. Schwarzer Blazer, weiße Bluse, Unisex-Frisur, eine professionelle, glatte Oberfläche, nicht unattraktiv. Bestimmt konnte sie ihm als Wirtschaftsjuristin empfindlich auf den Zahn fühlen, wenn sie mehr über seine Vergangenheit als Insolvenzberater erfahren wollte.

Allerdings weigerte sie sich partout, etwas von ihrem Beruf mitzuteilen, der sie an den Rand des Burn-outs getrieben habe. Ihr schwebte ein kompletter Relaunch vor, Arbeit aus dem Homeoffice, mehr Freizeit, mehr Natur, gern mit einem gesetzten, älteren Mann, die Kandidaten ihrer Altersklasse waren ihr alle zu plump oder zu unreif. Und sie freute sich schon sehr auf Colonsay.

Es bedurfte nur einer knappen Nachricht, um das Date zu canceln. »Hab's mir anders überlegt« oder etwas in der Art. Doch es widerstrebte Hynch, nicht zu seinem Wort zu stehen. Nein, eine Absage kam nicht infrage, nicht bevor er mit Crissa darüber gesprochen hatte. Die war zwar sehr kritisch im Gegensatz zu der leicht begeisterungsfähigen Helen, aber Neuem gegenüber immer aufgeschlossen.

Er steckte das Handy wieder ein und ging mit dem Sellerie und den Erdnüssen nach draußen.

Zuerst fiel sein Blick auf die Piktenkriegerin. Crissa hatte sich zu voller Größe erhoben, jeder Muskel stand unter Spannung, ihr Rapunzelzopf schlängelte sich effektvoll um die Hüfte. In den Mundwinkeln klebten noch Krümel von der Glasur des Zitronenkuchens, doch ihr Gesicht war zu einer ausdruckslosen Maske erstarrt. So sah sie aus, wenn sie vor Überraschung geplättet war.

Vor freudiger Überraschung, wie sich herausstellen sollte.

Hinter der Hecke stand eine Frau, relativ jung, ihr Alter war schwer zu schätzen, irgendwas in den Zwanzigern oder Dreißigern. Ihre relativ kurzen, strohblonden Haare hatte sie zu einem Dutt zusammengebunden. Sie war groß und ziemlich dünn – aber das war Hynch auch, er aß ja nicht viel und war dauernd auf den Beinen. Ihre Joggingsachen lagen an wie eine zweite Haut.

»Heja, ich bin Elsie«, rief sie. »Wollte nur mal Hallo sagen. Seit zwei Tagen darf ich in dem Cottage da drüben wohnen, vorübergehend, bis neue Feriengäste einziehen.« Sie wies auf eines der Nachbarhäuser.

»Besser, als wenn's leer steht«, meinte Crissa.

»Eigentlich kann ich mir das nicht leisten. Aber ich arbeite im Hotel, und das Cottage gehört da irgendwie mit dazu.«

Hynch nickte. »Ich hab Sie schon mal gesehen, hinter der Theke.«

»Im Ausschank ist immer viel los.« Sie lächelte verhalten, dabei kamen zwei Grübchen zum Vorschein. Das ließ sie unkompliziert wirken wie eine Frau, die niemanden danach beurteilte, mit welch seltsamen Leuten er im Pub aufkreuzte. »Ich mag den Job, man lernt so viele nette Leute kennen. Gehört die Kuh zu Ihnen?«

Lizzy hatte sich angepirscht und begann, Witterung aufzunehmen. Das hieß, sie beschnupperte und beschlabberte Elsie mit einer Gründlichkeit, die einer Leibesvisitation nahekam. Sie ließ es klaglos über sich ergehen, offenbar schien sie im Umgang mit Vieh Erfahrung zu besitzen.

»Keine Angst, Lizzy schließt nur gern neue Bekanntschaften«, sagte Hynch. »Sie ist nur zu Besuch hier. Mein Name ist Howard. Die Bruchbude da gehört mir, willkommen in Uragaig.«

»Und ich heiße Crissa, schön, dich kennenzulernen.«

Elsie strahlte sie an. Ihre Augen glichen einem Novembermorgen, der sich überraschenderweise aufhellte. »Ganz meinerseits.«

Lizzy war mit der Begrüßung fertig und wandte sich wichtigeren Dingen zu, nämlich den Selleriestangen, die Hynch ihr hinhielt.

»Bleiben Sie auf einen Kaffee?«, fragte er und wies auf die Isolierkanne.

»Oh, ich möchte nicht stören.«

»Eigentlich bin ich schon wieder auf dem Sprung«, sagte Crissa und schlüpfte in ihre Motorradjacke. »Bin nämlich auch nur zu Besuch hier. Howard freut sich immer, wenn er jemanden hat, der ihm die Zeit vertreibt. Stimmt doch, oder?« Sie schenkte ihm ein spöttisches Grinsen.

Hynch ging nicht darauf ein. »Hätten Sie lieber eine Tasse Tee?«, fragte er. »Macht gar keine Umstände.«

»Ein andermal furchtbar gern, aber jetzt will ich ein paar Kilometer runterreißen«, wandte Elsie ein.

Crissa musterte sie bewundernd. »An der Bucht entlang? Das ist 'ne wunderschöne Strecke. Du schaust aus, als würdest du regelmäßig laufen. Kennst du den Fell Race auf der Isle of Jura? Der führt über sieben verschiedene Gipfel, könntest du locker dran teilnehmen.«

»Gegen Joggen hab ich nichts, aber ich steh mehr auf Wildschwimmen. Das ist ein Neoprenanzug.« Sie deutete auf ihren Wetsuit, der bei näherem Hinsehen aus dichterem Gewebe zu bestehen schien als die üblichen Joggingsachen.

»Jetzt, wo du's sagst … Du schwimmst im Freiwasser?«, staunte Crissa. »Hab ich früher auch mal gemacht. Das Gefühl ist mit nichts zu vergleichen, gibt einem voll den Kick. Aber allein fällt's mir schwer, mich zu überwinden, da fehlt mir einfach die Motivation.«

»Danach ist es umso schöner. Wenn die Haut feuerrot wird und brennt, als hätte man sein Fell abgestreift.«

»Ja, genau. Absolut irre.«

»Wie viel Grad wird das Wasser wohl haben?«

»Jetzt im Mai so um die zehn«, schätzte Crissa.

Eisig kalt, dachte Hynch, gehirnerweichend kalt. Freiwillig würde er da nicht mal seinen großen Zeh reinstecken. Doch die beiden jungen Frauen beachteten ihn gar nicht.

»Hast du Lust, mich zu begleiten?«, fragte Elsie.

Crissa überlegte nur ein paar Millisekunden. »Warum nicht? Wenn du zuerst reingehst.«

»Versprochen.«

»Wir können durch die Kiloran Bay schwimmen. Oder von Port Sgibinis aus, das ist eine kleine geschützte Bucht mit Sandstrand etwas weiter die Küste hoch.«

»Klingt gut.«

»Hauptsache, wir sind gegen sechs wieder an Land. Ich muss noch die Abendfähre nach Kennacraig abfertigen, die legt um 19.15 Uhr ab.«

»Das ist zu schaffen. Brauchst du einen Anzug?«

»Bin ich aus Zucker? Außerdem, selbst wenn du einen übrig hättest, würde ich da bestimmt nicht reinpassen.« Crissa stieß ein Piktenkriegerinnenlachen aus, das wie ein Schlachtruf aus alten Zeiten durch Uragaig dröhnte, als das Konzept »Badebekleidung« noch nicht existierte. »Nö, das geht auch so. Kann dann eben nicht so lange drinbleiben wie mit Anzug. Leihst du mir ein Handtuch, Howard?«

»Äh, klar, kein Problem.« Er ging nach drinnen, um ihr ein großes Strandtuch zu holen. Als er zurückkam, hatten sich die zwei für eine Schwimmstelle entschieden.

»Danke! Elsie und ich nehmen die Honda, Port Sgibinis ruft. Da hat's keine neugierigen Spaziergänger. Nicht dass einem braven Wandersmann der Kopf abfällt, wenn ich mich nackig mache.« Sie zwinkerte ihm spitzbübisch zu. »Wir sehen uns dann morgen bei der Theaterprobe.«

Kurz darauf brauste das Motorrad über den Feldweg und entfernte sich rasch Richtung Norden. Elsie klammerte sich von hinten an Crissa, sie trug keinen Helm, doch das juckte auf Colonsay niemanden.

»Das nennt man dann wohl die große Freiheit, Lizzy«, meinte Hynch. »Da kann unsereiner nicht mithalten.«

Das Hochlandrind fummelte mit dem Maul an seiner Fleecejacke herum. Den Sellerie hatte es längst verputzt. Jetzt versuchte es, an die Erdnüsse heranzukommen.

»Sag doch was!« Er holte die Tüte heraus und schüttete den Inhalt in seine Hand. »Hier, die sind ungesalzen. Hoffentlich bist du nicht allergisch.«

Lizzy verleibte sich die Erdnüsse mit ein paar Zungenschlägen ein und kaute versonnen darauf herum. Sie schien den neuen Geschmack zu prüfen – und für gut zu befinden.

Doch als Hynch sich anschickte, zumindest mit Lizzy über seine nächste Dating-Herausforderung zu reden, trottete sie erstaunlich schnell zur Bucht hinunter und watete durch die Brandung. Sie scheuchte ein paar große Mantelmöwen auf, nicht nur beiläufig, sondern mit einer Zielstrebigkeit und Hingabe, als würde sie für den Ernstfall üben. Dann ging sie tiefer ins Wasser, offenbar inspiriert von Crissa und Elsie, und schwamm eine Runde durch die Bucht.

Auch Therapeutinnen nahmen mal eine Auszeit.

39

Ein Rotkehlchen wagte sich näher heran. Es legte den Kopf schief, als wollte es sagen: *Dieser Mensch wirkt überaus freundlich, bestimmt ein Vogelliebhaber. Vielleicht holt er gleich einen morschen Keks aus der Hosentasche? Oder Reste eines Nussriegels?*

»Ich glaub, dein Arsch hängt aus dem Fenster!«, schrie der Mensch.

Der auf Colonsay relativ häufig vorkommende Standvogel aus der Familie der Fliegenschnäpper verstand kein Wort.

»Kau mir den Sack ab, du Wichsfleck!«

Auch damit konnte der inoffizielle Nationalpiepmatz Großbritanniens wenig anfangen. Er machte ein paar Hüpfer und schnickerte in etwa: *Hallooo! Ich bin hiiier! Zur Not nehm ich auch zermatschtes Toastbrot, Vollkorn, wenn's nicht zu viel verlangt ist.*

»Deine Mudda hat Klöten und dein Vadder steht drauf!«

Das war zu viel. *Ziih!*, machte das Rotkehlchen und zog sich empört in die Buchsbaumhecke zurück. Dort schimpfte es weiter.

Doug wandte sich an niemanden im Speziellen. Er hatte nur wieder einmal den Titel des schottischen Stücks laut ausgesprochen und musste jetzt den Fluch, der damit verbunden war, durch möglichst derbe Flüche abwenden. Okay, drei hatte er hingekriegt und sich dabei im Kreis gedreht. Das war die Vorgabe.

Als er bemerkte, dass er ein Rotkehlchen verschreckt hatte, streute er ein wenig Shortbread auf die Terrasse. Das Zeug enthielt Butter bis zum Abwinken, schlecht für die Arterien, aber gut und energiereich für kleine Vögel auf Nahrungssuche. Helen hatte es zubereitet für die erste Probe im Haus des großzügigen Mister Currie. Doug hatte sein Stück in der Hosentasche verschwinden lassen für späteren Gebrauch.

Das Rotkehlchen fiel darüber her. Aber zwischendurch klappte es aggressiv mit dem Schnabel. *Mach deine Pussy wieder zu!*, schien das an die Adresse von Doug zu bedeuten. Nach der ersten Empörung über dessen Flüche ging es in die Offensive. Auch schottische Vögel hatten Anspielungen auf falsch zugeordnete Geschlechts- und Körperteile drauf, das galt in ländlichen Regionen speziesübergreifend als witzig. In Bezug auf Genderneutralität war auf den Hebriden freilich noch viel zu tun.

Doug begab sich wieder nach drinnen.

Die Outdoor-Flucherei hatte auch einen Vorteil. Dadurch war er aus Helens Fokus geraten und musste vorerst keinen Text mehr zum Besten geben. Heute war er nämlich völlig blank, sein Gehirn spielte ihm wieder einen Streich. Alles, was er sich mühsam angelernt hatte, war wie weggeblasen. Und da er in seiner Rolle als Macbeth verdammt viel Text hatte, stellte das durchaus ein Problem dar.

Er setzte sich nahezu geräuschlos auf seinen Stuhl. Die anderen probten gerade Hexenszenen, die kamen beim Publikum immer gut an und stellten gleichsam das Fantasyelement in *Macbeth* dar. Auf der improvisierten Bühne stand als Requisit ein Topf mit Bœuf bourguignon, allerdings nicht mit Rindfleisch, sondern mit Räuchertofu, weil sich der kuhaffine Mister Currie als Vegetarier versuchte.

Crissa fuhrwerkte mit einem riesigen Kochlöffel aus der Hotelküche herum und sagte ihren Text auf. »Schlangen, die der Sumpf genährt, kocht und zischt auf unserm Herd! Froschzehen tun wir auch hinein, Fledermaushaar, äh … Hundezahn, Otterzungen, stachlige Igel … Eidechspfoten, Eulenflügel, zaubervoll und wert …? Wert der Müh! Sied und koch wie Höllenbrüh!«

Der PDBDC spendete begeistert Applaus. Hynch kam es jedoch ziemlich holprig vor. Außerdem hatte Crissa eine Sprechmelodie wie der nette Fernsehkoch auf BBC Alba. Es klang, als würde sie ein Kochrezept erklären.

»Sehr schön!«, rief Helen und erhob sich von ihrem Stuhl.

»Nichts verändern, das kann so bleiben. Du bist eine wundervolle Hexe!«

Crissa deutete eine Verbeugung an.

»Gehen wir ein paar Szenen zurück. Endlich haben wir eine Hekate, die Göttin der Magie und Totenbeschwörung! Dass Elsie jetzt bei uns mitmacht, ist ein Geschenk des Himmels.«

Allgemeines Blättern in den Textkopien.

»Dritter Akt, fünfte Szene. Bitte nur Elsie auf die Bühne.« Sie wartete kurz, bis sich das neue Mitglied des PDBDC für seinen ersten Auftritt bereit gemacht hatte. »Und bitte! Nach dem ersten Satz von Crissa.«

Elsie warf sich überhaupt nicht in Pose. Dank ihrer hohen Gestalt und der gestrafften Haltung strahlte sie eine Autorität aus, die alle auch so in den Bann schlug. Sie hatte ihre blonden Haare nach hinten gegelt und trug eine schwarze Combat-Montur, die sie wie eine extrem ehrgeizige Diktatorin wirken ließ – ein umwerfendes Kostüm, Hekate in moderner Interpretation.

Die Szene begann damit, dass sich die drei Hexen, gespielt von Crissa, Rossalyn und Helen, ihrer Chefin irgendwo in der schottischen Heide näherten. Zuerst hatte Crissa eine Zeile. Sie zeigte viel Tattoo und sah mit ihren Smokey Eyes wie die Punkversion einer Keltenzauberin aus, während Rossalyn eine Art Gothic Galadriel gab und Helen mit ihrem Halloween-Hexenkostüm inklusive spitzem Hut vergleichsweise abkackte.

»Was gibt es, Hekate, warum … so zornig?«, fragte Crissa.

Mit schneidender Stimme ging Elsie in die Vollen: »Ihr garst'gen Vetteln, hab ich denn nicht recht? Da ihr euch, dreist und unverschämt, erfrecht und treibt mit Macbeth euren Spuk, in Rätselkram, in Mord und Trug?«

Ihre Augen funkelten, Augen, die Fehler irgendwelcher Feld-Wald-und-Wiesen-Untergebenen nicht duldeten und bereits empfindliche Strafen in Erwägung zogen. Sie begab sich von einer Hexe zu anderen, beugte sich vor und legte einen Zahn zu. »Und ich, die Meist'rin eurer Kraft, die jedes Unheil wirkt und schafft, mich bat man nicht um meine Gunst, zu Ehr und Vorteil unsrer Kunst? Und, schlimmer noch, uns wird kein Lohn, ihr dientet dem verkehrten Sohn, der trotzig und voll Übermut, sein Werk nur, nicht das eure, tut. Auf! Bessert's noch, macht euch davon, trefft mich am Pfuhl des Acheron. Dahin wird er am Morgen gehn, von uns sein Schicksal zu erspähn.«

Sie machte eine kurze Pause. »Weiter?«

Dem gesamten PDBDC einschließlich des gastgebenden Mister Currie standen die Münder offen. Hynch fühlte sich, als sei er gerade ordentlich zusammengestaucht worden, den anderen schien es ähnlich zu gehen. Sichtlich eingeschüchtert schmiss Graeme aus Versehen eine leere Colaflasche um.

»Hattest du mal Schauspielunterricht?«, fragte Helen.

»Da kann ich ja einpacken«, meinte Rossalyn.

»Traumhaft!«, schmachtete Crissa. »Hast mich sofort gekriegt.« Sie schickte einen Luftkuss hinterher.

»Ich schlüpfe gern in andere Rollen, da ist doch nichts dabei.« Elsie deutete auf den Kochtopf. »Riecht übrigens mega. Kriegen wir davon noch was ab?«

»Unser Neuzugang stellt die richtigen Fragen.« Helen lachte. »Nach diesem fulminanten Einstand verfüge ich eine Proteinpause. Haut rein!«

Der PDBDC begab sich an Hynchs Esstisch, gefolgt von dem Kochtopf, den Hynch mitnahm und auf einem Korkuntersetzer platzierte. Er hatte bereits eingedeckt. Mit einer Suppenkelle verteilte er die Portionen. Binnen Kurzem testeten nicht wenige Mitglieder der Theatergruppe, wie laut sie schmatzen und schlürfen durften, bevor jemand protestierte.

»Schmeckt ganz annehmbar«, urteilte Crissa, die anderen schlossen sich mit anerkennenden Lauten und Gesten an. »Bist du jetzt unter die Köche gegangen?«

»Jeder, wie er kann«, sagte Hynch unbestimmt. Beim Löffeln des Eintopfs zog er Zwischenbilanz.

Für eine Theatergruppe herrschte erstaunliche Harmonie, was

ihn schon mal stutzig machte, denn er hatte mit zahlreichen Animositäten gerechnet, Konkurrenzkämpfen, Ausbrüchen von Wut und Verzweiflung. Doch nichts dergleichen war eingetroffen.

Bislang probten sie lediglich Szenenschnipsel. Alle trugen ihre Lieblingsstellen vor oder welche, die sie besonders gut auswendig konnten – abgesehen von Doug, der heute nicht in die Pötte kam. Sie hatten ihren Spaß und bestärkten einander nach Kräften. Doch von einem Readthrough, einer kontinuierlichen Leseprobe, war dieses Schaulaufen weit entfernt. Ein Inszenierungskonzept ließ sich nicht erkennen, auch kein einheitliches Maskenbild. Jeder hatte ein paar Kleidungsstücke und Requisiten dabei, die irgendwie zu den jeweiligen Rollen passten, historisierend oder eher zeitgemäß, je nach persönlicher Vorliebe. Es wurde viel improvisiert, Helen als Regisseurin drückte oft beide Augen zu. Sie war als Einzige textsicher, machte aber kein Aufhebens darum. Obwohl sie sonst zu Pingeligkeit und straffer Planung neigte, ließ sie ihrer Truppe nahezu jede Schlamperei durchgehen.

So war diesem Monstrum von Theaterstück aber nicht beizukommen, fand Hynch. Er selbst hatte eine Passage von Macduff rezitiert, Macbeths stärkstem Widersacher. »O Grausen, Grausen, Grausen! Zung' und Herz fasst es nicht, nennt es nicht!« Und so weiter. Fehlerfrei, wenn er das sagen durfte. Text zu lernen fiel ihm leicht, sogar elisabethanisches Englisch stellte kein größeres Problem dar. Schon seit der Kindheit konnte er sich alles Mögliche gut einprägen, wenn es sein musste, bis ins letzte Detail. Und in seinem Beruf war das eine Überlebensfrage gewesen.

Zur Belohnung hatte er einen Achtungsapplaus geerntet – sowie einen zaghaften Hinweis von Helen, künftig ein bisschen mehr zu schauspielern. Wie ein Signalmast dazustehen und seine Worte an die Zimmerdecke zu richten reiche leider nicht. Nachdem Macduff die Leiche des ermordeten alten Königs entdeckt hatte und daraufhin Alarm schlug, müsse er ein wenig mehr aus sich herausgehen. Die Szene sei überaus dramatisch.

Dabei hatten sich die anderen wissend angeschaut, vor allem Crissa und Rossalyn. Jedem im Raum war garantiert klar gewesen, dass Helen mit »mehr aus sich herausgehen« seine Empathieschwäche beim Dating gemeint oder zumindest darauf angespielt hatte.

Hynch hielt das für ziemlich unprofessionell. Und überhaupt … bei dieser sogenannten Probe vermischte sich Künstlerisches andauernd mit Privatem.

Eine gewisse Pärchenbildung war nämlich unübersehbar. Nach Graemes heldenhaftem Einsatz hinter der Hotelbar hatte Rossalyn seine Bitte um ein bisschen geteilte Zeit erhört. Sie waren bei strömendem Regen mit seinem Kutter rausgefahren und hatten sich vom Corryvreckan, einem ganz und gar nicht ungefährlichen Meeresstrudel nördlich von Jura, kräftig durchschaukeln lassen. Seit diesem Abenteuer, das jeden Non-Hebridean mit entleertem Magen und vollen Hosen aus dem Boot hätte steigen lassen, verbrachten sie jede freie Minute miteinander. Beim PDBDC genossen sie die neugierigen Blicke der anderen. Es kam aber nicht zu beiläufigen Berührungen oder Küsschen. Anscheinend ließen sie es langsam angehen.

Bei Crissa und Elsie war es ähnlich. Während ihres gemeinsamen Schwimmausflugs oder schon kurz davor schien es auf eine Weise gefunkt zu haben, die Hynch entgangen war. Jedenfalls wirkten sie wie allerbeste Freundinnen und stellten bei jeder sich bietenden Gelegenheit Körperkontakt her, etwa beim Teeaufgießen oder beim Studieren seines Bücherregals. Dort hatte er am Abend zuvor ein gerahmtes Foto von Mhairi aufgestellt und ihren Namen daruntergekritzelt – entgegen seinem Vorsatz, nicht mehr an sie zu denken. Es war ein alter Schnappschuss, der Mhairi bei der Demo in Glasgow zeigte, das einzige Erinnerungsstück an sie, das er besaß.

Crissa und Elsie betrachteten das Bild lange, vor allem Elsie wollte sich kaum davon losreißen. Danach gingen die beiden zusammen vors Haus, um eine zu rauchen – nicht auf die Terrasse, denn dort konnten sie ja von allen anderen durch die gläserne Schiebetür gesehen werden. Wenn sie nach einiger Zeit zurückkamen, roch allerdings keine von beiden nach Rauch.

Hynch kapierte schon, was da lief. Wenn sich jemand für das junge Glück freute, dann war er das. Crissa konnte auf sich selbst aufpassen, und Elsie schien eine patente, keiner noch so großen Aufgabe abgeneigte Person zu sein, alle mochten sie. Da ihm Körperkontakt aber generell unangenehm war und er sich mit Schaudern an Chloes überstürzten Kussversuch am Loch Fada erinnerte, verfolgte er den vertrauten Umgang der beiden mit gemischten Gefühlen. Wohlwollender Neid traf es wohl am besten.

Er seufzte und rückte seine Augenklappe zurecht. Um ihn herum poppte die Liebe auf wie Puffmais in einer heißen Pfanne. Nur bei ihm poppte rein gar nichts.

Zeit, seine Aufmerksamkeit auf etwas anderes zu richten und ein paar grundsätzliche Dinge anzusprechen.

Das Bœuf-ohne-Bœuf bourguignon war restlos vertilgt worden, was er als Kompliment an die Küche verstand. Der auf sieben Personen angewachsene PDBDC hing mit vollen Bäuchen in den Seilen.

»Laufen die Proben immer so ab?«, fragte Hynch.

»Was meinst du?«, gab Helen zurück. »Wie laufen sie denn ab?«

»Na ja, so unstrukturiert. Dient das dazu, erst mal warm zu werden?«

Verständnislose Blicke.

»Nach der Pause nehmen wir uns dann Szene für Szene vor, oder?«, legte er nach. »Möglichst von Anfang an. Wir arbeiten uns durch den ersten Akt, das sollte heute noch zu schaffen sein.« Er sah auf die Uhr, es war 18.47 Uhr. »Davor müssten wir allerdings die Besetzung klären. Das Stück hat ja mindestens dreißig Sprechrollen. Im Textbuch habe ich nicht erkennen können, wer von uns jetzt genau welche Figur spielt – falls wir das Stück wirklich komplett durchbesetzen, was, ehrlich gesagt, der helle Wahnsinn wäre bei unserer kleinen Truppe. Streichungen habe ich übrigens auch keine entdecken können, weder bei der Zahl der Figuren noch im Text. Dabei könnte man ganze Szenen einfach rausschmeißen. Und die Monologe müsste man deutlich kürzen.«

»Du willst was an dem Stück verändern?«, fragte Rossalyn entsetzt.

»Auch die Sprache ließe sich an heutige Ohren anpassen. Manche Stellen im Original wirken heute ja völlig abstrus, die gehörten ein bisschen entstaubt.«

Graeme sprang seiner Freundin bei. »Da kennt sich einer ja ziemlich gut aus – für einen Signalmast …«

Allgemeines Schmunzeln.

»Ich habe recherchiert«, wehrte sich Hynch, der zahlreiche Onlinestunden auf einschlägigen Websites verbracht hatte. Was er tat, machte er gründlich.

»Lass ihn reden«, sagte Helen, »bei uns hat jeder eine Stimme. Obgleich wir alle nur Werkzeuge der Poesie des Theaters sind, nicht wahr?« Sie schaute versöhnlich in die Runde am Esstisch. Offenbar lag ihr viel am Zusammenhalt ihres kleinen Ensembles. »Was liegt dir sonst noch auf dem Herzen, Howard?«

»Ich würde gern wissen, in welche Richtung die Inszenierung geht. Welche Sichtweise auf die Welt, auf die Gesellschaft, auf die politischen Verhältnisse wollen wir transportieren?«

Helen zeigte sich skeptisch. »Ich weiß nicht, ob wir das in diesem Stadium schon festlegen sollten. Auf der Bühne bewegen wir uns zwischen Intuition und Intellekt. Daraus kann sich etwas entwickeln, vielleicht, oder auch nicht, das muss noch reifen.«

»Reifen? Von allein oder wie?«

»Zuallererst geht es darum, absolut im Moment zu sein. Aus diesem heraus agieren und reagieren wir, das ist das ganze Geheimnis.«

Zustimmendes Gemurmel. Helen verstand es hervorragend,

sich vor einer Antwort zu drücken, fand Hynch. »Aber wie wollen wir Shakespeare interpretieren? Doch nicht wie im 11. Jahrhundert, als der historische … Titelheld gelebt hat?«

»Wie denn dann?«, traute sich Doug zu fragen.

»Kommt schon, Hexen brauen einen Zaubertrank in einem Kessel …« Hynch lächelte Zustimmung heischend.

»So was machen Hexen doch«, sagte Doug.

»Sie beschwören ›Erscheinungen‹ herauf, also Geister, und die geben wiederum Prophezeiungen ab, die von … unserer Hauptperson falsch ausgelegt werden. So ist es im Stück. Also mir fallen da als Erstes Drogendealerinnen ein, die ihrem Stammkunden, sagen wir einem reichen Schrotthändler, schlechten Stoff unterschieben.«

»Wie bist denn du drauf?«, wollte Graeme wissen.

»Drogen? Auf Colonsay?« Doug verstand gar nichts mehr.

»Welche Art Drogen?«, fragte Crissa. »Gras gilt nicht.«

»Zauberpilze?«, überlegte Rossalyn. »Oder gleich LSD? Das haut viel stärker rein.«

»Zauberpilze gab's im Mittelalter auch schon«, wusste Helen. »Wäre mal einen Versuch wert.«

»Könnt ich leicht besorgen.« Crissa holte ihr Handy heraus. »Käme postwendend morgen mit der Fähre.«

»Ich kenn einen Schrotthändler auf Kintyre«, sagte Graeme. »Aber wenn der reich ist, fress ich 'nen Besen. Verdient man mit Schrott überhaupt noch was?«

»Im Internet schon«, erwiderte Rossalyn.

»Scheiß-Internet! Dauernd wollen die Leute bei mir Austern ordern. Soll ich die bis nach England verticken?«

»Dann lass es doch.«

»Ein halbes Dutzend würd ich schon nehmen«, meinte Doug.

»Gebongt.« Graeme schrieb die Bestellung mit einem Kuli auf die Handfläche. »Sonst noch jemand?«

»Öffnest du die für mich?«, bat Helen. »Ich tu mir da immer so schwer …«

»Na klar, ganz wie du willst.«

»Was trägt man denn als Drogendealerin?«, fragte sich Crissa. »Muss ich dann ein Businesskostüm anziehen? Oder eher was Nuttiges?«

»Hast du schon mal gedealt?«, wollte Elsie wissen.

»Nö! Das heißt … wenn man's genau nimmt …«

»Kleinere Mengen unter Freundinnen? In der Studienzeit?« Elsie zwinkerte Crissa zu. »Bring dein emotionales Gedächtnis in die Rolle ein, darauf beruht doch die Schauspielkunst.«

»Emotionales Gedächtnis. Also manchmal kommst du auf Sachen …«

»Danke schön.«

»Du schaust echt scharf aus in deinem Kampfanzug.«

»Dachte mir schon, dass er dir gefällt.«

»Lust auf 'ne Zigarette?«

»Immer.«

Doug schaltete sich ein. »Ich rauche zwar nur ab und zu ein Pfeifchen, aber jetzt könnt ich auch eine Fluppe vertragen. Falls ihr einen alten Mann …«

Hynch schlug mit seinem Löffel ein paarmal gegen sein leeres Wasserglas. Das war ja wie einen Sack Flöhe hüten. »Könnten wir jetzt wieder über das Stück reden?«, beschwerte er sich. »Die Rollenverteilung steht noch nicht.«

Der PDBDC verstummte.

»Eigentlich probieren wir uns noch aus«, sagte Helen.

Er ließ nicht locker. »Und seit wann tut ihr das? Euch ausprobieren? Wie lange geht das schon so?«

»Drei Jahre?«, überschlug sie. »Könnte hinkommen, oder?«

»Soll ich euch mal was sagen?« Hynch mochte sich die unangenehme Wahrheit nicht mehr verkneifen. »Ihr rechnet gar nicht damit, das Stück jemals aufzuführen. Aus diesem Grund habt ihr es euch gemütlich gemacht mit euren kleinen Shakespeare-Partys. Jeder trägt sein Best-of vor, das ist super kuschelig und tut niemandem weh. Aber richtige Theaterproben sind das nicht. Regiekonzept? Wer braucht denn so was? Wenn jemand einen Texthänger hat? Alles nicht so wild, schließlich üben wir noch.«

»Während wir auf der Bühne stehen, schreiben wir das Stück neu«, meinte Helen. »So kann man es doch auch sehen.«

»So wird das aber nie was! *Macbeth* hat mehr verdient.«

Die anderen schauten ihn erst entgeistert und dann belustigt an, als habe er einen dämlichen Witz gemacht. Dabei war es ihm todernst. Jemand musste diesen Möchtegerndarstellern mal Bescheid stoßen. Sie waren Laien im besten und leider auch schlechtesten Sinne.

»Er hat es gesagt.« Crissa nickte gewichtig.

»War laut und deutlich zu hören«, bestätigte Graeme.

»Und er kennt die Regeln.« Mit unverhohlener Genugtuung riss Helen das Ruder wieder an sich: »Raus mit dir!«, verfügte sie. »Du weißt, was du zu tun hast. Und nicht vergessen: Beim Fluchen dreimal im Kreis drehen.«

Hynch begriff, dass ihm *Macbeth* herausgerutscht war. »Das ist doch nur Aberglaube«, versuchte er es und schaute sich Hilfe suchend um. Doch niemand hatte ein Einsehen, alle Mienen blieben hart. Was auch damit zu tun haben mochte, dass er gerade die Daseinsberechtigung des PDBDC infrage gestellt hatte, das schien nicht besonders gut anzukommen.

»Keine Widerrede!«, insistierte Helen. »Regeln sind Regeln.«

»O Mann, es hat mich erwischt«, gestand er ein.

Alle brachen in erlösendes Gelächter aus.

»Ausgerechnet dir unterläuft dieser Fauxpas …«, sagte Crissa mit gespielter Entrüstung. »Wo wir doch die größten Hoffnungen in dich setzen, Darling!«

Das Gelächter steigerte sich.

»Dann geh ich eben raus. Aber nur unter Protest!«

»Fluchen nicht vergessen!«, rief ihm Rossalyn nach.

»Ja, verdammte Hacke!«

»Draußen!«, erschallte es im Chor.

Als er die Terrasse betrat, drang eine aufgeregte Vogelstimme aus den Zweigen der Hecke.

»Wenigstens sind die Tiere auf meiner Seite«, grummelte Hynch.

Das Rotkehlchen plusterte die roten Federn an seiner Brust auf und schnickerte etwas wie: *Shortbread-Nachschub? Immer her damit, du einäugiger Bastard!*

40

Howard hatte den Finger auf zahlreiche Wunden des PDBDC gelegt. Das kam Helen gelegen, dann musste sie es nicht tun. Sie probten den ersten Akt doch von Anfang bis Ende und danach auch gleich noch den zweiten. Nachdem die Rollen verteilt waren, lief es ausnehmend gut. Alle entwickelten einen besonderen Ehrgeiz und wollten unter Beweis stellen, dass sie keine blutigen Amateure waren. Doug durfte seine Textkopien zu Hilfe nehmen, dadurch fand er wieder in die Rolle. Wenn es nottat, soufflierte Helen gerade so viel, dass er in der Spur blieb, an einem richtigen Theater war das auch nicht anders. Graeme lief zu Bestform auf und ließ sein übliches Gelaber weg, offenbar hatte er mit Rossalyn heimlich geübt. Crissa strengte sich nach ihren Aussetzern in der Hexenszene richtig an und machte Boden gut. Elsie erwies sich als echte Bereicherung, sie hatte eine deutliche Aussprache und war sich für keine Nebenrolle zu schade. Und Howard war zwar hundertprozentig textsicher, blieb aber steif wie immer. Mit weiteren Verbesserungsvorschlägen hielt er sich allerdings zurück.

Doch nicht zum ersten Mal wurde deutlich, dass dieses Stück in der Originalfassung für den PDBDC kaum zu stemmen war. Die altertümliche Sprache war nicht unbedingt das Problem. Jeder ersetzte schwer verständliche Worte und Redewendungen selbstständig durch Gegenwartsenglisch, das hatte sich über die Jahre so eingebürgert, das Ganze war Work-in-Progress. Und leichte Kürzungen hatte Helen bereits vorgenommen, sie waren nur noch nicht ins Textbuch eingegangen. Selbst Lady Macbeths Zeilen hatte sie ein wenig zusammengestrichen, obwohl es ihr in der Seele wehtat. Sie waren jetzt zwar nicht mehr fünf, sondern sieben Darsteller, das brachte mehr Abwechslung und auch Entlastung. Aber an dem schweren Stoff des Stückes änderte der Zuwachs des Ensembles nichts.

Draußen war es längst dunkel geworden, als sie mit den ersten beiden Akten durch waren und Helen die Probe für beendet erklärte. Sie sanken erschöpft auf Stühle, die Couch und den Parkettboden. Crissa hatte Bier aus der Brauerei mitgebracht, das ließen sich alle schon seit Stunden schmecken, es löste die Zunge. Eine Flasche 15-jähriger Bowmore-Whisky aus Howards aufgebesserten Beständen machte die Runde, den hatten sie sich verdient.

»Das ist echt Bombe mit euch.« Rossalyn tätschelte Graemes Oberschenkel. »Aber mal ehrlich: Für wen machen wir das eigentlich? Wenn wir das in der Village Hall aufführen, kriegen die Leute so was von Arschblei, die pennen uns weg. Warum sollte sich das jemand freiwillig antun?«

»Weil es das schottische Stück ist?«, wandte Crissa ein. »Traditionsbewusstsein und so?«

»Na und?«, sagte Graeme. »Was bedeutet das denn? Dass sich in Schottland irgendwelche skrupellosen Typen ganz nach oben töten und – Überraschung! – am Ende dabei draufgehen? Ja, genau, so läuft das bei uns ab, immer schon. Willkommen im Land der Tyrannen und Despoten!«

»Und die durchgeknallte machtgeile Ehefrau liefern wir gleich mit«, fügte Rossalyn hinzu. »Weil Frauen mit Ambitionen ja nur durchgeknallt sein können, das ist ein Naturgesetz.«

Elsie nickte. »Ich glaub, da habt ihr einen Punkt.«

»Übrigens geb ich die Hauptrolle gern ab«, schaltete sich Doug ein. Er hatte es sich in einem Sessel gemütlich gemacht und die Schuhe abgestreift, um seine löchrigen Socken zu begutachten. »Dafür bin ich einfach zu alt, das klappt doch hinten und vorne nicht. Und mit der Einflüsterei wird's peinlich, das will ich euch nicht antun.«

»Aber du bist der Beste!«, sagte Crissa stellvertretend für die anderen. »Ohne dich sind wir komplett aufgeschmissen.«

»Danke, aber mein Gedächtnis lässt mich zu oft im Stich. Ich weiß zum Beispiel nicht mehr, wie ich hierhergekommen bin.« Seine Augen gingen auf Wanderschaft, sprangen von Graeme zu Rossalyn und Helen, die kannte er gut. Sie irrten weiter nach draußen in die Nacht. »Mein Dad ist noch Gespann gefahren. Wir hatten starke Pferde, kerngesund waren die, richtige Kraftpakete, die konnten was leisten! Der alte Boots hat uns so manche Ernte gesichert. Vor den Pflug haben wir ihn gespannt, bis er nicht mehr konnte. Ist eines Tages einfach umgefallen, mitten auf dem Acker.« Er schüttelte bedächtig den Kopf. »Kurz nach dem Krieg war das. Ich könnte euch genau beschreiben, wie seine Flanken gebebt haben, als er da so auf dem Boden lag und die Lungen rasselten. Aber was vor ein paar Stunden war …? Da müsst ihr mir auf die Sprünge helfen.«

Crissa setzte sich auf die Lehne von Dougs Sessel und schlang einen Arm um ihn. »Hör auf mit dem Scheiß! Du bist mit deinem Van da, wie immer.«

»Ach ja? Schön zu wissen!« Er lachte hohl. »Alles verblasst. Es verschwindet. Und kommt nicht wieder.«

»Aber vorhin warst du doch total bei der Sache! Wie ausgewechselt!«

»Manchmal hab ich noch so Momente.« Doug winkte ab. »Aber mit mir ist das ein reines Glücksspiel. Wenn ich einen schlechten Tag erwische, platzt die Aufführung, machen wir uns nichts vor. Soll doch Howard den Macbeth spielen! Gebt mir ein oder zwei Nebenrollen, den alten König Duncan zum Beispiel, den krieg ich noch hin.«

Er hatte wieder »Macbeth« gesagt. Keiner hatte das Herz, Doug auf seinen Fehler hinzuweisen. Irgendwann war es auch gut.

Helen musste einräumen, dass Howards Kritik auf fruchtbaren Boden gefallen war. Es hatte zwar eine Weile gedauert, bis bei den anderen der Groschen gefallen war, aber seine unverbrauchte und durchaus sachkundige Sicht auf die Dinge schien etwas angestoßen zu haben.

»Was meint ihr?«, fragte sie. »Wo wollen wir hin mit dem Stück?«

Sie diskutierten eine Weile. Howards Einfall mit Macbeth als reichem Schrotthändler fand keine Freunde. Ihn durch einen reichen Schafzüchter, Schiffseigner oder Hedgefonds-Manager zu ersetzen, stieß ebenfalls auf wenig Gegenliebe. Je mehr Whisky einige von ihnen tranken, desto verrückter wurden die Regieansätze. Helen wollte die Debatte schon auf eine Teatime vertagen, als sich Elsie zu Wort meldete.

»Sorry, Leute, ich bin ja der Frischling hier. Eigentlich steht es mir nicht zu, mich einzumischen. Aber habt ihr mal an Folgendes gedacht …«

Macbeth in zwanzig Minuten, so lautete ihr Vorschlag. Das ganze Stück auf eine geradezu lächerliche Spieldauer eindampfen. Natürlich ginge der Ernst des Dramas weitestgehend verloren, aber dabei könnte eine Komik entstehen, die ja auch etwas für sich hatte – und die dem PDBDC vielleicht besser liegen würde?

Helen war wie vor den Kopf geschlagen. »In zwanzig Minuten? Wie soll das gehen?«

»Man müsste natürlich extrem viel streichen … Im Grunde müsste man das Stück völlig neu schreiben.« Elsie überlegte. »Das liefe dann ungefähr so ab: Macbeth kommt auf die Bühne und sagt, hey, ich wär gern König anstelle des Königs. Und seine Frau so: Traust du dich eh nicht! Und er: Wetten? Und die Hexen: Hau rein!«

»Klingt doch prima!«, sagte Graeme.

»Alles in mittelalterlichen Kostümen«, ergänzte Crissa, »wie eine Gauklertruppe, die von Stadt zu Stadt zieht.«

»Wie eine Loser-Gauklertruppe mit schlechten Kostümen und Pappschwertern«, sagte Rossalyn. »Dann bräuchten wir uns gar nicht groß zu verbiegen.«

Doug nahm den Gedanken auf. »Und ich hätte ganz wenig Text.«

»Ich auch«, meinte Graeme. »Wir alle.«

Howard nickte. »Was das Publikum durchaus goutieren würde, da bin ich mir sicher.«

»Keine Szenenumbauten, nur ein paar Requisiten, Krone, Narrenkappe, Hexenhut …« Crissa sah sich als Kostümbildnerin.

»Natürlich bräuchten wir eine Art Ausruferin, die mit einem aufgeschlagenen Buch auf der Bühne steht und den Leuten immer wieder erklärt, was da gleich auf sie zukommt«, fügte Elsie hinzu.

»Das wäre dann wohl mein Part.« Helen versuchte, an sich zu reißen, was von dem Stück noch übrig war, denn eine Begeisterung brach sich Bahn, die sie von ihren Freunden gar nicht mehr kannte. Ein Geistesblitz löste den anderen ab nach dem Motto: Je kürzer die Aufführung, desto brillanter die Regieeinfälle. Elsie hatte einen Nerv getroffen und dem PDBDC neues Leben eingehaucht.

In deutlich weniger als zwanzig Minuten einigte sich die erfolgloseste Theatergruppe Schottlands auf das neue Regiekonzept »Mac20«. Elsie wurde einstimmig zur Headwriterin ernannt. Sie sollte den Text in eine entsprechende Form bringen, sofern es ihre Pflichten im Hotel zuließen. Crissa konnte sie dabei unterstützen, da sie die Stärken und Schwächen eines und einer jeden am besten kannte. Als Aufführungsort wurde die Einsiedelei vereinbart, eine Open-Air-Veranstaltung. Bruder Ptolemy sei bestimmt leicht zu überreden, und die Einwohner von Colonsay würden allein schon aus Neugier kommen, um vor Ort endlich in Erfahrung zu bringen, was der Kuttenträger mit seinen Spirit Seekern in dem Ruinendorf so trieb.

Alle fühlten sich ziemlich genial.

»Das muss begossen werden!«, forderte Helen. Begleitet von dem Hinweis, dass sie Whisky ganz schlecht vertrug, kippte sie den Rest der Bowmore-Flasche und verlangte von Howard Ersatz. »Mein liebster Mann! Die Runzeln glätte weg! Sei froh und munter heut mit deinen Gästen.«

»Aber immer!«

»Hast du morgen nicht wieder ein Date?«, lallte sie.

»Und wenn schon.«

Die anderen meinten, dass sie am nächsten Tag auch jede Menge zu tun hätten, dies aber noch lange kein Grund sei, vor Mitternacht die Segel zu streichen. Also öffnete Howard einen weiteren Bowmore. Irgendjemand bemerkte, dass der Mond plötzlich zu sehen war.

Alle drängten nach draußen auf die Terrasse und betrachteten den Sternenhimmel. Helen erinnerte daran, dass die Aufnahmezeremonie für Howard und Elsie noch ausstünde. Eine Taufe in Meerwasser sei das Mindeste.

Gesagt, getan. Der PDBDC marschierte geschlossen zum Strand hinunter und taufte, was das Zeug hielt. Die kaltwassererprobte, schaumgeborene Elsie konnte über dieses Initiationsritual nur müde lächeln. Aber Hynch fror wie ein Schneider, nachdem Crissa ihn mit Nachdruck untergetaucht hatten.

Es wurde ziemlich enthemmt, wie es sich für eine Theatergruppe gehörte. Und sie hatten den Whisky mitgenommen. Am ausgelassensten gebärdete sich Helen. Sie betrachtete die Zusammenkunft als absoluten Durchbruch, eine Sternstunde des PDBDC, und war unglaublich stolz, mehr auf die anderen als auf sich selbst. Das verlieh ihr ungeahnte Energien.

Energien, die erst zu einem viel späteren Zeitpunkt gnädig verebbten.

41

Am nächsten Morgen wachte Helen in einer Position auf, die ihr anatomisch unmöglich vorkam. Teile von ihr lagen auf der Couch, der Rest war auf dem Boden verstreut. Anscheinend hatte sie in Howards Wohnzimmer übernachtet. Vom PDBDC fehlte jede Spur.

Sie versuchte, ihre Gliedmaßen zu sortieren. Dabei bemerkte sie, dass sie eine Reihe von Kleidungsstücken trug, die gar nicht ihr gehörten. Ein T-Shirt von Graeme mit dem Aufdruck »I Love Beer Yoga«. Karierte Schlafanzughosen, die ihr viel zu lang, aber nicht zu weit waren und vermutlich Howard gehörten. Und Dougs alte Socken. Ihre Unterwäsche fehlte komplett.

Dann fiel ihr Blick auf das aufblasbare Schaf. Es saß auf einem Sessel, als sei dort sein angestammter Lieblingsplatz. Was zum Teufel …? Der aufdringliche Kussmund war mehr, als sie zu ertragen vermochte. Sie stopfte das scheußliche Ding in eines der Bücherregale, in die unterste Reihe, damit es aus ihrem Gesichtsfeld verschwand.

In Helens Kopf spukten alles andere als jugendfreie Bildersequenzen herum. Ihre Erinnerung an die vergangene Nacht reichte nur bis zum ersten Schluck Whisky zurück, danach wurde es gefährlich nebulös.

Zuletzt war sie in so einem Zustand nach einer wilden Fete in ihrer Studienzeit aufgewacht, eine Art Jugendsünde, obwohl sie schon in den Zwanzigern gewesen war. Ihr Schauspielkurs hatte die Premiere des *Sommernachtstraums* gefeiert. Helen hatte nie mit letzter Sicherheit klären können, was damals genau gelaufen war, und vor allem, mit wem. Sie war fest davon ausgegangen, dass in den Online-Chatrooms der Uni Fotos von der Fete auftauchen würden, die ihr eine Karriere im Erotikbusiness eröffneten, und zwar in einer Vielzahl von Kategorien. Zum Glück hatte es damals noch kein Facebook gegeben. Doch auf den hochgeladenen Bildern waren nur ein paar harmlose Knutschereien zu sehen gewesen. Sehr viel mehr schien nach übereinstimmender Aussage ihrer Kommilitoninnen auch nicht passiert zu sein.

Ob mit Alkohol oder ohne, ihre Bemühungen reichten immer nur bis zu einem bestimmten Punkt: dem Punkt, an dem es ernst oder schön oder abenteuerlich zu werden drohte, je nach Lesart – und an dem sie schlagartig das Interesse verlor. Wie ein schlaffer Luftballon, aus dem die Luft herausgezischt war, fühlte sie sich dann, wie der einzige Ballon auf der Party, der *nicht* prall gefüllt war und quietschte, wenn man ihn drückte, der *nicht* munter durch die Gegend schwebte und bis zur Decke hochstieg, der am Ende *nicht* mit einem lauten Knall zerplatzte.

Also ging sie davon aus, dass sie auch in der vergangenen Nacht erschlafft war. Nur die fehlende Unterwäsche brachte sie zum Grübeln. Wie war ihr die bloß abhandengekommen?

Auf dem Couchtisch lag ihr Handy. Entsetzt stellte sie fest, dass es bereits zehn nach neun war. Sie musste dringend los.

Helen schlüpfte in die Schnabelschuhe ihres Hexenkostüms. An der Garderobe schnappte sie sich eine Fleecejacke von Howard. Ein Blick in den Spiegel verriet ihr, dass sie auch noch einen Bad-Hair-Day hatte, ihr schicker Kurzhaarschnitt sah aus wie ein Iro. Howards Schirmmützen waren ihr im Gegensatz zu seiner Schlafanzughose leider zu groß. Also schnappte sie sich auch noch ihren völlig deformierten Hexenhut, jemand musste sich aus Versehen draufgesetzt haben. In diesem Aufzug hastete sie nach draußen. Sie schwang sich auf ihr Rad und fuhr zur Kilchattan Primary School.

Selten begegnete Helen so vielen Leuten wie an diesem Morgen. Was hatten die bloß alle auf der Straße verloren? Musste am überraschend sonnigen Wetter liegen. Trotzdem grüßte sie jeden, so war es auf Colonsay üblich. Niemand ließ sich etwas anmerken. Vermutlich dachten sie, dass es nur eine Frage der Zeit gewesen war, bis die Lehrerin ein Opfer des Inselkollers wurde.

Als sie ankam, wunderte sie sich, warum ihre sieben Schüler nicht schon vor dem Eingang warteten und sich aus Langeweile an die Gurgel gingen.

An der Tür hing ein Schild. Sie erkannte die krakelige Handschrift von Doug: »Heute kein Unterricht.«

Erst jetzt, als habe ihr Körper den Verzögerungseffekt auskosten wollen, kamen die Kopfschmerzen.

Wenn Helen auf den Gedanken verfallen wäre, in Howards Badezimmer nachzusehen, hätte sie in dem geschmacklos gefliesten Raum einen Wäscheständer vorgefunden, auf dem ihre Sachen zum Trocknen aufgehängt waren, auch ihre Unterwäsche, von der Rossalyn sie befreit hatte, damit sie keine Blasenentzündung oder dergleichen bekam. Die anderen hatten zusammengelegt, was an trockenen Klamotten verfügbar gewesen war, ein Akt der Solidarität und ein Riesenspaß. Doug klärte sie über diesen Umstand auf, als sie sich umgezogen hatte und zu ihm rüberging, er wohnte ja nur ein paar Häuser weiter.

»Und mehr ist wirklich nicht vorgefallen?«, fragte Helen ein wenig enttäuscht. Sie presste einen Beutel Eiswürfel gegen ihren Schädel, um den Eindruck loszuwerden, dass jemand ihr das Gehirn herausmeißelte. »Hat denn niemand die Situation ausgenutzt?«

»Was soll das heißen?«, wunderte er sich. »Der PDBDC besteht nur aus vollendeten Gentlemen.«

»Aber wir Schauspieler schlagen nun mal über die Stränge. So muss das sein in einer verschworenen Truppe, ist doch nichts dabei. Hat wenigstens Crissa irgendwas versucht?«

»Verstehe ich nicht.«

»Lass gut sein.«

»Irgendwann bist du einfach aufs Sofa gefallen.« Er suchte

nach einem passenden Vergleich. »Wie ein schlaffer Fahrradschlauch, aus dem die Luft raus war – im Gegensatz zu dem aufblasbaren Schaf.«

Schlauch, Ballon – manche Dinge änderten sich nie. Helen stöhnte. Sogar Schafe hatten ihr etwas voraus, zumindest die aus Kunststoff.

42

Einige Stunden früher, um kurz vor sechs, stach die *Bluebell* in See. Sie gehörte dem Mann, dem das T-Shirt gehörte, das Helen trug. Inzwischen steckte er in seinen wetterfesten Fischersachen. Er steuerte das Boot vom Pier in Fionnphort weg, legte Ruder hart backbord und fuhr in den Sound of Iona ein. Dann gab er volle Fahrt Richtung Süden.

Graeme hielt sich für den glücklichsten Menschen im Umkreis von mindestens dreißig Meilen. Er erhöhte auf fünfzig. Der Füllstand seines persönlichen Glückometers näherte sich unfassbaren hundert Prozent. Strich um Strich stieg der Pegel.

Er drehte sich nach links und sah in die aufgehende Sonne. Sie sandte weiche Morgenstrahlen über die Berge und Hügel der Isle of Mull und verwandelte das nahezu spiegelglatte Meer in einen Topf aus purem Gold. Sein Kutter, obwohl schwer beladen, schnitt durchs Wasser wie eine Motorjacht. Da schlug das Herz eines Seemanns höher.

Die Hinfahrt nach Fionnphort hatte Graeme noch im Dunkeln unternommen. Das barg zwar immer ein gewisses Risiko, aber er kannte die Gewässer mit ihren zahlreichen Riffen und Untiefen wie seine Westentasche. Jetzt bei Tagesanbruch nach Colonsay zurückzudampfen war befreiend und auf eine Weise erhebend, als könnte sich ihm nichts entgegenstellen.

Ein weiterer Strich auf dem Glückometer: Er hatte seine Fracht reibungslos an Bord gebracht und gewissenhaft gesichert. Inzwischen besaß er darin reichlich Übung. Ein neuer Tiertransport im Auftrag von Bruder Ptolemy, diesmal waren es zwei Hochlandrinder von der Isle of Mull. Peg und Meg hießen die beiden Kühe, sie hatten sich ohne den geringsten Widerstand mit Leinen festzurren und Haltegurten fixieren lassen. Allerdings hatte ihn der Bauer gewarnt: Irgendwann würde das Beruhigungsmittel, das er den Highlands gespritzt hatte, nachlassen.

Bislang sabberten sie nur das Deck voll und lehnten sich mit fügsam gesenkten Häuptern und Hörnern aneinander. Graeme dankte dem Gott des Meeres für den kaum spürbaren Seegang. So durfte es bis Scalasaig bleiben. Auf Mull und um Mull herum konnte es auch viel ungemütlicher zugehen. Im Winter hatte es schon Stürme gegeben, bei denen man den Eindruck bekam, als flössen Wasserfälle entgegen der Schwerkraft von unten nach oben, weil der Wind so stark gegen die Klippen peitschte.

Dem Gott der Liebe dankte Graeme noch mehr als dem Gott des Meeres: Rossalyn ließ sein Glückometer so stark ausschlagen, dass die Anzeige verrücktspielte. In der Absicht, ihn auf die Arbeit zu begleiten, hatte sie sich auf der vergammelten Liege im Steuerhaus eingerollt und das Verladen der Highland Cows völlig verschlafen. Allein der Anblick ihres zierlichen Körpers ließ ihn innerlich erbeben. Wie sie sich vorbehaltlos ihm und seiner Welt anvertraute, das fasste ihn an. So toll war er doch gar nicht.

Eine denkwürdige Nacht lag hinter ihnen. Bei dem mit Abstand besten Treffen des PDBDC, an das sich Graeme erinnern konnte, waren sie trotz der Bombenstimmung vorsichtig mit dem Alkohol gewesen. Sie hatten nur ein paar Bierchen gepichelt und den Whisky anderen überlassen. Dann waren sie mit dem verbeulten Lieferwagen zu seinem Häuschen am anderen Ende der Insel gefahren, um sich für ein paar Stunden »zur Ruhe zu legen«, wie Ro sich augenzwinkernd ausgedrückt hatte. Daraus wurde dann eine einzige, endlos lange Umarmung mit endlos langen Küssen. So viel Zärtlichkeit hatte Graeme noch nie erlebt, obwohl er noch T-Shirt und Boxershorts trug. Ro behielt ihr Hemdchen und den Slip an. Anfangs dachte er, das sei so ein Spielchen von ihr, um ihn hinzuhalten. Aber es war, als versänken sie in einer Wolke von Geben und Nehmen. Das Wolkengefühl konnte auch an seiner altersschwachen, in der Mitte durchhängenden Matratze gelegen haben, egal. Irgendwann hielten sie es dann nicht länger aus und gingen den entscheidenden Schritt weiter. Lange dauerte es nicht, so heiß, wie sie einander gemacht hatten. Ro übernahm das Kommando und versuchte, ihn mit ihrem Körper vollständig zu bedecken. Das toppte alles. Sie kriegte es hin, dass sie gemeinsam durch die Ziellinie kamen. Als sie sich daraufhin mit der Wange an seine Brust schmiegte, wurde Graeme bewusst, dass es keinen anderen Ort auf diesem Planeten gab, an dem er sich lieber befunden hätte. Dann pennte sie ein und blieb auf ihm liegen wie eine tote Strandkrabbe.

Graeme war kein Romantiker. Den Gedanken, sie seien füreinander bestimmt, wies er zurück. Derlei Seelenschmalz hatte er hinter sich – und Ro bestimmt auch. Sie hatten ja beide ihre Enttäuschungen erlebt. Was jetzt da zwischen ihnen passierte, passierte einfach. Es war gut, kein großes Ding daraus zu machen.

Zum Zerspringen schön war es trotzdem, dachte er. Unter dem Strich hatten sie kaum Schlaf gefunden. In aller Frühe waren sie dann zur Isle of Mull losgetuckert, mit einer Tasse Tee und einer Schale Müsli im Bauch.

Der Kutter passierte eine kleine Insel namens Erraid und erreichte das offene Meer. Die Wellen wurden stärker, Schaumkronen bildeten sich. Rossalyn begann sich zu dehnen und zu strecken und gähnte dabei wie eine Katze, die demonstrieren wollte, dass sie ultrasüß war und demnächst Hunger bekam.

Ein bisschen dankte Graeme auch Howard. Durch dessen Date mit Chloe hatte er den Stein erst ins Rollen gebracht. Und das Treffen des PDBDC bei Howard zu Hause hatte ihm das beschert, was er jetzt zu bewahren gedachte.

Das Glückometer schlug ein weiteres Mal aus. Fast hätte er es vergessen: Auf See gab es keine Midges. Keine Stechfliege weit und breit!

Heute war ein guter Tag. Wer weiß, vielleicht wurde er ja noch besser? Graeme beschloss, die Rolle des ewigen Pechvogels hinter sich zu lassen und von Pessimist auf Optimist umzusatteln.

Er machte sich gerne was vor.

43

Rossalyn hievte sich aus dem Steuerhaus, schwankte, als sie registrierte, dass sie sich auf einem Boot in voller Fahrt befand, und schaffte es gerade noch rechtzeitig zur Reling, um geräuschvoll ins Meer zu kotzen. Eigentlich war sie seefest. Aber das Geschaukel im Schlaf schien ihrem Magen nicht zu bekommen.

»Heja!«, sagte Graeme. »Alles gut?«

Es dauerte eine Weile, bis sie wieder ansprechbar war.

Er überlegte, welche Worte er für sein derzeitiges Level auf dem Glückometer finden sollte. »Was für eine Nacht!«, begann er.

»Ja, nicht übel.« Sie spuckte ins Meer.

»Das ist die Untertreibung des Tages. Als du die Sache in die Hand genommen hast, dachte ich, es kann …«

»Red nicht so viel, okay?« Sie hielt sich an seiner Schulter fest und schaute sich um. »Sind wir schon wieder auf der Rückfahrt nach Colonsay?«

»Wenn alles glattgeht, laufen wir in zwei Stunden in Scalasaig ein. Elsie hat Frühstücksdienst im Hotel. Du fängst heute erst mittags an. Also entspann dich.« Graeme deutete auf die Hochlandrinder, die in Fahrtrichtung ihrem Schicksal entgegendämmerten. Sie standen nebeneinander wie Twix-Schokoriegel. Ab und zu hob eines den Kopf, mehr an Bewegung war nicht möglich, und blickte prüfend aufs Meer. »Du hast das Verladen von Peg und Meg verpasst.«

»Schauen ja total friedlich aus.« Sie schob sich an ihm vorbei zu den Highlands, dankbar für die willkommene Ablenkung. »Fachgerecht verschnürt, die armen Viecher. Die können sich ja keinen Zoll rühren. Muss das sein?«

»Und ob! Wenn sich die beiden Damen losreißen, würden wir ziemlich schnell kentern.«

»Echt?«

»Ich stell mir eine Planscherei mit dir zwar ganz lustig vor, aber wir hatten ja schon unseren Spaß. Es sei denn, du bestehst darauf, vom Käpt'n persönlich im Rettungsgriff an Land befördert zu werden.«

»Angeber!« Rossalyn trug eine Schwimmweste, darauf hatte er bestanden. »Wer ist Peg und wer ist Meg?«

»Meg ist die an Steuerbord. Bei der ist ein Horn abgebrochen, hat der Bauer gesagt. Dadurch sind sie leicht zu unterscheiden.«

Sie wandte sich den Kühen zu. »Das musst dann du sein«, sagte sie. »Hallo, Meg!« Sie näherte sich ihr von hinten. »Was hast du denn angestellt?«, fragte sie mit einer Knuddelstimme und kraulte die Kruppe des Tieres über dem Schwanzansatz. »Irgendwo dagegengeknallt? Eine Rauferei? Ist jemand böse zu dir gewesen?«

Daraufhin ertönte ein Schnauben, gefolgt von einem tiefen Brummen.

»Hast schon recht! Wehr dich, wenn dir was nicht passt!« Rossalyn streichelte Megs Rücken. »Gefällt dir das?«

Ein kaltes Auge richtete sich auf sie. So kalt wie die Abteilung der Hölle, in der schwere Sünder für Jahrtausende auf nie schmelzenden Eisblöcken angekettet waren und sich buchstäblich den Arsch abfroren.

»Nicht gut?«

Das Brummen wurde lauter und ging in ein durchdringendes Wummern über, als habe der Schiffsmotor einen Getriebeschaden.

»Sei lieber vorsichtig«, sagte Graeme. »Die zwei wurden mit einer Spritze ruhiggestellt. Hoffentlich wirkt das Zeug noch eine Weile.«

»Ruhiggestellt? Also, besonders tierfreundlich finde ich das nicht.«

»Hör auf zu meckern! Das ist ein Viehtransport – unter nicht ganz einfachen Bedingungen. Die *Bluebell* ist auf so eine Fracht gar nicht ausgelegt, ein Kutter hat nur wenig Tiefgang. Damit dürfte ich eigentlich nur die Küste entlangschippern.«

»Kein Grund, diese beiden Schönheiten mit Chemikalien vollzupumpen«, wandte Rossalyn ein.

»Meinst du wirklich, bei denen könnte irgendwas bleibenden Schaden anrichten?«

»Dass du so herzlos sein kannst, hätte ich nicht gedacht.«

»Die schauen noch dämlicher aus als die Kuh, die ich von der Isle of Gigha nach Colonsay gebracht hab. Lizzy hieß die. Das war vielleicht ein heimtückisches Miststück! Hat mir auf den letzten Metern noch das Deck vollgekackt, mit Absicht, da bin ich mir sicher.«

»Hör auf zu meckern«, äffte sie ihn nach. »Wenn hier einer meckert, dann bist du das.«

»Stimmt doch gar nicht.«

»Wohl! Musst du immer gleich das Schlechteste annehmen?«

»Bitte während der Fahrt nicht mit dem Käpt'n sprechen«, witzelte Graeme, obwohl er es gar nicht so witzig meinte. Als er von der letzten Nacht angefangen hatte, war er über ihre knappe Replik, er solle nicht so viel reden, enttäuscht gewesen. Ein bisschen verliebter hätte sie sich schon zeigen können. Doch etwas anderes erforderte gerade seine volle Aufmerksamkeit. Er steuerte die *Bluebell* an den Torran Rocks vorbei, einer Gruppe kleiner Inseln und Zackenriffe, die genau auf seinem Kurs lagen. Manche von ihnen ragten nur ein paar Fuß aus dem Wasser. Viele befanden sich jedoch knapp unter der Oberfläche und wurden nur sichtbar, wenn sich eine Welle an ihnen brach und Gischt versprühte. Sie sahen aus wie das Gebiss eines gestrandeten Seeungeheuers, das dringend einer Zahnkorrektur bedurfte. In früheren Zeiten waren die Torran Rocks zahlreichen Schiffen zum Verhängnis geworden. Sie bestanden zum Teil aus Granit, der riss noch den härtesten Bootsrumpf auf. Basaltriffe waren nicht minder gefährlich. Deshalb war Dubh Artach, ein kleiner, weiß-rot gestreifter Leuchtturm, auf einem isolierten Felsen errichtet worden, als Warnzeichen, unbemannt und längst automatisiert.

Die See wurde bewegter, die Hochlandrinder wurden unruhiger. Peg und Meg muhten im Wechsel. Wenn die eine aufhörte, fing die andere an. Es klang bedrohlich, eine Mischung aus Angst und Wut. Inzwischen waren sie hellwach und stemmten sich gegen die Gurte und Leinen, die sie gefangen hielten. Der Bug des Kutters hob und senkte sich wie eine Schiffschaukel auf der Kirmes. Wellen kamen über, das Wasser lief über die Speigatten ab.

Rossalyn stieg in ein Paar schwere Gummistiefel, Graeme hatte sie im Steuerhaus bereitgestellt. Sie versuchte, die Rinder zu beschwichtigen. »Ho, ho, ho!«, rief sie. »Ihr werdet nur ein bisschen nass, das könnt ihr doch ab!«

»Du hörst dich an wie der Weihnachtsmann.«

»Fällt dir was Besseres ein?«

»Für Deckspiele haben wir leider keinen Platz. Und Frühstück haben die beiden nicht gebucht.«

»Schöner Bootsausflug!«, beschwerte sie sich, unempfänglich für seine Ironie. »Warum bin ich überhaupt mitgekommen?«

»Du wolltest mich bei der Arbeit begleiten. Zum Dank für meinen Thekendienst.«

»Musst du darauf herumreiten?«

»Aber so war das doch gedacht, oder?«

»Als Gegenleistung?«, fragte sie erstaunt. »Weil du im Ausschank eingesprungen bist, als Elsie krank war?«

»Genau.«

Rossalyn schüttelte den Kopf. »Das glaubst du doch nicht wirklich?«

»Was denn?«

»Meinst du, ich hüpfe mit jedem in die Kiste, der mir einen Gefallen tut? Zur Belohnung?« Sie warf den Kopf in den Nacken und stöhnte auf. »In was für einer traurigen Welt lebst du eigentlich? Danke, Elsie, dass du die Rühreier für die Gäste gebraten hast! Das wäre ja eigentlich meine Aufgabe gewesen. Wir gehen gleich hoch auf dein Zimmer, dann zeige ich mich erkenntlich. Wie hättest du's denn gern?«

»Das kriegst du jetzt in den falschen Hals«, wehrte sich Graeme und versuchte, einem sich auftürmenden Wogenkamm auszuweichen. Dank seiner Erfahrung am Ruder und mit viel Geschick gelang ihm das auch. Er wischte sich Salzwasser aus dem Gesicht. »Tut's dir etwa leid, was vor ein paar Stunden passiert ist?«

»Was *ist* denn passiert?«

»Du willst mich nur provozieren.«

»Sag's mir! Mit deinen Worten. Was genau ist zwischen uns ›passiert‹? Nicht dass mir irgendwas entgangen ist.«

»Du kannst mich mal«, erwiderte er.

44

Bleierne Stille legte sich auf die *Bluebell.* Graeme hatte die Torran Rocks umschifft. Sie kamen wieder in ruhigere Gewässer. Sogar Peg und Meg regten sich wieder ab. Eng aneinandergelehnt, Maul an Maul, die Hörner verschränkt, sahen sie aus, als würden sie einen streng geheimen Plan aushecken.

Rossalyn wand sich zwischen den Leinen hindurch und balancierte an den Kühen vorbei nach vorn. Dann setzte sie sich auf das Schanzkleid am Bug, möglichst weit von dem Mann entfernt, den sie am liebsten erwürgt hätte, und den sie nur deswegen verschonte, weil er den verdammten Kutter fuhr, der sie in ihr eigenes Leben ohne nervige, selbstgefällige Lover zurückbrachte.

So ließen sie Seemeile für Seemeile hinter sich, bis sie Colonsay immer näher kamen. Sie passierten das nördliche Ende der Insel und fuhren dicht unter der geschützten Ostküste Richtung Scalasaig.

Das herrliche Wetter sprach ihrem an den Haaren herbeigezogenen Streit Hohn. Die wenigen Morgenwolken hatten sich aufgelöst, und der Dauerregen der vergangenen Woche schien wie weggeblasen, als habe sich der Gott des Wetters daran erinnert, dass dieser Teil der Hebriden als einer der sonnenreichsten Orte Schottlands galt.

»Bestimmt wartet Bruder Ptolemy schon am Anleger«, sagte Graeme schließlich, um das Schweigen zu brechen.

»Ich frag mich, ob sich sein Streichelzoo rechnet«, antwortete Rossalyn vom Bug der *Bluebell,* wo sie wie eine schmollende Galionsfigur verharrte, ungeachtet des Spritzwassers, das sie dabei abbekam. »Die Tiere brauchen doch Futter.«

»Die sind alle ausgemustert, keiner will die mehr. Bestimmt haben auch Peg und Meg was ausgefressen.«

»Die beiden Süßen?«

»Ich würde die Einsiedelei eher einen Gnadenhof nennen.« Er überlegte kurz. »Find ich übrigens sympathisch. Dadurch bekommen die Viecher das Gefühl, noch eine Aufgabe zu erfüllen.«

»Was müssen die denn machen?«

»Für die Gäste da sein. Die suchen eine innere Verbindung mit Tieren und der Natur. So hat's mir Bruder Ptolemy erklärt, und dafür verlangt er gesalzene Preise.«

»Aber da oben ist doch nichts, nur Ruinen. Kein Strom, keine Kanalisation …«

»Deshalb brummt sein Laden ja. Downshifting, Entschleunigung für ein einfacheres, bewussteres Leben. Minimale Kosten bei maximalem Gewinn. Dauernd kommen neue Leute nach Colonsay. Die Plätze auf den Plumpsklos sind heiß begehrt.«

Rossalyn lachte. »Würd mir nicht im Traum einfallen.«

»Und bei den Ruinen des alten Dorfes hat's gute Weidegründe, reichlich Futter für die paar Tiere. Viele sind es ja nicht. Nur viele verschiedene.«

»Danke fürs Mansplaining! Was würde ich ohne dich machen?« Sie war noch ein wenig auf Krawall gebürstet. Dennoch begann sie, sich wieder zurück zum Steuerhaus zu begeben.

»Wenn du mich fragst, haben die das große Los gezogen«, sagte Graeme. »Ist doch besser, als geschlachtet zu werden.«

»Hört ihr das?«, fragte sie Peg und Meg und drückte sich an ihnen vorbei. »Ihr werdet leben wie die Made im Speck!«

Die Hochlandrinder stierten unbeeindruckt vor sich hin. Doch plötzlich kam Bewegung in die beiden. Während der Fahrt hatte die *Bluebell* immer wieder Gesellschaft von Seevögeln bekommen. Sie schauten in der Annahme vorbei, Graeme kontrolliere Netze oder Hummerreusen. Dabei fiel in der Regel jede Menge Beifang ab. Als sie registrierten, dass außer Spesen nichts gewesen war, zogen Möwen, Sturmtaucher und Tordalke wieder ab – nicht ohne ein Zeichen ihres Frusts in Form großflächiger Scheißeflecken zu hinterlassen. Graeme vertrieb sie mit einem Kescher. »Verschwindet! Runter von mei'm Kutter!«

Umso überraschender war es, dass sich eine Krähe auf dem Nacken von Peg niederließ, als sei es das Natürlichste von der Welt.

Die Kuh verfiel in das bekannte Schiffsdiesel-Wummern, offenbar eine Unmutsäußerung. Daraufhin krächzte die Krähe eine Weile, als habe sie von vorneherein ein paar Dinge klarzustellen und wichtige Nachrichten zu überbringen. Die beiden Kühe erstarrten und hörten aufmerksam zu.

Dann erhob sich der Vogel wieder in die Lüfte. Er flog allerdings nicht nach Colonsay zurück, von wo er offenbar hergekommen war. Stattdessen begann er, über dem Kutter zu kreisen und dabei anfeuernde Rufe auszustoßen.

»Da soll einer mal sagen, dass Tiere sich untereinander nicht verständigen können«, staunte Rossalyn. »Haben die gerade einen Plausch gehalten?«

Bislang hatte die *Bluebell* gut im Wasser gelegen. Das Gewicht der Kühe wirkte wie ein Ballast, der sie auf Kurs hielt und den Einfluss seitlicher Wellen neutralisierte. Doch jetzt veränderte sich die Lage des Bootes. Der Kutter fing an zu rollen, in der Längsachse. Für Landratten wie Rossalyn hieß das: Die *Bluebell* schaukelte hin und her.

Graeme merkte es sofort. »Irgendwas stimmt hier nicht!« Er versuchte, die Bewegungen des Rumpfes mit der Steuerung auszugleichen, ohne Erfolg. Der Kutter schwankte wie ein schwerfälliges Uhrenpendel. Und das Pendel schlug immer stärker aus.

»Das sind die Kühe!«, rief Rossalyn. »Die machen das mit Absicht!«

Es stimmte. Peg und Meg neigten sich synchron von einer Seite zur anderen. Zusammen wogen sie weit mehr als eine Tonne. Die Gewichtsverlagerung zeigte also schnell Wirkung.

»Nach Scalasaig ist es nur noch eine Seemeile!«, rief Graeme und schob den Gashebel bis zum Anschlag nach vorn. Geschwindigkeit stabilisierte, doch sehr viel mehr war aus dem Motor nicht mehr herauszuholen, sie liefen ja schon mit voller Fahrt. »Wenn wir kentern, ersauft ihr zwei Troublemaker! Ich hoffe, euch ist das klar!«

»Können Kühe nicht schwimmen?«, fragte Rossalyn.

»Ziemlich gut sogar, aber dafür müssten wir sie erst mal von den Leinen und den Gurten befreien. Das dauert.« Er tastete nach seinem scharfen Bootsmesser, an Bord trug er es immer bei sich.

»Und wenn's schnell gehen muss?«

»Das Hackbeil hängt gleich neben dem Niedergang!«

»Niedergang?«

»Da, wo's unter Deck geht.«

Rossalyn schnappte sich das Beil und schien sofort loslegen zu wollen.

»Warte! Vielleicht schaffen wir's zur Anlegestelle, ohne die *Bluebell* in Stücke zu hauen. Das machen wir erst im allerletzten Moment! Wenn Peg und Meg sich jetzt losreißen, ist Feierabend, dann kentern wir gleich. Versuch lieber, sie zu beruhigen.«

Sie reichte ihm das Hackbeil und stützte sich mit beiden Händen ab, um zu den Rindern zu gelangen. Am besten, ohne dabei ins Wasser zu fallen.

Die Krähe begleitete sie und strich laut krächzend über die Köpfe der Kühe hinweg, wie um sich in Erinnerung zu bringen.

Graeme suchte das Ufer nach einem Ort zum Anlanden ab. Den Strand der Balnahard Bay hatten sie leider schon hinter sich gebracht, an eine Wende war nicht zu denken. Zum Glück fiel die Ostküste nicht steil, sondern relativ flach zum Meer ab. Sie bestand aus abweisenden Felsen. Felsen und noch mal Felsen! Allerdings gab es immer wieder kleinere Einbuchtungen. Auf der Karte waren sie arglos mit »Port« bezeichnet: Port Araraibhne, Port Ceann a' Ghàrraidh, Port a' Bhuailtein. Aber da konnte man höchstens mit einem Dingi festmachen. Für einen Kutter von der Größe der *Bluebell* waren die »Häfen« ungeeignet.

Graemes Blick fiel auf ein vorgelagertes Inselchen, Eilean Olmsa. Eine Kolonie von Krähenscharben nistete dort jedes Jahr. Das waren Vögel aus der Familie der Kormorane, und so sahen sie auch aus, mit Krähen hatten sie eigentlich gar nichts gemein. Die Gegend war auch bei Robben beliebt. Neugierig verfolgte eine das Treiben zweier Menschen, die so bescheuert waren, zwei Hochlandrinder durch die Gegend zu schippern.

Jenseits von Eilean Olmsa lag Port Olmsa, ein Ministrand, gerade mal zehn Meter breit, wenn's hochkam, mit einer Minisandbank mitten in der Einfahrt. Vielleicht kam ein Kajak daran vorbei. Wer diesen Witz »Port« getauft hatte, sollte in die Klapse eingewiesen werden, dachte Graeme.

Inzwischen schaukelte der Kutter wie bei Windstärke neun, jede Menge Wasser kam über, mehr als wieder abfließen konnte. Es würde nicht mehr lange dauern, bis sie kenterten und sanken wie ein Stein, Peg und Meg sei Dank.

»Ich bring euch um!«, schrie Rossalyn. Mit schmerzverzerrter Miene klammerte sie sich an die Reling und hielt sich dabei ihr Schienbein. Meg hatte seitlich ausgeschlagen und muhte höhnisch in der Gewissheit, einen Treffer gelandet zu haben. Zuvor hatte es Peg geschafft, ihr gezielt auf den Fuß zu latschen. Die schweren Gummistiefel schwächten den Druck zwar ab, doch Rossalyn sah ihre Zehennägel schon blau werden. »Ich mach euch beide kalt, ihr verrückten Rauschkühe! Und wisst ihr was? Keinen Finger rühr ich, wenn das Boot umkippt! Ertrinken ist für euch noch ein gnädiger Tod!«

»So viel zum Thema Beschwichtigung«, meinte Graeme und nahm Kurs auf Port Olmsa. Es war nicht weit, vielleicht dreihundert Meter. »Danke, Ro, einen Versuch war es wert.«

Der Kutter legte sich für ein paar Augenblicke gefährlich zur Seite. Peg und Meg spreizten instinktiv die Beine, um das Gleichgewicht zu halten. Das brachte die Pendelbewegung zwar nicht zum Stillstand, schwächte sie aber deutlich ab.

Graeme konnte dadurch besser manövrieren. Das war mehr, als

er zu hoffen gewagt hatte. »Wir landen an!«, rief er Rossalyn zu. »Da vorn ist es günstig.« Er drosselte die Geschwindigkeit.

»Bist du sicher?«, zweifelte sie und hinkte zum Steuerhaus. Besonders vertrauenserweckend wirkte Port Olmsa nicht auf sie. »Das ist doch nur ein Nadelöhr von Einfahrt. Schaffen wir nie!«

»Nehmen Sie Ihre Plätze ein! Schnallen Sie sich an, bis wir unsere Parkposition erreicht haben!«

»Oh, hier spricht der Kapitän!« Zum ersten Mal nach dem Aufwachen lächelte Rossalyn. »Du kannst ja cool wie Hundeschnauze sein …«

»Halt dich irgendwo fest, okay?« Er ging auf volle Kraft zurück, gab Gegenschub.

Sie schenkte ihm einen Schlafzimmerblick.

»Nicht an mir festhalten!«, protestierte er. »An der Reling!«

Sie bemerkte, dass sie sich an seinen Arm geklammert hatte wie eine Jungfer in Nöten, und ließ los. »Sorry, Babe.«

»Babe?«

»Nur ein Reflex«, sagte sie verdattert.

»Leg dich hin! Zieh die Knie an! Vor dem Aufprall ist das am besten, *Babe.*«

Rossalyn tat wie ihr geheißen. »Hätt ich bloß die Klappe gehalten!«

Unvermittelt ließ sich die Krähe auf dem Vordersteven nieder. Sie krächzte irgendwas und bewegte dabei ihre Flügel. Es sah so aus, als redete sie auf die Kühe ein.

Was auch immer sie den beiden Highlands verklickerte – sie gaben endlich Ruhe.

Das erleichterte es Graeme, keine Felsen zu streifen und die *Bluebell* in der Fahrrinne möglichst sanft auf Grund zu setzen. Es knirschte und schrammte zwar bedenklich, aber sie kamen auf der Minisandbank zum Stehen. Der Kutter konnte das ab. Die letzten Meter zum Ufer waren durchs Wasser watend leicht zu bewältigen. Zusammen mit Rossalyn löste Graeme Leinen und Gurte.

Plötzlich hatten sie alle Zeit der Welt. Peg und Meg schienen ziemlich erschöpft zu sein. Jedenfalls flippten sie nicht aus, als die Menschen sie von ihren Fesseln befreiten, sondern ließen es geduldig geschehen.

»Meinst du, deine *Bluebell* hat Schaden genommen?«, fragte Rossalyn.

»Wird sich zeigen. Wir sind nur mit dem Bug aufgelaufen, die Schraube liegt frei. Hätte viel schlimmer kommen können.«

»Hast du gut gemacht.« Sie stellte sich dicht vor ihn hin und suchte seine Augen. »Verdammt gut …«

Gab es eine bessere Gelegenheit für einen Versöhnungskuss? Doch Graeme war nicht danach zumute, nicht nach dem ganzen Mist, den Ro auf der Fahrt nach Colonsay verzapft hatte. Als sie wissen wollte, was zwischen ihnen »passiert« sei. Was sollte das? So konnte man doch nicht miteinander umgehen. Sie hatte ihn so behandelt, als hätte die vergangene Nacht gar nicht stattgefunden. Oder als wäre alles nur eine Art Ausrutscher gewesen.

»Danke«, sagte er kurz angebunden und brachte die Gangway für die Kühe aus. Unter gutem Zureden führte er Meg über den wackeligen Steg.

Fassungslos starrte Rossalyn dorthin, wo Graeme gerade noch gestanden hatte. Dann gab sie sich einen Ruck und half ihm mit Peg. Die Tiere zögerten, bevor sie ihre Klauen ins klare Wasser setzten, ließen sich aber mühelos an Land dirigieren, wo sie mit neu erwachtem Eifer über die Vegetation herfielen.

Ein Gutes hatte das Anladen in Port Olmsa: Bis zur Einsiedelei war es querfeldein nur eine Meile. Graeme rief Bruder Ptolemy auf dem Handy an und stellte auf Lautsprecher, damit er ihn besser verstand. Er berichtete, dass die Kühe auf der Überfahrt erhebliche Probleme gemacht hatten. Bruder Ptolemy solle seine renitenten Horrorviecher doch bitte am Port Olmsa abholen! Der Auftrag, sie unversehrt nach Colonsay zu transportieren, sei jedenfalls erfüllt.

»Geht in Ordnung«, gab der seltsame Heilige durch. »Ich komme und nehme die Kühe mit. Tut mir leid für die Umstände.«

»Das war das letzte Mal! Und für diese Fuhre verlange ich eine Gefahrenzulage.«

»Fällt das nicht unter … höhere Gewalt?«

»Hundert Pfund! Fünfzig pro Kuh.«

»Viel zu viel! Ich geb dir fünfzig für beide.«

»Kann ich nicht machen.«

»Stehst du zufällig auf Schröpfmassagen?«, versuchte es Bruder Ptolemy. »Chloe ist eine Meisterin.«

Graeme dachte an den Abend im Pub, als Chloe, das verrückte erste Date von Howard, zur Unterhaltung alle möglichen Hotelgäste geschröpft hatte. Ganz geheuer war ihm das nicht. Doch anstatt einfach »Nein danke« zu sagen, tat er sich mit einem Seitenblick auf Rossalyn dicke: »Den Posten für körpernahe Dienstleistungen hab ich schon an jemand anderen vergeben. Außerdem willst du nur den Preis drücken.«

Sie feilschten noch eine Weile weiter, Graeme blieb hart. Schließlich lenkte Bruder Ptolemy ein und versprach, hundert Pfund nach Port Olmsa mitzubringen.

Als das Telefonat beendet war, hatte sich Rossalyn bereits zum Hotel aufgemacht. Zu Fuß. Humpelnd.

So fühlte es sich also an, wenn man einen Penis oder einen vergleichbar unhandlichen Ersatz besaß. Einen enorm langen Penis, denn die Barrett M82 war vom Schaft bis zur Schalldämpfermündung fast so groß wie die beste Killerin nördlich des Hadrianswalls vom Scheitel bis zur Sohle.

Wieder einmal stellte sie fest, dass diese Dinger nichts für sie waren. Was für ein Aufwand! Allein, sich eine geeignete Feuerstellung zu suchen, bedurfte penibler Planung. Die Zieloptik auf die richtige Entfernung einzustellen, das Gewehr schussbereit zu machen und es entsprechend getarnt in Anschlag zu bringen war ein generalstabsmäßiges Unterfangen. Windstärke und -richtung einzukalkulieren stellte eine eigene Wissenschaft dar, hinzu kamen weitere Faktoren wie Licht, Luftfeuchtigkeit und vieles mehr.

Doch das war noch nicht alles. Für ihre Zwecke benötigte sie einen Schalldämpfer. Davon fand sie in der Ausrüstung des Insolvenzberaters zum Glück ein ganzes Sortiment. Für die Munition galt das Gleiche. Sie entschied sich für Unterschallgeschosse, die in der Branche zunehmend selten in Gebrauch waren. Die Patronen waren größer als der Standard, die umfangreichere Treibladung bestand aus langsam abbrennendem Pulver. Damit erreichte man eine höhere Geschossenergie. Die brauchte man auch, denn wenn Unterschallprojektile den Lauf der Waffe verließen, lag die Mündungsgeschwindigkeit unterhalb der Schallgeschwindigkeit, es gab keinen Überschallknall, dadurch war Unterschallmunition bedeutend leiser als herkömmliche. Der Schalldämpfer tat ein Übriges, um für möglichst geringe Geräuschentwicklung zu sorgen. Dies alles verursachte jedoch eine geringere Rasanz der Flugbahn und eine geringere Durchschlagswirkung wegen der geringeren Ge-

schossenergie, deswegen, zum Ausgleich, die größeren Treibladungen.

Aufgrund dieses Set-ups war der Knall beim Abfeuern des Gewehrs kaum zu hören, jedenfalls nicht über Entfernungen von mehr als zweihundert Metern. Dafür war die Schussbahn stärker gekrümmt, und wenn die Kugel aufs Ziel traf, richtete sie lange nicht so viel Schaden an. Es reichte also zum Beispiel nicht, einen Punkt an der Schulter zu erwischen, damit sich ein beträchtlicher Teil des restlichen Oberkörpers gleich mitverabschiedete. Man musste viel genauer zielen. Und vorher jede Menge üben.

Probieren ging über Studieren, fand die beste Killerin nördlich des Hadrianswalls und fuchste sich anhand einschlägiger Internetvideos aus vorwiegend US-amerikanischen Quellen in die Materie ein. Das war ihr nicht lästig, obwohl sie die Barrett nur bei einer einzigen Gelegenheit benutzen und ansonsten wieder auf ihre bewährten und lieb gewonnenen Würgemethoden zurückgreifen wollte. Nein, es war einfach nur Teil des Jobs.

Also Schießübungen im Morgengrauen an einem schwer zugänglichen Abschnitt der zerklüfteten Westküste von Colonsay, wohin sich niemand mal so hinverirrte, nicht einmal hartgesottene Hillwalker, im Gegensatz zur Ostküste, die viel freundlicher war und Boote zum Anlegen einlud. Ein paar Riffe im Meer dienten ihr als Zielobjekte. Sie merkte schnell, dass sie anstelle eines Gewehrs eher so etwas wie ein tragbares Katapult bediente. Die Flugbahn war tatsächlich stark gekrümmt, sie passte die Visierung entsprechend an.

Eine Krähe geriet ins Fadenkreuz. Was die wohl dort draußen verloren hatte? Der einsame Vogel pickte Muscheln von den Felsen und nahm die drohende Gefahr nicht wahr.

Der Schuss hörte sich an wie das Knacken, das entstand, wenn man eine Bierdose zusammendrückte. Es klang ein wenig künstlich und hohl, wenn der Bolzen auf das Projektil traf, nicht nach Metall, sondern nach Kunststoff. Das Nachladen war genauso leise. Ein Mündungsgeräusch war nicht zu vernehmen. Mehr Lärm machte die Barrett nicht. Es kam ihr so vor, als hantierte sie mit einem Paintball-Gewehr. Der Rückstoß war fast zu vernachlässigen.

Die Krähe flatterte hoch und flog laut schimpfend davon. Die Kugel war einen Meter vor ihr eingeschlagen und hatte Fels- und Muschelsplitter aufspritzen lassen. Wie beabsichtigt. Für das, was die beste Killerin nördlich des Hadrianswalls plante, mussten keine Tiere in Mitleidenschaft gezogen werden.

Sie übte weiter. Durchladen, anvisieren, abdrücken.

Der Penisvergleich drängte sich ihr wieder auf. Üblicherweise ließ die Wahl der Waffe Rückschlüsse auf den Charakter zu. Sie fragte sich, warum der Insolvenzberater so ein lächerlich langes Teil benutzte. Dieser technische Schnickschnack kam ihr wirklich immens vor, das war doch eher etwas für einen hundertprozentigen Chauvi, der sich an der Ausstattung aufgeilte, so ähnlich wie bei getunten Autos oder Segeljachten.

Ihr Eindruck von der Zielperson war jedoch ein ganz anderer. Auf den ersten Blick wirkte er zwar unglaublich durchschnittlich, auf eine konventionelle Weise kontaktgestört, im Umgang mit Menschen erstaunlich liberal und einfühlsam. Doch inzwischen fand sie, dass da mehr dahintersteckte. Irgendetwas belastete ihn, etwas schwer Greifbares, das lange zurücklag, eine intensive Verlusterfahrung wahrscheinlich, die sein Leben einst auf den Kopf gestellt hatte. Angeblich war er in einem Waisenhaus aufgewachsen, er kannte seine Eltern gar nicht. Da hatten sie etwas gemeinsam.

Vermutlich bevorzugte er deswegen ein Scharfschützengewehr. Damit konnte man Distanz wahren. Distanz war sein Ding. Sie korrigierte sich: Distanz war sein Ding gewesen. Inzwischen suchte er ja Kontakt. Vielleicht sah er sein Ende nahen, da schlugen manche Leute alle Risiken in den Wind.

Sie freute sich schon darauf, ihren Kopfhörer aufzusetzen und in Erfahrung zu bringen, was nach dem Abend mit dem PDBDC so bei ihm los war. Ihre Wanze war unentdeckt geblieben. Bislang hatte sie nur die Schnarchgeräusche der besoffenen Lehrerin eingefangen. Die war auch so ein Fall. In einer Theatergruppe schien sich alles darum zu drehen, wer mit wem anbandelte. Die Isolation der Insellage verstärkte das noch.

Ihr Handy klingelte. »Tomtom« erschien auf dem Display. Ungewöhnlich, dass er sich mitten in einem Auftrag meldete. Hatte er neue Informationen? Instruktionen?

Egal was es war, es würde warten müssen. Sie stellte das Handy auf stumm und lud im Liegen erneut durch, spürte den regennassen Untergrund an Bauch und Becken, wurde eins mit dem Terrain und der dünnen Humusschicht über dem Jahrmillionen alten Gestein. Gar nicht unangenehm. Schließlich richtete sie nicht einen x-beliebigen Penis auf das Ziel aus. Dieser Penis hatte dem Insolvenzberater gehört, er war ein nicht wegzudenkender Teil von ihm gewesen. Seine Hände waren über die Brünierung und den Kolben geglitten, hatten den Lauf von innen gereinigt, ihn eingeölt. Sein Zeigefinger hatte den Abzug betätigt.

Und jetzt gehörte dieser Penis ihr. Ihr ganz allein.

Kastrationsfantasien, schon klar. Aber die waren nicht ohne. Jeder Schuss pflanzte sich durch ihren Körper fort wie ein feuchtes Versprechen. Sie verwandelte das Riff in ein Trümmerfeld.

Als sie fertig war, hielt sie eine Weile inne, um wieder runterzukommen. Aus der Ferne irgendwas wegzuballern fühlte sich an wie Cybersex. Völlig anders als Strangulieren mit der Seidenschärpe, aber zielführend. Beinahe hätte sie sich ins Höschen gemacht. Sollte sie von Erwürgen auf Abknallen umdisponieren? Eine Überlegung wäre es wert.

Dann rief sie Tomtom auf dem Handy zurück.

Er hatte keine guten Neuigkeiten. Es gab eine Planänderung.

»Wirklich?«, fragte sie. »Noch heute?«

45

Was für ein Tag! Bei ihrem morgendlichen Work-out in der Brauerei ließ sich Crissa von der Sonne wärmen, dabei kamen ihre Tattoos hervorragend zur Geltung. Endlich war das Pisswetter vorbei. Die ersten Touristen, die zur Besichtigung eintrafen, staunten nicht schlecht, als sie die junge Berserkerin Fünfzig-Liter-Fässer von A nach B wuppen sahen, als brächte sie den Müll nach draußen. Ihr Tanktop in den Farben der schottischen Flagge, dunkelblau mit weißem Andreaskreuz, tat ein Übriges: Die Handykameras liefen heiß. Crissa posierte sogar für Selfies der Gäste. Auf Wunsch hob sie nach Belieben Männer oder Frauen hoch, hielt sie auf den Armen wie auf einem Hochzeitsfoto und empfahl das neue Craftbier mit Hagebuttengeschmack, »Strong like a Hebridean«. Das Trinkgeld war ein schöner Zusatzverdienst.

Danach ging sie zum Ferry Terminal und erledigte ein bisschen Bürokram. Bei dieser Gelegenheit checkte sie die Daten von Jill, die am Abend mit der Fähre ankommen würde, und recherchierte noch ein bisschen über die angebliche »Wirtschaftsjuristin«. Zunächst einmal klang das seriös, gesettelt, tough. Da sich Crissa mit Online-Communitys bestens auskannte und Jill nicht gerade ein Ass im Verschleiern ihrer Identität war – Jill1974 als Benutzername, also bitte! –, stieß sie im Forum einer Gruppe für Mountainbiking an der Westküste auf einige Unregelmäßigkeiten. Zum Beispiel stimmte es gar nicht, dass die Frau ein Sabbatical nahm. In Wahrheit hatte sie die Brocken am Oban Sheriff Court and Justice of the Peace Court von sich aus hingeschmissen. Und sie hatte nur als Rechtspflegerin gearbeitet, in einem Verwaltungsjob, nicht als Anwältin oder so. Was Crissa daran erinnerte, dass sie ihr eigenes Jurastudium in St. Andrews einst drangegeben hatte, um wieder auf den Inseln zu landen und bei der Fährgesellschaft anzuheuern. Das verheimlichte sie aber nicht im Gegensatz zu Jill, die sich vor Howard wohl wichtiger machen wollte, als sie war. Na ja, es war noch kein Verbrechen, sich in einem möglichst günstigen Licht darzustellen. Aber mit der Wahrheit schien sie es nicht so genau zu nehmen.

Vorerst forschte Crissa nicht weiter nach, für Detektivarbeit am Bildschirm fehlte ihr gerade die Geduld. Sie schaltete ihren Computer aus und begab sich nach draußen. Sehnsüchtig blickte sie zum Colonsay Hotel hinüber. Noch nie hatte sie den schmucken alten Kasten mit so viel Wohlgefallen betrachtet. Dass eine Frau, ein Mann oder sonst wer sie dermaßen anfixte, hätte sie nicht für möglich gehalten. Sie war verliebt.

Elsie musste ihre Schicht längst angetreten haben, vermutlich machte sie sich gerade an die Vorbereitungen zum Lunch. Sie hatte heute ganz früh rausgemusst, deshalb war nach dieser endkrassen, absolut sternsplitterhaften Theaterprobe leider nichts mehr zwischen ihnen gelaufen.

Schöne Elsie. Sie waren beide etwa gleich groß. Gut, Crissa war eine ganze Ecke breiter und stärker, aber schon rein optisch passten sie irre gut zusammen, fand sie, zum Beispiel, wenn sie am Strand nebeneinanderher gingen. Elsie war dünn wie eine Bohnenstange, schmal und sehnig, von der Statur her glich sie Howard. Aber sie hatte eine Körperbeherrschung, von der durchschnittlich trainierte Leute nur träumen konnten. Jede ihrer Bewegungen war bewusst, ausdefiniert, reine Energie. Mit ihrem Knackarsch konnte sie wahrscheinlich Bierflaschen öffnen – oder den Flaschen so einen Schreck einjagen, dass sie von selbst aufgingen.

Kluge Elsie. Ihre Ideen hatten den PDBDC auf die richtige Spur gebracht. *Macbeth* in zwanzig Minuten, das war einfach unbezahlbar, darauf musste man erst mal kommen. Crissa hatte sich schon lange gefragt, was das sollte, den ganzen Riemen komplett aufzuführen. Alle waren begeistert gewesen.

Betörende Elsie. Allein wie sie küsste, so hungrig und intensiv, als müsste sie Jahrhunderte nachholen, auch darin waren sie sich ähnlich. Sie verstanden sich unglaublich gut, wobei »unglaublich« wirklich unglaublich viel einschloss, Crissa fühlte sich wie ein Kontinent, der gerade neu entdeckt wurde. Und wenn sie daran dachte, was Elsie mit ihrem Rapunzelzopf so anstellte … Einmal hatten sich ihre Hände spielerisch um Crissas Hals gelegt, so als wollte sie zudrücken. Törnte das nicht zusätzlich an? Doch Elsie hatte abrupt aufgehört, als habe sie ein Brenneisen angefasst. »Das lassen wir lieber, du wirst es nicht mögen.« Sie war ein paar Jahre älter als Crissa und besaß offensichtlich viel mehr Erfahrung.

All ihre kleinen Tänzchen der letzten Jahre, der ganze heteronormative Schwachsinn – Schnee von gestern. Crissa hatte schon das eine oder andere ausprobiert, was vom Üblichen abwich, nicht nur online. In ihrer Zeit in St. Andrews, oder wenn sie eine kleine Pubtour aufs Festland unternahm, war sie schon neben Leuten aufgewacht, die sie an ihrem Verstand hatten zweifeln lassen. Irgendwie erwischte sie immer Trophäenjäger und -jägerinnen, die eine Riesin wie sie aus einer Art sportlichem Ehrgeiz eroberten. Und wenn sie mal an jemanden geriet, mit dem sie sich mehr oder zumindest was Längeres vorstellen konnte, dann vermasselte sie es schon auf den ersten Day-After-Metern, beim Kaffee zum Beispiel. Schon als Kind hatte Crissa einer neuen Puppe als Erstes die Haare abgeschnitten und die Gliedmaßen mit Filzstiften bunt angemalt. Mit Menschen ging es ihr ähnlich, die versuchte sie auch immer sofort in eine Form zu bringen, von der sie annahm, dass sie besser hineinpassten als in die alte. Dabei folgte sie einem inneren Zwang, es war wie ein Wettbewerb, wer die Oberhand behielt.

Aber das mit Elsie schien sich so ganz anders anzulassen, Crissa ordnete sich ihr unwillkürlich unter. Nicht weil sie auf devot oder so etwas stand, sondern einfach nur, um ihr zu gefallen. Und Elsie honorierte das mit Zärtlichkeiten und ganz viel Verständnis. Sie flüsterte Crissa wundervolle Dinge ins Ohr, wenn sie im Halbschlaf beieinanderlagen und »das Kopfkissen teilten«, wie sie sich ausdrückte. »Alles ist gut.« »Ruh dich aus, meine Schöne.« »Ist dir auch warm genug?« Mit den Fingern fuhr Elsie dann die verschlungenen Linien der Tätowierungen nach und dachte sich kleine Geschichten dazu aus, als würde sie aus einem Märchenbuch vorlesen. Bei niemandem hatte sich Crissa je so aufgehoben gefühlt.

Sie riss ihren Blick vom Hotel los und begann den Pier und die Anlegestelle zu inspizieren, wollte sicherstellen, dass für die Ankunft der Fähre am Abend alles in Ordnung war. Zugleich hielt sie nach Howard Ausschau. Vielleicht tätigte er noch einen Einkauf in »The Shop«, nachdem der PDBDC seine Vorräte empfindlich dezimiert hatte. Auf Elsie abzufahren hieß nicht, dass sie kein Auge mehr auf Howard und seine Dates hatte. Der Mann musste vor sich selbst in Schutz genommen werden, wenn er sich mit Fremden traf, sie fühlte sich für ihn verantwortlich. Nicht dass er einer Betrügerin aufsaß, die ihn ausnahm wie eine Weihnachtsgans. Sie fragte sich, ob sie ihm davon erzählen sollte, was sie über Jill1974 herausgefunden hatte. Aber das kam ihr denunziatorisch vor.

Howard und die Frauen: ein Buch mit sieben Siegeln. Vorgestern auf der Terrasse, nachdem die Handwerker abgezischt waren – merkwürdiger ging's nicht. Crissa rief sich diesen Mix an Eindrücken in Erinnerung. Zuerst hatte er sich von ihr angebaggert gefühlt, und es hatte ihm ein bisschen gefallen, trotz des Altersunterschieds. Wenn sie ihre Muskeln auspackte, wurde ihm immer ganz anders, das spürte sie. Dann driftete er gedanklich ab. Als würde er überlegen, was sie so draufhatte, wenn es hart auf hart kam, und wozu sie wohl alles in der Lage wäre.

Dann hatte sie wissen wollen, was es mit dem Loch in der Scheibe auf sich hatte. Die Geschichte mit seiner angeblichen Stalker-Ex fand sie seltsam. Von so jemandem hätte sie oder einer der anderen doch irgendwas mitkriegen müssen, irgendjemand auf Colonsay, sogar in dem abgelegenen Uragaig. Elsie zum Beispiel. Okay, die wohnte erst seit ein paar Tagen dort. Aber ein handfester Einbruch? Welche enttäuschte Partnerin machte denn so was?

Jedenfalls klang es unecht, das stimmte nie im Leben. Howard und eine Ex? Nicht dieser Einsiedlerkrebs, dieser Beziehungsloser, der war schon seit einer Ewigkeit aus dem Geschäft. Er hatte etwas erfunden, um dieses kreisrunde, perfekt herausgeschnittene Loch in der Scheibe zu erklären, da war sich Crissa sicher. Aber warum? Sie mochte Howard, auf eine Art, von der sie noch nicht wusste, was das für sie und für ihn bedeutete. Elsie mochte sie auch, klar. Doch Letzteres konnte ganz schnell wieder vorbei sein, Elsie war ein unsteter Geist, sie würde nach der Saison wahrscheinlich weiterziehen. Doch Howard würde in der kommenden Saison Colonsay immer noch die Treue halten, er hatte sich in Uragaig ja häuslich eingerichtet und in seiner Kontaktanzeige angedeutet, auf der Insel bleiben zu wollen.

In Crissas Leben hatte es nie einen »Daddy« gegeben, deshalb wusste sie nicht, wie das so ablief zwischen Vater und Tochter. Aber wenn es nur im Ansatz so war wie zwischen Howard und ihr, würde sie sofort einschlagen. Crissas leiblicher Vater hatte sich für exakt zwanzig Minuten auf Colonsay aufgehalten und war nach dem Zeugungsakt hinter der Old Waiting Room Gallery wieder mit der Fähre nach Oban verschwunden. Vom Standpunkt der Evolution aus betrachtet stellte das ein äußerst effizientes Fortpflanzungsverhalten dar.

Sie grübelte weiter, denn das Merkwürdigste kam ja noch. Nach seiner Enthüllung mit der Ex war Howard zusammengebrochen, direkt vor ihren Augen. Er hatte die Hände vors Gesicht geschlagen und echte Tränen vergossen.

Das hatte Crissa tief erschüttert. Sie fragte sich, was in ihm drin passiert war, dass er seine Schutzschilde vor ihr einfach so fallen ließ. Der angeblichen Ex schrieb sie es nicht zu, die existierte vermutlich gar nicht. Nein, da war Trauer hervorgebrochen, uralte Trauer. Verdrängte Trauer. Vergiftete Trauer. Aus einer Zeit, als Crissa wahrscheinlich noch gar nicht geboren war, und die jetzt wieder emporquoll. Tatsache war: Howard hatte sich ihr geöffnet. Unwillentlich zwar, aber ein Vertrauensbeweis war es dennoch.

Wie auch immer, Crissa würde schon noch herausfinden, was hinter alledem steckte. Vielleicht half ihr Elsie dabei, die wusste bestimmt, was zu tun war.

Nachdem sie ihre Aufgaben am Ferry Terminal erledigt hatte, brauste sie mit der Honda zu ihrer Wohnung in Upper Kilchattan. Sie genehmigte sich eine ausgiebige Mittagspause und schob zu diesem Zweck zwei Tiefkühlpizzen in den Ofen. Dann ging sie unter die Dusche und träumte davon, wovon übergroße Mädchen so träumten, wenn sie unter einem Wasserstrahl standen und an das Beste dachten, was ihr Leben derzeit zu bieten hatte. Sie rasierte sich so gründlich, dass sogar ein Nacktmull neidisch geworden wäre, endlich kam sie mal dazu. Daraufhin verschlang sie zwei Margheritas, stark verkohlt, egal, das war gut für die Verdauung. Sie ließ sich auf ihr altmodisches Oma-Bett fallen, schlüpfte in die Rolle von »Destructa Major« und metzgerte sich auf dem Bauch liegend durch die nächsten Levels ihres Gladiatorenspiels. Was gab es zur Entspannung Besseres, als ihren Dreizack in ein paar Hälse und Brustkörbe zu rammen?

Nach zehn erfolgreichen Kämpfen, ihrem Tagesziel, ging Crissa in die Taverne »Zum Daumen hoch!«. Mal sehen, wer von ihren Onlinefreunden gerade online war. Um 1 p. m. London UK Time standen die Chancen gut, ihre beiden festen Lover zu treffen, den »Schlächter von Caerleon« und »KillThemAll!«. Mit denen tauschte sie sich nächtelang auf eine Weise aus, die Mädchen so gar nicht zum Träumen, eher zum Weglaufen brachte. »Zotig« war noch eine starke Untertreibung für die Ferkeleien, die sie sich ausdachten. Die Hormonstaus ihrer Freunde schienen verbale Sumpfblüten hervorzubringen. Doch Crissa mochte es, in diese virtuellen Abgründe hinabzusteigen, sie hielt sich ja selbst für eine Sumpfblüte.

Ihre Siegesserie in der Arena hatte sie euphorisch gemacht. Sie erwog, der Gladiatoren-Community ihren neuen Beziehungsstatus mitzuteilen, ja, es drängte förmlich aus ihr heraus. Kurz stellte sie sich die Reaktionen vor, wenn sie auch nur ein Sterbenswörtchen darüber verlor, dass »Destructa Major«, deren Wahlspruch

»Besser deine Eingeweide als meine!« lautete, im wirklichen Leben mit einer Frau zusammen war und nicht auf derbe Sprüche, sondern auf verträumtes Liebesgeflüster stand. Sollte sie ihr Inkognito lüften und sich outen? Immerhin waren der »Schlächter von Caerleon« und »KillThemAll!« seit Monaten ihre Buddys, mit deren Hilfe hatte sie so manche Ehrenzeichen errungen. Bislang hatten sie nur ein paar unbedeutende Details aus ihrem Privatleben preisgegeben, Lieblingsessen, Haustiere, so etwas. Nichts davon wies auf ihr wahres Alter oder Geschlecht hin.

Crissa hatte Glück, beide befanden sich bereits in der Taverne und ließen sich stärkenden Essigwein schmecken, der lud die Kraftreserven auf. Hingen diese Kerle denn andauernd vor ihren Bildschirmen ab? Sie machte erst ein paar Andeutungen und wurde dann direkter. Nach so einer langen Zeit und all den Intimitäten – hehe! – könne man doch mal persönlicher werden. Sie würde auch den Anfang machen.

Die Reaktionen waren zunächst verhalten. Doch die Neugier der beiden obsiegte. Also schrieb sie, wer sie war, ohne ihren Klarnamen zu enthüllen, verriet, wo sie lebte und was gerade ihr Herz in Aufruhr versetzte.

Das Ergebnis ernüchterte Crissa. Falls es denn stimmte.

Bei dem »Schlächter von Caerleon« handelte es sich um einen 14-jährigen, vermutlich pickeligen Teenager aus einem Kaff in Island. Und »KillThemAll!« war angeblich eine alleinstehende Dame im Alter von 69 Jahren – ihres Zeichens Desperate Housewife aus Bournemouth in Südengland. Beide beglückwünschten Crissa zu ihrem Online-Outing, das an ihrer blutigen Allianz – sie bekamen Extrapunkte, wenn sie in der Arena als Dreierteam agierten – natürlich nicht das Geringste ändern würde. Besser deine Eingeweide als meine! Es lebe die Diversität! Eine Beziehung führten sie derzeit nicht. Ein Offlinetreffen mit »Destructa Major« kam aber leider kaum infrage. Der »Schlächter von Caerleon« durfte nicht so einfach allein verreisen, und »KillThemAll!« wollte ihre zwölf Katzen nicht allein lassen.

Hoffnungslose Fälle, dachte Crissa, wieder einmal. Im Grunde auch nur wieder Trophäenjäger, nur in einem anderen Sinn. Und mit denen hatte sie Chats geführt, die einem gestandenen Hardcore-Rocker die Schamröte ins Gesicht getrieben hätten?

Andererseits waren es ja nur Worte in einem Rollenspiel gewesen. Welche Taten im stillen Kämmerlein folgten, das behielten sie alle drei stets für sich, da verlief die Grenze. Sie dankte den beiden für ihre Offenheit und ihr Verständnis und schloss mit »Ave, Caesar!«.

Was hatte sie auch erwartet? Supermachos mit null Toleranz, die sie als Gelegenheitslesbe beschimpften? Entrüstete Spießer, die im falschen Jahrhundert lebten? Hoffnungslose Fälle wie der Teenager und die Rentnerin waren da doch viel besser. Es lebe die Diversität – genau!

Crissa beschloss, sich zu loben: Sie schien in der Auswahl ihrer Freunde den richtigen Riecher besessen zu haben. Dass der Schein trog und die beiden sie angeschwindelt hatten, glaubte sie nicht. Mal sehen, wie ihre Onlineunterhaltungen künftig ablaufen würden. Hauptsache, sie bildeten weiterhin ein Team, und keiner fühlte sich dabei irgendwie komisch oder zurückgesetzt. Sie freute sich, die Stunde der Wahrheit so gut überstanden zu haben.

Dann duschte sie ein weiteres Mal. Dabei löste sie ihre Haare, was ein größeres Unterfangen war, und behandelte sie mit einer Pflegespülung. Das konnte nicht schaden.

Das Wasser rann über ihre Schultern, über den Nacken. Sie spannte den Bizeps an, umfasste ihre Oberarme, liebte es, ganz Körper zu sein.

Die Stunde der Wahrheit. Sie konnte das Gladiatorenspiel auch einfach löschen. Und nie wieder etwas von dem Teenager und der Rentnerin hören.

46

Lizzy sah das Unheil herannahen, langsam, schwer schnaufend. Zwei fremde Hochlandrinder kämpften sich den Hang zur Einsiedelei hoch – in Begleitung von Bruder Ptolemy und der verfluchten Krähe. Das konnte nur Ärger bedeuten.

»Geh in den Cleit«, befahl sie Iago. »Jetzt!«

»Aber warum denn?«, fragte das Eselchen.

»Mach, was ich dir sage! Gleich wird's hier ungemütlich.«

»Meinst du die beiden 'ighlands?«, wunderte er sich. »Die schauen doch zutraulich aus.«

»Die wurden von ihrer Herde ausgesondert, das seh ich sofort an ihren Schlägervisagen – schauen aus, als wären sie stockvoll gegen eine Mauer gelaufen. Die taugen nur noch fürs Grobe.«

»Bei einer ist das 'orn abgebrochen …«

»Was bestimmt nicht bei der täglichen Schönheitspflege passiert ist.« Sie schnaubte ungehalten. »Yeedith hat das angeleiert, da bin ich mir sicher. Irgendwie muss sie Bruder Ptolemy dazu überredet haben, weitere Tiere in die Einsiedelei zu holen – als ihre Verbündeten. Mit den beiden Skuas hat es nicht geklappt. Jetzt fährt sie stärkere Geschütze auf.«

»Meinst du wirklich?«

»Verschwinde! Versteck dich!«

»Du 'ast mir gar nichts zu befehlen.«

»Ich sag das nicht noch mal«, schnaubte Lizzy und schubste ihn reichlich unsanft zu dem Cleit. »Na los, da gehst du jetzt rein und kommst nicht wieder raus, bis die Fronten geklärt sind.«

Widerstrebend begab sich Iago in seinen Unterschlupf. Sogleich streckte er den Kopf wieder heraus. »Willst du etwa allein gegen die antreten? Die sind beide größer als du.«

»Lass das meine Sorge sein.«

Wie sich zeigen sollte, war Lizzys Sorge zwar verfrüht, aber mehr als berechtigt. Nachdem Bruder Ptolemy die beiden Kühe auf das Gelände gebracht hatte, hielt er vor dem Turm erneut einen Appell ab. Er hieß Peg und Meg in der Belegschaft willkommen, stellte sie allen vor und umgekehrt.

Ihre Ankunft wurde überwiegend mit Erleichterung aufgenommen. Inzwischen war nämlich eine neue Ladung Spirit Seeker vom Festland eingetroffen, die Einsiedelei zog immer mehr zahlende Gäste an, die Urlaubssaison nahm Fahrt auf. Alle verfügbaren Schlafplätze, wenn man die kargen Strohlager in den Ruinen überhaupt so nennen konnte, waren jetzt belegt. Sie hatten also dringenden Bedarf an Therapietieren und zusätzlichem Kuschelmaterial.

»Ich weiß, es hat zuletzt Unstimmigkeiten gegeben«, führte Bruder Ptolemy weiter aus und wies auf die Krähe, die wieder ihren Platz auf dem Mauervorsprung einnahm. »So etwas kommt vor, manchmal ist ein kleines Gerangel eben nicht zu vermeiden. Aber ich konnte Yeedith davon überzeugen, zu ihren alten Aufgaben zurückzukehren. Ein bisschen mehr Ordnung und Organisation hilft uns, nach dem Wetterumschwung mit möglichst geringen Reibungsverlusten und möglichst großer Zufriedenheit konzentriert an die Arbeit zu gehen. Das gilt auch für unsere Lizzy.« Er warf ihr einen mahnenden Blick zu und drohte mit dem Zeigefinger. »Vertrag dich mit den Neuen! Ich möchte keine Klagen hören.«

Chloe erschien im offen stehenden Portal des Turms und nickte begütigend. Offenbar war auch sie mit der Wiedereinsetzung der Krähe als Kapo der Tiere einverstanden. Sie selbst fand zu den Viechern nur bedingt einen Draht und kümmerte sich lieber um ihre Massagen, die sie ayurvedisch weiterentwickelte. Außerdem versorgte sie die Einsiedelei mit selbst gebackenem Brot, ein echter Lichtblick im Speiseplan.

»Heute Nachmittag mache ich mit den Spirit Seekern eine Exkursion nach Oronsay«, fuhr Bruder Ptolemy fort. »Wir meditieren im Rhythmus des Flügelschlags der schwarzen Enten, eine einzigartige Erfahrung, quasi auf den Schwingen des Chi. Chloe hat uns ein achtsames Picknick eingepackt – mit Bohnenaufstrich wegen der Proteine. Seid alle schön brav, bis wir zurück sind.«

Die neuen Spirit Seeker krochen aus ihren Unterkünften hervor. Nach den autobiografischen Berichten ihrer Vorgänger warteten die nächsten Lebensgeschichten darauf, gehört, wohlwollend kommentiert und insgeheim für totales Versagertum gehalten zu werden. Doch wenn es wieder regnete, konnten sie immer noch Stuhlkreise bilden und einander die Ohren volljammern. Jetzt hieß es, das gute Wetter auszunutzen.

Schon nach kurzer Zeit waren alle aufbruchsbereit. Der Kuttenmann blies die Carnyx – ein bisschen Show musste sein –, und die Truppe tröpfelte los, viele mit nagelneuen Sandalen an den Füßen, hergestellt während der Regenwoche in der einsiedeleieigenen Manufaktur, von ehemaligen Spirit Seekern, die die Langeweile nicht aushielten. Ja, die Synergieeffekte waren schier unendlich. Außerdem schien die Sonne – kostenlos. Irgendjemand sagte tatsächlich: »Hier kriegt man noch was für sein Geld.«

Chloe verschwand wieder im Turm und hielt vermutlich ein Schläfchen, was sie nach Aussage der Katzen und des Bobtails recht häufig tat.

Kein Mensch mehr da.

Die meisten Tiere machten sich ebenfalls dünne, Yeedith brauchte gar nicht erst den Drill-Sergeant heraushängen zu lassen. Ihre Autorität war wie von selbst wiedergestellt, als sei sie nie weg gewesen. Rasmus, der Widder, von den anderen Schafen allein gelassen, wollte zwar Widerspruch erheben. Doch ein nachdrücklicher Rempler von Meg, der Halbbehornten, brachte ihn zum Schweigen. Mit gesenktem Kopf verzog er sich Richtung Ruinen.

Zurück blieben die Krähe, Peg und Meg sowie drei Lamas, offenbar hatte Yeedith sie auf ihre Seite gezogen. Kreisförmig gruppierten sie sich um Lizzy. Möwenschreie schrillten. Einer der

Skuas, die sie beim »Gefecht am Löwenzahnfeld« vom Himmel geholt hatte, kreiste über ihr, bereit, herabzustoßen und Vergeltung zu üben.

Es war eine Falle, von langer Hand geplant. Und jetzt schnappte sie zu.

Lizzy hatte schon mit einer direkten Konfrontation gerechnet, als Peg und Meg eingetroffen waren. Doch die Gegenseite hatte abgewartet, bis es keine störenden Einflüsse mehr gab. Vielleicht war die Exkursion nach Oronsay sogar auf Yeediths Mist gewachsen. Und Bruder Ptolemy schien den Dingen ihren Lauf zu lassen.

Jedenfalls war Lizzy umzingelt. Schneller, als sie es für möglich gehalten hatte.

Sie schaute zu dem Cleit hinüber und sah das Eselchen hinter dem Steinhaufen herüberlugen. Wenn diese Feiglinge mit ihr fertig waren, hätte Iago einem konzertierten Angriff nichts entgegenzusetzen.

»Lauf!«, muhte sie ihm zu. »Verschwinde!«

»Ich bin bei dir!«, rief er zurück.

»Bring dich in Sicherheit! Du kannst mir nicht helfen!«

Meg blockierte die Sicht. Das, was von ihrem Gesicht übrig war, grinste schief. »Und *du* kannst nicht vorbei.«

47

Lizzy schnaubte ihren Pony beiseite und musterte ihre Feinde. Eine winzige Chance hatte sie: den Stärksten der Gruppe angreifen und in die Flucht schlagen. Das würde die anderen einschüchtern, und Lizzy konnte sie sich einzeln vornehmen. Aber wer war der Stärkste? Schwer zu sagen.

Der Skua war ein Straßenganove. Solche Typen hackten neugeborenen Lämmern die Augen aus, und bei ihr würde er das auch versuchen, genauso wie Yeedith, die eine ähnliche Kampftaktik verfolgte. Starke Gegner. Lizzy musste ihre Augen überall und auch den Luftraum im Blick haben.

Im Vergleich dazu waren Peg und Meg eine ganz andere Gewichtsklasse. Sie wirkten unterbelichtet, waren aber bestimmt skrupellos und brandgefährlich, wenn Lizzy in ihre Reichweite geriet. Wie Söldner kamen sie ihr vor, einzig zu dem Zweck angeworben, ihr richtig wehzutun. Sie standen relativ nah beieinander, in einem Abstand von zwei, drei Metern. Wenn die beiden Lizzy in die Mangel nahmen, geriet sie in Schwierigkeiten.

Im Vergleich dazu waren die Lamas nur halbstarke Radaubrüder, erpicht darauf, ihre Kräfte zu erproben. Sie konnten Lizzy anspringen, beißen oder mit nagelartigen Hufen nach ihr ausschlagen. Für sich genommen stellten sie keine ernsthafte Bedrohung dar. Doch im Team mit all den anderen wurden sie zumindest zu Hindernissen oder Helfern, die nicht zu ignorieren waren.

Lizzy hatte diese Großmäuler noch nie leiden können. Sie änderte ihre Strategie. Den Stärksten der Gruppe anzugreifen, also Peg oder Meg, war vielleicht doch keine gute Idee. Bei den Lamas konnte sie hingegen durchbrechen und diesen Kreis des Todes verlassen. Eines der schwächsten Glieder der Kette plattzuwalzen erschien ihr am sinnvollsten.

Sie verfiel in ihren üblichen Watscheltrab, um aus dem Stand heraus Geschwindigkeit aufzunehmen. Aber sie hatte zu lange gezögert. Ihre Feinde griffen nicht mehr der Reihe nach an, sondern gleichzeitig.

Yeedith und der Skua flogen unberechenbare Manöver aus verschiedenen Richtungen. Dabei schafften sie es immer wieder, nach ihrem Maul zu hacken, ohne von ihren Hörnern aufgespießt zu werden. Sie hatten dazugelernt.

Und es hatte Methode. Lizzys Ausfall Richtung Lamas wurde durch die Störangriffe aus der Luft deutlich verlangsamt. Sie kam nur ein paar Meter weit, als sie ein mörderischer Rammstoß von der Seite traf. Peg schien auf diese Gelegenheit nur gewartet zu haben.

Der Aufprall war so heftig, dass der Atem aus Lizzys Lungen entwich. Sie ging zu Boden.

Und alle fielen über sie her.

Lizzy wehrte sich wie eine Tollwütige. Im Liegen schlug sie mit den Hinterbeinen aus, drehte ihren Kopf so schnell, dass ihre Hörner durch die Luft sichelten, und biss wahllos um sich. Die Lamas kriegten das meiste ab. Nachdem sie sich blutige Nasen geholt hatten, preschten sie davon.

Dann versuchte Lizzy sich aufzurichten. Aber Peg und Meg waren schon zur Stelle. Die beiden rempelten Lizzy einfach um und ließen sich schwer auf ihren Beinen und ihrer Schulter nieder. Dabei setzten sie nur ihre Körper ein. Die Hörner sollten wohl später Anwendung finden. Lizzy konnte sich nicht mehr bewegen.

Sie schnaufte schwer und hörte auf, Widerstand zu leisten. Versuchte trotz der geschätzten Tonne, die auf ihr lastete, wieder zu Kräften zu kommen.

Yeedith ließ sich umständlich neben dem Kopf der Highland Cow nieder. Sie war mit den Ereignissen sichtlich zufrieden. »Und, wie geht's?«, fragte sie. »Alles gut?«

»Fall tot um!«, röchelte Lizzy.

»Sonst noch einen letzten Wunsch?« Die Krähe tat so, als putzte sie nebenbei ihr Gefieder. »Darf's vielleicht ein gnädiger Abgang sein? Meg macht kurzen Prozess, darauf fährt sie voll ab.« Sie lachte, es klang wie ein Hohnschrei. »Aber für Gnade gibt es überhaupt keinen Grund. Dafür habe ich auf diese … Situation viel zu lange gewartet, sie viel zu lange vorbereitet. So was muss man genießen.«

»Du bist ganz schön nachtragend«, versuchte es Lizzy.

»Aus gutem Grund! Du hast mich verletzt. Du hast mich gedemütigt. Du hast mich von Haus und Hof gejagt!« Sie warf sich in eine Art Leidenspose. »Sogar Bruder Ptolemy wandte sich von mir ab. Heimatlos und geächtet zog ich durch die Welt. Bis ich diesen freundlichen und äußerst nützlichen Hochlandrindern begegnete und der Plan zu meiner glorreichen Rückkehr reifte.«

»Wir hätten's doch ausdiskutieren können.«

»Ich diskutiere nicht! Mit niemandem!«

»Dann halt keine Volksreden.«

»Immer einen blöden Witz auf den Lippen, wie?« Yeedith schaute zu Meg und nickte ihr zu. »Bring ihr mal Manieren bei!«

Ein fieser Klauentritt riss Lizzys weiches Maul auf.

»Wie gefällt dir das?«

»Könnte ewig so weitergehen«, blubberte Lizzy durchs Blut hindurch. Es tat höllisch weh, aber verdammt sollte sie sein, wenn sie sich was anmerken ließ.

»Ein guter Anfang«, krächzte die Krähe. »Und durchaus ausbaufähig.«

Lizzy überlegte, ob sie Yeedith darum bitten sollte, wenigstens Iago in Ruhe zu lassen, nachdem das hier beendet war. Aber die Aufmerksamkeit dieser größenwahnsinnigen, offenbar über Leichen gehenden Sadistin schon jetzt auf das Eselchen zu lenken war vermutlich eher kontraproduktiv.

Stattdessen fragte sie: »Was habt ihr Hosenschisser sonst noch drauf?«

Ihre große Klappe wurde Lizzy diesmal zum Verhängnis.

»Denkst du, wir machen das hier, um dir eine Abreibung zu verpassen und dich dann wieder ziehen zu lassen?«, staunte Yeedith.

Lizzy spannte alle Muskeln an für einen Fluchtversuch. Doch Peg und Meg nagelten sie durch ihr schieres Gewicht auf dem Boden fest.

»Du gehst nirgendwohin«, sagte die Krähe. »Das wird ugly.«

»Ihr fetten Schweine solltet mal eine Diät machen!«, rief Lizzy den Rindern zu.

»Deine dummen Sprüche werden dir gleich vergehen.« Yeedith gab dem Skua mit einem Flügel ein Zeichen. Der Vogel flatterte schwerfällig vom Boden hoch. Dann verharrte er kurz über ihnen und stieß herab.

Quasi mit Anlauf hackte er Lizzy das linke Auge aus.

Sie brüllte auf, der Schmerz war gewaltig. Ein Blitz aus Irrsinn und Raserei durchfuhr sie. Aber sie konnte sich nicht rühren. Lizzy spürte, wie das Auge aus ihr herausrann, und mit ihm alles, was es einst gesehen und wahrgenommen hatte, in guten wie in schlechten Zeiten. Eine gallertartige Masse ergoss sich aufs Gras.

Peg und Meg erhoben sich, das wollten sie sich anschauen. Der Skua blieb direkt vor Lizzy hocken, um das Ergebnis zu begutachten.

Sie fixierte ihn mit dem Auge, das ihr noch geblieben war. Legte den Kopf zurück, holte aus, so weit sie konnte, um dem Folterknecht ihr Horn durch die Brust zu stoßen. Aber sie erwischte ihn nicht richtig, nur seitlich am Hals. Er machte einen Satz und hüpfte schreiend davon.

»Stirb leise!«, rief Lizzy ihm nach.

Im selben Moment bekam Pegs Schädel einen Eselstritt ab, der es in sich hatte. Sie fiel um wie ein Sack Whiskygerste, zum Glück nicht auf Lizzy. Peg blieb liegen und rührte sich nicht mehr. Iago hatte offenbar genau die richtige Stelle getroffen, um sie ins Reich der Träume zu schicken. Dabei hatte er sich wie ein Kung-Fu-Kämpfer verrenkt und »Iiiaah!« geschrien.

»Tut mir leid, Lizzy!«, rief er nach der Landung. »Aber bei diesen puñeteros kam ich einfach nicht durch! Die standen da wie eine Mauer.«

Es verschaffte Lizzy die nötige Zeit, sich hochzurappeln und Meg einen kräftigen Tritt in den Bauch zu verpassen. Meg stöhnte auf, schien aber hart im Nehmen zu sein. Sie schwankte nur leicht und weigerte sich, umzukippen.

»Dein Auge …«, sagte Iago entsetzt. »Schaut echt schlimm aus.«

»Nur ein Kratzer.«

»Ziemlich tiefer Kratzer …« Er stellte sich neben sie.

»Momentan tut's einfach nur sauweh.« Lizzy checkte die Lage.

Meg ließ sich nicht so einfach ausschalten. Sie senkte den Schädel und nahm eine Lauerstellung ein, die sofort in einen wilden Amoklauf umschlagen konnte. Yeedith flog bereits eine Kurve und beschleunigte mit raschem Flügelschlag, um das Eselchen aus der Luft zu beharken.

Peg stöhnte und richtete sich grimmig muhend auf. Offenbar war die Wirkung von Iagos Kung-Fu-Einlage nur von kurzer Dauer gewesen.

»Aufhören! Auseinander, ihr Mistviecher!«

Helen wedelte mit den Armen und sprang laut brüllend zwischen den Tieren hin und her. An ihren Händen hingen lange Stöcke, wie sie beim Gehen und Wandern benutzt wurden. Sie hatte wohl gehofft, zwei lange, wohlgeformte, streichelbedürftige Ohren in der Einsiedelei vorzufinden. Stattdessen störte sie ein Todeskommando dabei, Lizzy den Rest zu geben und sich danach Iago vorzuknöpfen.

Meg zeigte sich völlig unbeeindruckt vom Geschrei der Frau. Erbarmungslos setzte sie sich in Bewegung.

Helen schlug ihr mit einem Wanderstock zwischen die Hörner. »Lass Iago in Ruhe!«

Meg hielt verdutzt inne.

Helen holte erneut aus. »Keinen Schritt weiter!«, drohte sie. »Ich warne dich! Den nächsten Schlag kriegst du direkt auf die Nase, so wahr ich hier stehe!«

Iagos Freundin hat Schneid, dachte Lizzy. Aber sie war auch ein bisschen lebensmüde.

Lizzy schnaufte wie ein alter Gaul, das lädierte Maul machte ihr zu schaffen. Und in ihrer Augenhöhle tobte ein Höllenfeuer. Sie wurde immer schwächer.

48

Chloe kam mit mehlbeschmierten Händen und Armen aus dem Turm heraus. »Was ist denn hier los?«, fragte sie verwundert.

»Revierkämpfe oder so etwas«, mutmaßte Helen. »Die Tiere spielen verrückt. Lizzy hat's böse erwischt.«

»Da halte ich mich raus.«

»Wie bitte?«

»Für die Viecher ist Ptolemy zuständig. Kaum ist er mal weg, gibt's Scherereien.« Sie verdrehte die Augen. »Hätte ich mir ja denken können.«

»Wo ist er denn hin?«

»Macht mit den Spirit Seekern einen Ausflug nach Oronsay.«

»Dann haben jetzt Sie die Verantwortung.« Helen deutete auf Lizzy. »Diese Kuh hat eine ernsthafte Verletzung, das muss dringend behandelt werden!«

Chloe zuckte mit den Schultern. »Tja, ich wüsste nicht, was man da tun kann.«

»Wollen Sie denn keinen Arzt rufen?«

»Einen Tierarzt?«

»Auf Colonsay gibt's keinen Tierarzt«, erklärte ihr Helen. »Der nächste sitzt auf Islay oder in Oban. Am besten, Sie verständigen Bell & Brodie.«

»Nie gehört. Wer ist das?«

»Ein Doktorenpaar, das für die medizinische Versorgung der Insel zuständig ist. Kennen Sie sich hier denn überhaupt nicht aus? Außerdem sollten diese Streithähne voneinander getrennt werden.« Sie nahm zwischen Lizzy und Iago auf der einen Seite und den ihr fremden Highlands auf der anderen Aufstellung.

»Das muss warten«, entgegnete Chloe eingeschnappt. »Bin gerade am Brotbacken.« Mit diesen Worten machte sie kehrt und ging zurück in den Turm.

Fassungslos starrte Helen ihr hinterher. Dann holte sie ihr Handy heraus, um Bell & Brodie zu verständigen. Doch der Anschluss war besetzt – ausgerechnet jetzt! Also wählte sie Howards Nummer und hoffte inständig, dass er ranging. Über ihr kreiste laut schimpfend Bruder Ptolemys Krähe.

Nachdem es eine Weile geklingelt hatte, meldete sich Howard. Helen erzählte ihm, dass seine Therapiekuh schwer verletzt sei und sie in der Einsiedelei dringend Hilfe brauchte. Sie habe Iago besuchen wollen und sei gerade noch rechtzeitig gekommen, um das Schlimmste zu verhindern. »Es hat einen Kampf gegeben, zwischen Lizzy und zwei fremden Kühen. Dabei hat sie ein Auge verloren!«

»Ich komme sofort!«, keuchte er.

»Beeil dich!«

»Bin schon ganz in der Nähe.« Er schien außer Atem zu sein. »Gib mir ein paar Minuten.«

Helen versuchte die beiden riesigen Hochlandrinder in Schach zu halten. Mit ihren Walking-Stöcken säbelte sie durch die Luft und brüllte Verwünschungen, die keinesfalls an die Ohren ihrer sieben Schüler dringen durften. Doch diese Rohlinge, die sie noch nie in der Einsiedelei gesehen hatte, ließen sich nicht verscheuchen. Sie blieben unbeirrt stehen und rührten sich nicht vom Fleck. Waren die schwer von Begriff? Oder warteten sie nur auf einen Moment der Unachtsamkeit, um sich gemeinsam auf Lizzy und Iago zu stürzen? Wie Löwinnen, die ein wehrhaftes Beutetier gestellt hatten und abschätzten, wann sie den nächsten Schritt wagen sollten. Ihre Feindseligkeit war deutlich zu spüren.

Sie wusste das Eselchen in ihrem Rücken. »Alles in Ordnung bei dir?«, fragte sie. »Kommt Lizzy noch klar?«

Ein klägliches Muhen war zu hören. Das klang gar nicht nach einer Lizzy im Vollbesitz ihrer Kräfte. Der Kampf schien sie ganz schön mitgenommen zu haben.

Was war hier bloß vorgefallen? Galten Hochlandrinder nicht als friedfertig und gesellig? Seit wann gingen die aufeinander los und brachten sich solch heftige Wunden bei? Es waren Kühe, soweit sie das als landwirtschaftliche Laiin erkennen konnte, keine aggressiven Jungbullen. Wollten die Neuankömmlinge ihre Kräfte mit Lizzy messen und waren dabei übers Ziel hinausgeschossen? Und was hatte die Krähe damit zu tun?

Yeedith gab einfach keine Ruhe. Mehrmals strich sie knapp über Helens Kopf hinweg in der eindeutigen Absicht, ihr Angst einzujagen oder sie zumindest abzulenken. Vor den Walking-Stöcken hatte sie allerdings Respekt, nachdem Helen ihren Flügel mit einer Spitze gestreift hatte.

Am meisten ärgerte sie sich jedoch über diese verdammte Chloe. Verpisste die sich doch einfach in den Turm und tat so, als ginge sie es gar nichts an, wenn die Tiere sich gegenseitig massakrierten! War sie die Yoko Ono der Einsiedelei? Helen hatte bei ihren Besuchen in den letzten Tagen schon mitgekriegt, dass Bruder Ptolemy total unter Chloes Fuchtel stand und die beiden eine Art Geschäftsbeziehung eingegangen waren, die sich weit ins Private erstreckte. Aber sich aus allem herauszuhalten, wenn es Probleme gab, das war das Letzte.

Die beiden fremden Highlands wichen weiterhin um keinen Zoll, egal wie laut Helen sie anschrie. Endlich sah sie Howard auf einem Mountainbike näher kommen. Er hatte einen ganz schönen Zahn drauf und bewältigte den Trampelpfad, der zur Einsiedelei führte, wie nichts. Das Bike musste er sich von Doug geliehen haben. Richtig, heute Abend kam ja sein sportliches Date auf Colonsay an, Jill. Da übte er wohl schon mal für eine Fahrradtour.

Howard schien die Lage sofort zu erfassen. Helen hatte den langen Lulatsch noch nie so entschlossen und so behände gesehen. Noch im Fahren schwang er sich vom Bike und gab ihm einen Schubs, sodass es gegen die Highland Cow mit dem abgebrochenen Horn krachte. Er lief ein paar Schritte weiter und hieb seine

Faust auf den Hinterkopf der anderen Kuh, die ohnehin schon etwas belämmert dreinblickte.

Die meisten Hochlandrinder hätten sich jetzt getrollt. Doch diese beiden waren aus härterem Holz geschnitzt. Sie schnaubten wütend und begannen, mit den Klauen zu scharren.

»Du hast sie aufgestachelt!«, rief Helen, die Walking-Stöcke zur Abwehr erhoben. »Was machen wir denn jetzt?«

Howards Blick fiel auf Lizzy. Er fasste an seine Augenklappe wie zum Gruß – und zur Erinnerung an den Unfall, der ihn sein linkes Auge gekostet hatte. Dann griff er in seine Umhängetasche, zog einen Revolver hervor und schoss zweimal scheinbar ziellos in die Luft.

Die Waffe machte ordentlich Krach. Eine Sprache, die endlich verstanden wurde. Die beiden Highlands galoppierten in Panik davon. Auch die Krähe war plötzlich vom Himmel verschwunden.

»Was war denn das?«, fragte Helen.

»Schreckschusswaffe.« Howard ließ den Revolver unglaublich schnell in seiner Tasche verschwinden. »Braucht man ab und zu in der Wildnis.«

»Schön, dass du da bist!« Sie klatschte ihn ab. »Ich hab nicht mehr aus noch ein gewusst.«

»Du hast unsere Lieblinge gegen diese Rabauken beschützt. Das war tapfer.«

»Jetzt weiß ich wenigstens, wofür die Stöcke gut sind.« Sie lachte heiser.

Er kniete sich vor Lizzy hin. »Lass dich mal anschauen, meine Große, ich tu dir nicht weh.« Behutsam strich er ihren fülligen Pony zur Seite und versuchte, die verklebten Strähnen um ihr Auge voneinander zu lösen.

Während er seine Therapiekuh untersuchte, kam Chloe wieder nach draußen. »Oh, hallo, Howard.«

»Immer noch auf der Insel?«, fragte er, ohne sich von Lizzy abzuwenden.

»Ich hab Schüsse gehört! Soll ich die Polizei rufen?«

»Polizei gibt's auf Colonsay ebenfalls nicht«, entgegnete Helen. »Du hast ja wirklich null Ahnung. Am besten, du gehst wieder in diesen dämlichen Turm und machst welchen Scheiß auch immer. Niemand hält dich davon ab.«

Chloe schnappte nach Luft. »Lässt du zu, dass diese Frau so mit mir redet, Howard?«

Er gab Lizzy einen Klaps auf die Schulter und kraulte sie ein wenig am Hals. »Ich weiß, wie es sich anfühlt, ein Auge zu verlieren. Du denkst, jetzt sei alles vorbei, das war's dann. Aber glaub mir, du lernst, damit zu leben.«

Lizzy vergrub ihr Maul in die Kuhle unter seiner Schulter.

»Und tausend Dank, dass du stillhältst. Ab jetzt gehören wir zusammen. Zwei Einäugige sind doch unschlagbar, oder?«

Sie nickte. Dann drehte sie den Kopf zu Iago und schleckte seine Nüstern ab.

»Von dem Esel willst du dich nicht trennen, wie?« Howard überlegte kurz. »Gut, dann kommt er mit. Ich nehme euch beide mit zu mir nach Uragaig. Ist das in eurem Sinne?«

Lizzy und Iago stimmten ihm zu, indem sie sich dicht um ihn scharten und ihm folgten, sowie er einen Schritt machte.

»So geht das nicht!«, protestierte Chloe. »Du kannst nicht einfach unsere Tiere … entführen.«

»Für ihre Sicherheit ist hier nicht ausreichend gesorgt, daran besteht ja wohl kein Zweifel. Bruder Ptolemy soll mich kontaktieren. Soweit ich weiß, hat er hier das Sagen.« Er hob das Mountainbike auf, um es nach Uragaig zu schieben.

Chloe wollte noch etwas entgegnen, ließ es dann aber bleiben, als sie Howards versteinerte Miene bemerkte.

Und so kam es, dass ein depressiver Esel, eine schwer angeschlagene Highland Cow, ein ehemaliger Profikiller und eine triumphierende Lehrerin erhobenen Hauptes zu dem Haus an der Kiloran Bay aufbrachen, als hätten sie einen großen Sieg errungen.

Rasmus, der Widder, trabte herbei, um Lizzy und Iago viel Glück zu wünschen. Mit dem Kopf wies er zu dem schwarzen Vogelkadaver, der unterhalb des Mauervorsprungs lag. Der Mann mit dem Schießeisen habe Yeedith vom Himmel geholt, das habe er genau gesehen. Jetzt würde die Krähe niemandem mehr Ärger machen. Aber wie konnte er bloß Peg und Meg zur Räson bringen?

»Lass dir was einfallen«, sagte Iago im Vorbeigehen. »Und überleg mal, ob du dir einen Arsch in der 'ose zulegst. Ein bisschen valor würde dir 'ervorragend stehen.«

49

Es war ein Ende-Mai-Tag zum Anbeißen. Allmählich legten Sonne und Wind auch noch die hartnäckigsten Regenpfützen auf der Straße nach Uragaig trocken. Allerdings schwirrten bereits die ersten Midges durch die Lüfte, um nach dem grauen Gepladder auf ihre Kosten zu kommen.

Schließlich gelang es Helen doch, das Ärztepaar zu erreichen. Lizzys Behandlung sollte unter Vollnarkose auf der Terrasse von Mister Currie erfolgen, schlug Doktor Bell vor, offenbar war sie mit den Örtlichkeiten vertraut. Es wäre hilfreich, ein paar saubere Decken auf den Boden zu legen. Sie kämen im Laufe des Nachmittags vorbei.

Trotz ihrer Verletzung brachte Lizzy den Marsch nach Uragaig gut hinter sich. Die Aussicht auf ein Leben an der Kiloran Bay ohne Spirit Seeker, Peg und Meg, die Lamas, Chloe, die Carnyx und was sie sonst an der Einsiedelei nervte, noch dazu gemeinsam mit Iago, schien sie zu beflügeln und ihr neue Kräfte einzuflößen. Nur das Fressen war wegen ihres aufgerissenen Mauls höchst unangenehm. Also hielt sie sich bei den Disteln am Wegesrand zurück.

Hynch war der festen Überzeugung, das Richtige getan zu haben. Lizzy hatte etwas Besseres verdient als Bruder Ptolemys fragwürdiges Geschäftsmodell, und Iago natürlich auch. Er hatte noch niemals für jemanden sorgen müssen. Doch für alles gab es ein erstes Mal.

Während er sein Rad schob, unterhielt er sich mit Helen über die seltsame Begegnung mit den beiden fremden Hochlandrindern.

»Die waren drauf und dran, ihr noch mehr anzutun!«, entrüstete sie sich. »Wie gedungene Mörder kamen sie mir vor. Ich musste sofort an das schottische Stück denken, da kommen ja auch Auftragskiller vor.«

»Ich glaube eher, dass Lizzy ihr Auge an einen Vogel verloren hat. Die Wunde deutet auf einen gezielten Hieb hin, nicht auf einen Hörnerstoß oder dergleichen.«

»Meinst du?«

Lizzy muhte zustimmend.

»Bei Leichnamen gehen Raben und Krähen als Erstes auf die Augen«, erklärte Hynch. »Oder bei entkräfteten Schiffbrüchigen. Wenn du mal im Wasser schwimmst und auf Rettung wartest, solltest du dich vor Möwen in Acht nehmen, die kennen kein Pardon.«

»Das ist ja entsetzlich.«

»Jedenfalls scheinen die Tiere aus irgendeinem Grund in Streit geraten zu sein. Aber jetzt ist es ja vorbei.«

Er verschwieg, dass er diese schreckliche Krähe mit dem .38er vom Himmel geholt hatte. Es war mehr oder weniger ein Zufallstreffer gewesen, der Vogel war ihm direkt in die Schusslinie geflogen. Eigentlich hatte er ihn nur verjagen wollen, doch seine Instinkte hatten ihn das Ziel wie von selbst anvisieren und den Abzug betätigen lassen.

Er verschwieg Helen auch eine Entdeckung, die er am Vormittag gemacht hatte. Nachdem die Lehrerin morgens aus dem Haus gegangen war, hatte er das Wohnzimmer aufgeräumt und geputzt. Im Bücherregal war er auf dieses alberne aufblasbare Schaf gestoßen – und auf eine ultraflache Abhörwanze von der Größe eines 5-Pence-Stückes. Die beste Killerin nördlich des Hadrianswalls musste das Ding außen auf einen Buchumschlag geklebt haben. Das hieß, sie bekam alles mit, was in seinem Wohnzimmer und bei offener Schiebetür auch auf der Terrasse gesprochen wurde.

Daraufhin hatte er den Raum und auch alle anderen noch einmal gründlich gefilzt, einschließlich sämtlicher Bücher, hatte aber keine weiteren Hinterlassenschaften finden können. Die Wanze hatte er absichtlich nicht entfernt. Da er jetzt wusste, dass er belauscht wurde, konnte er dies auch zu seinem Vorteil nutzen.

Der Einbruch war jetzt eine Woche her. Warum zögerte die Killerin noch, in Aktion zu treten? Wollte sie ihn zappeln lassen? Wartete sie auf eine besondere Gelegenheit? Oder war ihr etwas Dringlicheres dazwischengekommen? Ein Anschlag auf den bescheuerten Premierminister vielleicht? Das hätte natürlich Vorrang, da stand er gerne zurück. Hynch lächelte gequält.

Es gab viele Gründe, einen Job aufzuschieben, das wusste er aus Erfahrung. Möglicherweise meldete der Auftraggeber Sonderwünsche an, das kam vor. Bei einem Choleriker wie Sir Geoffrey Mallard war mit allem zu rechnen. Der würde, wenn es ihm einfiel, sogar persönlich nach Colonsay kommen, um Hynchs Hinrichtung live beizuwohnen, so war dieser abgehalfterte, aber noch lange nicht entmachtete Strippenzieher drauf.

»Was geht dir im Kopf herum?«, fragte Helen. »Du bist so still geworden.«

»Tut mir leid«, entschuldigte er sich. »Ich hab mir nur Gedanken darüber gemacht, wie ich das mit Jill heute Abend hinkriegen soll.«

»Dein Date, verstehe. Nummer zwei. Das ist wichtig.«

»So wichtig nun auch wieder nicht.«

»Mach dir keine Sorgen, ich kümmere mich solange um Iago und Lizzy.«

»Wie soll ich die beiden in Uragaig überhaupt versorgen?«, fiel es Hynch ein. »Lizzy ist anspruchslos. Die tummelt sich im Freien und holt sich aus der Natur, was sie braucht. Einen Stall kennt die gar nicht, das ist eine Outdoorkuh. Aber was ist mit Iago?«

»Der braucht frisches Heu.«

»Und wo krieg ich das her?«

»Dauert nur eine Minute.« Im Gehen rief Helen eine Farmerin an, deren schwer erziehbare Töchter, darunter Lindsey, die den kleinen Gavin hatte ausweiden wollen, ihren Unterricht regelmäßig sabotierten. Binnen Kurzem war Iagos Futterzufuhr mit Heu und was er sonst noch benötigte sichergestellt.

»Geht auf meine Rechnung«, fügte sie hinzu.

»Danke, das hilft mir schon mal weiter.«

»Es ist das Mindeste, was ich beitragen kann.«

»Eine Art Unterstand würde Iago bestimmt auch gefallen. Jetzt, wo er sich nicht mehr in seinem Steinhaufen verkriechen kann.«

»Stimmt.«

Hynch überlegte. »Die Terrasse des Nachbarhauses steht auf Stelzen.«

»Da, wo Elsie momentan wohnt?«

»Genau. Dort kann er bei schlechtem Wetter Schutz suchen.«

»Perfekt!«, freute sich Helen und kraulte den Rücken des Eselchens. »Da ist so viel Platz, beneidenswert. Und zur Bucht hinunter ist es nur ein Katzensprung. Ich glaube, Iago wird es gut haben bei dir. Zumindest, bis wir was Besseres finden.«

»Die zwei können auch länger bei mir bleiben.«

»Länger? Wie meinst du das?«

»Ein paar Umbaumaßnahmen, und das Haus geht als esels- und kuhgerecht durch. Ich stelle eine Futterraufe auf und lasse die Terrasse überdachen, damit ein Stall daraus wird.«

»Du hast ja voll Feuer gefangen«, wunderte sie sich.

»Ich versuche nur, alle Aspekte zu berücksichtigen. Und für die Zukunft zu planen.«

Sie lachte. »Manchmal kannst du beängstigend gründlich sein.«

»Nur eines musst du mir versprechen.«

»Was denn?«

Howard suchte nach Worten, die nicht allzu abgedroschen klangen. »Wenn mir was passiert, ein Unfall oder so, irgendwas Unvorhergesehenes …«

»Sag nicht so was!«

»Ich könnte aus vielerlei Gründen gezwungen sein, die Insel überstürzt zu verlassen, von heute auf morgen. Was wird dann aus Lizzy und Iago?«

»Dann … springe ich für dich ein«, gab Helen spontan zurück.

»Würdest du das wirklich tun?«

»Sicher.« Sie betrachtete ihn zweifelnd. »Darf ich fragen, wie du auf so etwas kommst? Was treibt dich denn von Colonsay weg?«

Er konnte ihr nicht sagen, dass eine Killerin auf ihn angesetzt war. Und dass das hieß: sie oder er. Falls er aus dieser Sache einigermaßen heil herauskam, musste er vermutlich alle Brücken hinter sich abbrechen. Und falls nicht …

»Meinst du, wenn es mal klappt mit einem deiner Dates und eine neue Frau in dein Leben tritt?«, spekulierte Helen. »Jill oder Frances oder sonst wer zieht dann bei dir ein, und ihr werdet ein glückliches Paar, ist doch ganz einfach. Wer weiß, vielleicht kannst du deine Zukünftige sogar vom PDBDC begeistern. Alles wird gut, Howard!«

Er griff ihren Gedankengang dankbar auf. »Aber was, wenn sie auf dem Festland bleiben will? Oder wenn sie keine Tiere mag?«

»Papperlapapp! Zerbrich dir nicht den Kopf über ungelegte Eier.«

Das hatte er aber schon getan. Es gab nämlich noch etwas, das er ihr verschwieg. Im Laufe des Vormittags hatte er sein Testament aufgesetzt, handschriftlich, wie es das Gesetz vorsah. Für den Fall seines plötzlichen Todes oder Verschwindens bestimmte er, dass das Haus auf den PDBDC überging, also auf alle seine Freunde. Als Vorsitzende der Theatergruppe sollte Helen das Verfügungsrecht erhalten. Er brauchte nur noch zwei Zeugen, in deren Anwesenheit er seinen Letzten Willen unterschrieb, damit er rechtskräftig wurde. Vielleicht würde er noch einen Absatz hinzufügen, der Lizzy und Iago betraf.

Welchen Ausgang das Duell mit der Killerin auch immer nahm, zu ihren oder seinen Gunsten – danach würde seine Zeit auf Colonsay vorbei sein, davon ging er fest aus. Tote oder verschwundene, will heißen: untergetauchte Menschen wickelten keine Immobilienverkäufe ab, er würde das Haus in Uragaig also so oder so verlieren. Demnach hielt er es für sinnvoll, seine Angelegenheiten rechtzeitig zu ordnen.

Wenn er überlebte, würde er sich einen erneuten Hauskauf irgendwo anders allerdings nicht mehr ohne Weiteres leisten können. Seine Ersparnisse waren inzwischen fast aufgebraucht, die zwanzig Riesen für Tomtom schlugen ins Kontor. Seine Waffen, die er zu Geld hätte machen können, waren auch weg. Er besaß nur noch eine Reserve für den Notfall.

Hynch würde ganz neu anfangen müssen.

Oder er schaute sich demnächst einen Sarg von innen an.

Er hatte so eine Ahnung, dass eines dieser beiden Szenarien schon bald eintreten würde. Sein Gefühl fürs richtige Timing trog ihn so gut wie nie. Es geschah heute oder morgen, mit etwas Glück erst übermorgen. Das freundliche Wetter erhöhte die Wahrscheinlichkeit. Sein Todesengel kam nicht bei einem Sturm in der schwärzesten Stunde der Nacht, wenn die Regentropfen bedrohlich aufs Dach trommelten, nicht zu einem Profi wie ihm. Er würde einen Zeitpunkt wählen, an dem er es am wenigsten erwartete.

Bis dahin machte er weiter mit dem, was ihm wichtig war. Dazu gehörte, Lizzy verarzten zu lassen.

50

Sie erreichten Uragaig. Lizzy kannte sich schon aus und ließ sich widerstandslos ums Haus herum auf die Terrasse führen. Helen schob den Tisch beiseite, Hynch stellte das Fahrrad ab, holte Decken und breitete sie auf dem Holzboden aus. Lizzy legte sich darauf und schien zu wissen, dass ihr nichts Angenehmes bevorstand, so bedröppelt, wie sie schaute. Iago sprach ihr Mut zu. Dann begann er, die Umgebung abzuchecken, um nicht weiter zu stören.

Helen und Hynch bereiteten alles für die Operation vor. Es blieb sogar noch Zeit, Tee zu kochen.

Kurz darauf traf das Ärztepaar ein. Die beiden sahen so gar nicht wie Götter in Weiß aus, vielmehr wirkten sie wie derbe Landarbeiter, die sich bereits auf dem Weg zu einem Feierabendbier im Pub befunden hatten und dabei unterbrochen worden waren. Anscheinend hatten sie mit Großvieh Erfahrung. Sie fackelten nicht lange und machten sich sofort an die Arbeit. Zuerst zogen sie sich keimfreie OP-Sachen über. Doktor Bell ließ sich neben Lizzy nieder, legte ein paar OP-Tücher unter und inspizierte die Wunde. Derweil zog ihr Mann Doktor Brodie eine riesige Narkosespritze auf.

»Hoffentlich wird keine Enthornung nötig sein«, sagte Doktor Bell. »Hat dieses Monster mit den Dingern mal einen Preis gewonnen?«

»Keine Ahnung.« Hynch hielt Lizzys Kopf fest. »Gehen Sie so schonend wie möglich vor.«

»Wir machen hier keine Pediküre, Mister Currie, das wird was Größeres. Ihre Kuh hat Glück, dass sich überhaupt jemand für sie zuständig fühlt. Normalerweise nehmen wir solche Eingriffe nicht vor.«

»Danke, dass Sie es trotzdem tun.«

»Möchten Sie den kompletten Service? Kostet Sie dreihundert Pfund.«

»Natürlich! Geht klar.«

»Ist ja Ihr Geld.« Doktor Bell jagte der Patientin die Spritze ohne Ankündigung in die Vorderflanke. »Jetzt müssen wir eine Viertelstunde wa…«

Es war schwer zu sagen, wie es Lizzy im Liegen bewerkstelligte, der Ärztin einen Tritt in die Magengrube zu verpassen. Doch bei Bedarf konnte sie sehr gelenkig sein. Es hatte sich ja so einiges angestaut.

Doktor Bell krümmte sich zusammen.

»Das war nur ein Reflex«, beteuerte Hynch. »Die Kuh hatte einen schweren Tag.«

Doktor Brodie fragte nur: »Alles okay bei dir?« Mit aller Gewalt schien er sich ein Grinsen zu verkneifen.

»Ihr … könnt … mich mal!«, ächzte seine Frau und funkelte Lizzy an.

»Denken Sie an Ihren hippokratischen Eid!«, mahnte Hynch.

»Ich denk an ein T-Bone-Steak«, brachte Doktor Bell mit erstickter Stimme hervor. »Schön roh und blutig.«

»Lizzy ist nur eine verängstigte Kuh …«

»Seien Sie mal eine Weile still, wär das möglich?«

Hynch verstummte, hielt aber weiterhin Lizzys Kopf fest. Ihm tat sie nichts.

»Zeit für eine Tasse Tee!« Helen kam mit einem Tablett herbei. Ein Deeskalationsversuch.

Die Viertelstunde verstrich unter allerlei Flüchen von Doktor Bell und wohlweislichem Schweigen der anderen. Nach und nach verlor Lizzy das Bewusstsein. Viel Tee wurde geschlürft, die Ärztin bekam sogar einen Whisky auf den Schreck. »Immerhin Kilchoman«, erkannte sie sogleich und fügte hinzu: »Die Rechnung wird trotzdem höher, wegen dieses gemeinen Tritts. Jetzt sind wir bei 350.«

»Ein Schnäppchen!«, sagte Hynch.

»Wer hat gesagt, dass Sie reden dürfen?«

Entspannende Ruhe trat ein, alle verharrten in ihren Positionen und betrachteten hin und wieder den azurblauen Himmel, an dem sich keine einzige Wolke zeigte.

Die Wärme stimmte sogar Doktor Bell einen Hauch milder. Dann war es so weit. Sie setzte eine spezielle OP-Brille für die Nahsicht auf und entfernte Tränendrüsen, Nickhaut, Bindehaut sowie einen kleinen Rand der Lider, wie sie beim Operieren erklärte. Dann vernähte sie Lizzys Augenhöhle und die Haut der Lider und verpasste der Kuh einen wetterfesten Verband, den sie mit pinkfarbenem Tape zusätzlich fixierte. Doktor Brodie assistierte ihr und schmierte Lizzys Maul zum Abschluss mit einer antiseptischen Salbe ein.

Äußerst professionell, fand Hynch. Gut, dass er das Ärztepaar gerufen hatte. Er besaß zwar selbst eine gewisse Erfahrung in Sachen Wundversorgung und war dahin gehend bestens ausgestattet. Doch Lizzy zusammenzuflicken hätte er sich nie zugetraut. »Geben Sie ihr noch ein Schmerzmittel?«, fragte er. »Damit sie beim Aufwachen friedlich ist?«

»Sie sind ja ein richtiger Spaßvogel.« Doktor Bell zog ihre sterilen Einweghandschuhe auf eine Weise aus, als müsse sie ein Kondom loswerden. »Ihr Zottelvieh kommt schon klar, wir veranstalten hier keine Wellnesstherapie. Macht vierhundert Pfund – mit Inflationszuschlag. Zahlbar sofort.«

»Wie? Jetzt gleich?«

»Wenn's beliebt.«

»Vierhundert?«, wiederholte Hynch ungläubig.

»Haben Sie einen Hörfehler?«

»Das wird ja immer mehr. Dafür krieg ich eine brandneue Kuh.«

»Hätten Sie sich vorher überlegen sollen.« Doktor Bell streifte ihre OP-Kleidung ab und packte ihre Sachen zusammen. Doktor Brodie hielt Hynch das Abbuchungsgerät hin.

»Nehmen Sie auch Bargeld?«, fragte er.

»Jederzeit.«

»Lassen Sie uns dafür nach drinnen gehen.« Behutsam legte er Lizzys Kopf ab. »Helen? Bleibst du bei ihr?«

»Na klar.«

»Außerdem bitte ich Sie beide, mir eine kleine Gefälligkeit zu erweisen. Ich finde, bei diesem Preis ist das nicht zu viel verlangt.« Er bedeutete dem Ärztepaar, ihm zu folgen. »Dauert nicht lang.«

Doktor Bell und Doktor Brodie wechselten verwunderte Blicke. Dann zuckten sie mit den Schultern und gingen nach drinnen.

Hynch begab sich kurz nach oben ins Schlafzimmer und holte die Scheine aus seiner Geldschatulle. Als er damit wieder nach unten kam, hellten sich die Mienen der beiden auf. Vermutlich kam es nicht besonders häufig vor, dass prompt bezahlt wurde.

Jetzt hatte Hynch die Zeugen, die er zur Beglaubigung seines Testaments brauchte. Sie fanden seinen Wunsch reichlich ungewöhnlich, lasen den Schrieb aber sorgfältig durch. Viel war es nicht. Hynch hatte noch einen Absatz ergänzt, der die Versorgung von Lizzy und Iago betraf. Er erklärte ihnen, dass Helen eine der Begünstigten war und er sie damit überraschen wollte. Das reichte ihnen, um in seinem Beisein zu unterschreiben. Hynch setzte »Howard Currie« darunter, auf diesen Namen lief sein gefälschter Pass, und als solcher hatte er das Haus in Uragaig erworben. Er faltete das Blatt zusammen und steckte es in die Tasche seiner Regenjacke. Fertig, sein Letzter Wille war eingetütet.

»Haben Sie sich auch davon überzeugt, dass ich bei klarem Verstand bin?«, fragte er zur Sicherheit. »So schreibt es das Gesetz vor.«

Doktor Bell griff sich mit der Hand ans Kinn, musterte ihn eindringlich und tat so, als würde sie ernsthaft überlegen. »Ein Mann mit einer Augenklappe hält ein einäugiges Hochlandrind als Schoßtier und vermacht seinen gesamten Besitz einer Theatergruppe«, fasste sie zusammen. »Also, mir kommt das wie das Normalste von der Welt vor.« Sie steckte die vierhundert Pfund ein. »Es ist eine Freude, mit Ihnen Geschäfte zu machen.«

Um 18.37 Uhr legte die Fähre mit nur zwei Minuten Verspätung in Scalasaig an. Die beste Killerin nördlich des Hadrianswalls postierte sich neben der Old Waiting Room Gallery *direkt hinter einem abgestellten Wagen. Von dort aus hatte sie alles im Blick. Zur Tarnung trug sie Farmerkleidung: einen unförmigen Pulli, einen breitkrempigen Lederhut und eine dämliche, längst aus der Mode gekommene Oakley-Sonnenbrille. Das Wetter war immer noch prächtig und würde es laut Vorhersage bis zur Dämmerung gegen 22.00 Uhr bleiben. Blauer als blau breitete sich das Meer nach Süden hin aus und versuchte, seinem helleren Pendant, dem Himmel, Paroli zu bieten. Die Berge von der Isle of Jura mit ihren abgerundeten Gipfeln waren deutlich zu erkennen, sogar Islay am Rande des Horizonts. Da sich auf den Hebriden viel weniger Staubpartikel in der Luft befanden als auf dem Festland und erst recht in den Städten, war das Licht klarer und kontrastreicher, die Streuung deutlich geringer. Dadurch traten die Konturen schärfer hervor. Beste Sichtverhältnisse.*

Von den Freunden des Insolvenzverwalters hielt sich nur Crissa am Pier auf. Der alte Doug wartete wie immer in seinem Van mit den Leihrädern. Die anderen glänzten durch Abwesenheit. Diesmal spionierten sie ihrem Macbeth*-Kumpel wohl nicht auf Schritt und Tritt hinterher wie bei der Ankunft seines ersten Dates.*

Inzwischen wusste die beste Killerin nördlich des Hadrianswalls ziemlich genau, wo sich die wichtigsten Figuren in ihrem tödlichen Spiel gerade befanden. Rossalyn bediente im Colonsay Hotel, Abendschicht, neuerdings humpelnd und allerschlechtester Laune. Graeme war wohl mit seinen Austern und seinem Boot beschäftigt, außerdem war sein hellblauer Lieferwagen nirgends zu sehen. Und Helen hielt in Uragaig die Stellung, um Lizzy, das Hochlandrind, beim Er-

wachen aus der Narkose zu betreuen – die Abhörwanze funktionierte noch einwandfrei.

Zuerst gingen die Fußpassagiere von Bord. Ein oder zwei Singlefrauen waren dabei, die durchaus zur Zielperson gepasst hätten. Unter anderem eine Mittfünfzigerin in einem Sommerkleid mit Blümchenmuster. Sie hantierte mit einem abgestoßenen Koffer, der schon bessere Tage gesehen hatte, und schaute jeden mit zusammengekniffenen Augen an, als müsste sie erst den Fokus justieren. Wahrscheinlich eine Akademikerin mit einem Fachgebiet, das niemanden außer ihr interessierte – der gebeugten Büßerhaltung nach zu urteilen.

Doch der Insolvenzberater ließ auf sich warten. Wollte er Jill denn nicht empfangen und auf Colonsay willkommen heißen? Ansonsten zeigte er sich in der Regel pflichtbewusst.

Als Nächstes waren die Passagiere mit Fahrrad dran. Teilweise schwer bepackt, schoben sie ihre Bikes über die gummibelippte Ladeklappe der Fähre und weiter den Pier hoch. Manche stiegen gleich auf und quälten sich die Steigung zur Straße und zum einzigen Kreisverkehr von Colonsay hoch, den es verkehrstechnisch gar nicht brauchte, doch eine Gemeinde ohne Roundabout galt in Großbritannien quasi als nicht existent.

Jill war leicht zu erkennen. »Wirtschaftsjuristin« hatte es geheißen. Ja, an diesem Outfit war wirklich alles durchkalkuliert. Funktionskleidung vom Feinsten in Weiß und Türkis. Ihr schicker Schalenhelm besaß eine Kamerahalterung. Als Gepäck hatte sie nur einen mittelgroßen Rucksack dabei. Jill wirkte sogar noch jünger als 44 – das Gespräch zwischen Crissa und dem Insolvenzberater auf dessen Terrasse war wirklich sehr aufschlussreich und gut zu verstehen gewesen.

Jills Gesicht verriet nicht das Geringste. Keine Tränensäcke, keine Furchen an den Mundwinkeln. Ein beneidenswerter, gleichmäßig gebräunter Teint ohne Flecken oder Unreinheiten, kaum geschminkt. Da hatte jemand viel Zeit für Reisen in den Süden – oder fürs Sonnenstudio.

Das Aussehen ließ sich fast nach Belieben manipulieren. Doch die

Art, wie sich Jill bewegte, ihre Koordination, gab mehr preis. Sie wirkte gar nicht mehr wie eine Sportskanone, als sie den Pier hochfuhr, sondern merkwürdig ungelenk und nicht ausbalanciert, als säße sie auf einem Hometrainer, der plötzlich ausgewildert und vom Fitnesscenter in die Freiheit entlassen worden war. Vielleicht ließ es ihr Beruf nur selten zu, dass sie outdoor unterwegs war. Jedenfalls machte sie einen aufgeweckten, selbstbewussten Eindruck und war auf eine Weise attraktiv, die viele Menschen anziehend fanden: dunkelhaarig, kurzer Pferdeschwanz, ausgeprägte Wangenknochen, die Figur etwas knabenhaft. Alles in allem relativ nichtssagend, aber durchaus vorstellbar, dass Jill Howards Typ war. Sie wirkte wie eine Frau, die ihre Bestimmung erst noch finden musste.

Die beste Killerin nördlich des Hadrianswalls ertappte sich dabei, wie sie regelrecht mitfieberte, ob der Mann, den sie so bald wie möglich töten musste, an die Richtige geriet. Das konnte am Method-Killing liegen. Sie hatte sich so sehr in Howard eingefühlt, dass sie schon seine Perspektive und die damit verbundenen Gefühle übernahm. Als wären sie Freunde, die sich seit einer Ewigkeit kannten. Kürzlich hatte sie seine Bekanntschaft gemacht, um herauszufinden, ob sie bei ihm Chancen hatte und ihr ursprüngliches Vorhaben, ihn zu daten, erfolgversprechend war. Tomtom war natürlich dagegen gewesen – bloß keinen persönlichen Kontakt zur Zielperson. Doch sie verstieß immer mal wieder gegen seine Anweisungen, um Tomtom daran zu erinnern, wer inzwischen das Sagen hatte. Sie war nicht mehr seine Schülerin, diese Zeiten gehörten der Vergangenheit an. Er war ihr Scout, und als solcher arbeitete er ihr nur zu. Tomtom hatte die Verhandlungen zu übernehmen und sich um die Vorabaufklärung zu kümmern, damit sie im Hintergrund blieb. Alle wichtigen Entscheidungen vor Ort traf sie selbst.

Jill blieb am Ferry Terminal stehen und schaute sich suchend um – anscheinend nach Howard. Plötzlich kam Bewegung in ihre geglättete Miene. Fragte sie sich, wie sie nur auf die Schnapsidee gekommen war, eine Kontaktanzeige zu beantworten? Bedauerte sie ihren kindischen Stolz, dass ein Mann sie ausgewählt und eingela-

den hatte, als wäre sie beim »Bachelor« eine Runde weitergekommen? Das war doch unter ihrer Würde.

Crissa sprang für Howard ein und verwickelte Jill in ein Gespräch. Sie war ihm wirklich eine gute Freundin.

Crissa lief außer Konkurrenz. Ihr durfte nichts passieren, wenn es zum letzten Akt kam. Und falls doch, würde Blut fließen. In Strömen. Sturzbäche von Blut würden sich über das friedliche Colonsay ergießen, wenn jemand der Piktenkriegerin ein Haar krümmte. Mithilfe von Howards Waffenarsenal würde sie jeden, der es wagte … Egal. Sie hatte alles akribisch geplant. In wenigen Stunden wäre alles vorbei.

Das Warten hatte ein Ende, Autos und Lastwagen durften die Fähre verlassen. Ein überlanges, silbernes SUV mit abgedunkelten Scheiben drängelte sich vor und bretterte zum Kreisverkehr hoch. Dabei scheuchte es jeden zur Seite, der es wagte, sich ihm in den Weg zu stellen. Auffälliger ging es nicht.

Der Auftraggeber traf auf der Insel ein. Wie von Tomtom angekündigt.

In früheren Zeiten hätte Sir Mallard weitere Fahrzeuge und mehr Personal mitgenommen. Doch er konnte sich wohl keine Privatarmee mehr leisten. Der Wagen verfügte vermutlich über drei Sitzreihen und bot Platz für sechs bis acht Personen, falls er denn voll besetzt war. Zu einem Inlandsflug mit einer gecharterten Privatmaschine hatte es wohl nicht gereicht. Die Geschäfte schienen immer noch mies zu laufen.

Das SUV fuhr quer über den Kreisverkehr und brauste Richtung Hotel davon.

Das Schlimmste war: Mallard wollte nicht mehr darauf warten, dass ihm die Nachricht von Howards Tod samt Beweisen übermittelt wurde. Stattdessen beabsichtigte er, selbst den Abzug zu betätigen. Die beste Killerin nördlich des Hadrianswalls sollte ihm Howard lediglich zuführen wie bei einer Großwildjagd und Mallard dann die geladene Knarre übergeben, damit er nur noch das Ziel aufzunehmen und abzudrücken brauchte.

Auf so etwas ließ sie sich nicht ein. Sie war eine Killerin, keine Gouvernante. Was sollte das werden? Betreutes Töten? Warum hatte Tomtom diesem Schwachsinn zugestimmt, ohne vorher mit ihr Rücksprache zu halten?

Sie würde anders vorgehen – und Mallard vor vollendete Tatsachen stellen. Das hatte sie Tomtom deutlich zu verstehen gegeben. Seither ignorierte sie seine Anrufe und seine Textnachrichten, mit denen er sie umstimmen wollte. Sie zog das jetzt durch, auf ihre Art. Mallard konnte sich ja beschweren, wenn alles vorbei war. Er durfte gerne einen Blick auf Howards Leiche werfen, wenn er schon einmal nach Colonsay gekommen war. Aber den Hit übernahm sie selbst und niemand sonst, allein, ohne Schützenhilfe oder Dreingerede. Wenn sie es zuließ, dass ihr jemand ins Handwerk pfuschte, würde sie nie den Nimbus eines unbeirrbaren Todesengels erreichen, den sie anstrebte. Bei ihr gab es keine verkackten Extrawürste.

Mit Verspätung kam Howard doch noch. Nicht auf einem Mountainbike, wie er es vorgehabt hatte, sondern mit seinem Plug-in-Hybrid. Er stellte den Wagen ab, stieg aus und joggte in seinen üblichen Alltagsklamotten zum Pier: dünne Regenjacke, abgetragene Jeans. Seine geliebte Umhängetasche hatte er ausnahmsweise nicht dabei, also vermutlich auch keine Waffe.

Sie beschloss, näher ranzugehen. Vorsichtig gab sie ihre Deckung auf, zog den Lederhut tiefer ins Gesicht und begab sich zum Ferry Terminal. Ihre Verkleidung als Farmer würde schon reichen, dachte sie. Ein gutes Kostüm war wirklich Gold wert. Sie brachte ihr emotionales Gedächtnis in die Rolle ein. Beim Theater konnte man jede Menge lernen, sogar von einer Laienspielgruppe.

An der Wand der Fährstation nahm sie Aufstellung und schaute unbestimmt in die Ferne, als hätte sie jemanden erwartet, der nicht gekommen war. Das Schiff war fast entladen, die letzten Lieferwagen zockelten von Bord. Sie schob sich ans Ende der Hauswand heran und spähte um die Ecke.

Die anderen befanden sich nur wenige Meter von ihr entfernt. Leider bekam sie von dem Gespräch zwischen Crissa, der Zielperson und dem neuen Date nur das Ende mit. Jill bestand darauf, Howards Haus zu besichtigen, bevor sie ihr Zimmer im Colonsay Hotel bezog. Auf das Abendessen wollte sie gern verzichten, sie habe auf der Fähre eine Suppe zu sich genommen und mache eine Frühlingsdiät.

»Außerdem hasse ich diese kleinen Landhotels«, fuhr sie fort. »Ich weiß, die Leute dort geben sich alle Mühe. Aber letztlich ist es entweder unpersönlich oder zu persönlich. Private Unterkünfte sind mir viel lieber. Vor allem wenn sie eine tolle Aussicht auf eine Bucht mit Sandstrand haben …«

»Hättest du das nicht früher sagen können?« Howard wirkte leicht genervt. »Dann hätte ich Vorbereitungen getroffen.«

»Du hast doch eine gemütliche Couch«, versuchte Crissa zu vermitteln. »Da kann man prima drauf schlafen.«

»Ach ja?«, fragte Jill argwöhnisch.

»Zu seinem Bett bin ich leider noch nicht vorgedrungen.« Crissa lachte, zwinkerte mit den Augen – und bemerkte, dass ihre Bemerkung ziemlich verfänglich klang. »Damit will ich nicht sagen, dass wir … also, dass ich …«

Jill maß sie mit abschätzigen Blicken. Anschließend schaute sie zu Howard, der nur abwehrend die Hände hob. »Verstehe, ihr Einheimischen kennt euch recht gut …«

»So gut auch wieder nicht«, beeilte sich Crissa zu versichern.

»Von Ihnen hat mir Howard noch gar nichts erzählt.«

»Er ist eben sehr verschlossen.«

»Fiel mir auch schon auf.«

»Sind wir eigentlich alle hier. Verschlossen, mein ich. Wir sind verschlossene Insulaner. Zugeknöpft.«

»Das seh ich.«

Crissa trug die Uniform der Fährgesellschaft und darunter eine weiße Bluse. Wegen der Wärme hatte sie die schwarze Anzugweste weggelassen und fast alle Knöpfe der Bluse geöffnet, sodass ihr Tanktop sichtbar wurde. Das Resultat war überaus eindrücklich. Durch den dünnen Stoff waren zudem alle Einzelheiten der Tattoos zu erkennen.

Die beste Killerin nördlich des Hadrianswalls hatte Mühe, nicht loszuprusten. Crissas unverstellte Art und ihr bombastischer Anblick waren wohl zu viel für Jill. Pech für sie. Aber wenn sich Crissa noch mehr verplapperte, würde die Frau Reißaus nehmen, und das Date war geplatzt.

Howard ging dazwischen. »Hör mal zu, Jill. Wir laden jetzt dein Fahrrad in meinen Wagen, dann bringe ich dich zu mir. Du schaust dir mein Haus an und kannst dann entscheiden, ob du im Hotel oder bei mir übernachten willst. Auf alle Fälle richte ich mein Bett für dich her und nehme die Couch. Wäre das in deinem Sinne?«

»Ein Mann der Tat!«, jubilierte sie. »Hört sich schon besser an.«

»Crissa ist übrigens seit Kurzem liiert«, fügte Howard entschärfend hinzu. »Mit jemandem von meiner Theatergruppe. Komm also bitte nicht auf falsche Gedanken, wir sind nur gute Freunde.«

»Außerdem bin ich 32 Jahre jünger als er«, fügte Crissa hinzu. »Nur so zum Vergleich.« Sie schlang ihren rechten Arm um seine Schulter, ihren linken Arm um seine Beine und hob ihn hoch. »Hier! Wollen Sie ihn gleich mitnehmen oder soll ich ihn hübsch einpacken?«

Jill wählte »gleich mitnehmen« und brachte ein Lächeln über ihre Lippen. »Ich muss mich an euren Humor noch gewöhnen.«

»Keine Eile«, grinste Crissa und ließ Howard wieder herunter, der vor Überraschung vergessen hatte, sich zur Wehr zu setzen. »Viel Spaß bei Ihrem ›Sabbatical‹ …«, wünschte sie noch und begab sich wieder in die Fährstation.

Damit war die Situation geklärt, und die beste Killerin nördlich des Hadrianswalls hatte den weiteren Tagesablauf der Zielperson erfahren. Sie löste sich von der Hauswand und machte sich auf den Weg zur Baptistenkirche schräg gegenüber vom Hotel, wo sie die Kleidung wechseln wollte. Direkt davor hatte sie ihren kleinen Clio abgestellt, mit dem sie zu ihrem Cottage nach Uragaig fahren würde. Als sie am Parkplatz vorbeikam, sah sie Doug immer noch dort stehen und auf Kunden für seine Leihräder warten, heute wohl vergebens. Er tippte mit dem Zeigefinger an die Hutlinie, zum Gruß, wie es schien. Hatte er sie erkannt? Oder war es nur ein Reflex?

Doug – sympathisch, und zum Glück sehr vergesslich.

Ohne auf ihn zu reagieren, ging sie weiter.

Schon morgen würde sie von Colonsay verschwinden und all diese furchtbar netten Menschen hinter sich lassen. Niemals zum Tatort zurückkehren – eine der wenigen Regeln, die sie als unumstößlich akzeptierte. Das mit Crissa hatte keine Zukunft, so leid es ihr tat. Sie mochte so vieles an ihr und mit ihr, vor allem gemeinsam in den Atlantik hinauszuschwimmen, sie im eisigen Wasser zu umarmen und sich vorzustellen, langsam zum noch kälteren Meeresgrund hinabzusinken und nie mehr Atem zu holen. Sie mochte es, dass Crissa sie mochte und es ihr auf vielerlei Arten zeigte. Sie genoss ihre Bewunderung – die auf Gegenseitigkeit beruhte. Ob sich Liebe so anfühlte?

Sie war außerstande, diese Frage zu beantworten. Sie wollte sie auch gar nicht beantworten. Liebe lenkte ab, trübte den Blick. Falls es überhaupt Liebe war und nicht nur eine Form vorübergehender Anziehung, die so schnell verschwinden würde, wie sie entstanden war. Crissa war nützlich, sagte sie sich, die Piktenkriegerin erfüllte einen bestimmten Zweck, bloß keine Sentimentalitäten.

Es war wohl am besten, in Position zu gehen und Howard so bald wie möglich mit seiner eigenen Waffe zu erschießen.

Armer Howard. Oder armer Hynch. Oder wie er sich zu nennen beliebte.

Sie hieß ja auch nicht so, wie alle sie riefen. Tomtom hatte ihr einen viel schöneren Namen gegeben.

51

»Was läuft denn hier?« Jill betrat die Terrasse und sah Helen auf dem Boden kauern. Neben ihr lag ein Hochlandrind, das einen pinkfarbenen Augenverband trug. »Hast du eine Freundin *und* eine Kuh?«

»Das ist nur, weil ...«

»Hast du dich deshalb gesträubt, mir dein Haus zu zeigen?« Sie stemmte die Fäuste in die Hüften, als hätte sie ihren Gastgeber dabei ertappt, ihr etwas zu verheimlichen. »Ich dachte, du wärst so eine Art Robinson, ein Einsiedler, der total zurückgezogen lebt. So tust du jedenfalls in unserem Chat. Schreibst andauernd davon, wie einsam du bist. Dass du niemanden hast, mit dem du deine Insel teilen kannst. Und jetzt taucht eine Frau nach der anderen auf.«

»Ich habe ein paar Freunde und Freundinnen, einschließlich dieser Kuh«, sagte Hynch. Unnötig, auch noch den Esel zu erwähnen, fand er. »Ist doch nichts dabei.«

Während der Fahrt nach Uragaig war es andauernd so gegangen. Fragen über Fragen. »Sind hier alle so drauf wie Crissa?« – »Wovon lebst du eigentlich genau?« – »Was findest du an dieser Insel?« – »Wie groß ist dein Haus?«

Hynch fühlte sich wie ein Apparat, in den permanent Münzen eingeworfen wurden, damit unten irgendetwas Verwertbares herauskam. Er hatte keine Gelegenheit gefunden, Jill auf die außergewöhnlichen Umstände vorzubereiten.

Helen erhob sich. »Lizzy wacht allmählich auf.« Ein vernichtender Blick zu Jill. »Ich gehe dann wohl besser.«

»Och, eine Tasse Tee käme jetzt gerade recht«, sagte Jill.

»Das übernehme ich!«, rief Hynch und verschwand schnell im Haus. »Ihr könnt euch ja selbst miteinander bekannt machen.«

Was auch immer die beiden in der kurzen Zeit redeten, in der er den Wasserkocher anwarf und die Teekanne klarmachte – als er zurückkam, war Helen ohne Abschied gegangen.

»Tja, hier lebe ich«, sagte er und breitete die Arme aus. »Normalerweise bin ich ganz allein, aber es gab einen Notfall mit meiner Therapiekuh.« Er erzählte von den Geschehnissen in der Einsiedelei, von der Operation durch die Ärzte und dass er Lizzy jetzt zu sich genommen habe. Jill schaute ihn an, als würde sie ihn für bekloppt halten. Zeit, nach drinnen zu gehen, um den Tee aufzugießen. »Earl Grey. Magst du?«

Sie folgte ihm. »Macht's dir was aus, wenn ich mich etwas umsehe?«

»Fühl dich wie zu Hause!«

Eine Einsatzgruppe der Spurensicherung wäre weitaus oberflächlicher vorgegangen als Jill. Offenbar hatte sie sich vorgenommen, den wahren Howard hinter seiner Onlinefassade zu ergründen, bevor sie sich auf mehr einließ.

Als Erstes stieß sie auf eine leere Whiskyflasche unter dem Sofa, Relikt des PDBDC-Treffens vom Vortag. Dann entdeckte sie das Schrankversteck, das zur Bühne umfunktioniert worden war. Und natürlich entging ihr auch das aufblasbare Schaf nicht, das immer noch im Bücherregal festsaß und Jill mit einem knallroten Kussmund begrüßte.

Sie stellte ihn zur Rede. Was dies alles zu bedeuten habe? Ihr sei schon klar, dass er so einiges an Altlasten mit sich herumschleppe, aber vielleicht sollte er sein Alkoholproblem und sein Verhältnis zu Tieren mal überdenken.

Hynch setzte zu einer Reihe von Erklärungsversuchen an. Die Theaterprobe am Vorabend sei ein wenig ausgeartet, eigentlich neige er zum Abstinenzlertum. Aber er kam nicht weit. Jill fiel immer etwas Neues ein, was sie zu bemäkeln hatte. Den Tee servierte er auf dem Tisch, der ganz am Rand der Terrasse stand. Dabei behielt er Lizzy im Auge.

»Wenigstens hast du bezüglich der wundervollen Aussicht nicht untertrieben.« Jill schaute auf die Kiloran Bay hinunter. »So eine Bucht muss man erst mal finden.«

Die Abendsonne verwandelte den Strand in eine rotgoldene Sichel, die Hänge des schroffen Càrnan Eoin wurden in mildes Weichzeichnerlicht getaucht. Ein paar Spaziergänger waren unterwegs, Hunde rannten umher und planschten übermütig in der Brandung.

»Langsam begreife ich, warum du hierhergezogen bist«, sagte sie und deutete auf das Spektiv, das auf einem Stativ im Wohnzimmer stand. »Hier gibt's immer was zu sehen, nicht wahr? Aber alles ist total friedlich.« Sie setzte sich zu Hynch und nippte an ihrem Tee. »Man fühlt sich, als wäre man im Urlaub.«

»Warte mal, bis ein Unwetter aufzieht ...«

»Wer wird denn so pessimistisch sein?«

»Weiß man's?« Hynch betrachtete den Himmel. Im Norden zur Isle of Mull hin bildeten sich auf breiter Front Wolken mit dunklen Rändern. In ein paar Stunden konnte das Wetter auf Colonsay völlig umschlagen, es kam bereits Wind auf. Er hörte Elsies Clio vorbeifahren und neben dem Nachbarhaus parken.

Währenddessen rappelte sich Lizzy hoch und muhte dabei laut, als fragte sie sich, was in aller Welt mit ihr passiert war. Auf wackeligen Beinen trottete sie ein paar Meter und schüttelte den Kopf in dem vergeblichen Bemühen, ihren Augenverband loszuwerden. Dann hielt sie inne und stierte auf die Bucht.

»Was ich dir noch sagen wollte ...«, begann Jill. »Von wegen ›Sabbatical‹ ... Ich hab meinen Job gekündigt. Bin gerade in einer Orientierungsphase. Eigentlich ...«

»Moment ...«, unterbrach Hynch und ging zu Lizzy. »Bestimmt bist du ganz durcheinander. Du wurdest verarztet, das musste leider sein, damit du wieder so hübsch bist wie immer, ach was, hübscher!« Er wies auf seine Augenklappe. »Schaut doch klasse aus, oder? Wenn du willst, kriegst du auch so eine.« Er kraulte sie am Rücken. »Die Nachwirkungen der Narkose sind bald vorbei. Hab Geduld, das wird schon.«

Lizzy ließ einen exorbitanten Fladen fallen, mitten auf die Terrasse. Ein kleiner Scheißesee breitete sich konzentrisch aus und sickerte zäh wie Lava in alle Ritzen. Den hatte sie sich wohl aufgespart als Kommentar zu abwiegelnden Wird-schon-wieder-Bemerkungen. Nichts wurde wieder wie zuvor!

Plötzlich erschienen zwei antennenlange Eselsohren über der Hecke, von der die Terrasse umgeben war. Iago machte einen Satz, der jedem Springpferd zur Ehre gereicht hätte, landete auf dem Tisch mit dem Tee und schrie dabei wie verrückt vor Freude, dass Lizzy wieder auf ihren vier Beinen stand. Es hörte sich an, als würde er gleich tot umfallen.

Niemand fiel um, nur der Tisch mit den Teetassen und der noch ziemlich vollen Kanne. Er begrub Jill unter sich. Das Eselchen war schon weitergeschlittert und kam knapp vor der Schiebetür zum Stehen.

»Das ist Iago, Lizzys bester Kumpel. Er wohnt jetzt auch hier, hab ich vergessen zu erwähnen.« Hynch stemmte den Tisch beiseite und half Jill hoch. »Geht's dir gut?«

Wie auf Kommando begannen sich Midges um Lizzys Kuhfladen zu versammeln.

»Okay, Howard …« Jill scheuchte die Mücken beiseite, ein paar spuckte sie aus. Die teure weiße Funktionskleidung war jetzt earlgreyfarben, ansonsten schien ihr nichts passiert zu sein. »Keine Ahnung, ob du den Kuhfladen je wieder wegbekommst. Soll nicht meine Sorge sein. Ich werde nachher zum Hotel fahren und dort auch wie geplant übernachten. Dann kannst du hier in aller Ruhe sauber machen.«

»Es tut mir wahnsinnig leid! Heute scheint alles schiefzugehen. So habe ich mir unser erstes Treffen nicht vorgestellt.«

»Das glaub ich dir sofort«, sagte sie verdrießlich.

»Gibt es irgendwas, was ich tun könnte, um dich aufzuheitern?«

»Du hast doch ein Bike, ich hab's vorhin an der Wand lehnen sehen.«

»Ja-aa …«

»Machen wir noch einen kleinen Ausflug mit dem Fahrrad, bevor es dunkel wird?«

Hynch betrachtete den dampfenden Scheißehaufen, dann den Trümmerhaufen. Überall lagen die Scherben der Tassen und der Kanne herum. Iago kümmerte sich um Lizzy und stieß allerlei zutrauliche Laute aus. Seinen Tieren ging es gut, das war das Wichtigste. Zwar hatte er das Gefühl, dass Iago sich nach den ersten liebevollen Worten über den pinken Augenverband lustig machte und Lizzy diesen Verband hasste, Pink warf einfach nicht ihre Farbe. Aber das würde sich schon einrenken.

Mit einem Besen kehrte er den gröbsten Unrat beiseite. Dem Kuhfladen würde er sich später widmen, vielleicht war er bis dahin getrocknet, dann ließ er sich leichter entfernen.

»Bloß weg hier!«, sagte er.

52

Nichts zu reden war manchmal das Allerbeste. Keine Worte, keine Missverständnisse. Dem Körper eine Aufgabe zu geben konnte einem lästige Fragen ersparen.

Sie fuhren den Abhang zur Bucht hinunter. Das Gelände war anspruchsvoll, vor allem für ungeübte Mountainbiker. Jill blieb oft stehen und traute sich nicht so recht, über die struppigen Buckel zu springen. Hynch ließ es einfach laufen. Was hatte er schon zu verlieren?

Dann überquerten sie die Bucht und folgten dabei der Wasserlinie, dass es nur so spritzte. Jills Schönwetter-Outfit wurde noch schmutziger, aber das schien ihr jetzt gleichgültig zu sein. Mit voller Absicht durchpflügte sie die seichten Priele und Lachen, die von der Flut hinterlassen worden waren, immer wieder, wie ein Kind, das sich endlich nach Herzenslust austoben durfte. Der Sand war so hart, dass sie mit den Reifen kaum einsanken. Hynch konnte förmlich sehen, wie die Hemmungen von Jill abfielen.

Sie erreichten das Walgerippe am Ende der Bucht. Eine Felsenzunge ragte ins Meer, Port Easdail genannt, obwohl ein größeres Boot hier kaum gefahrlos anlegen konnte. Eine Schar Eiderenten hatte den Ort als Brutplatz gewählt. Inzwischen ging es auf 21.00 Uhr, das Licht begann zu schwinden. Niemand befand sich um diese Zeit mehr in der Nähe. An der Flanke des Càrnan Eoin führte der asphaltierte Weg nach Balnahard einen steilen Hang hoch.

»Wollen wir das kurze Stück bis nach oben schieben?«, schlug Hynch vor. Er schöpfte Atem. »Etwas weiter nördlich liegt der Port Sgibinis, das ist eine Minibucht mit Ministrand. Überaus lauschig.«

»Schieben? Ach komm, wir schaffen das schon«, sagte sie unternehmungslustig.

»Bin etwas aus der Puste. Fahr ruhig voraus!«

Jill trat kräftig in die Pedale, holte Schwung und machte sich an den Anstieg. »Wir sehen uns an dieser Minibucht.«

Hynch blieb auf dem Weg stehen. Er stieg ab und beobachtete sie. Inzwischen war sie viel sicherer auf dem Rad, nur mit Mühe konnte er mithalten.

Kurz bevor ihn das Unterschallgeschoss traf, hörte er den Schuss. Es war kein Knall, nur das Knacken des Verschlusses.

Ein allzu bekanntes Geräusch: der Klang seiner eigenen Waffe. In den Händen der Killerin. Sie benutzte wohl einen seiner Schalldämpfer. Die hatte er selbst angefertigt und über die Jahre ständig verbessert.

Es fühlte sich an, als würde ihm jemand den Oberarm mit einer Motorsäge aufreißen.

Das Rad fiel um. Er warf sich zu Boden und robbte hinter einen viel zu niedrigen Felsen. Keine ernst zu nehmende Deckung, nicht für eine Schützin aus erhöhter Position.

Ein Streifschuss. Vollmantelmunition, sonst hätte sich seine halbe Schulter verabschiedet. Wollte sie spielen?

Der zweite Einschlag ließ nicht lange auf sich warten. Umherfliegende Steinsplitter fetzten ihm ein Ohrläppchen weg. Sofort begann die Wunde zu bluten.

Sinnlos, nach dem Mündungsfeuer Ausschau zu halten, es wurde vom Schalldämpfer verschluckt. Hynch presste sich ins Gras. Er hatte keinen blassen Schimmer, von wo aus der Todesengel ihn beharkte. Er tippte auf den bewaldeten Hang hinter seinem Haus, was eine Entfernung von einem knappen Kilometer bedeutete. Das erklärte die Ungenauigkeit der Schüsse.

Oder das Ganze stellte eine Machtdemonstration dar. Deshalb die Vollmantelmunition. Sie zögerte das Ende hinaus. Wollte sichergehen, dass ihm seine verzweifelte Lage bewusst war, bevor er starb.

Der Todesengel hatte einen guten Zeitpunkt und den idealen Ort gewählt. Besser hätte er es selbst nicht machen können.

Er rollte sich zusammen wie ein Embryo, um eine möglichst geringe Angriffsfläche zu bieten. So hatte er Mhairis Leiche einst vorgefunden, am schlimmsten Tag seines Lebens. Nur dass dieses Mal er die Leiche sein würde.

Hoffentlich war Jill zum Port Sgibinis weitergefahren und wartete nicht oben am Ende der Steigung auf ihn.

Minuten verstrichen. Ohne einen weiteren Schuss.

Er blieb liegen, rührte sich nicht.

Der letzte Akt. Macbeth ergab sich nicht, er kämpfte bis zum Ende. Dieser Abgang blieb ihm versagt. Er hatte ja nicht einmal seine Umhängetasche mit dem Revolver dabei – der ihm jetzt ohnehin nichts mehr nützen würde.

Vielleicht sollte er seine Deckung einfach aufgeben, mit erhobenen Händen? Sein Testament hatte er ja gemacht.

Er fragte sich, ob seine Freundinnen und Freunde je erfahren würden, wer er wirklich gewesen war. Es würde keine Zeitungsmeldung geben à la »Ein als ›Hynch‹ bekannter und unter verschiedenen falschen Namen agierender Auftragsmörder wurde auf der Isle of Colonsay förmlich exekutiert. Die Polizei vermutet eine Vergeltungsaktion aus dem kriminellen Milieu …«. Nein, nichts dergleichen würde ihn posthum enttarnen und Helen, Crissa und den anderen reinen Wein einschenken. Vielmehr wäre von einem mysteriösen Todesfall die Rede, dafür würde Mallard mit seinen Bullenkontakten schon sorgen.

Er richtete sich auf, behielt die Arme aber unten wie ein Delinquent vor einem Erschießungskommando.

So müsste er kaum zu verfehlen sein.

Nichts passierte.

Dann klingelte sein Handy.

53

Es war Doug. »Kennst du den Loch an Sgoltaire? Eine halbe Meile südwestlich von deinem Haus? Da gibt's eine Anhöhe, den Beinn an Sgoltaire. Komm sofort her, hier hat jemand auf dich geschossen.«

»Was hast du denn damit zu tun?«, fragte Hynch.

»Am besten fährst du an dem Landsitz vorbei und biegst vorne am alten Tor rechts ab. Verstanden?«

»Ja, aber …«

»Beeil dich!« Die Verbindung brach ab.

Hynch schnappte sich das Mountainbike und radelte los. Seine Wunden waren zwar schmerzhaft, behinderten ihn aber nicht, und auf seiner dunklen Regenjacke waren die Spuren der Verletzungen kaum zu sehen. Das Hemd, das er darunter trug, war am Kragen bereits blutdurchtränkt. Als er bei An Crosan über eine Wiese zur Straße fuhr, entdeckte er jede Menge Moos. Er stopfte etwas davon unter den zerfetzten Jackenärmel. Dann presste er einen Ballen auf das verletzte Ohr und stülpte die Kapuze über den Kopf, damit es besser hielt.

Um Jill konnte er sich jetzt nicht kümmern. Er war ja schon froh, dass sie nicht in Gefahr geraten und Zeugin seiner – zum Glück misslungenen – Exekution geworden war. Damit sie nicht nach ihm suchte, schrieb er ihr eine kurze Textnachricht: »Das wird nichts mit uns beiden. Leb wohl.« Zu ihrem eigenen Schutz.

Es dauerte eine Weile, bis er mit dem Rad zum Loch an Sgoltaire fand. Obwohl der See in Luftlinie gar nicht so weit von Uragaig entfernt war, befand er sich quasi im toten Winkel, zu Fuß umständlich zu erreichen, eingebettet in einen Höhenzug und vor allem: Privatbesitz des Baron Strathcona and Mount Royal. Nur ein einziges Mal war Hynch dort gewesen, weil er seine übliche Wanderroute verlassen hatte, um dem Ruf eines Kuckucks zu folgen.

Der Loch war etwa einen Kilometer lang und in der Mitte dreihundert Meter breit, ein Stausee, der die Wasserversorgung auf Colonsay sicherstellte. Am Südufer stand ein Bootshaus, und in der Mitte des Lochs lag eine kleine Insel, auf der ein viktorianisches Sommerhaus in den Resten einer mittelalterlichen Burg erbaut worden war. So etwas wie eine letzte Zuflucht. Oder wie eine Todesfalle.

Endlich erreichte Hynch das Ende des Feldwegs, den Doug ihm angegeben hatte. Der See glänzte wie eine geputzte Silberplatte, die Dämmerung nahm zu. Ein Reiher stelzte geduldig im seichten Wasser umher, bereit, mit seinem starken Schnabel einen Fisch zu durchbohren wie mit einer Harpune. Hynch legte das Bike ins Heidegestrüpp und marschierte zum Beinn an Sgoltaire, einem niedrigen Hügel, den er nicht auf der Rechnung gehabt hatte, weil er von seinem Haus aus wegen des bewaldeten Hangs nicht zu erkennen war. Auf der Kuppe des Hügels hatte jemand vor langer Zeit einen Cairn errichtet, ein pyramidenförmiges Steinmal aus Bruchsteinen und Geröll. Die Kiloran Bay war in all ihrer Pracht zu sehen. Ein guter Ort für eine Feuerstellung. Aber die Distanz zu der Stelle, wo es ihn erwischt hatte, stellte eine echte Herausforderung dar. Kein Wunder, dass es die Killerin an Zielgenauigkeit hatte fehlen lassen.

»Hierher!« Doug winkte ihn mit einem Schäferstab zu sich. Mit diesem Stock hatte er den Todesengel bewusstlos geschlagen.

Hynch streifte seine Kapuze ab. »Elsie!«, stieß er überrascht hervor, als er die junge Frau in dem schwarzen Kampfanzug erkannte. Sie lag auf dem Rücken, neben ihr das Scharfschützengewehr, ein dazugehöriges langes Futteral und weitere Ausrüstungsgegenstände. Ihre strohblonden Haare rahmten das Gesicht ein, das ihn plötzlich, mit geschlossenen Augen und entspannten Gesichtszügen, an jemanden erinnerte.

»Ich hab ziemlich fest zugelangt, als mir klar wurde, dass sie auf dich zielt.« Doug wies auf den Feldstecher, den er um den Hals hängen hatte. »Dein Ohr sieht aber gar nicht gut aus. Und was ist mit deinem Oberarm?«

Das Moos hatte den Blutfluss ein wenig gestillt. »Nicht der Rede wert.« Hynch untersuchte Elsie. Ihre Glieder waren völlig schlaff. Am Hinterkopf entstand bereits eine mächtige Beule. So wie es aussah, würde sie noch eine Zeit lang besinnungslos bleiben. Sie trug keine Waffe am Körper.

»Bestimmt ist kein größerer Schaden bei ihr entstanden. Hab nicht mehr so viel Kraft in den Armen wie früher. Wie auf den Falklands.« Doug hob die Barrett auf. »Da hab ich so ein Gewehr zum letzten Mal gesehen, nicht so ein modernes wie das hier, aber es funktionierte tadellos. Der Kerl in meiner Einheit konnte damit ziemlich gut umgehen.«

Er schaute nach, ob es durchgeladen war. In der Kammer befand sich eine Patrone – die Elsie nicht mehr hatte abfeuern können. Er richtete den Lauf auf Hynch.

»Du warst doch auf den Falklands dabei?«, fuhr er fort. »Der rentitente Soldat, der von diesem verrückten Lieutenant abgelinkt wurde wegen Insubordination? Das machte damals die Runde. Der Lieutenant bekam eine Tapferkeitsauszeichnung. Und du bist in den Bau gewandert.«

»Das weißt du noch?«, wunderte sich Hynch.

»Manchmal hab ich noch so Momente«, sagte Doug und wiederholte damit die Floskel, die er an dem Probenabend des PDBDC im Hinblick auf seine Gedächtnislücken gebraucht hatte. »Ich war ja nicht immer Gärtner. Aber besser Gärtner als das, was aus dir geworden ist. Howard? So heißt du doch nicht wirklich.«

Hynch setzte sich auf den Boden neben Elsie und schaute zu, wie sich ihre Brust kaum merklich hob und senkte. »Für wen hältst du mich denn?«, versuchte er es.

»Für jemanden, der so viel auf dem Kerbholz hat, dass man ihm eine Auftragsmörderin wie unsere hübsche Elsie hier auf den Hals hetzt.« Dougs Gestalt warf einen langen Schatten. Die untergehende Sonne stand in seinem Rücken. »Mit ein paar Veteranen von den Falklands bin ich noch in Kontakt, die sind ganz heiß auf Verbrechensmeldungen. Vor ein paar Jahren ist ein Glasgower Mobster-Boss abserviert worden. Sein treuester Killer tauchte daraufhin unter und ward nie mehr gesehen. Das bist du.«

»Und wie kommst du ausgerechnet auf mich?«

»Anfangs waren es nur Kleinigkeiten. Deine wachsame Art. Wie du dich überall umsiehst und die Ausgänge checkst. Wie du dich im Gelände bewegst. Dann hat Graeme mich draufgebracht, dass du bei den Marines gewesen sein könntest. Deine Augenklappe hat mich an den Scharfschützen in meiner Einheit denken lassen. Der hat immer sein Auge abgeklebt, um besser zielen zu können. Na ja, so führte eines zum anderen.«

»Stichhaltige Beweise sind das nicht gerade.«

»Es war nur eine Vermutung. Was sich ein alter Sergeant so ausmalt, wenn er auf Kunden für seine Leihräder wartet.«

»Sergeant? Dann warst du ja einige Jahre dabei.«

»Lenk nicht ab. Elsie hat heute am Pier einen schweren Fehler gemacht. Sie hat sich verkleidet, um dich unbemerkt beobachten zu können. Deshalb bin ich ihr gefolgt, erst nach Uragaig zu ihrem Cottage und dann den Hang zu dem Hügel hoch, natürlich in einigem Abstand. Hab mich gefragt, was sie mit dem Gewehrfutteral anstellen will. Jetzt wissen wir's. Wenn das kein Beweis ist …«

»Sie hat uns alle an der Nase herumgeführt«, sagte Hynch. »Angeblich ist sie die beste Killerin nördlich des Hadrianswalls. Hat sich viel Zeit gelassen, bis sie zuschlug. Ich dachte, sie probiert es schon viel früher.«

»Du gibst es also zu?«

»Dass ich der bin, für den du mich hältst?«

»Die Wahrheit! Jetzt und hier.« Dougs Finger wanderte zum Abzug. »Ich dachte, wir wären Freunde …«

Hynch erhob sich. Geständnisse fühlten sich im Stehen ehrlicher an, fand er. »Es stimmt, du hast recht. Ich war der Ausputzer von

Black Eyed Bruce, auch bekannt als Brewster Wright. Allerdings hab ich nie auf einen Unschuldigen geschossen, immer nur …«

»Spar dir deine Erklärungen. Das nennt man bestenfalls Selbstjustiz.«

»Ich hab schon lange abgemustert. Inzwischen bin ich für niemanden mehr eine Gefahr – außer für Krähen vielleicht. Für mich ist das alles aus und vorbei.«

»Für Elsie aber offenkundig nicht. Wer hat sie geschickt?«

»Sir Geoffrey Mallard. Der hat seinerzeit auch Brewster Wright beseitigen lassen. Kennst du den?«

Doug stieß die Luft aus. »Ob ich dieses rassistische Mistschwein kenne? Darauf kannst du einen lassen! Und der möchte dich tot sehen?«

»Ja, nach meinen Informationen.«

Der alte Mann überlegte. »Wirklich? Ist das auch keine Lügengeschichte? Damit ich dich nicht erschieße? Ich meine, wenn Mallard dir ans Leder will, wäre das ein Pluspunkt für dich. Was deine Taten nicht entschuldigt!«

»Leider kann ich das mit Mallard in keinster Weise belegen. Ich hab nur einen Anruf gekriegt, zur Warnung, gegen viel Geld. Das ist alles.«

»Wer glaubt schon einem Schwerverbrecher?«

»Moment mal …« Hynch fiel ein, dass er sein Testament bei sich trug, in der Brusttasche seiner Regenjacke, zusammen mit seinem Handy. »Darf ich dir was zeigen? Hat zwar nichts mit Mallard zu tun, aber …«

»Keine Tricks!«

»Es ist nur ein Blatt Papier.«

»Wenn du irgendwas versuchst, knall ich dich ab!«

Langsam öffnete Hynch den Reißverschluss und zog seinen Letzten Willen hervor. »Hier, das ist mein Testament, bezeugt von Doktor Bell und Doktor Brodie.« Er reichte Doug das Blatt, der es misstrauisch entgegennahm. »Lies es, ich gehe solange auf Abstand.«

Hynch machte ein paar Schritte in die Heide hinein, damit sich Doug ungestört fühlte, und blickte auf den See. Der Reiher beendete seinen Beutezug am Loch an Sgoltaire. Schwerfällig erhob er sich in die Lüfte. Aufgrund des starken Aufwinds gewann er rasch an Höhe und segelte mit eingezogenem Kopf und nach hinten ausgestreckten Beinen in den Atlantik hinaus – um dann abrupt nach Westen abzudrehen, die schiefergrauen Wolken im Norden waren näher gerückt. Seine Spannweite war beeindruckend. Es wirkte so, als könnte er mühelos, nur mit wenigen Flügelschlägen, weite Entfernungen zurücklegen. Wollte er sich vom Wind zu den festlandnahen Inseln Scarba, Luing und Seil tragen lassen? Ansonsten waren keine Vögel in der Nähe. Nur der Warnruf einer Heckenbraunelle, ein scharfes »Dsiit!«, schallte von dem bewaldeten Hang herüber.

Doug hatte das Testament studiert und begriff. »Das ist … großzügig. Und ein bisschen traurig. Heißt das, du verlässt Colonsay?«

»Auf die eine oder andere Weise.«

»Wird wohl am besten sein.« Doug wollte ihm das Blatt zurückgeben.

Hynch wehrte ab. »Nimm es an dich. Bei dir ist es gut aufgehoben für den Fall, dass mir noch mehr passiert.«

»Also gut.« Doug steckte das Schreiben ein und senkte den Lauf des Gewehrs.

»Was machen wir jetzt?«, fragte Hynch.

Der alte Mann legte die Stirn in Falten. Sein Argwohn war Besorgtheit gewichen. Er dachte angestrengt nach, schien Für und Wider abzuwägen. »Außer mir hat niemand etwas von dieser Sache mitgekriegt – und wer du in Wirklichkeit bist«, begann er schließlich. »Du warst auf den Falklands und hast dich dort tapfer geschlagen, auch wenn dich der Lieutenant später reingeritten hat – wir wussten damals alle, wer die Auszeichnung wirklich verdient hatte. Veteranen halten zusammen.« Er seufzte bekümmert. »Und Laienschauspieler«, fügte er mit einem schiefen Lächeln hinzu. »Von mir erfährt niemand etwas.«

»Ist das dein Ernst?«

»Ja, aber ich wiederhole: Hier kannst du nicht bleiben. Du musst von der Insel verschwinden, und zwar so bald wie möglich.«

»Das habe ich doch vor«, beteuerte Hynch.

»Ich kann es nicht verantworten, dass jemand auf Colonsay wegen deiner Vergangenheit zu Schaden kommt.«

»Zuvor muss ich noch das eine oder andere klären …«

Doug griff in seine Hosentasche und zog ein Handy hervor. »Hier, hab ich bei Elsie gefunden. Vielleicht hilft dir das weiter.« Er warf es Hynch zu. »Ich lass euch jetzt allein. Bestimmt habt ihr einiges zu besprechen.«

»Mit Sicherheit.«

»Macht das unter euch aus, ja? Wenn's geht, ohne euch gegenseitig umzubringen. Du regelst das friedlich, kapiert?«

»Ja, Sir.«

»Versprich es – bei den toten Kameraden!«

Hynch nickte. »Versprochen.«

»Das Gewehr behalte ich, schon allein, damit Gleichstand herrscht. Und wenn Elsie aufwacht, sagst du ihr, dass sie auf der Insel ebenfalls unerwünscht ist.« Er musterte sie und schüttelte den Kopf, er konnte es nicht fassen. »So eine hübsche junge Frau … Zieht los und killt Leute. Was ist da bloß falsch gelaufen?«

»Würde ich auch gerne wissen. Hab sie erst vorgestern kennengelernt.«

»Kriegstrauma? Vielleicht war auch sie bei den Truppen. Im Irak oder in Afghanistan.«

»Keine Ahnung. Es gibt viele Erklärungen dafür, das zu tun, was ich getan habe.«

»Da halte ich mich raus. Morgen ist Samstag, um 13.45 Uhr geht die Fähre nach Oban. Die nehmt ihr, sonst verständige ich die Polizei. Ich will euch nie wiedersehen.«

Doug hob das Futteral auf, steckte die Reservemunition hinein und schulterte die Barrett. Grußlos stapfte er davon.

54

Zum Glück war das Handy nicht gesperrt. Hynch ließ sich auf einem abgeflachten Stein nieder, behielt Elsie im Blick und wählte die letzte Nummer auf der Telefonliste. Sie hatte den Anruf erst vor einer Stunde erhalten und nicht entgegengenommen – wie schon einige vom selben Anschluss zuvor. Wahrscheinlich war sie zu beschäftigt gewesen, als sie das Gewehr auf die Kiloran Bay ausgerichtet hatte.

»Endlich meldest du dich!«, sagte ein Mann am anderen Ende. »Was soll das, sich einfach tot zu stellen? Meinst du, *mir* schmeckt dieser Scheiß?«

Hynch kannte die Stimme. Es war Tomtom. Dass er gemeinsame Sache mit der Killerin machte, hatte er sich schon gedacht. Er schwieg und wartete, ob noch mehr kam.

»Die Dinge haben sich noch einmal geändert. Ich sitze gerade im Hotelzimmer. Wo bist du? Antworte gefälligst!«

»Sie kann nicht antworten«, sagte Hynch. »Schön, sich mal wieder zu unterhalten.«

»Wer spricht da?«

»Ein veralteter Auftragsmörder. So hast du mich doch genannt. Ich mag deine Witze.«

Stille. Bei Tomtom schien die Erkenntnis durchzusickern, dass er mit dem Mann redete, der eigentlich das Opfer sein sollte. »Verdammt, bist du das, Hynch?«

»Gesund und munter. Was man von deinem Todesengel nicht behaupten kann.« Überrumpelungstaktik, Überraschungsmoment. Vielleicht bekam er noch mehr heraus. »Netter Versuch …«

»Was ist mit Mhairi passiert?« Tomtom verfiel in Panik. »Was hast du Scheißkerl mit ihr gemacht?«

»Mhairi?«, fragte Hynch verwundert – und unangenehm berührt. »So heißt sie? Ein weitverbreiteter Name … Aber mir hat sie sich als Elsie vorgestellt.«

»Ich will sofort wissen, was los ist!«

Hynch entschied sich für eine Lüge. Auf eine mehr kam es auch nicht mehr an, obwohl es streng genommen gar nicht die Unwahrheit war. »Tja, ich weiß nicht, wie ich's dir beibringen soll … Mhairi ist tot.«

Tomtom schnappte hörbar nach Luft.

»Das war wirklich gut eingefädelt«, fuhr Hynch fort. »Sie hat meine Waffen gestohlen, mein Haus abgehört, sich an mich rangemacht, um mein Vertrauen zu gewinnen. Wozu das alles? Warum hat sie mich so lange hingehalten? Das hätte doch viel schneller und effizienter über die Bühne gehen können.«

Stille in der Leitung, schwere Atemgeräusche.

»Und was ist mit dir? Du bist doch nie im Leben ein Profiler, der zufällig über meine Kontaktanzeige gestolpert ist. Du bist schon länger an mir dran, stimmt's? Arbeitest du für Mallard? Oder für Elsie? Entschuldige … für Mhairi? Als ihr Scout, der die Aufträge klarmacht? Oder für beide? Steht Mhairi in Mallards Diensten, um seine Altlasten zu entsorgen?«

Altlasten. Ein Wort, das Jill benutzt hatte, in anderem Zusammenhang. Hynchs Altlasten waren komplexer und weitaus unerfreulicher, als man es gemeinhin mit dem Begriff verband.

Er ließ nicht locker. »Aber warum hast du mich überhaupt gewarnt? Warum dieser Anschlag mit Ansage? Nur um doppelt abzukassieren? Kleiner Bonus on top? Kochst du am Ende dein eigenes Süppchen? Oder wollte Mallard es auskosten, dass ich mich in die Enge getrieben fühle?«

»Bist du fertig?«, fragte Tomtom. Seine Stimme war eiskalt. »Weißt du, was du getan hast?« Er hielt kurz inne, dann presste er hervor: »Du hast deine eigene Tochter getötet.«

»Was redest du da?«

»Hast du denn die Ähnlichkeit zwischen euch beiden nicht bemerkt?«, fragte Tomtom. »Deswegen hatte ich ihr jeden persönlichen Kontakt verboten.«

Ähnlichkeit. Er musste Elsies Körperbau meinen, die Größe, die Haare. Auch das Gesicht? Er betrachtete die auf dem Boden ruhende Frau. Ihm fielen die weit auseinanderstehenden, skandinavisch wirkenden Augen auf. Die schmale Nase, am Ende ein wenig nach oben gebogen. Keine vollen Lippen, der Mund nur ein Strich. Alles wie bei ihm. Warum war ihm das entgangen? Hatte er das Offensichtliche ignoriert, weil es ihm so undenkbar erschien?

»Warum heißt sie wohl Mhairi?« Tomtom unterdrückte ein Schluchzen. »Wie ihre Mutter? Das Beste, was dir je widerfuhr. Und das ein verdammter Soldat, der für die Thatcher-Regierung auf den Falklands Argentinier erschoss, niemals verdient hatte! Sie war schwanger von dir, als du dich da unten herumgetrieben hast.«

»Das … kann nicht sein«, stammelte Hynch. »Zeitlich haut das nicht hin. Der Falklandkrieg hat nur ein paar Monate gedauert. Für mich etwas länger wegen des Arrests, den ich in der Brig einer Fregatte abzusitzen hatte, aber …«

»Ihre Tochter, deine Tochter, war ein Frühchen. Mhairi konnte dich nicht erreichen, um es dir mitzuteilen. Sie hat's versucht, aber jemand vom Militär blockte ab. Und einen Brief wollte sie nicht schreiben, es hieß ja, du würdest bald heimkommen.«

Die Welt stand für Hynch still. Nichts bewegte sich mehr. Der Loch an Sgoltaire wurde zu einem Stück plattem Blech. Der Himmel fror ein. Elsie – oder Mhairi – lag ohne die kleinste Regung da wie eine Leiche.

»Die Geburt war ziemlich heikel. Weil sich die Nabelschnur um den Hals gewickelt hatte. Es hat dann doch schlimmer ausgesehen, als es war, aber das Baby musste in den Brutkasten. Als Mhairi zwischendurch das Krankenhaus verließ, um ein paar Sachen aus ihrer Wohnung zu holen, wurde sie entführt. Deinetwegen! Du warst schuld an ihrem Tod, du hast sie in deine Probleme mit reingezogen! Wegen dir wurde sie ermordet, totgespritzt wie ein Stück Vieh! Zum Junkie erklärt. Weil sich dieser Lieutenant, der später Vizepräsident der Police Scotland wurde, an dir rächen wollte. Ich hab Jahrzehnte gebraucht, um das alles herauszufinden. Erst als du es Preston auf der Isle of Jura heimgezahlt hast, begannen ein paar Quellen zu sprudeln.«

»Wer bist du, Tomtom?«

»Wer wohl? Derjenige, der sie gewarnt hat, sich mit einem Marine einzulassen. Du warst ihr Verderben.« Er holte tief Luft. »Ich bin Mhairis Bruder!«

Hynch stand auf. Er brauchte dringend Bewegung, ging ein paar Schritte in Richtung des Cairn, forschte in seinem Gedächtnis. Stimmt, da hatte es einen Bruder gegeben, jünger als Mhairi, radikaler in seinen Ansichten, ideologisch verblendet, zu Gewalt neigend – und alles andere als erfreut darüber, dass sich seine Schwester mit einem Soldaten eingelassen hatte. Hynch hatte nur kurz seine Bekanntschaft gemacht, irgendwann nach der Demo in Glasgow. Seine Vorbehalte und seine Antipathie waren greifbar gewesen. Er hieß natürlich nicht Tomtom, auch nicht Tom, sondern Dom für Dominik.

»Was ist mit dem Baby passiert?«, wollte Hynch von ihm wissen.

»Ich hab mich um meine kleine Nichte gekümmert, was denkst du denn? Aber ich hab ihr nie verraten, wer ihre Eltern waren. Sie wuchs als Adoptivkind auf. Später hab ich ihr erzählt, sie wäre vor dem Krankenhaus abgelegt worden, anonym, ihre biologischen Erzeuger seien unbekannt.«

»Du hast ihr auch verschwiegen, wer ihre Mutter war?«

»Nichts sollte sie belasten oder auf irgendeine Weise beeinflussen. Wir sind nicht die Fortsetzung unserer Eltern. Wir sind ausschließlich das, was die Welt aus uns macht – und was wir aus der Welt machen, mit unserem Willen und mit unseren Vorstellungen davon, das ist meine feste Überzeugung. Außerdem, meine ältere Schwester … Ich habe sie bewundert, als wir gegen die Thatcher-Regierung auf die Straße gingen, im Schulterschluss, nichts konnte uns trennen. Damals forderten manche Tories noch, Nelson Mandela aufzuhängen. Die hätten selber an die nächste Laterne gehört! Und dann hat Mhairi ausgerechnet dich angeschleppt, einen Büttel der Herrschenden, ein Werkzeug der Imperialisten. Du bist für dieses Faschistenpack in den Krieg gezogen! Ich habe es ihr nie verziehen, dass sie sich auch noch ein Kind von dir machen ließ. Von einem, der für alles stand, was wir bekämpften.« Hass tropfte aus seiner Stimme. Und Entschlossenheit lag darin. »Aber jetzt bekommst du es mit mir zu tun, Tochtermörder! Ich kriege dich. Du bist ein toter Mann.«

Hynch näherte sich wieder der besten Killerin nördlich des Hadrianswalls. Was für ein dämlicher Titel. »Aber warum hast du mein eigenes Kind auf mich angesetzt? Vater und Tochter aufeinanderzuhetzen, das ist doch krank! Wie konntest du ihr so etwas antun?«

»Sie hätte nie erfahren, wer du warst«, widersprach Tomtom. »Sie hatte schon genug Probleme, psychischer Art, meine ich, und die hatten garantiert mit dir zu tun. Dein Tod wäre eine Befreiung für sie gewesen.«

»Wie denn das? Sie wusste doch gar nicht, wer ich in Wirklichkeit war?«

»Sie hätte es gespürt, unbewusst. Alles das, was von dir noch in ihr drin war, wäre nach deinem Tod von ihr abgefallen, unerwünschte genetische Echos, dein unheilvolles Erbe. Es hätte sie von Grund auf … gereinigt.«

»Bist du eine Art Erweckungsapostel? Vom linken Extremisten zum Wiedertäufer?«, fragte Hynch. »Dann hast du ja nur einen Mumpitz gegen den anderen getauscht.«

»Nenn es, wie du willst. Sie wäre geheilt worden, erlöst. Dann hätte sie ganz neu anfangen können. Oder sie hätte als Killerin weitergemacht, mit richtig fetten Aufträgen, nachdem es ihr gelungen war, den berühmten Hynch vom Erdboden zu tilgen.«

»In meiner Nachfolge?«

»Es wäre ihre eigene freie Wahl gewesen. Ich hätte gerne miterlebt, wofür sie sich entschieden hätte.«

Hynch schaute wieder zu Elsie. Oder zu Mhairi. Mit der Namensgleichheit kam er nicht klar.

Doch dort, wo sie gelegen hatte, befand sich nur niedergedrücktes Gras, der Abdruck ihres Körpers.

Etwas schlang sich von hinten um seinen Hals.

55

Sie hatte keinen Mucks gemacht. Die Augen nicht aufgeschlagen. Möglichst flach geatmet, damit er nichts merkte. Verborgen, dass sie wieder bei Bewusstsein war. Seine Schritte hatten sich entfernt. Sie war liegen geblieben. Kurz darauf hatte er wieder näher geklungen. Ein Telefonat. Die Worte »Vater und Tochter aufeinanderzuhetzen« waren zu hören gewesen. Was sollte das? Und wer hatte sie überhaupt niedergeschlagen? Ihr Kopf schmerzte, als wäre ein Güterzug darübergerollt.

Dann hatte sie es gewagt, ihn ganz kurz in den Blick zu nehmen. Vertieft in das Gespräch, hatte er sie kaum beachtet. Ihre Chance war gekommen.

Sie zog fester zu.

Er wehrte sich, versuchte, sie mit Ellenbogenchecks in die Rippen zu traktieren. Ihr Fausthiebe gegen den Schädel zu versetzen. Auf ihre Füße zu treten.

Sie wich den Checks und den Hieben geschmeidig aus und ließ ihn treten, seine Kräfte vergeuden. Zusätzlich zu dem Kampfanzug mit Protektoren für Brust, Schulter und Knie trug sie Stiefel mit Stahlkappen – ihre Montur bei einem Einsatz.

Erhobene Hände. Erstickte Wortfetzen.

Plötzlich kippte er nach hinten, sie landete auf dem Rücken, er auf ihr drauf. Kein Grund, ihn loslassen. Die Luftzufuhr abschneiden, das beherrschte sie. Das mit dem Gewehr war eine beschissene Idee gewesen. Sie hatte ihn verfehlt, war trotz der Übung nicht ausreichend mit der Waffe und der Unterschallmunition vertraut gewesen, hatte den Lauf beim Abdrücken ganz leicht verrissen. Und jetzt blutete seine Wunde am Ohr ihre Seidenschärpe voll.

Die Zappelphase begann. Er strampelte unkoordiniert.

»Lass es zu«, flüsterte sie.

Irgendwann würde die Sauerstoffversorgung seines Gehirns ausfallen. Ein Ende auf die sanfte Tour. Keine Quetschungen oder Knorpelverletzungen der Luftröhre, keine Kapselblutungen der Schilddrüse, keine Intimarisse der Halsschlagader oder Verletzungen von Kehlkopf und Zungenbein. Außer einigen Würgemalen würde nichts zurückbleiben. Einer der Vorzüge der Seidenschärpe.

Die Dämmerung sandte ein paar letzte Sonnenstrahlen über den Beinn an Sgoltaire, unbeeindruckt von den herannahenden Wolken und einem sterbenden Ex-Killer. Felsenrücken erglühten, das Meer leuchtete auf. Es war wunderschön.

Sie lockerte ihren Griff. Minimal. Wie würden die letzten Worte des besten Mannes von Black Eyed Bruce wohl lauten?

Röcheln, Würgen.

»Foto!«, presste er hervor. »Bücherregal … deine Mutter!«

Sie wusste sofort, was er meinte. Das Bild, das sie zusammen mit Crissa so lange betrachtet hatte, von dieser Frau inmitten von Demonstranten, im selben Alter wie sie, nein, sogar jünger. Es hatte sie auf eine befremdliche Weise berührt, auf eine Art, die ihr zuvor völlig unbekannt gewesen war.

Mutter?

Sie war adoptiert, und Tomtoms wechselnde Partnerinnen hatten sich in ihrer Kindheit mal mehr, mal weniger mit ihr befasst. Die Frau auf dem Foto hatte aber irgendwie … vertraut ausgesehen. Erst jetzt fiel es ihr auf: Das dunkle Haar und die Gesichtszüge hatten sie an Tomtom erinnert. Auch ihr hintergründiges Lächeln. Tomtom lächelte selten, doch wenn er es einmal tat, dann sah es so ähnlich aus.

Howard wollte noch mehr sagen. Sie ließ es zu. Umbringen konnte sie ihn ja immer noch.

»Ich bin dein Vater«, presste er hervor.

»Unsinn! Du würdest doch wer weiß was erfinden, um deine Haut zu retten«, zischte sie.

»Nimm dein Handy, ruf Tomtom an! Frag ihn.«
»Woher soll der denn wissen …?«
»Er ist dein Onkel.«
»Onkel?«, fragte sie ungläubig.
»Und deine Mutter hieß Mhairi. Wie du.«

56

Eine ganze Weile sprachen sie kein Wort. Dunkelheit senkte sich langsam über die Insel und das Meer, das Licht wurde diffus, alles war nur noch durch einen Grauschleier zu erkennen. Bald würde eine finstere, tintenschwarze Nacht anbrechen. Der Wind heulte und peitschte ihnen erste Regentropfen ins Gesicht. Auf dem Beinn an Sgoltaire gab es außer dem Steinmal, das sich ein paar Meter von ihnen entfernt befand, nicht den geringsten Schutz.

Hynch hatte den Widerstand aufgegeben. Er lag immer noch auf dem Boden, seine Tochter winkelte die Beine an, setzte sich hinter ihm zurecht und behielt ihn im Klammergriff.

»Für dich bin ich Elsie, verstanden?«

»Wie du willst.«

»Ich kann die Schlinge jederzeit wieder zuziehen«, sagte sie. »Wo ist mein Handy?«

»Keine Ahnung, hab's vorhin fallen lassen. Muss irgendwo in der Nähe sein.«

Sie suchte es mit Blicken. Doch Hynch wusste, wo es war. Es befand sich unter seiner rechten Wade im Gras.

»Hast du deins dabei?«, fragte sie.

»In meiner Brusttasche.«

Sie tastete danach. »Stimmt. Aber erst will ich hören, was du zu erzählen hast.«

Er lehnte sich leicht an sie, spürte ihren Atem in seinem Nacken. Und er erzählte. Beginnend damit, wie Mhairi und er sich in Glasgow auf einer Demo kennengelernt hatten. Der Augenblick, in dem er sie zum ersten Mal sah und ihre Augen leuchteten wie ein Haufen Sterne. Wie er von einem Polizisten niedergeschlagen wurde, weil er ihm eine Rose an den Helm hatte klemmen wollen, um Mhairi zu beeindrucken. Wie heftig die Liebe in ihn fuhr, als er wieder erwachte und sie ihn besorgt und zärtlich zugleich anblickte. Völlig unerklärlich sei es für ihn gewesen, dass sie etwas von ihm wissen wollte, die Menschenrechtsaktivistin von dem Falklandrekruten, auch dass sie sich kurz darauf küssten, in einem Bus zu den Vororten, auf den hintersten Sitzen. Wie sie spürten, an diesem Tag etwas Besonderes, Unauslöschliches, Grenzenloses gefunden zu haben. »Komm einfach mit«, forderte sie ihn auf. Nach der folgenden Nacht, in der sie viel redeten und sich zwischendurch liebten – oder was es umgekehrt? –, war klar: »Wir gehören zusammen.« Eine wie keine. Einer wie keiner. So nannten sie einander, etwa einen Monat lang, bis zu seiner Einschiffung auf einem Truppentransporter. Als strikte Kriegsgegnerin kam sie trotzdem zum Hafen und winkte ihm zu, voller Pläne für die Zeit nach seiner Rückkehr – und wohl schon schwanger mit Elsie, ohne es zu wissen. Ein französisches Café wollte sie mit ihm eröffnen ... Sie hatte als Erzieherin in einem Kindergarten gearbeitet. Das passte, ihr Blick war stets auf die Zukunft gerichtet. Nicht auf eine idealisierte Zukunft, davon träumte Tomtom oder Dom, ihr extremistischer Bruder. Nein, sie strebte das an, was ohne Gewalt und Umsturz zu erreichen war, mit friedlichen Mitteln.

»Mein Ansatz ist das ja nicht«, sagte Elsie.

»Meiner war es auch nicht, wie du weißt. Deine Mutter würde uns dafür hassen. Zu Recht.«

»Ich bin eben nicht meine Mutter. Falls es überhaupt stimmt, was du da faselst. Mach weiter!«

Hynch berichtete, wie er zum Auftragskiller wurde. Er legte die Umstände von Elsies Geburt und Mhairis Tod dar. Sprach von seiner Feindschaft zu ihrem Mörder, Preston. Erst vor wenigen Jahren war es ihm gelungen, ihn auszuschalten, gar nicht weit von hier, auf der Isle of Jura. Sein letzter Hit. Ohne Auftrag. Seither ließ er die Waffen schweigen.

»Wenn ich nur gewusst hätte, dass Mhairi eine Tochter zur Welt gebracht hatte! Wenn Tomtom es mich hätte wissen lassen! Wenn er es dir im Lauf der Jahre enthüllt hätte …«, schloss er.

Sie brauchte einige Zeit, um die Fülle an Informationen zu verarbeiten. Nichts davon stand in dem Dossier über Howard, das sie von Tomtom bekommen hatte. Es enthielt lediglich eine Personenbeschreibung, eine Darstellung seiner Dating-Aktivitäten und eine Auflistung der Hits, die ihm zugeschrieben wurden. Nebst einer Mahnung, wie gefährlich die Zielperson sei. Dass sie auf keinen Fall Kontakt zu ihm aufnehmen dürfe. Kein Wort darüber, dass sie – unbekannterweise – ihren eigenen Vater umbringen sollte.

»Möglicherweise hat mich Tomtom manipuliert«, räumte sie ein.

»Er glaubt allen Ernstes, du würdest aus dem Mord an mir geläutert hervorgehen. Deine psychischen Probleme hinter dir lassen, so hat er sich ausgedrückt.«

»Tomtom hatte schon immer reichlich bizarre Ansichten.«

»Wenn dann noch Selbstgerechtigkeit, Fanatismus und Rachedurst hinzukommen …«, ergänzte Hynch.

Elsie lockerte ihren Klammergriff. »Was passiert, wenn ich dich loslasse?«

Er versuchte es mit Galgenhumor. »Dann suche ich mir einen schönen kantigen Stein und schlag dir damit den Schädel ein. Immerhin hast du mich angeschossen!«

»Aber du bist mein Vater!«

»Ich muss mich erst noch an den Gedanken gewöhnen, ein Daddy zu sein. Kommt etwas überraschend nach all den Jahren.«

»Meinst du, für mich ist das leichter?«, sagte sie unwirsch.

»Du bist noch jung. In meinem Alter lassen sich Veränderungen nicht mehr so einfach verkraften.«

»Gleich brech ich in Tränen aus.«

»Außerdem sehe ich gerade drei Kerle mit Sturmgewehren unten am Loch an Sgoltaire herumlungern. Entfernung etwa 1200 Meter. Freunde von dir? Schaut so aus, als würden die nach jemandem suchen. Und so wie sie ausgerüstet sind, wollen sie sich nicht nur nett über Familienzusammenführungen unterhalten.«

»Dein Sarkasmus geht mir schon jetzt tierisch auf den Wecker«, maulte sie.

»Achtung, könnte erblich sein.«

Sie gab ihn frei, richtete sich auf – und duckte sich gleich wieder, als sie die Angreifer erblickte. Vorsichtig spähte sie über einen Felsbrocken. »Einer davon ist Tomtom«, sagte sie ungläubig. »Ich wusste gar nicht, dass er sich auf der Insel befindet.«

Er holte ihr Handy unter seiner Wade hervor. »Da ist es ja! Muss wohl die ganze Zeit draufgelegen haben.«

»Verdammt! Damit hat er unseren Standort lokalisiert!«

»Sag bitte nicht, dass die Ortungsfunktion aktiviert war!«, stöhnte Hynch. »Für den Fall, dass die kleine Elsie verloren geht? Das funktioniert auf zehn Meter genau.«

»Wir standen uns nahe«, verteidigte sie sich. »Er hat mich aufgezogen, Scheiße noch mal! Und dann war er mein Mentor, mein Scout.« Sie presste sich auf den Boden.

Hynch tat es ihr gleich. Heidekraut, Sträucher und vereinzelte Staudengewächse boten nur eine notdürftige Deckung. Doch aufgrund ihrer erhöhten Position waren sie von weiter unten vermutlich schwer zu sehen. »Tomtom macht mich für Mhairis Tod verantwortlich. Und er zieht dich da mit rein. Wer sind diese Typen?«

»Das müssen Mallards Männer sein. Kamen heute mit der Fähre in Scalasaig an.«

»Warum sind die hier?«

»Mallard ist auch auf Colonsay, im Hotel, nehme ich an. Wahrscheinlich wartet er sicherheitshalber ab, bis seine Leute dich klargemacht haben, damit er dir genüsslich den Fangschuss verpassen kann. Das sollte eigentlich ich deichseln, Planänderung auf den letzten Drücker. Ich sollte dich stellen wie die Hundemeute einen alten Keiler, und Mallard wollte dann den finalen Schuss anbringen.«

»Erschießen nach Gutsherrenart, wie?«

»Ich hab mich ja geweigert. Wollte dich allein … Ich lass mir nichts vorschreiben, von niemandem. Keine Sonderwünsche. Deshalb bist *du* jetzt auch noch am Leben!«, blaffte sie.

»Das hab ich Doug zu verdanken, der hat dir schön was auf die Mütze gegeben.«

»Der alte Doug? Der sich nicht erinnern kann, was er zu Mittag gegessen hat?«

»Schleicht sich immer noch an wie ein Royal Marine.«

»Nicht zu fassen.«

»Aber Mallard?«, fragte Hynch. »Wie tief kann man sinken, um von so einem Dreckschwein Aufträge anzunehmen?«

»Solange er gut zahlt.«

»Wie hoch ist denn mein Kopfgeld?«

»50000.«

»Das sind Discounterpreise!«, schnaubte er. »Eigentlich sollte ich beleidigt sein. Ich finde, ich bin mindestens eine sechsstellige Summe wert.«

»Ausgediente Killer bringen nicht mehr.«

»Ausgedient? Mag schon sein, aber hat dir dein Onkel denn gar nichts Vernünftiges beigebracht? Für miese Ratten wie Mallard arbeiten wir nicht, und zwar aus Prinzip. Schon mal was von Berufsethos gehört?«

»Normalerweise wähle ich meine Hits besser aus …«, sagte sie. »Mich hat die Aufgabe gereizt.«

»Welche Aufgabe? Ich bin im Ruhestand!«

»Das hab ich gemerkt. Hängst mit deinen Homies vom PDBDC ab, beobachtest Vögel, datest irgendwelche Frauen.«

Plötzlich lachte Hynch, als fiele ihm etwas Lustiges ein. »Übrigens … Tomtom denkt, du bist tot.«

»Häh?«

»Als du bewusstlos warst … da habe ich den Anschein erweckt, ich hätte dich umgebracht. Wahrscheinlich will er dich jetzt rächen.«

»Puuh! Dann ist er sicher voll motiviert.« Sie blickte zu dem

Cairn. Das Steinmal glich weniger einer Pyramide, eher einem verfallenen Schafstall, von dem nur noch eine Trockensteinmauer übrig geblieben war.

»Wo sind überhaupt die ganzen Waffen, die du mir geklaut hast?«, fragte er.

»Eins nach dem anderen.«

57

Regen und Wind ließen nach, als wollten sie noch einmal Kräfte sammeln vor dem großen Ansturm. Kein Tier war zu sehen oder zu hören. Auf allen vieren robbten Hynch und Elsie zu dem Cairn auf der Hügelspitze und verbargen sich dahinter. Gemeinsam beratschlagten sie, welche Optionen sie hatten.

Mit dem Gelände fingen sie an. Es war nach allen Seiten hin offen. Im Süden lag der Loch an Sgoltaire. Aus dieser Richtung war Hynch gekommen, und von dort näherten sich die drei Angreifer. Inzwischen waren sie ausgeschwärmt und auf vierhundert Meter herangekommen. Immer wieder suchten sie Deckung, während sie langsam, aber stetig weiter vorrückten. Anscheinend gingen sie davon aus, dass Hynch bewaffnet war und er sie trotz der abnehmenden Sicht von seiner erhöhten Position mühelos wegputzen konnte. Mit der Barrett wäre das auch kein Problem gewesen, die Zieloptik besaß eine Nachtsichtfunktion. Aber Doug hatte das Gewehr mitgenommen.

Nach Westen hin konnte man eine schroffe Abbruchkante erkennen, das Terrain im Osten war zerklüftet und unwegsam. Blieb nur der bewaldete Hang im Norden, der nach Uragaig hin abfiel. Elsie war auf diesem Weg zum Beinn an Sgoltaire gelangt, und zwar im Laufschritt, trotz des dichten Unterholzes. Das hatte sie mehrmals geübt, um möglichst schnell ihre Feuerstellung zu erreichen. Doch zwischen den Bäumen kämpften sich gerade zwei weitere Männer den Hang hoch. Sie waren umzingelt. Keine Fluchtmöglichkeiten.

»Was tust du eigentlich noch hier?«, fragte Hynch schließlich. »Die wollen nur mich. Du könntest hier unbeschadet rausspazieren.«

»Gib mir mein Handy.«

Er reichte es ihr. Elsie rief Tomtom an.

Sie lugte zwischen ein paar losen Bruchsteinen des Cairn hindurch. Ihr Onkel ließ sich hinter einem Felsblock nieder und ging ran.

»Ich bin gleich bei dir, Hynch! Worauf wartest du? Ohne Gegenwehr ist das furchtbar langweilig.«

»Hallo, Daddy.«

Er schnappte nach Luft. »Bist du das, Mhairi?«

»Mhairi …« Elsie zog die Aussprache bewusst in die Länge. »Ein unglücklicher Name. Für unglückliche Menschen.«

»Geht's dir gut? Was ist los da oben?«

»Mein richtiger Daddy sitzt mir gegenüber.«

»Hält er dich als Geisel fest?«

»Nö. Hab mich tot gestellt, und jetzt ist er derjenige, der ärztliche Hilfe gebrauchen könnte. Lange wird er's wohl nicht mehr machen.« Sie schwindelte, aber nur ein bisschen, fand sie und blinzelte Hynch zu.

»Dann ist es dir gelungen, den Spieß umzudrehen? Das sind ja gute Neuigkeiten.«

»Apropos Neuigkeiten … Wann wolltest du mir eigentlich sagen, wer meine Mutter war? Und dass ich nicht ›nur‹ adoptiert war?«

Keine Antwort.

»Wie konntest du mich so täuschen? Über so lange Zeit? Ich werde bald 30! War ich dir nicht … erwachsen genug? Hast du mich nur deswegen ausgebildet, um mich irgendwann auf meinen Vater loszulassen? Läuft es darauf hinaus?«

»Beruhige dich«, sagte Tomtom. »Darüber können wir in Ruhe reden. Komm einfach von diesem Hügel runter, allein, am besten mit erhobenen Händen, dann passiert dir nichts.«

»Du hast mich belogen!«, stieß sie schluchzend hervor. »Du hast mich benutzt!«

»Weinst du?«, fragte er besorgt. »Du kennst bis jetzt nur Hynchs Version. Die Wahrheit ist viel komplexer.«

»Nicht für mich. Fast hätte ich meinen Vater erschossen. Der gar nicht wusste, dass es mich gab.«

»Weil er es nicht verdient hatte«, kam es kalt zurück.

»Und das entscheidest du?«

»Keine leichte Entscheidung. Aber ja, so war es besser für dich. Komm zu mir, dann geschieht dir nichts.«

»Einen Scheiß tu ich! Pfeif deine Leute zurück!«

»Das sind nicht meine Leute. Mallard möchte …«

»Bist du jetzt sein Handlanger?«

»Wir haben eine Vereinbarung getroffen. Ich konnte ihn auf 70000 hochhandeln. Dieser Deal ist der beste, den wir je hatten!«

Elsie riss einen losen Brocken aus dem Cairn und zertrümmerte ihr Handy damit. Dann nahm sie weitere Steine aus dem Haufen, ihre Bewegungen waren entschlossen, getrieben von Wut. Sie legte einen Hohlraum frei. In Silikontücher eingeschlagen kam die Mossberg zum Vorschein. Sie griff nach der Waffe und lud durch.

»Neun 9-mm-Kugeln in einer einzigen Patrone«, erklärte Hynch. Er hatte zwischenzeitlich eine Handynachricht abgesetzt und auch schon Antwort erhalten. »Das ist viel Feuerkraft.«

»Kann gar nicht genug sein! Nimm dir auch was, ist alles da. Oder hast du gedacht, ich lasse das Zeug in meinem Cottage herumliegen? In deiner unmittelbaren Nachbarschaft?«

Hynch entschied sich für eine Beretta 92, dieses Modell hatte ihm schon gute Dienste geleistet. »Aber wir veranstalten hier kein Massaker!«

»Was glaubst du denn, was das hier wird? Heute ist Bluttag.« Elsie kämpfte noch mit den Tränen. »Ich puste diese Mistkerle einen nach dem anderen weg!«

»Das tust du nicht.«

»Was ist los mit dir?«, fragte sie.

»Ich bin im Ruhestand, schon vergessen? Und ich will auf Colonsay keine Leichenberge zurücklassen. Wir machen es auf die softe Tour.«

»Weil du weich geworden bist!«, fuhr sie ihn an.

»Nicht auf den Kopf zielen, höchstens Körpertreffer«, ermahnte er sie. »Hoffentlich tragen die alle schusssichere Westen.«

»Wird ihnen nichts nützen.« Elsie war schon im Auslöschungsmodus.

»Wir müssen nah rangehen, die Sicht beträgt nur noch zehn Meter.«

»Nah rangehen ist meine Spezialität.« Sie entrollte die Kapuze ihrer wasserdichten Combat-Montur und streifte sie sich über. Das weiße Oval, das von ihrem Gesicht noch zu sehen war, beschmierte sie mit torfiger Erde.

»Ich habe eine Exit-Strategie«, sagte Hynch und wies auf sein Handy. »Gerade vereinbart. Wir werden noch heute Nacht von der Insel verschwinden. Du und ich. Es wäre hilfreich, möglichst wenig Spuren zu hinterlassen.«

»Mach, was du für richtig hältst. Ich hab jetzt zu tun.«

58

Es blitzte mehrmals. Grelle, apokalyptische Leuchtexplosionen zerrissen den Himmel und erhellten den Beinn an Sgoltaire. Dann, fast zeitgleich, erschütterte ein gewaltiger Donnerschlag Luft und Erde, und das Gewitter brach los. Wie ein Kugelhagel prasselten dicke Regentropfen hernieder. *Cow-quaker* nannte man das, ein Kuhbeben, das sogar Hochlandrinder dazu brachte, Schutz zu suchen.

Elsie setzte sich in Bewegung. Geduckt, die Mossberg im Anschlag, sprang sie über die struppigen Heidesträucher hinweg, benutzte sie als Trittpolster, von denen sie sich bei jedem Schritt abstieß. Mit ihren langen dünnen Gliedmaßen wirkte sie wie eine Spinne, die einem Beutetier entgegeneilte.

Viel zu schnell für Hynch. Schon nach wenigen Metern merkte er, dass er nicht mithalten konnte, nicht auf diesem Untergrund. Hinterherhecheln brachte rein gar nichts. Also kehrte er rasch zu dem Cairn zurück, der den höchsten Punkt markierte, und beobachtete, was geschah.

Sie waren von fünf Angreifern eingekreist. Elsie war in die Richtung des ersten Kerls losgezogen, der den bewaldeten Hang hochstapfte. Wenn es ihr gelang, ihn auszuschalten, würde sie sich dem nächsten zuwenden. Dann seinem Kollegen und so weiter. Als Letzter wäre Tomtom an der Reihe.

Ein Todesreigen.

Es war wie auf den Falklands. Eine Anhöhe, die Feinde befanden sich in der Überzahl. Nur das Wetter war damals besser gewesen. Und sie hatten bei Tageslicht gekämpft, nicht an der Schwelle zu einer pechschwarzen Nacht.

Hynch beschloss, seinen Teil beizutragen.

59

Der Mann sah die Spinne nicht kommen, bis sie ihm den dicken Lauf der Mossberg ins Gesicht rammte. Es knackte und knirschte vernehmlich, sein Kiefer brach. Mit dem Gewehrkolben schickte Elsie ihn zu Boden. Falls er wieder aufwachte, würde er eine Zeit lang nur durch einen Schlauch atmen können.

Weiter. Das Gewitter drehte voll auf, Blitz und Donner wurden eins.

Nummer zwei nahm sie sich nicht frontal vor. Er schien eher der Typ zu sein, der hilflos in die Dunkelheit starrte und überlegte, worauf um alles in der Welt er sich hier eingelassen hatte. So ein Kampfeinsatz war schon etwas anderes, als Gegendemonstranten auf Mallards »heimattreuen« Kundgebungen zu vermöbeln, wenn die Bullen gerade mal wegschauten.

Sie umging seine Position und kam dadurch von der Seite an ihn heran. Vielleicht ein Butterfly Jump? Sie nahm Anlauf, presste dabei die Repetierflinte an sich, stieß sich von einem Ginsterstrauch ab und wirbelte durch die Luft, als wären die Gesetze der Schwerkraft aufgehoben. Es war ein tänzerischer Move, beim Ballett würde sie bestimmt auch eine gute Figur machen, fand sie. Schade, dass ihr Vater das nicht sehen konnte. Kein Massaker, hatte er verlangt, wenig Spuren. Bislang hielt sie sich daran.

Ihr Stahlkappenstiefel traf die Schläfe des Mannes. Sein Kopf wurde herumgerissen, er knickte ein wie eine Primel. Dummerweise betätigten seine Nervenbahnen den Abzug des Sturmgewehrs, bevor er sich bis auf Weiteres schlafen legte. Eine Feuersalve durchzuckte knatternd die Dunkelheit, weithin sichtbar wie eine Leuchtkerze. Ihr nächster Gegner war gewarnt.

Erneut musste sie einen Bogen beschreiben. Elsie arbeitete sich durch *boggy ground,* morastiges, schwammiges Gelände. Sie benutzte die Mossberg wie eine Stabhochspringerin. Mit dem Gewehrkolben suchte sie eine feste Stelle und hebelte sich über Moorlöcher hinweg. Dabei durfte sie nur nicht an den Abzug der entsicherten Waffe kommen, sonst würde sie ihr Gehirn über den Beinn an Sgoltaire verteilen.

Was für eine Sturmnacht! Durch die Blitze war die Luft elektrisch aufgeladen. Sie spürte es überall an ihrem Körper, es knisterte förmlich, wenn sie eine plötzliche Bewegung machte. Zusätzlich haute das Adrenalin rein.

Behutsam legte sie die Mossberg auf den Boden und wischte sich den Regen aus dem Gesicht. Sie sprang Nummer drei von hinten an wie eine Tarantel, landete auf seinem Rücken und umklammerte ihn mit den Beinen. Zugleich nahm sie ihn in den Würgegriff. Ihre Armbeuge wurde zu einem unbarmherzigen Halseisen. Diesmal konnte sie Quetschungen, Knorpelverletzungen und Kapselblutungen nicht ausschließen. Es dauerte nur kurz, bis sein Körper erschlaffte.

Elsie hob die Mossberg auf, diesen Monsterphallus. Noch hatte sie die Flinte nicht eingesetzt.

Blieben ein namenloser Gegner und Tomtom. Alle männlich, was bei einem misogynen Wirklichkeitsverdreher wie Mallard nicht überraschend war. Elsie hatte überhaupt nichts dagegen, auch einmal eine Frau abzuservieren. Oder eine nichtbinäre Person. Aber wenn es ans Töten ging, geriet sie immer nur an Cis-Männer, ausnahmslos, schien eine Art Beuteschema von ihr zu sein.

Nummer vier ballerte erst mal sein Magazin in ihre Richtung leer und brüllte dabei in den Regen hinein, wahrscheinlich, um sich Mut zu machen. Den würde er auch brauchen.

Zunächst fühlte es sich wie ein Wespenstich in ihrer Seite an, unterhalb der Protektoren ihres Kampfanzugs, knapp über der Hüfte. Dort befand sich eine Lücke in ihrer Panzerung. Sie steckte einen Finger in die Wunde, was ihr fast den Atem nahm, pulte darin herum, konnte kein Projektil finden. Glatter Durchschuss. Glück gehabt.

Sie setzte sich hin, rupfte ihre Kapuze ab und riss ein Stück davon in Form. Dann rollte sie es ein und stopfte den Pfropfen aus Funktionsstoff in den Schusskanal, um den Blutfluss zu stoppen.

Der Schmerz umarmte sie wie ein alter Kumpel.

Wenn es schon sonst keiner tat, dachte sie finster und schloss die Augen. Mit eiserner Willensanstrengung zwang sie sich, weiter zu funktionieren. Holte tief Luft. Machte sich bereit.

Es knackte, ratschte – der Kerl lud nach. Elsie sprang auf und verkürzte die Entfernung. Zeit, endlich die Mossberg sprechen zu lassen. Sie zielte und traf Nummer vier in die Brust. Der Einschlag riss ihn nach hinten und beförderte ihn ein paar Meter von ihr weg, das Schrot hinterließ ein ringförmiges, geschwärztes Mal, im Zwielicht konnte sie es gerade noch erkennen. Da es kein Blutfeuerwerk gab, musste er eine schusssichere Kevlarweste tragen, wie ihr Vater angenommen hatte.

Trotzdem: So schnell stand der nicht wieder auf.

Jetzt noch Tomtom. Würde er auf sie schießen? Der falsche Daddy, der nie ein Daddy hatte sein wollen? Der sie verraten hatte?

60

Langsam arbeitete sich Hynch durch den regennassen Bewuchs. Seine Jeans klebte an den Beinen, die Armwunde machte ihm ein wenig zu schaffen. Doch in puncto Anschleichen konnte er es bestimmt mit Doug aufnehmen. Bei der Vogelbeobachtung war es unerlässlich, unsichtbar zu bleiben und keine Geräusche zu verursachen. Eins mit dem Gelände zu werden, über Bodenwellen und glitschige Steine zu gleiten, Kratzer im Gesicht zu ignorieren. Keine plötzlichen Bewegungen. Stattdessen schob er sich mit der Beharrlichkeit einer Echse über den Untergrund. Auf diese Weise war er dem Horst eines Steinadlers einmal so nahe gekommen, dass er mit bloßem Auge hatte zusehen konnte, wie der riesenhafte Raubvogel das Fleisch einer wilden Ziege an sein Küken verfütterte.

Er hörte Sturmgewehre rattern. Schreie von Männern. Merkwürdigerweise hatte er weniger Angst um Elsie als um ihre Opfer. Und er sorgte sich wegen der Folgen. Wenn sie hier nur ein Lazarett hinterließ, würde vielleicht nichts von dem Gefecht am Beinn an Sgoltaire an die Öffentlichkeit dringen. Aber wenn es ein Friedhof war, würde die Polizei ermitteln, vielleicht sogar der MI5.

Tomtom kam als Schemen in Sicht, der sich als dunkle Masse vor den Blitzen am Himmel abhob. Er blickte angestrengt in die Richtung, aus der Elsie nahte.

Hynch fragte sich, was für eine unselige Partnerschaft das gewesen sein mochte. Ein kleines Mädchen aufzuziehen und zur Killerin auszubilden – einzig mit dem Ziel, es dem Vater des Mädchens heimzuzahlen. Tomtom war ein Fanatiker, zerfressen von Rachegedanken, die er zu seinem Lebenssinn erhoben hatte. Kein Wunder, dass Elsie unter psychischen Problemen litt, welcher Art die auch immer waren.

Jedenfalls befand sich Hynch nunmehr im Vorteil. Falls Tomtom ihn tatsächlich für kampfunfähig hielt, wie Elsie es suggeriert hatte. Lügen konnte sie genauso gut wie ihr Dad – egal welcher.

Er pirschte sich an. Die Beretta steckte hinten in seiner Jeans. Hynch holte sie hervor und hielt den Schlitten fest, damit ihn das Geräusch beim Durchladen nicht verriet.

Dann sprach die Mossberg. Einmal nur, doch das Mündungsfeuer reichte, um das Ziel ins Visier zu nehmen. Tomtom benutzte einen Felsbrocken als Auflage und richtete sein Sturmgewehr sorgfältig aus, eine M16-Version, die bekam man an jeder Ecke aus US-Beständen, wahrscheinlich die Standardausrüstung von Mallards Soldateska. Nicht gerade ein Ausbund an Genauigkeit, aber wetterfest und auf Kernschussweite durchaus effektiv.

Tomtom zielte auf Elsie – auf wen auch sonst? Mit dem linken Knie stützte er sich auf dem Boden ab.

Hynch war noch nie ein besonders guter Pistolenschütze gewesen. Aber ein Knie aus einer Entfernung von knapp zehn Metern in einen Brei aus Knochen und Knorpeln zu verwandeln, das hatte er noch drauf. Er drückte ab.

Tomtom schrie auf und kippte zur Seite weg. Immerhin gelang es ihm, das M16 festzuhalten und den Lauf herumzuschwenken.

Eine Salve durchsiebte die Luft knapp über Hynchs Kopf. Er spürte, wie die Kugeln heiß über ihn hinwegstrichen.

Hynch schickte drei schnelle Schüsse hinterher.

Die Kugeln bohrten sich in den Boden, sie dienten nur der Einschüchterung – für die Zeit, die er brauchte, um Tomtom zu erreichen, den Lauf des M16 zur Seite zu kicken und ihm die Beretta über den Schädel zu ziehen. Das Letzte, was Mhairis verblendeter Bruder an diesem Abend sah, war ein Stück Stahl, das rasend schnell auf sein Stirnbein niederfuhr. Zur Sicherheit versetzte Hynch ihm noch einen saftigen linken Haken. Dann war dieses Game für Tomtom over and out.

Kurz darauf traf Elsie ein. Sie starrte auf Tomtoms Körper. »Du bist mir zuvorgekommen!«, beschwerte sie sich. »Ist er …?«

»Wohl kaum.« Hynch checkte, ob Tomtom noch atmete und ob seine Kniekehlenschlagader verletzt war. Doch die Blutung hielt sich in Grenzen. »Mit dem Gehen wird er eine Weile Schwierigkeiten haben. Ansonsten ist er wohlauf.«

Sie senkte die Mossberg und betrachtete stumm ihren Ersatzvater. Lange stand sie da, wirkte unschlüssig.

Hynch ließ ihr die Zeit, die sie brauchte, um Rückschau zu halten. Für die Bilder und Eindrücke, die sich in ihrem Gedächtnis formten. Von einem falschen Leben, das ihr bis vor Kurzem noch richtig erschienen war. Von einem Vergangenheitsberg, der vermutlich niemals kleiner werden, sondern nur in die Ferne rücken würde, unerklimmbar.

»Gut so«, sagte Elsie schließlich und schaute zum undurchdringlichen Nachthimmel hoch. Sie ließ den Regen ihr Gesicht abwaschen. Dicke Tropfen fielen auf ihre geschlossenen Lider, sprangen von ihren Wangen ab, rannen ihr den Hals hinunter.

Auch eine Form der Reinigung, fand Hynch. Er entdeckte die Wunde an ihrer Seite. »Du hast da was …«

Sie leckte ihre Lippen ab und wandte sich ihm zu. »Mit dem Bikini wird's in diesem Sommer nichts.«

»Das muss behandelt werden!«

»Durchschuss, bringt mich nicht um.«

Er legte einen Arm um ihre Schulter. Den Arm, der wehtat, aber es ergab sich so. Sie erlaubte es. Er zog seine Tochter an sich, froh, sie überhaupt zu haben. »Lass uns gehen«, flüsterte er.

»Wohin?«

»Auf die nächste Insel.«

»Wir beide?«, fragte sie skeptisch.

»Es gibt viele Inseln. Wenn du möchtest, kannst du deine eigene haben.«

»Hört sich schon besser an.« Sie löste sich von ihm. »Ich weiß nämlich noch gar nicht, ob ich dich mag.«

»Aber zuvor muss ich noch etwas aus meinem Haus holen«, sagte Hynch. »Ein Foto.«

»Das von meiner Mutter?«

»Genau. Dann können wir uns auch noch verarzten, bevor wir von Colonsay verschwinden. Ich hab alles da, was wir brauchen.«

»Wie verschwinden wir denn?«, wollte sie wissen.

»Mit einem Boot. Graeme macht die *Bluebell* klar.«

»Der Arm des PDBDC ist lang, oder?«

»Abwarten. Noch sind wir nicht an Bord. Und schon gar nicht am Ziel.«

»Ich hab keinen von Mallards Männern totgemacht«, sagte sie. »Wie du mir aufgetragen hast. Alles soft. Die wachen wieder auf, irgendwann zumindest. Gefährlich können die uns nicht mehr werden.«

»Braves Mädchen«, lobte er sie.

»Wenn du das noch einmal sagst, bring ich dich um.«

61

Iago hatte eine Mission, und die hieß: Lizzy aufpäppeln. Sie setzte sich aus mehreren Teilen zusammen wie Futter organisieren, ihr seelischen Beistand leisten und sie immer wieder beschmusen.

Seit ihr neuer Jefe mit der fremden Frau losgeradelt war, sahen sich das Eselchen und das Hochlandrind auf sich allein gestellt. Lizzy war noch nicht imstande, die Terrasse zu verlassen und auf Nahrungssuche zu gehen. Sie hatte sich wieder auf den Boden gelegt und stierte betrübt in den Regen. Aber ihre Kuhmägen knurrten so laut, dass es weithin zu hören war.

»Ich sehe mal, ob ich einen Leckerbissen für dich finde.« Der neue Jefe hatte die Schiebetür bei seinem überstürzten Aufbruch nicht ganz geschlossen. Iago streckte seinen Kopf hinein und sondierte die Lage.

Niemand da, wie zu erwarten gewesen war.

Er wurde mutiger und betrat das Innere des Hauses. Interessant, fand er, als er das aufblasbare Schaf mit dem Kussmund entdeckte. Ob es auch kleine Esel zum Aufblasen gab?

Er versuchte sich in der ungewohnten Umgebung zu orientieren. Es gab eine Reihe von Räumen, wie Boxen in einem Stall. In einem besonders kleinen befand sich Putzzeug, dort roch es streng nach Seife und dergleichen, nichts, womit Iago je Bekanntschaft zu machen gedachte. In einem anderen duftete es schon vielversprechender. Mit seinem Maul öffnete er ein paar Fächer und Schubladen in der Hoffnung, irgendetwas Essbares zu finden. Doch er stieß nur auf allerlei Dosen, die konnte er nicht öffnen.

Ein großer, silberner Schrank brummte verheißungsvoll vor sich hin. Er umschloss den Türgriff mit seinen Zähnen und machte das Ding auf.

Die Innenbeleuchtung ging an, kühle Luft drang heraus. Leider befanden sich keine frischen Möhren darin. Doch Iagos Blick fiel sogleich auf eine dicke, hellgraue Wurst. Ein Ende war mit einer Schnur verknotet. Er wickelte seine Zunge darum und nahm das Ding mit. Was dem Jefe schmeckte, würde bestimmt auch Lizzy munden, da war sich das Eselchen sicher. Die Tür des kühlen Schranks fiel zu.

Plötzlich hörte Iago Stimmen auf der Terrasse. Er blieb wie angewurzelt stehen. Wenn das der Jefe war, würde er Iago für einen gemeinen Wurstdieb halten, der sich an seinen Vorräten vergriff. Kein guter Einstand. Zurückbringen konnte er die Wurst auch nicht, wie sollte er die Tür wieder aufkriegen mit der Schnur im Maul?

»Was willst du denn hier?«, fragte ein Mann mit einer unangenehm hohen, kratzigen Stimme. »Verpiss dich, du blöde Kuh!«

»Die hat sich hier häuslich niedergelassen«, sagte ein anderer. Er sprach viel langsamer und tiefer.

»Ich glaub, ich seh nicht recht. Der fehlt ein Auge, genau wie Hynch!«

»Schaut das dämlich aus, Sir Mallard, 'ne einäugige Kuh! Die gehört auf den Schlachthof.«

»Sieh mal an, unser Meisterschütze hat die Tür offen gelassen. Wie praktisch! Auf so einer einsamen Insel wird man wohl nachlässig. Lass uns reingehen. Oder willst du draußen im Regen warten?«

Die beiden unbekannten Besucher betraten vorsichtig das Haus.

Jetzt hieß es, schnell ein Versteck zu suchen. Iago quetschte sich in den kleinen Raum mit dem Putzzeug und dankte dem Schicksal, dass er noch kein ausgewachsener Esel war. Irgendwie schaffte er es, die Tür mit dem Maul, aus dem die Wurst hing, zuzuziehen. Die Tür blieb einen Spaltbreit angelehnt, das musste reichen.

Im Haus wurde es hell.

»Mach das Licht aus, du Spast!« Die hohe Stimme.

»'tschuldigung, Boss.«

Es wurde wieder dunkel.

»Die Couch ist richtig gemütlich. Hier bleiben wir, bis Tomtom sich meldet. Aber ob er bei dem Unwetter Empfang hat?«

»Also ich hab keinen einzigen Strich.«

»Leg das Handy weg, Angus! Willst du damit rumdaddeln, um dir die Zeit zu vertreiben?«

»Is ja gut.«

»Egal, Tomtom weiß ja, dass wir beim Haus warten. Der Typ ist richtig heiß auf Hynch, ich glaube, das ist was Persönliches. War ein kluger Schachzug, ihn ins Boot zu holen.«

»Für 70 Riesen würd ich Hynch auch plattmachen.«

»Du kämst gar nicht in seine Nähe«, sagte Mallard. »Aber Tomtom, der hat seinen Gegner jahrelang studiert. Und dass die beste Killerin nördlich des Hadrianswalls in den Sack gehauen hat, spornt ihn zusätzlich an. Er wird Hynch nicht lebensgefährlich verletzen. Nur ein bisschen weichklopfen, anfeuchten gewissermaßen, ihm die Knie wegschießen, so was in der Art. Und dann bringt er ihn hierher, das ist der Plan. Bei dem Regen steige ich doch nicht diesen verdammten Hügel hoch. Hynch soll in seiner eigenen Bude sterben.«

»Für so viel Geld!«

»Du glaubst doch nicht, dass Tomtom einen Penny davon sieht? Das ist ja das Schöne an dem Deal.« Mallard rieb sich die Hände. »Zwei Männer werden dieses Haus heute nicht mehr lebend verlassen.«

»Gefällt mir.«

»Kein Mitwisser. Und kostensparend ist es auch.«

Flaschen klirrten. »Da gibt's Whisky, Sir Mallard.«

»Schenk mir einen Doppelten ein, ist scheißekalt hier drin. Aber wir lassen die Tür lieber offen, das soll so bleiben, wie es war. Man weiß ja nie …«

Angus schien mit Gläsern zu hantieren. »Ich nehm auch einen.«

»Vergiss es! Halt deine beiden 45er bereit, lang kann es nicht mehr dauern. Maximal eine Stunde. Sobald Tomtom hier hereinspaziert, räumst du ihn ab.«

»Aye, kein Problem.«

»Und Hynch, oder was von ihm übrig ist, überlässt du mir.«

»Klar doch.«

Iago machte keinen Mucks und schielte durch den Türspalt, während die beiden Männer im Halbdunkeln weiterredeten. Er begriff zwar kaum etwas, hörte aber aufmerksam zu. Von dem Inselhotel war die Rede. Sir Mallard beschwerte sich über eine hinkende Kellnerin, die er an einer Stelle angefasst hatte, »wo es ihr guttat«. Warum sie sich so aufgeregt habe, das dumme Stück könne doch froh sein, dass unter ihrem Rock mal was passierte. Natürlich hatte sich sofort ein Gast eingeschaltet, eine Juristin aus Oban, die ihm mit rechtlichen Konsequenzen drohte – auch untervögelt, so miesepetrig, wie sie aussah. »Übergriffig« sei er gewesen und »sexuell belästigend«. Bislang habe er noch jeden Gerichtsprozess wegen solcher Lappalien gewonnen. Nach wie vor stünden eine ganze Menge Richter auf seiner Seite.

»Ich schau mal nach der Kuh«, lallte Angus.

»Nichts da, du bleibst hier!«, kam es von Sir Mallard. »Du hast was getrunken, heimlich.«

»War halt durstig.«

»Setz dich wieder hin!«

»Hoppla! Da is ja ’ne Kante.« Mit diesen Worten stolperte Angus nach draußen …

… und kam durch die Scheibe wieder herein.

Das extradicke Glas zersprang in große, extradicke Bruchstücke. Eines davon, ein scharfkantiger, keilförmiger Splitter, blieb im Parkettboden stecken und bohrte sich in seinen Nacken, als er wie ein gefällter Baum hinschlug. Ein Zucken durchlief seinen Körper. Dann rührte er sich nicht mehr.

Draußen zeichnete sich der Umriss von Lizzy ab. Ihre mächtigen Hörner waren für Iago unverkennbar. Er ließ die Wurst fallen und stupste die Tür der Kammer auf.

Sir Mallard erhob sich und holte einen faustgroßen Gegenstand hervor. Mit so einem Knallding hatte der neue Jefe die mistige

Krähe heute Mittag vom Himmel geholt. Damit konnte man jeden supertot machen. Er richtete das Knallding auf die beste Kuh, die je in Iagos Leben getreten war.

Doch Lizzy war clever. Sie wich zurück.

Sir Mallard setzte nach. Er begab sich nach draußen, ging in die Hocke und streckte das Knallding mit beiden Händen von sich weg. Gleich würde es krachen.

Iago stürmte los. Kurz bevor er den Mann erreichte, ging er auf die Vorderläufe, schwenkte mit seinem Hinterteil herum und schleuderte seine Hufe so gegen Sir Mallards Kopf, dass Lizzy später von einem Butterfly Jump sprach, sie hatte das mal in einem Film gesehen.

Der unerwünschte Besucher fiel auf den Terrassenboden und blieb dort reglos liegen.

Lizzy und Iago warteten eine Weile, ob einer der beiden Männer wieder aufstand. Das war nicht der Fall. Sie klatschten sich ab, Kuhklaue an Eselshuf.

»Das nenne ich Durchschlagskraft«, würdigte Iago ihren Rammstoß. »Du 'ast nichts von deiner Energie eingebüßt.«

»Diese miesen Schweinebacken wollten den neuen Jefe killen, ich hab's genau gehört!« Lizzy hatte Schaum vor dem Maul.

»Nicht mit uns.«

»Kanalratten, Pissfliegen, Schlangen im Gras!«, empörte sie sich. »Außerdem ist auf mich schon mal geschossen worden. Da hab ich was dagegen.«

»Wie das?«

»Mein Bauer wollte mich im Freien abknallen, Weideschlachtung und so.«

»Maldito! Dann 'ast du ja Erfahrung.«

»Deinen Move muss ich mir merken«, lobte sie ihn. »Aber ich bin zu schwer, das krieg ich niemals hin.«

»Mit etwas Übung …«

»Never ever.«

Dann machten sie sich über das Fundstück aus dem kühlen

Schrank her. Die Wurst steckte in einer durchsichtigen, bedruckten Verpackung. Einige Buchstaben konnte Lizzy entziffern, schließlich hatte sie das West Highland College besucht und die Untertitel bei den Kinoabenden auf Gigha mitgelesen.

»Ggs …«, meinte sie.

»Was soll das 'eißen?«

»Egal, reiß es auf!«

Mit seinen scharfen Zähnen war das für Iago ein Kinderspiel. Sie senkten ihre Mäuler in die weiche, durchaus leckere Masse. Schmeckten Nüsse, Zwiebeln und Pilze heraus, Hafer und Graupen.

Nachdem Lizzys Hunger ein wenig gestillt war, untersuchte sie die beiden Leichen. Bei Angus war die Todesursache klar, er hatte einfach Pech gehabt bei seinem unglücklichen Sturz in die Scherben. Und Sir Mallard? Iagos Huftritt war zwar überaus elegant gewesen, damit konnte man einen Menschen ausknocken. Aber umbringen?

Dann bemerkte Lizzy, wohin Sir Mallard gefallen war. Wo sich der Kopf, seine Nase und sein Mund befanden: in dem Kuhfladen, den sie nach der Operation abgesondert hatte.

Er war an ihrer Scheiße erstickt.

Shit happens.

62

Die beiden Kerle von der Glaserei haben mir zugesichert, dass die Scheibe bruchsicher ist!«, beklagte sich Hynch.

Elsie lächelte. »Zum Glück war sie's nicht.«

»Aufs Handwerk ist auch kein Verlass mehr.«

Er wandte sich Lizzy und Iago zu. »Und meinen vegetarischen Haggis habt ihr auch weggefressen! Den hab ich vom Festland bestellt. Euch kann man nicht mal eine Sekunde allein lassen!«

Das Eselchen und die Hochlandkuh senkten schuldbewusst die Köpfe und starrten auf die Terrasse.

»Aber ihr habt uns das Leben gerettet«, fuhr Hynch fort und streichelte sie abwechselnd. »Mallard und sein Gorilla hätten uns kalt erwischt, das war gute Arbeit. Ich nehme an, ihr hattet eure Gründe … Kann eigentlich nur Notwehr gewesen sein.«

Zustimmendes Muhen und Blöken.

»Und ihr habt etwas getan, was mir nicht gelungen ist: Ihr habt meinen allerletzten Auftrag ausgeführt. Mallard hatte zig Menschen auf dem Gewissen, das könnt ihr mir glauben. Er hätte noch viel mehr Unheil angerichtet. Das habt ihr verhindert. Ich stehe tief in eurer Schuld.«

Lizzy und Iago schauten sich an, als würden sie gleich platzen vor Stolz – um schon einen Augenblick später so zu tun, als sei weiter nichts dabei gewesen.

Hynch und Elsie schauten prüfend in den Himmel. Das Unwetter zog weiter, wieder hinaus aufs Meer, als habe ihm Colonsay nur eine Gelegenheit geboten, mal zu zeigen, wer auf den Inseln in Wahrheit das Sagen hatte. Die Nacht war *oorlich,* was so viel hieß wie unerquicklich feucht und elend kalt.

Die beiden gingen nach drinnen und verarzteten sich gegenseitig. Hynch holte seinen Erste-Hilfe-Kasten und eine ganze Menge anderer Utensilien, die er für den Fall schwerer Verletzungen angeschafft hatte. Sie streiften sterile Einweghandschuhe über und breiteten großzügig dicke Plastikfolie aus, wie sie für Bau- und Malerarbeiten verwendet wurde. Er besaß genug davon, wenn auch für andere Zwecke. Ein Killer, selbst einer im Ruhestand, hatte stets reichlich auf Lager.

Er zog seine Regenjacke aus. Bei ihm war es nicht so schlimm. Desinfektionsmittel, Wundpolster, Verband – der Streifschuss am Oberarm war rasch versorgt. Für sein Ohr reichte ein dickes Pflaster. Elsie hatte darauf bestanden, ihn zuerst zu behandeln. Doch inzwischen drohte sie die Besinnung zu verlieren. Sie musste sich auf die Couch legen, um nicht umzukippen.

Die Beule an ihrem Kopf, die Doug ihr beigebracht hatte, war keine große Sache, sie hatte nur eine oberflächliche Platzwunde davongetragen – und heftiges Kopfweh, vermutlich eine Gehirnerschütterung. Viel schlimmer waren der angebliche Durchschuss an ihrer Seite und der damit verbundene Blutverlust. Ein Wunder, dass sie es bis nach Uragaig geschafft hatte. Zähe Elsie.

Zunächst gab Hynch ihr ein starkes Schmerzmittel, mit einer Einwegspritze, damit es schneller wirkte. In dem Cocktail war auch etwas zur Beruhigung enthalten.

Er schnitt ihren Combat-Anzug auf. Wegen des widerstandsfähigen, stark imprägnierten Stoffes war das gar nicht so einfach. Dann untersuchte er die hässliche Stelle über ihrer Hüfte. Entfernte den Stoffpfropfen.

Sie stöhnte auf.

»Deine erste Schusswunde?«, fragte er und kramte in seinem mobilen OP-Kit.

»Blöd, oder? Dass *mir* das passiert …«

»Gehört zu unserem Geschäft.«

»Ich hab das überprüft.« Sie versuchte, sich aufzurichten. »Die Kugel … ist glatt durchgegangen.«

»Bleib liegen und hör mir zu.«

»Ja, Dad«, sagte sie widerwillig und sank zurück.

»Die schlechte Nachricht zuerst.« Hynch rief das Wissen ab, das er sich im Laufe der Jahre angeeignet hatte. »Höchstwahrscheinlich ist der Schusskanal kontaminiert. Mit einer oberflächlichen Desinfektion ist das nicht getan. Deshalb werde ich jetzt eine Tamponade einführen, mit Antiseptikum getränkt.«

Und er tat es. Ohne bis drei zu zählen.

Sie schrie auf.

»Schön, wenn der Schmerz nachlässt.« Hynch lächelte versonnen. »Haben wir früher auf dem Schulhof gesagt.«

»Fick dich!«

»Ich liebe dich auch. Das Problem ist: Vielleicht hast du innere Verletzungen erlitten, wenn die Kugel ein Organ erwischt hat, zum Beispiel die Niere. Aber dafür ist dein Blut nicht dunkel genug.«

»Was bin ich bloß für ein Glückspilz!«

»Du musst ins Krankenhaus, das nächste liegt in Oban. Da bringe ich dich hin. Nachdem ich die Leichen weggeschafft und hier aufgeräumt habe.«

»Ich geh in kein Krankenhaus, kannst du vergessen.«

»Das wäre aber vernünftig.«

»Vernünftig am Arsch!«, widersprach sie. »Bist du irre? Mit einer Schussverletzung in einem Hospital aufschlagen? Was soll ich denen sagen? Jagdverletzung bei der Moorhuhnjagd? Wie glaubwürdig wär das denn?«

Hynch zog eine Spritze auf. »Hab ich mir schon gedacht. Ich verabreiche dir jetzt eine Single-Shot-Antibiose gegen Infektionen. Hat sich bei Kriegseinsätzen bewährt.«

»Immer rein damit!«

»Dann kommen Wundpads drauf. Und ein Verband. Den mach ich richtig fest, um die Stelle zu komprimieren.«

»Klingt gut.«

»Die Ein- und Austrittswunde müsste möglichst bald fachgerecht vernäht werden, von einem Chirurgen, damit du keine unschöne Narbe zurückbehältst.«

»Nicht nötig. Ich mag Narben.«

»So?«

»Weil ich meinen Job mag. *Das* ist mein psychisches Problem, wenn du es wissen willst. Ich steh drauf, jemanden zu erwürgen. Weil … es gibt Leute, die haben … bei denen … Dafür gibt es eine Erklä…«

Endlich wirkte das Beruhigungsmittel. Elsie dämmerte weg, Hynch konnte sich an die Arbeit machen. Ohne weitere Zwischenbemerkungen. Und ohne Erklärungen. Wie oft hatte ihn sein Job zu Menschen geführt, denen beim Anblick einer Pistolenmündung einfiel, dass es »eine Erklärung« gab? Für was auch immer sie verbrochen und an Leid verursacht hatten. Und noch beabsichtigten zu tun.

Für ihn gab es nur Entscheidungen. Wenn jemand mit »Erklärungen« anfing, zuckte sein Finger am Abzug.

Ihn selbst hatte niemand gezwungen, zum Killer zu werden – wie es Tomtom vermutlich mit Elsie getan hatte. Sicher, es hatte unmittelbare Auslöser und weit zurückreichende Einflüsse gegeben, auch ganz spezielle Umstände. Doch das waren letztlich nur Ausreden, Beschönigungen, Schuldzuweisungen. Die Frage »Warum hast du Leute umgebracht, Hynch?« würde er niemandem überzeugend beantworten können. Er hatte Blut an seinen Händen, und zwar nicht zu knapp.

63

Während Elsie sich von seiner Quacksalberei erholte, schlüpfte Hynch in einen Parka und begann mit der Entsorgung der beiden Leichen. Nachdem er ihre Taschen entleert hatte, wickelte er sie in die dicke Plastikfolie ein und half mit Panzertape nach, das ging ganz gut, die Totenstarre hatte noch nicht eingesetzt. Dabei achtete er darauf, dass zahlreiche Lufteinschlüsse entstanden. Die Zeit drängte, er musste sich sputen. Dann schleppte er die beiden schrecklich schweren Pakete nacheinander zu seinem Auto und brachte sie zum Port Sgibinis, dem einsamsten Punkt an der Küste, den er über einen holprigen Feldweg relativ schnell erreichen konnte. An einer geeigneten Stelle übergab er die leblosen Körper im Licht seiner Autoscheinwerfer der See. Sie trieben mit der Ebbe in den Atlantik hinaus und hielten sich einigermaßen über Wasser. Vielleicht würden sie irgendwo am schottischen Festland oder auf einer anderen Insel angeschwemmt werden. Oder der Golfstrom trug sie nordwärts, beförderte sie durch den Pentland Firth über die Nordsee bis nach Norwegen. Das war alles schon vorgekommen.

Eine Schar Heringsmöwen flatterte auf und begann sich für das schwimmende Aas interessieren. Trotz der Plastikfolie spürten und sahen die Vögel, welch Festmahl sich darunter verbarg. In unermüdlich gleichen Gleisen kreisend, auf gespannten Schwingen schweben bleibend, endlich eng und enger werdende Bahnen beschreibend, würde es nicht lange dauern, bis die erste Möwe den Entschluss fasste, sich durch den Kunststoff zu hacken. Dann wäre kein Halten mehr.

Fort mit Schaden, dachte Hynch nur und sah ein langes Kapitel seines Lebens mit der Dünung davontreiben. Er verspürte keinen Triumph, nur Erleichterung.

Rasch fuhr er zurück nach Uragaig. In der Kiloran Bay war noch nichts von der *Bluebell* zu sehen. Beim Rastplatz von An Crosan fiel ihm ein übergroßes SUV auf. Es musste Mallard gehören, vielleicht hatte er Tomtom und die anderen Männer damit zum Loch an Sgoltaire gebracht und war dann zu ihm, Hynch, weitergefahren. Am liebsten hätte er die Karre einfach abgefackelt. Aber so etwas erregte zu viel Aufsehen, und besonders clever war es auch nicht. Also klemmte er den Zündschlüssel, den er bei dem Gorilla gefunden hatte, unter die Sonnenblende. Er hatte noch viel zu erledigen.

Kurz darauf parkte er vor seinem Haus und ließ seine eigenen Autoschlüssel stecken. Der Wagen war Teil seines Vermächtnisses, er würde an den PDBDC übergehen, ebenso Elsies Clio. Helen und die anderen konnten damit machen, was sie wollten. Das musste er ihnen noch irgendwann mitteilen – auch dass der unvorhergesehene Fall eingetreten war, den er ihr angekündigt hatte. Sie sollte sich um Lizzy und Iago kümmern, alles mit Bruder Ptolemy abklären, eine neue Scheibe einsetzen lassen … Er würde ihr eine Menge aufbürden. Das Testament, das er Doug gegeben hatte, war zwar in gewisser Weise hinfällig geworden. Aber er beabsichtigte, Colonsay so schnell wie möglich zu verlassen und nicht zurückzukehren, so hatten Dougs Bedingungen gelautet, die respektierte er. Seinen Besitz konnte er dem PDBDC ja noch offiziell überschreiben, wenn Zeit dafür war.

Dann machte er gründlich sauber, wischte Blut und Kuhscheiße auf, gab die Scherben der Schiebetür zusammen mit Putztüchern und dem medizinischen Abfall in große Müllsäcke, die er später auf See entsorgen wollte. Er dachte an die Gewehre und Pistolen, die in dem Cairn versteckt waren. Dort konnten sie ruhig bleiben, sie waren nicht auf ihn zurückverfolgbar, er hatte die Seriennummern herausgefeilt und seine Fingerabdrücke stets sorgfältig abgewischt, bestimmt war Elsie ebenso verfahren. Falls jemand die Waffen auf dem einsamen Hügel überhaupt entdecken würde. Die Beretta und die Mossberg behielt er vorerst und legte sie griffbereit hinter die Couch.

Elsie döste. Er ließ sie in Ruhe, fand ihren Hausschlüssel in einer der aufgesetzten Taschen ihres Kampfanzugs und ging zum Cottage hinüber. Dort raffte er alles, was ihr zu gehören schien, zusammen, Abhörtechnik, diverse Mordwerkzeuge, Kleidung, Toilettenartikel sowie einen Beutel mit persönlichen Gegenständen. Er stopfte die Sachen in zwei große Aluminiumkoffer, die offenbar ihr gehörten, und brachte sie in sein Wohnzimmer. Den Hausschlüssel ließ er im Cottage zurück.

Schließlich packte er einen Rucksack mit ein paar eigenen Klamotten und Habseligkeiten, seiner Bargeldreserve und den falschen Pässen. Er nahm das Foto von Mhairi aus dem Bücherregal und steckte es hinein. An der Garderobe hing seine Umhängetasche mit dem .38er Revolver, die musste auch mit.

Vermutlich wartete die *Bluebell* inzwischen unten an der Bucht. 1.00 Uhr hatte er mit Graeme vereinbart. Hynch rüttelte Elsie wach. »Wir müssen los.«

»Dad? Bist du das?« Benommen erhob sie sich. Der Verband an ihrer Hüfte, den er zum besseren Halt auch fest um ihren Oberschenkel gewickelt hatte, saß einigermaßen und hob sich hell von ihrem schwarzen Kampfanzug ab.

»Geht's?«

»Wird schon irgendwie …«

Er nahm die verbliebene Plastikfolie von der Couch, zog die Einweghandschuhe aus, stopfte alles in einen Müllsack und knotete ihn zu.

Sie waren startbereit.

Alles andere als ein astreiner Abgang. Einer ernsthaften polizeilichen Ermittlung würde diese flüchtige Spurenbeseitigung wohl kaum standhalten. Doch Hynch glaubte nicht, dass es dazu kam. Dafür hatte Tomtom zu viel zu verbergen. Tomtom, der sich inzwischen wahrscheinlich fragte, wie er mit dem verletzten Knie zurück ins Hotel gelangen sollte und welcher seiner lädierten Männer noch halbwegs geradeaus schauen konnte, um ihm zu helfen.

Dann hämmerte es vorne gegen die Haustür.

Elsie hob die Mossberg auf und warf ihm die Beretta zu. Die plötzlichen Bewegungen brachten sie zum Taumeln.

Er steckte die Pistole in den Hosenbund. Beim Packen hatte er die Honda der Piktenkriegerin gehört.

64

»Du willst bei Nacht und Nebel abhauen?« Crissa baute sich vor Howard auf. Diesmal würde sie sich nicht mit irgendwelchen Ausflüchten abspeisen lassen, das konnte er vergessen.

»Graeme hat nicht dichtgehalten«, seufzte er. »Hätte ich mir ja denken können. Der Mann ist so geschwätzig wie eine Elster.«

Crissa wartete auf Helen, die gerade den Motorradhelm abnahm. »Sagst du uns jetzt endlich, was hier gespielt wird? In welchen Schwierigkeiten steckst du wirklich?«

»Kommt rein.«

»Wie schaust du überhaupt aus?« Verblüfft betrachtete sie ihn. Die Augenklappe hing auf halbmast, sein Gesicht war verdreckt, die Jeans völlig durchnässt. Sein Parka wirkte, als habe er damit feucht durchgewischt. Und die Art, wie Howard sie ansah … Als wäre er noch mal um zehn Jahre gealtert. Befand sich nicht ein Pflaster an seinem Ohr?

Dann fiel ihr Blick auf Elsie. Sie stand vor der Schiebetür, die offenbar schon wieder zu Bruch gegangen war. Mit einer Flinte in den Händen. Und mit einem auffälligen Verband, der nichts Gutes verhieß.

Crissa stürmte an Howard vorbei.

Elsie schaffte es noch, die Waffe auf einen Sessel zu legen, bevor es ihr die Beine wegzog.

Crissa fing sie auf. Hielt ihre Liebste auf den starken Armen. »Du bist verletzt.«

»Hi, Sweetheart.« Es war nur ein Flüstern. Elsie schloss die Augen.

»Was ist hier passiert?

»Ich bin so müde. Halt mich.«

»Ich halt dich, solange du willst.« Crissa blieb wie in Erz gegossen stehen. Sie zog Elsie vorsichtig an sich, um ihr nicht wehzutun. Eine ganze Weile verharrte sie so, spürte die schwachen Atemzüge der Person, die etwas in ihr angefacht hatte, was sie nie für möglich gehalten hätte. Mit der sie das Kopfkissen geteilt hatte in der Gewissheit, keine andere zu finden, die ihr gleichkam. Mit der Crissa genau so sein und genau so fühlen konnte, wie ihr Herz es ihr eingab.

Es kostete Elsie Mühe, die Augen wieder aufzuschlagen. Doch in Crissas Armen schien sie Kraft zu schöpfen. »Geht mir schon besser«, sagte sie mit einer Kinderstimme und blickte die mächtige Frau auf eine Weise an, als sei ihre Retterin erschienen. »Mein Dad und ich«, sprach sie schleppend weiter, »wir können hier nicht bleiben. Wir gehen übers Meer. Und kommen niemals wieder.«

»Dein Dad? Meinst du Howard?«

»Keine Ahnung, wie er wirklich heißt. Das hat er mir noch nicht gesagt.«

»Du … weißt also erst seit Kurzem, dass du … seine Tochter bist?«

»Lass mich runter, meine Schöne.«

Crissa gehorchte, hielt sie aber weiterhin mit beiden Armen fest. Was zum Teufel redete Elsie da? »Ist er für deinen Zustand verantwortlich?«, fragte sie argwöhnisch.

Elsie schüttelte den Kopf. Sie begann das Tattoo, das sich von Crissas Hals nach unten in ihr Tanktop erstreckte, mit dem Finger nachzufahren. »Vor langer Zeit, kurz nach meiner Geburt, da haben böse Männer meinen Dad und mich getrennt«, sagte sie in einem Tonfall, als würde sie ein Märchen erzählen. »Dann kamen andere böse Männer. Sie halfen uns, schmeichelten uns. Sie haben uns auch böse gemacht. Und heute, nach vielen, vielen Jahren, da sollten wir, ohne dass mein Dad und ich einander kannten, den bösen Männern zeigen, wer von uns beiden böser ist. Aber wir haben ihre List durchschaut. Und dann mussten wir um unser Leben kämpfen!« Sie wies auf ihren Verband. »Bis wir gegen die bösen Männer gewannen.«

Crissa fragte sich, ob Elsie fantasierte. Doch die Flinte, die sie vorhin noch wie selbstverständlich und durchaus sachkundig in den Händen gehalten hatte, sah sehr realistisch aus. Für die Jagd war die ganz sicher nicht gedacht.

Elsie war in irgendwas Kriminelles geraten, daran bestand kein Zweifel. Aber wollte sie, Crissa, mehr davon wissen? Wie zerstörerisch würde das für sie beide werden? Böse Männer hatten Elsie böse gemacht? Ihren Vater auch? Howard? Das sollte mal einer verstehen.

An der Haustür unterhielt sich Helen mit ihm. »Meine Vergangenheit hat mich heute eingeholt«, hörte Crissa ihn sagen. »Ich verrate dir nicht, was ich früher getan habe. Glaub mir, es ist besser für dich, für uns alle. Nur so viel: Ich bereue es zutiefst. Und ich kann es nicht ungeschehen machen.«

Elsie hatte es auch mitgekriegt. »Dad muss immer alles hochstilisieren«, sagte sie zu Crissa, ihre Stimme klang wieder normal. »Im Alter wird er gesprächig.«

»Verurteile mich!«, tönte er. »Ich hab's verdient. Aber ich flehe dich an, kümmere dich um Lizzy und Iago. Graeme will sie nicht mitnehmen. Die *Bluebell* ist keine Arche, hat er am Telefon gesagt.«

»Die Tiere können bei mir bleiben, das habe ich dir doch versprochen«, erwiderte Helen. »Übrigens habe ich mit Bruder Ptolemy geredet. Er ist todunglücklich über das, was mit Lizzy passiert ist. Wir haben uns auf einen angemessenen Preis für einen Esel und ein Hochlandrind geeinigt.«

»Nimm meinen Wagen als Gegenleistung, der Schlüssel steckt, Papiere sind im Handschuhfach.«

»Ist das nicht viel zu viel?«

»Das kommt schon hin, wir regeln das ein andermal. Und überlegt euch, ob ihr das Haus weiterhin für den PDBDC nutzen wollt. Es wäre mir eine Freude …«

»Unter den gegebenen Umständen …«, begann Helen.

»Lass uns ein bisschen leiser sein«, mahnte Howard. »Sonst fühlen sich unsere beiden Zwitschermäuschen noch gestört. Gehen wir nach draußen, dann können wir den Nachthimmel bewundern.«

Die Haustür fiel ins Schloss.

»Was passiert hier?«, fragte Crissa. »Bin ich wieder 14?«

»Warst du da noch kleiner?«

»Sei nicht so frech!«

»Gibst du mir einen letzten Kuss?«, fragte Elsie. »Wir haben nicht viel Zeit.«

Endlich begriff Crissa. Howard und ihre Liebste würden tatsächlich weggehen, für immer. Tränen schossen ihr in die Augen. »Sehen wir uns wieder?«

»Ganz bestimmt.«

»Auf dem Festland vielleicht?«

»Wär möglich.«

»Und du sagst das nicht einfach so?«

»Versprochen.«

Der Kuss dauerte so lang, wie er dauerte.

65

Da seid ihr ja endlich!«, rief Graeme. Möglichst nah hatte er die *Bluebell* an den flachen Strand der Kiloran Bay herangeführt, mit dem Bug lag sie schon fast auf. Er schaltete die Bordscheinwerfer ein. Sie tauchten den Teil der Bucht, der Port Easdail genannt wurde, in ein geisterhaftes Licht.

Crissa watete durch die Brandung und trug Elsie zum Boot. Sie brüllte gegen die Kälte und den Trennungsschmerz an – was Hynch bedauerte. Schade, dass Crissa und Elsie nicht vereint bleiben konnten. Mit der Piktenkriegerin an ihrer Seite wäre seine Tochter unverwundbar.

Als Nächstes kam Crissa zurück an den Strand und nahm ihm das Gepäck ab, um es zum Kutter zu bringen, Elsies Alukoffer, die Rucksäcke, seine Umhängetasche, Müllsäcke, die Mossberg. Sie machte den Packesel. Anscheinend lenkte sie das von ihren Gedanken ab.

»Fertig«, keuchte Crissa schließlich und wandte sich ihren Freunden vom PDBDC zu. Sie ballte die Fäuste und stieß einen Verzweiflungsschrei aus. Doch all ihre Kraft konnte den Lauf der Dinge nicht bremsen, das wusste sie.

Helen war tief enttäuscht von Howards Enthüllungen und suchte dennoch seine Nähe, als müsste sie bis zum Schluss an seiner Seite bleiben, die Lehrerin und ihr missratener Schüler. Vielleicht konnten sie ihre Freundschaft aus der Ferne am Leben erhalten. Eine ungewisse und vermutlich trügerische Hoffnung. Mit Howards und Elsies Weggang war leider auch »*Macbeth* in zwanzig Minuten« gestorben, ging es ihr durch den Kopf, Regisseurin mit Leib und Seele, die sie war. Sollte sie umsatteln auf den *Sommernachtstraum?*

Doug brachte Rossalyn in seinem Van mit. Aufgrund der Mitteilungen in der WhatsApp-Gruppe des PDBDC hatte er bemerkt, dass alle auf Versöhnung und Abschied gestimmt waren und eh jeder Bescheid wusste. »Was auch immer Howard verbrochen hat …«, brummte er. »Das war auf dem Festland. Auf den Inseln herrschen andere Gesetze.« Auf diese Weise fiel es ihm leichter, mit der schwer fassbaren Wahrheit zu leben.

Rossalyn winkte Graeme zu und spornte ihn an mit Rufen wie »Du bist der Beste, Babe!«, die er aufgrund der Entfernung gar nicht hören konnte. Aber es machte alle ein wenig zuversichtlicher.

Nur das Hochlandrind und das Eselchen waren todunglücklich. Sie standen an der Wasserlinie und versuchten, damit klarzukommen, was hier abging.

Lizzy konnte nicht glauben, dass ihr schwierigster und sympathischster Patient, dessen Therapie noch lange nicht abgeschlossen war, nebenbei auch ihr neuer Jefe, wie Iago sich ausdrückte, außerdem Krähen-Terminator und Augen-OP-Helfer, auf Nimmerwiedersehen übers Meer verschwand. Was sollte sie ohne ihn machen? Ihr Blick schien zu sagen: »Gehst du wirklich? Liegt es an mir? Hätte ich diesen Haufen Entengrütze nicht durch die Scheibe schubsen dürfen?«

Hynch nahm ihren Kopf in den Arm – darauf bedacht, nicht von Lizzys Hörnern aufgespießt zu werden. Er beugte sich über sie. »Helen wird gut für dich und Iago sorgen. Alles bleibt so, wie es ist.«

Lizzy muhte zweifelnd.

Er gab ihr einen Schmatzer aufs Maul. »Pass gut auf dich auf«, raunte er ihr zu.

»Komm schon, wir warten nur noch auf dich!«, rief Graeme.

Hynch watete zur *Bluebell*. Er zog sich am Schanzkleid hoch und kletterte an Bord.

Er. Ging. Weg. Lizzy dachte nicht mehr an Iago, den wusste sie bei Helen bestens aufgehoben. Sie dachte auch nicht an das verfluchte Wasser, das zwischen ihr und Hynch lag. Sie stapfte drauflos, ins dunkle Meer hinein, um dieses verdammte Boot zu erreichen, das sie schon von Gigha nach Colonsay gebracht hatte. Wie ein Schlachtross mit Zotteln pflügte sie durch die Brandung, grub ihre Klauen in den weichen Sand, um sich abzustoßen, schnaubte wütend, wenn ihr die salzige Brühe in die Nüstern geriet. Das letzte Stück legte sie halb schwimmend zurück, bis sie mit den Hörnern gegen den Rumpf der *Bluebell* krachte.

»Haben wir noch Platz für einen Passagier?«, fragte Hynch.

»Kannst du vergessen!«, schrie Graeme aus dem Steuerhaus. »Keine Kuh, und schon gar nicht die!«

»Wenn Lizzy aber unbedingt mitkommen will …«, versuchte es Hynch erneut.

»Nichts da! Tiertransporte gehören nicht zum Deal! Aus diesem Geschäft bin ich ein für alle Mal raus.«

»Sie wird ganz friedlich sein, dafür garantiere ich.«

»Dass ich nicht lache! Lizzy ist ein Scheiß-Albtraum! Die kommt mir nicht mehr an Bord.« Graeme ließ sich nicht umstimmen.

Elsie schaltete sich ein. »Wer wird denn so griesgrämig sein? Das passt gar nicht zu dir.« Sie fuhr ihm zärtlich mit den Händen durchs Gesicht, als würde sie prüfen, ob seine Rasur gründlich genug war.

»Was soll das?«, wehrte er sich.

»Rossalyn hat mir übrigens gesagt, dass sie total auf dich steht.«

»Wann?«

»Vor der Theaterprobe. Und dann noch mal heute Nachmittag.«

»Ist sie nicht total sauer auf mich?«

»Sie hat's trotzdem gesagt. Sie braucht zwar noch Bedenkzeit, aber nach dem, was letzte Nacht zwischen euch passiert ist … Das hat sie ziemlich geflasht.«

»Wirklich?« Graemes Gesicht hellte sich auf.

»Du scheinst bleibenden Eindruck hinterlassen zu haben. Willst du noch mehr hören? Du warst quasi unser einziges Gesprächsthema.«

»Vielleicht später, wenn wir auf See sind.«

Sie zwinkerte ihm zu. »Nur wenn du Lizzy mitnimmst.«

»Das ist Erpressung!«, protestierte er.

»Sicher.«

»Verdammt will ich sein …« Fluchend brachte er die Gangway aus.

Das Wasser reichte Lizzy knapp unters Maul, doch sie fasste Tritt und kämpfte sich den Steg hoch. Die *Bluebell* neigte sich bedenklich zur Seite, kam aber wieder zur Ruhe, als Lizzy sich auf Anweisung des Jefe auf den Schiffsboden legte.

Graeme warf Hynch ein paar Leinen zu. »Damit verschnürst du sie, und zwar so, dass sie sich keinen Millimeter mehr rühren kann. Wenn sie sich trotzdem bewegt, könnt ihr alle wieder aussteigen. Schwimmwesten sind in dem Kasten da drüben.«

»Das vergess ich dir nie«, sagte Elsie.

»Ich bereu's jetzt schon.«

Er machte die Scheinwerfer aus. Dann gab er volle Kraft zurück und wendete, checkte dabei den Bildschirm mit dem Schiffsradar.

Der Bug der *Bluebell* kam herum und zeigte nach Norden. Graeme schob den Gashebel nach vorn. Sie stachen in See.

Als sie weit genug draußen waren, warf sie alles über Bord, was sie loswerden mussten. Die Flinte und die Pistole, die Hynch ihr reichte. In die Müllsäcke machte sie zuvor ein paar Löcher, damit sie auf den Meeresgrund sanken. Dann ließ sie sich neben ihrem Vater und Lizzy nieder.

Graeme brachte ihnen Decken und blieb dann im Steuerhaus. Die Nachtfahrt nahm ihn voll in Anspruch. Sie steuerten die Isle of Mull an. Die Gewitterwolken hatten sich verzogen. Ein schwacher Mond beleuchtete die Schaumkronen auf den Wogenkämmen, die See war noch mäßig bewegt.

Der Schock saß tief. Viele Schocks. Eine Erschütterung war der anderen gefolgt. Dass Tomtom sie während all der Jahre nur belogen und benutzt hatte. Unter welchen Umständen ihre Mutter gestorben war, seit Langem entrückt, unerreichbar. Dass ihr Vater ihr Vater war.

Es kam ihr so vor, als seien ihr in den vergangenen Stunden all ihre Rollen, die sie so mühsam eingeübt hatte, mit denen sie regelrecht verwachsen gewesen war, vom Leib gerissen worden. Nackt und entblößt fühlte sie sich, unbeholfen, weil sie nicht erkennen konnte, wer sie unter ihrem Kampfanzug und den angenommenen Identitäten in Wirklichkeit war. Das fing schon mit den Namen an. Wer war Mhairi, wer war Elsie? Konnte ihr das mal jemand verraten?

Und warum hatten sich alle so unlogisch verhalten? Tomtom hatte auf sie mit dem Gewehr gezielt trotz der Bindung, die zwischen ihnen bestanden hatte, auch wenn sie nicht besonders herzlich gewesen war. Hynch hielt zu ihr, kümmerte sich um sie, obwohl sie ihn hatte umbringen wollen. Crissas Liebesbezeugungen waren noch in-

tensiver und bedingungsloser gewesen als zuvor, obwohl sie ihr diese naiv-verklausulierte Geschichte von den »bösen Männern« aufgetischt hatte. Tickten die alle noch richtig?

»Wie geht's dir?«, fragte Hynch.

»Besser«, erwiderte sie.

»Hast du es unter den Decken einigermaßen warm?«

Sie nickte.

»Was macht die Wunde?«

»Spür kaum noch was.«

Er begann, von seinem Leben zu erzählen. Ein Teil von ihr hörte zu, registrierte alles, um sich später daran zu erinnern. Ein anderer Teil war bei Crissa, der sie ein Wiedersehen versprochen hatte. Dabei war sie noch lange nicht bereit für einen blinden Sprung von der Klippe, für den sie die Liebe hielt. Aber die Vorstellung, es wenigstens zu versuchen, reizte sie.

Irgendwann hörte Hynch auf, seine vertrackte Geschichte auszubreiten, und fragte sie alles Mögliche: Wo sie überhaupt wohnte. Wie es ihr ergangen war in all den Jahren. Was sie dazu veranlasst hatte, das zu tun, was sie tat … Ob sie damit weitermachen wollte.

Sie stellte sich schlafend, was ihr nicht allzu schwer fiel, und schmiegte sich an die festgezurrte Kuh. Lizzy lag ganz brav da und beobachtete sie mit dem verbliebenen Auge, staunend und wachsam zugleich.

Die Bluebell *bewältigte die Strecke ohne besondere Vorkommnisse. Graeme hielt den Kutter relativ nah an der Küste. Schließlich lief er einen winzigen Ort im Südosten der Isle of Mull an. Lochbuie bestand nur aus vereinzelten, weit auseinanderliegenden Häusern, einer Burgruine und einem langen Kieselstrand. Hynch meinte, er kenne ganz in der Nähe eine Jagdhütte, wo sie eine Weile bleiben könnten.*

»Ich komm nicht mit«, eröffnete sie ihm.

»Was? Aber ich dachte …«

»Keine Angst, ich finde dich. Wenn ich so weit bin.«

»Und wo willst du hin?«

»Aufs Festland. Von Inseln hab ich erst mal genug.«

Mehr gab es von ihrer Seite nicht zu sagen. Sie merkte, wie schmerzlich Hynch damit rang, sie so rasch wieder zu verlieren, nachdem sie einander nach so langer Zeit gefunden hatten. Es ging ihr ja ähnlich. Doch jetzt bei ihm zu bleiben und die nächsten Tage mit ihm zu verbringen …? Das war zu viel des unverhofften Familienglücks. Sie hatte einige Dinge zu ordnen, und das musste sie allein tun.

Sie verabschiedeten sich voneinander. Er zog sie in eine ungelenke Umarmung, sie ließ es zu.

»Überleg dir, ob du nicht doch ins Krankenhaus gehst. Bei irgendwelchen Anzeichen einer Sepsis …«

»Ja, Dad.« Sie schenkte ihm ein Tochterlächeln. Mehr war nicht drin. Es schien ihm zu genügen.

Seinen wahren Namen hatte sie immer noch nicht erfahren. Das konnte auch vorerst so bleiben.

Im Schutz der Dunkelheit wateten Hynch und Lizzy an Land. Graeme weigerte sich, Geld anzunehmen. Er wünschte ihnen nur alles Gute.

Die Bluebell *tuckerte weiter. Lange würde die nächtliche Fahrt nicht mehr dauern.*

Sie begab sich zu Graeme ins Steuerhaus und unterhielt sich mit ihm über seine Flamme, das war ja der Deal. Kaum zu fassen, jetzt betätigte sie sich auch noch als Liebesbotin! Vor nicht allzu langer Zeit hätte sie die Labertasche des PDBDC noch kommentarlos über Bord geworfen und seinen Kutter gekapert.

Sie hatte ihn nicht angeflunkert. Rossalyn hatte mit ihr in den letzten Tagen andauernd über Graeme geredet und von ihm auf eine Weise geschwärmt, wie das wohl nur Verliebte taten – also unter Ausschaltung der höheren kognitiven Funktionen.

Sie gab ihm ein paar Kostproben und fügte hinzu: »Ihr zwei macht es euch nur unnötig schwer. Verlang nicht zu viel von ihr, und vor allem nicht zu schnell. Kennst du diesen Oldie, ›You Can't Hurry Love‹?«

»Phil Collins. Einer der ganz Großen.«

»Offenbar ein weiser Mann.«

»Aber wir haben doch gestern … Ich meine, es hat doch schon längst gefunkt.« An seinem Gashebel wuchs Graeme noch um einige Zentimeter. »Und zwar richtig! Was will sie denn noch?«

»Dass es jedes Mal so ist wie vor dem ersten Mal?«, mutmaßte sie.

»Vor dem ersten Mal?«, fragte er mit Betonung auf der ersten Silbe. »Wie soll denn das gehen?«

»Gib dir Mühe. Du kommst schon noch drauf.« Sie gähnte. Der Bug der Bluebell hob und senkte sich. Wann waren sie endlich da?

»Heißt das, ich muss immer wieder von vorn anfangen?«

»Buddha hätte es nicht besser formulieren können. Ich sehe, du bist auf dem Weg zur Glückseligkeit.« Sie klopfte ihm auf die Schulter. Wie einfach es war, zu erkennen, was bei anderen falsch lief …

Graeme brauchte eine Weile, bis diese Informationen all seine Körperteile erreichten. »Sag mal, Elsie, du kennst dich doch aus mit … du weißt schon … damit, was Frauen gefällt. Hast du einen besonderen Tipp?«

Sie stand direkt neben ihm, schaute ihm tief in die Augen. »Ernsthaft jetzt? Du züchtest Austern und fragst mich das?«

Er überlegte. Sie konnte förmlich sehen, wie ein stumpfes Zahnrädchen unermüdlich versuchte, ins andere zu greifen. Aber es machte nur »krick-krick«, die Zahnrädchen drehten durch, nichts schien voranzugehen.

Nach einer Weile grinste er wissend. »Verstehe … Du meinst, harte Schale, weicher Kern. Ich soll zärtlicher sein.«

»Das hast du nicht von mir!« Sie gab es auf.

Er brachte sie an eine Stelle südlich von Obans Stadtzentrum, wo es einen Bootsverleih gab und sie mit ihren Koffern bequem und unerkannt von Bord gelangen konnte. Zu dieser frühen Stunde trieb sich niemand am Anlegesteg herum. An den Gipfeln der Berge im Landesinneren leckten die ersten rosafarbenen Sonnenstrahlen.

Graeme lud ihr Gepäck aus. »Schade, dass du gehst. Was machen wir jetzt im PDBDC? Ohne dich?«

»Wir sollen nicht vergeblich Zeit verschwenden, mit eurer Liebe einzeln abzurechnen.«

»Das ist doch aus Macbeth, *aus der letzten Szene!«*

»Dreh dich dreimal im Kreis und fluche!«, forderte sie ihn auf.

Er lachte. »Mach ich. Auf der Rückfahrt.«

Bei ihrem Vater hatten ihr die Worte gefehlt. Doch der ständig scheiternde Graeme, der gar nicht so blöd war, wie er tat, entlockte ihr einen schlauen Spruch nach dem anderen. Er machte es ihr schwer, loszulassen.

»Trag Rossalyn auf deinen Händen! Hörst du?«

Er war schon ins Steuerhaus gegangen.

Sie blieb am Landungssteg stehen. »Und lass sie wieder runter, Babe!«

66

Frances saß in ihrem geblümten Sommerkleid auf einer Bank vor der Old Waiting Room Gallery. Sie blinzelte in die Sonne, die nach dem Unwetter der vergangenen Nacht erst spät herausgekommen war, und schaute dabei zu, wie die *MV Clansman* anlegte. Um 13.45 Uhr, genau nach Fahrplan, schrieb sie in ihr Tagebuch. Ein makrelenfarbiger Kater strich ihr um die Beine. Er gehörte wohl zu der Gallery, in der allerlei Kunstgegenstände und Souvenirs verkauft wurden.

Sie war schon am Vortag auf Colonsay eingetroffen, eine ganze Woche früher, als sie mit Howard vereinbart hatte, ohne sein Wissen. Ihr letztes »Date«, falls man es so nennen konnte, lag schon so lange zurück, dass es gar nicht mehr wahr zu sein schien. In den Nullerjahren musste das gewesen sein, ihre beste Freundin hatte sie auf einer Ü-40-Party unbedingt mit einem Arbeitskollegen verkuppeln wollen. Ein Fehlschlag auf der ganzen Linie, peinlich für sie, vor allem aber für ihn. Weniger Hirn war ihr noch nie untergekommen.

Bei einem Wochenendausflug nach Oban hatte Frances mehr aus Spaß als aus ernsthafter Absicht die Partnerschaftsanzeigen in der Lokalzeitung überflogen. Sie fragte sich immer noch, ob die merkwürdigen kleinen Texte von den Kontaktsuchenden selbst oder von einem verhinderten Amor der Redaktion verfasst wurden. Manche waren völlig nichtssagend und enthielten nur ein paar dürre Rumpfdaten, in anderen wimmelte es jedoch von originellen Formulierungen oder süßlichen Liebesfantasien. Von wenigen Ausnahmen abgesehen bestätigten sich die gängigen Geschlechterklischees: Männer plusterten sich als dynamische Tausendsassas auf, Frauen priesen sich als charmant und einfühlsam an. Schlimm waren witzig gemeinte Vergleiche, etwa wenn ein »wuchtiger Bücherschrank« ein »kleines, nach Zedernholz duftendes Nachtschränkchen« suchte, »gern secondhand, aber ohne Macken«. Wer besaß denn keine Macken?

Frances hatte es einzig und allein der »Robinson« angetan. Und jetzt war sie hier, auf seiner Insel, und hoffte inständig, Howard nicht zufällig über den Weg zu laufen, bevor in einer knappen Woche der große Tag kam. Zuerst wollte sie sich auf Colonsay akklimatisieren, sich an die ungewohnte Umgebung gewöhnen, die Meeresluft und das klare Licht genießen, eine Auszeit nehmen, fern von den engen, ewig verschmutzten Gassen Glasgows. Ihr kleines Beratungsbüro war in eine baufällige Fassade hineingeschachtelt, direkt über einem Schnellimbiss. Das einzige nicht frittierte Gericht auf der Karte waren Soleier, die in einem trüben, fettigen Glas auf der Theke standen und eine stumme Botschaft verkündeten: »Esst uns lieber nicht!«

Die Fähre war vollständig entladen. Jetzt durften die Passagiere, die zum Festland wollten, an Bord gehen. Eine Frau in weiß-türkiser Funktionskleidung schob ihr Fahrrad an Frances vorbei. Sie war ihr schon bei der Hinfahrt nach Colonsay aufgefallen und schien nur einen Tag geblieben zu sein. Mit so einer sportlichen Mittvierzigerin konnte sie nicht konkurrieren, Frances kam schon beim Treppensteigen aus der Puste.

Doch Howard war in ihrem Alter und gab online nicht damit an, noch Bäume ausreißen zu wollen. Sie mochte seine unprätentiöse, lakonische Art, auch seinen manchmal etwas bissigen Humor, der aber nie herabsetzend wirkte. Und an der Vogelbeobachtung würde sie bestimmt Gefallen finden, das war doch ein schönes, achtsames Hobby. Wer Graugänse zählte, konnte kein schlechter Mensch sein.

In einer schwachen Stunde hatte Howard ihr gestanden, dass er von »Freundschaft plus« und all den Light-Versionen einer richtigen Beziehung wenig hielt. »Wenn ich mich noch einmal binde, dann richtig«, war in dem Textfeld der App zu lesen gewesen. Sie hatte ihm mit drei Daumen hoch und einem roten Herz zugestimmt, vielleicht zu überschwänglich, wie sie im Nachhinein dachte. Emoticons waren eine Plage, letztlich noch seelenloser als das geschriebene Wort, obwohl sie das Gegenteil suggerierten.

Alles schien zu passen. Was Howard wohl für eine Schrift hatte? Das interessierte sie schon von Berufs wegen, sie war Grafologin. Vorwiegend beschäftigte sie sich mit der Analyse von Bewerbungsunterlagen und bot eine entsprechende Beratung an für Berufsanfänger und Menschen, die sich neu orientieren wollten. In Zeiten, in denen man so ziemlich alles frisieren und faken konnte, war ein handschriftlicher Lebenslauf gefragter denn je. Es kam auch vor, dass Headhunting-Agenturen ihre Expertise in Anspruch nahmen. Die Länge der Buchstaben, die Neigung der Schrift, auch die Abstände logen nie. Wie ausgeprägt waren T-Striche, wie groß die Schlaufen des kleinen g? Anhand der Handschrift konnte Frances verantwortungsvolle Führungspersönlichkeiten ebenso identifizieren wie unzuverlässige Faulpelze oder sexsüchtige Stinkstiefel.

Ein überlanges, silbernes SUV fuhr quer über den Kreisverkehr und polterte auf die Fähre. Seine Insassen, durch die abgedunkelten Scheiben nicht erkennbar, waren Frances schon beim gestrigen Abendessen unangenehm aufgefallen, zum Frühstück waren sie gar nicht erst erschienen. Was hatten solche Kerle auf einer Insel wie Colonsay zu suchen? Auf ehrliche Weise verdienten die ihr Geld ganz sicher nicht.

Gelegentlich arbeitete Frances für die Polizei. Schriftenabgleich, um die Echtheit von Dokumenten zu überprüfen, war eine ihrer leichtesten Aufgaben. Briefe fand sie viel aufregender: Drohbriefe, Erpresserbriefe, vermeintliche Abschiedsbriefe, gefälschte Testamente. Sie liebte es, über kriminalistischen Rätseln zu brüten und die Ermittler mit Gutachten zu verblüffen, in denen sie ein komplettes Täterprofil präsentierte, inklusive Körper- und Schuhgröße.

Was Howard wohl dazu sagen würde, dass sie für die schottischen Bullen tätig war? Manche Leute reagierten komisch, wenn sie es ihnen erzählte, hielten sie für eine Kollaborateurin der Staatsmacht. Vor allem ihre Jugendfreunde, zu denen sie noch losen Kontakt hielt. Sie war in Belfast aufgewachsen, zur Zeit der Troubles. Wer damals offen mit der Polizei paktierte, hatte Probleme bekommen.

Howards Vergangenheit war bestimmt erfreulicher als ihre. Vielleicht würde sie im Laufe der kommenden Tage einfach bei ihm aufkreuzen und ihn überraschen. In Uragaig. Laut Landkarte war das ziemlich abgelegen. Sie konnte sich ja ein Fahrrad leihen. Auf dem Parkplatz stand ein Van mit der Aufschrift »Easy Bike Rental«. Da würde sie gleich mal hingehen und fragen. Oder sie fragte die riesenhafte Frau von der Fährgesellschaft, die gerade die letzten Fahrzeuge abfertigte und ihr bestimmt auch gerne Auskunft gab. Oder die nette Bedienung im Hotel, die sich trotz einer Fußverletzung unglaublich fürsorglich zeigte. Frances hatte sie vor dem Lunch mit ihrem Freund beim Knutschen erwischt, einem Austernzüchter. Die verbeulte Motorhaube seines Lieferwagens schien kürzlich Bekanntschaft mit einem Hochlandrind gemacht zu haben. Das Paar hatte sich durch nichts in der Welt stören lassen, und Frances hatte sich still und leise verdrückt, ein bisschen schuldbewusst, doch sie nahm es als gutes Omen.

Bevor sie Colonsay erkundete, schaute sie der Fähre beim Ablegen zu. Gerade wurden die Leinen losgeworfen. Überraschend schnell kam die *MV Clansman* vom Pier klar und nahm schließlich Kurs auf Oban. Das Schiffshorn tutete. Eine neue Fahrt begann.

Der Kater miaute. Frances hob ihn auf ihren Schoß und streichelte ihn versonnen. Das Tier schien sich bei ihr wohlzufühlen.

Wie tiefblauer Samt lag das Meer da, leicht gekräuselt, als formten sich die Wellen zu einer unendlichen Schrift, die alles miteinander verband. Als brauchte es gar keine Fähren, um von einer Insel zur anderen zu gelangen, von Schottland nach Kanada oder einmal um den gesamten Erdball. In Gedanken zumindest.

»Auf Wasserpfoten«, schrieb Frances in ihr Tagebuch. Darin hielt sie alles fest, was ihr gerade durch den Kopf ging, auch Worte, die sie gerade erst erfand. Howard war ebenfalls poetisch veranlagt. Hin und wieder schickte er ihr ein selbst gedichtetes Haiku. Na ja, der Wille zählte.

Sie überlegte, ob es ein schottisches Wort für Prachtwetter gab.

Ihr fiel keines ein.

EPILOG

Lizzy kam von der Arbeit zurück. War das heiß heute! Unter ihrem Zottelfell fühlte sie sich gut durchgegart. Sie brauchte dringend eine Erfrischung.

»Und? Wie war dein Tag?«, fragte Hynch. Er saß auf der Veranda eines Cottage, das er kürzlich in der Nähe von Tobermory fest angemietet hatte, und sonnte sich wie ein verdammter Tourist. Hatte er sonst nichts zu tun?

Sie blieb direkt vor ihm stehen und starrte ihn nieder. Wartete, bis er sich umständlich aus seinem Schaukelstuhl erhob und zum Kühlschrank ging.

Ihr neuer Job bei der Future Forest Company war ganz schön anstrengend – und äußerst verantwortungsvoll. Lizzy reetablierte biodiverse Ökosysteme. Einfacher gesagt: Sie wurde zur Landschaftspflege eingesetzt. »Vegetationsformendes Grasen« nannte man das, mit dem Ziel, dass sich das Land wieder selbst entwickelte, ohne Eingriffe des Menschen. Das Renaturierungsprojekt, an dem sie beteiligt war, sollte dem Klimawandel entgegenwirken. Lizzy war jetzt richtig wichtig.

Dagegen arbeitete Hynch halbtags in einer kleinen Eiscreme-Manufaktur, ausschließlich in der Produktion, weil er nicht mit Kunden in Kontakt kommen wollte. Zusätzlich hatte er sich bei der Future Forest Company als Countryside Ranger beworben. Dann könnten sie mehr Zeit miteinander verbringen, meinte er. Doch Lizzy hielt das für keine gute Idee. Eine Kuh wie sie musste unabhängig bleiben, sie brauchte ihr eigenes Leben, zumindest ein Stück weit.

»Schau, was ich dir mitgebracht habe!«, rief er und stellte ihr endlich den begehrten Eimer hin. Er trug die Aufschrift »Isle of

Mull Icecream« – Lizzy hatte kein Problem mehr mit den Vokalen, sie bildete sich ständig fort.

»Das ist momentan unser Renner, Pink Grapefruit Sorbet. Probier mal!«

Die Farbe war grenzwertig. Mit Pink würde sie sich nie anfreunden. Lizzy senkte dennoch ihr Maul hinein.

Schmeckte gar nicht mal schlecht. Und es stillte den Durst.

Sie muhte zufrieden.

Später wollte sie mit Iago skypen. Sie war schon gespannt, was es Neues gab.

NACHWORT DES AUTORS

Die Isle of Colonsay ist eine ganz besondere Insel, und vieles, was in diesem Roman geschildert wird, könnte sich dort genau so zugetragen haben. Die meisten Orte, landschaftlichen und topografischen Merkmale existieren wirklich wie auf der Landkarte verzeichnet, vor allem die beeindruckende Kiloran Bay, in deren Nähe ein Großteil der Handlung spielt. Es gibt ein sehr schönes Hotel, den Herrensitz Colonsay House, das dazugehörige bezaubernde Gardens Café, eine wohlsortierte Buchhandlung, eine hervorragende Brauerei, zwei Gin-Destillerien, den Inselladen »The Shop« und vieles mehr.

Doch falls geneigte Lesende, inspiriert von Bruder Ptolemy, auf den Gedanken verfallen, einen Spirit-Seeker-Aufenthalt in der »Einsiedelei« zu buchen, muss ich sie leider enttäuschen. Außer den Resten eines verlassenen Dorfes werden sie an der angegebenen Stelle nichts vorfinden, keinen alten Wachturm, keinen Streichelzoo oder dergleichen. Übrigens auch keinen Cleit: Diese archaischen Steinhütten, häufig mit einem Gras- oder Torfdach versehen, sind nur auf St. Kilda anzutreffen, einem isolierten vulkanischen Archipel weit draußen im Nordatlantik, dessen wechselvolle Geschichte bis in die Bronzezeit zurückreicht. Herkömmliche Unterstände aus Trockenmauerwerk wie Schafställe, Lagerhütten etc., die Cleitean ähneln, sind hingegen überall in Schottland verbreitet.

Das verlassene Dorf, dessen Häuserruinen sich Bruder Ptolemy in dem Roman zunutze macht, trägt den Namen Riasg Buidhe, gälisch für »gelbes Moorgras«. Eine menschliche Ansiedlung existierte dort über tausend Jahre lang. Die sieben verbliebenen Häuser, heute von Farnkraut und Fingerhut überwucherte, dachlose

Ruinen, sind allerdings erst im 18. Jahrhundert erbaut worden. Im 19. Jahrhundert wurden Feuerstellen und Kamine hinzugefügt. In dieser Zeit versuchte sich die kleine Gemeinde in der Heringsfischerei, dann im Hummerfang, doch nach dem Ersten Weltkrieg wurde Riasg Buidhe für immer verlassen. Die Bewohner zogen in das Dorf Glassard um, das nur ein paar Kilometer entfernt direkt an der Küste liegt und leichter zu erreichen ist. Dies ist deshalb erwähnenswert, weil verlassene Häuser und aufgegebene Ansiedlungen auf den Hebriden und in ganz Schottland keine Seltenheit sind. Als Ursache gelten zumeist die Highland Clearances Mitte des 19. Jahrhunderts, als die Landbevölkerung systematisch vertrieben bzw. zur Auswanderung gezwungen wurde, um der Schafzucht Platz zu machen. Durch die Kartoffelfäule ausgelöste Hungersnöte taten, ähnlich wie in Irland, ein Übriges.

Die Carnyx war tatsächlich ein Blasinstrument der eisenzeitlichen Kelten und von etwa 300 v. Chr. bis 200 n. Chr. in Gebrauch. Gespielt wird sie auch heute noch, Liebhaber veranstalten mit Replikas ganze Konzerte auf dem »gallischen Kriegshorn«. Der Klang ist etwas gewöhnungsbedürftig. Fiktion und Wirklichkeit liegen manchmal also ganz nah beieinander.

DANKSAGUNG

Mein herzlicher Dank gilt Carolin Graehl und Dr. Felicitas Igel, bessere Lektorinnen kann ich mir nicht wünschen, sie sind mir ein großer Rückhalt. Ich danke allen Mitarbeitenden des Droemer Verlags, die dabei helfen, dass »Schottenkomplott« viele Leser*innen erreicht. Großer Dank gebührt der Schottland-Expertin und Inselsammlerin Fenna Williams, die mein Interesse für Colonsay überhaupt erst geweckt hat. Für nützliche Hinweise zur Vogelwelt auf Colonsay danke ich David Jardine, John und Pamela Clark und dem Argyll Bird Club. Meinem Freund Markus Braunreuther danke ich ganz besonders für seinen medizinischen Rat bezüglich Schussverletzungen. Und ich danke Conny, dem wunderbaren Menschen an meiner Seite.